Conception graphique de la couverture : Nick Stearn

Titre original: *Bloodtide*
Édition originale publiée par Andersen Press Limited, 1999

MELVIN BURGESS

ROUGE SANG

Traduit de l'anglais
par Philippe Loubat-Delranc

GALLIMARD

Pour Oliver

Rouge sang s'inspire de la première partie de *Icelandic Volsunga Saga.*

« Puisque ce récit, comme tout le reste, ne peut plaire à tout le monde, que personne ne se sente tenu de croire à plus qu'il ne le souhaite. Le mieux et le plus profitable est encore de lire cette histoire, d'y puiser du bonheur et non du désespoir : car tant que les gens sauront se divertir, ils n'auront pas de pensées mauvaises.

Je remercie par avance ceux pour qui ce récit aura été un moment de joie, et comme ceux qui ne l'auront pas aimé ne seront jamais comblés, qu'ils puisent leur joie dans leur malheur.

Amen. »

Extrait de Göngu-Hrolf's Saga, traduit en anglais par Hermann Pálsson et Paul Edwards, Canongate, 1980.

LIVRE I

1

Les trente derniers étages se sont écroulés, mais le Galaxie est toujours l'immeuble le plus haut de Londres. Des engins avaient tout déblayé pour qu'il n'y ait pas de danger – enfin, le moins possible.

Sur la terrasse panoramique, un homme aux cheveux blancs et frisés, coupés court, montrait divers sites. Son visage était un lacis de rides fines et profondes, son front barré par une petite cicatrice au-dessus d'un œil. Il portait une veste ample dont il avait retroussé les manches. Tandis qu'il tendait le bras vers Big Ben, St. Paul's, Tower Bridge, les Docks et au-delà, les pans de sa veste s'écartèrent, découvrant un revolver coincé dans un holster.

Cet homme, c'est Val Volson. Il possède la moitié de Londres.

À ses côtés, une jeune fille grande et svelte âgée d'une quinzaine d'années suivait ses gestes des yeux. Elle portait une jupe courte, des cuissardes, et une veste verte déboutonnée, qui révélait aussi un holster contenant un autre revolver, plus petit celui-ci, fabriqué spécialement à son intention – du sur mesure pour sa main, mais tout aussi mortel que celui de l'homme.

De là-haut, on voit tout Londres : ses immeubles, ses collines, ses banlieues et la Muraille. Au-delà, telles des taches dans le paysage lointain, s'étendent les terres des Mi-Hommes, des hectares d'éboulis, de murs en ruine et d'arbres au feuillage jauni en cette douce journée d'automne, qui ont poussé à travers le bitume. Au-delà, commence le reste du monde.

Au loin, au nord-ouest, se trouve Ragnor qu'on ne voit pas. On dit qu'à côté de ses tours et de ses bâtiments, le Londres ancien paraît minuscule. Ceux qui avaient été prisonniers des Mi-Hommes racontent qu'on a l'impression que Ragnor flotte dans les airs, et qu'elle est faite de bandes scintillantes de lumière et de verre, et de sombres pans d'obscurité. La nuit, elle brille comme une petite galaxie dans le Monde Extérieur. Par son existence même, elle rappelle que Londres est enfermé hors du monde.

– Et quand nous tiendrons le reste de Londres comme ça, dit Val en écrasant du pouce le centre de sa paume, alors, ma fille, nous ferons une percée dans les terres des Mi-Hommes. Et après les Mi-Hommes, ce sera les champs et les fermes et les villages et les villes. Et ensuite, nous prendrons Ragnor, et nous nous occuperons des forces de sécurité…

– Mais, et les Mi-Hommes ? s'écria la jeune fille tout effrayée et ravie à la fois.

– C'est le plus facile. Ils seront tous morts depuis longtemps. Ensuite… l'Angleterre… l'Europe. Nous ferons de nouveau partie d'une nation. Nous *serons* la nation. Oui. Ce ne sera plus très long. Nous touchons au but, Signy !

La jeune fille tourna un regard avide vers l'horizon. Ces histoires-là, elle les entendait depuis le berceau. On les lui avait chantonnées comme des comptines bien avant qu'elle en comprenne le sens. Désormais, elles lui semblaient vraies.

– Mais nous devrons tous faire des sacrifices, vois-tu ?

Signy se campa sur ses jambes et prit un air farouche.

– Je ne veux pas partir.

– Pourtant, tu partiras.

Elle regarda fugitivement le visage souriant de son père, puis détourna les yeux.

– En faisant cela, tu remporteras une victoire plus éclatante que je ne l'ai fait en cinquante ans de combats.

– Je veux faire partie de ta garde rapprochée.

– Tu pourras faire partie de la garde rapprochée de Conor, reprit son père en bombant le torse. J'y veillerai !

– Conor, je le hais.

Val, le roi Val, comme on l'appelait à cette époque, haussa les épaules. L'amour… la haine… Et alors ?

– C'est une affaire de famille, dit-il. Un *traité*.

Val était déçu par sa fille. Bien sûr, il ne s'attendait pas à ce qu'elle veuille de Conor, mais au moins qu'elle obéisse !

– Il y a de meilleures façons pour moi de me battre, protestat-elle en relevant le menton. Je suis meilleure qu'eux tous. Tu le sais.

– Ben, Had et Siggy ne se plaignent pas quand je leur donne une mission.

– Ce n'est pas juste ! Ça, ce n'est pas une mission, c'est ma vie ! Tu ne leur demanderais pas de se prostituer pour toi.

– Ils épouseront qui je leur dirai, lâcha Val entre ses dents, d'un ton de mauvais augure.

– C'est différent.

– Parce que tu es une fille ? la taquina Val.

– Ce n'est pas juste ! Je demande à être traitée comme eux, c'est tout. Et ce n'est pas le cas.

Val considéra d'un regard noir sa fille en colère. C'était elle qui était injuste.

– Tu seras comme une espionne, dit-il.

– On ne peut pas espionner à chaque seconde de sa vie, c'est idiot !

Elle avait martelé le dernier mot, pour mieux s'en délecter.

Val sortit la main de sa poche en un éclair pour la gifler, mais elle esquiva juste à temps.

– Je suis une guerrière ! Attrape-moi si tu le peux !

Val la regarda bondir autour de lui. Il commençait à être fatigué de tout cela.

– Tu es une fille avant tout, dit-il d'un air sombre. Je n'y peux rien.

– Ah bon ? Je croyais que tu étais celui qui devait changer les choses !

– En tout cas, toi, tu le feras.

Il détourna la tête. Signy rengaina son petit revolver, et soupira.

– Bon, je le ferai parce que j'obéis aux ordres. Même si je déteste ça. Mais je veux que tu me promettes une chose.

– Demande. Je ferai tout ce que je peux, tu le sais.

– Que tu me donnes la permission de tuer Conor le moment venu.

– Il s'agit d'un traité. Ce moment ne viendra jamais. Mais s'il devait venir… je te le promets.

– Conor n'a jamais respecté le moindre traité jusqu'à présent.

Ils s'apprêtaient à redescendre ; Val passa un bras protecteur autour des épaules de sa fille.

– Je comprends que ce soit difficile pour toi.

– Tu aurais tué le premier qui aurait osé me toucher, dit Signy avec un pauvre sourire, et maintenant, tu me donnes à lui pour qu'il fasse de moi tout ce qu'il voudra.

– Ne crois pas que cela me fasse plaisir…

– Oh, comme je te plains !

– … mais vient le moment où tous les pères doivent donner leur fille.

– Conor a de curieux appétits, je parie.

Val lui décocha un regard froid, mais ne dit rien.

– Je me demande ce qui l'excite, et comment il va prendre son plaisir avec la fille de Val.

Val, cédant à la colère, poussa Signy si violemment qu'elle trébucha dans l'escalier.

– Tu t'en fiches pas mal de moi ! cria-t-elle, hors d'elle. Tu ne te passerais jamais des autres… jamais !

Elle dévala le long escalier en colimaçon. Comment était-il possible d'à la fois aimer, admirer et haïr autant son père ?

– Mais je t'aime ! cria Val.

La voix de son père se répercuta dans l'escalier à sa suite. Et les pleurs de Signy redoublèrent car elle savait qu'il disait vrai.

Ils étaient deux, des gamins maigrichons vêtus de noir, comme d'un uniforme. Un garçon et une fille. À deux, c'était risqué d'aller chasser de telles proies, mais ils étaient entraînés.

– La toute dernière fois, dit le garçon.

– La dernière nuit de ma vie, ajouta la fille.

– Ne sois pas bête. La vie continuera. Il te faudra juste t'en inventer une nouvelle.

– Tais-toi.

– Excuse…

– Ma dernière nuit de cette vie, alors.

– Je ne veux plus faire ça. Si tu es blessée ce soir, il me tuera.

– Mais tu le feras, n'est-ce pas, Sigs ?

La fille prit la main du garçon dans la sienne et la serra très fort.

Siggy lui rendit la pareille.

– Je n'arrive pas à croire qu'il t'oblige à faire ça, dit-il. Nous, il ne nous a jamais demandé de partir.

Par *nous*, il entendait les garçons.

– On devrait tous aller le voir et lui dire… Il ne peut pas te traiter comme ça !

Signy libéra sa main et le regarda d'un air furieux. Il ne faisait que rendre les choses plus difficiles.

– Mais il a raison, tu le sais bien, dit-elle.

– Had ne pense pas comme toi.

– Had ne sait pas tout.

– Les traités avec des gens de l'espèce de Conor…

Signy secoua la tête.

– C'est mon destin, Siggy. Ce n'est pas un destin heureux, voilà tout.

Siggy se rembrunit.

– Mais n'as-tu pas envie d'avoir un destin heureux, Signy ?

– Pourquoi devrait-il l'être ?

Siggy la regarda. Lui, à sa place…

– Moi, je m'enfuirais.

– Tu es un faible.

– Et toi, une idiote.

– Ce n'est pas idiot de se sacrifier pour une grande cause.

Siggy fit la moue. De toute la famille, il était le seul à ne pas avoir des rêves de gloire.

– Tu sais ce que je pense de tout ça, dit-il.

Signy cracha aux pieds de Siggy et écrasa sa salive de son talon. Il s'ensuivit un long silence.

– Alors, qu'est-ce que tu veux qu'on se fasse ce soir ? demanda Siggy.

– Un gros cochon bien gras. Un tas de saindoux !

– Oh, ouais !

Siggy et Signy couraient sans faire de bruit sur le sol en marbre poli. Bien entendu, l'escalier était sous bonne garde, mais ils connaissaient un passage où le roi Val lui-même ne penserait pas à poster de gardes, l'ancienne cage d'ascenseur en verre avec ses espèces de fruits répugnants. Puis ils filèrent en passant devant les vestiges de la tour dont des blocs de pierre s'étaient détachés et traînaient, polis par le vent comme des coquillages dans la mer. Les rares fenêtres encore intactes, tout en haut, luisaient à la clarté de la lune. Puis ils laissèrent derrière eux les flèches brisées de l'église, les immeubles délabrés qui, autrefois, avaient abrité des banques et des entreprises internationales, puis les routes défoncées par les arbres ancestraux et les buddleias. Un groupe d'ouvriers chargeaient des morceaux de bitume dans une cuve pour le faire fondre. Ils en avaient besoin afin d'agrandir le parking pour les invités au mariage.

Rien n'était neuf, tout était vieux, et ce, depuis que le gouvernement était parti un siècle plus tôt, laissant tout aux mains des gangs.

Les deux gamins sortirent en courant des hauts immeubles de la City et filèrent en direction de West End. La nuit était aussi sombre que du velours. Les rues n'étaient pas éclairées et les pauvres dormaient en groupes dans les halls d'entrée, car il était dangereux de s'aventurer dehors, à moins d'être assez riche pour posséder une arme.

Dans la journée, Oxford Street et Piccadilly Street étaient encore très fréquentées. Les boutiques, aux devantures puissamment éclairées, bien que l'électricité provienne de générateurs privés, regorgeaient de produits nouveaux. La plupart étaient des contrefaçons fabriquées en ville, mais certains commerçants, parmi les plus riches, avaient en stock des produits que les Mi-Hommes se procuraient à l'Extérieur et passaient en contrebande : vêtements dernier cri, matériel électrique, CD, télévisions, fruits du monde entier, vins de France. On pouvait tout obtenir si on y mettait le prix, tout sauf de l'asphalte ou du ciment pour l'entretien des routes.

Autour de Westminster et de la City, il n'y avait que des bidonvilles et des terres cultivables. On voyait des vaches qui, attachées à des parcmètres, broutaient mollement des aubépines, des cochons qui erraient dans les rues en quête de détritus, des fosses septiques à ciel ouvert, des monceaux d'ordures, des champs entiers sur des maisons détruites afin de libérer la terre pour de nouvelles cultures. Des pans de murs avaient été abattus pour aménager de longues étables ou porcheries. Parfois, Siggy et Signy s'aventuraient aussi loin pour s'imbiber des odeurs pestilentielles des gens sales, des murs moisis, des voleurs et des mendiants, des ordures et des maladies. Mais aujourd'hui, c'était le jour de Signy. Elle avait envie de sensations fortes et de s'attaquer à forte partie. Elle avait envie d'un gros cochon bien gras et de jouer à Robin des Bois.

Le porc en question avait pour nom Alexandre. Pour être plein aux as, il l'était. Il avait des bagues aux doigts et des chaînes autour du cou. Tant pis pour lui. Il fallait être bête pour porter tous ces trucs, c'était un appel au vol. Cet imbécile participait à une petite fête dans une maison hautement surveillée, genre d'occasion qui permettait aux invités, tous hommes d'affaires, trafiquants, gangsters de se mettre sur leur trente et un et d'afficher leur richesse. Et c'était exactement ce qu'Alexandre avait fait. Il était dégoulinant de fric, il en avait plein les doigts et plein le portefeuille. Une partie de cartes était prévue plus tard dans la soirée, et il pourrait se permettre de perdre beaucoup.

Ils le coincèrent assis sur les toilettes. Il était costaud, il aurait pu se débattre, mais ils étaient rapides comme des furets. La pointe de deux couteaux effilés picota soudain son cou adipeux.

– Comment êtes-vous entrés ? dit-il d'une voix étranglée.

Les deux enfants s'esclaffèrent. Le plus grand maintint le couteau contre son cou et appuya sur sa tête pour l'empêcher de se relever. Alexandre était gras, et se lever n'était déjà pas facile en temps normal. Le plus petit tourna autour de lui en courant, plusieurs fois, comme un animal préparant une ruse, passant la corde autour des toilettes jusqu'à ce qu'il y soit complètement ligoté. Il leur fallut vingt secondes à peine.

– Trop facile, dit le plus petit en plissant les narines et en regardant leur victime d'un air mauvais.

– Désolé, ajouta l'autre.

Ils « dégraissèrent » le cochon, arrachèrent les bagues de ses doigts, effacèrent la grosse bosse de sa poche intérieure que faisait son portefeuille, le délestèrent de ses boutons de manchette, de ses chaînettes en or, de tout. Puis ils lui enfoncèrent du papier toilette dans la bouche et la scellèrent à l'aide d'un morceau de Scotch pour l'empêcher de grogner, coincèrent le rouleau de papier toilette entre ses genoux et repartirent par où ils étaient venus, la conduite d'aération. Alexandre, les yeux exorbités de peur et de rage, les regarda retirer la grille et se glisser par l'ouverture. Et les vigiles ? Le bâtiment en était infesté !

Une fois dehors, les enfants ôtèrent leurs masques. Signy secoua ses longs cheveux.

– Ça t'a plu ? demanda Siggy avec un grand sourire.

– Nooon, trop facile, répéta Signy d'un ton plaintif.

Ils s'enfuirent avec leur butin pour le distribuer aux pauvres. Eux n'en avaient pas besoin. À quoi leur servirait cet argent ? C'était pour le plaisir, comme Robin des Bois, mais moins juste, car ils appartenaient à la famille la plus riche de Londres, et peu leur importait à qui ils redistribuaient leurs larcins. Mais les voleurs et les rois s'en sortent toujours : même s'ils se font prendre, personne n'ose leur faire de mal. Ils auraient pu tout aussi bien sortir à visage découvert en passant devant les vigiles.

Quand même... c'était dangereux de se prendre au jeu. Dangereux, mais amusant.

2
SIGNY

On parlait de la façon de se comporter si on était forcé de faire l'amour avec quelqu'un qu'on méprise. J'avais du mal à me retenir de pleurer.

Ben s'amusait comme un petit fou. Il faisait des glissades en riant aux éclats, et il m'a dit avec un grand sourire :

– Pourquoi ne pas prendre du plaisir, tout simplement ? Moi, c'est ce que je ferais.

Had a répondu que, pour eux, c'était différent.

– Mais non, a répliqué Ben. Elle n'arrête pas de répéter qu'elle est aussi douée que nous. Nous, on aime le faire, pas vrai Had ?

– Moi aussi, a dit Siggy.

– Tu ne l'as jamais fait, lui a lancé Ben.

– Si !

– Bon, passons, a dit Had. Bien sûr que c'est différent. Le garçon le fait, la fille se laisse faire.

Là, je suis intervenue.

– Arrêtez de dire des bêtises.

Ah, ces garçons ! Tout ça ne servait à rien !

– Le mec la met dedans, et la fille se la fait mettre, a précisé Had au cas où ça n'aurait pas été clair.

– Bon, tu mets de la nourriture dans ta bouche, mais c'est toujours toi qui le fais, non ? a fait remarquer Siggy.

J'avais envie de hurler. J'ai dit :

– S'il s'approche de moi, n'importe où, je la lui tranche avec les dents.

– La façon la plus sûre de briser le traité, a dit Ben.

Ce à quoi Siggy, Dieu merci, a rétorqué :

– Aux chiottes, le traité. Qui y croit, à ce truc ? Elle devrait refuser, un point c'est tout, et on devrait la soutenir...

Là-dessus, ils ont arrêté de donner leur avis sur ce qu'on doit faire si on est obligé de faire l'amour avec quelqu'un qu'on n'a jamais vu, et ils ont parlé de politique. Quant à la suggestion de Siggy, c'était vraiment très gentil de sa part, mais totalement irréaliste. Ils n'en finissaient pas de discuter : le traité était-il ou non une bonne chose, mais ils ont bien été obligés de conclure que c'était la volonté de Val et que personne n'y pouvait rien. Alors, évidemment… oui, j'allais me sentir pas mal seule dans mon lit de noces, voilà tout.

– Il ne te reste plus qu'à espérer qu'il n'est pas aussi laid que sur ses portraits, m'a dit Siggy.

J'ai pensé : l'espoir fait vivre. J'espérais surtout que ça ne me ferait pas trop mal. Au moins ça.

3

Une pluie glaciale cinglait les immeubles et les rues où une foule éparse attendait en silence. Certains se protégeaient sous des couvertures ou des parapluies rapiécés, mais la plupart, tête nue, étaient trempés jusqu'aux os. Val était déçu. Il aurait souhaité dix fois plus de monde qui hurle des vivats en agitant des drapeaux. Mais il se refusait à les y obliger.

Les gardes du corps attendaient, ceux de Val d'un côté, ceux de Conor de l'autre. Ils étaient vêtus de costumes noirs et laissaient la pluie dégouliner de leurs cheveux sur leurs lunettes noires. Étaient-ils hommes, androïdes ou animaux ? Les trois à la fois, peut-être. On distinguait, sous leur costume, la forme de leurs armes. On avait l'impression qu'elles faisaient partie intégrante de leur corps.

Les deux familles étaient en guerre depuis bien des générations, et ce jour scellait un traité de paix auquel personne n'osait trop croire. Il y avait de grandes chances que ce ne soit, une fois de plus, qu'un jeu de dupes. Mais qui serait la dupe de qui ?

Durant un long moment, on n'entendit qu'un murmure sourd émanant de la foule et le chuintement régulier de la pluie sur les façades en brique et les trottoirs ; puis, enfin, un long cortège de voitures et de véhicules blindés s'engagea dans Bishopgate Street et roula au pas sur le bitume craquelé. Au fur et à mesure de sa progression, un phénomène étrange se produisit. Le chuintement s'amplifia. Les VIP levèrent la tête vers le ciel, vers la pluie battante qui devait être à l'origine de ce bruit continu. Le chuintement devint de plus en plus intense, de plus en plus fort, au point de dominer le bruit des moteurs, comme si la pluie tenait à faire entendre sa voix.

Or, ce n'était pas la pluie, mais les gens qui, alignés en rangs clairsemés, faisaient une vieille blague d'écolier. Leurs visages blêmes, sous leurs bouts de tissu et de plastique, se tendaient pour mieux voir le vieil ennemi qui s'avançait vers eux. Ils n'osaient ni crier ni lancer des insultes par peur des hommes de main de Val cachés parmi eux, et personne n'aurait su dire d'où venait ce sifflement. Les visages et les bouches demeuraient aussi fermés que sur des portraits, mais les gorges, par centaines, trouvaient le moyen d'exprimer leur haine. Les guerres de ces deux clans paralysaient Londres depuis des générations. Conor et les siens avaient mené un combat cruel et sans merci. Il n'y avait personne dans cette foule qui n'ait perdu un être cher à cause de l'homme qui, aujourd'hui, était en visite chez eux.

Le bruit gagna en force et en amplitude. Val était blanc de rage, mais il ne pouvait rien faire. C'était le rêve de sa vie ! Rassembler l'armée censée conquérir le paradis ; ces hommes en finiraient avec cet asile de fous et mettraient le monde à la portée des pauvres. Les habitants de cette ville avaient partagé beaucoup de ses rêves, mais pas celui-ci, pas encore.

Le cortège de Conor, qui paraissait minuscule à l'ombre du Galaxie, s'arrêta sur l'esplanade. Les soldats surgirent des voitures blindées, armes cliquetantes, et se déployèrent, tels des homoncules, sur toute la largeur de la rue.

Un sifflement s'éleva à nouveau de la foule lorsque le garde du corps personnel de Conor descendit de voiture. En entendant ce son, l'homme ?... La bête ?... Montra les dents, et son poil se hérissa au point qu'il parut presque deux fois plus imposant. Puis il ouvrit la bouche et cria, ou aboya, qui sait ? Ensuite, il se tourna et ouvrit la portière à Conor.

C'était un Mi-Homme. Les Londoniens avaient des raisons de détester ces créatures, mais le véritable monstre, c'était Conor. Quand il mit le pied hors de sa voiture blindée, le sifflement s'amplifia au point qu'on eut bientôt l'impression qu'une explosion allait se produire. Conor serra son manteau et regarda autour de lui, immobile sous la pluie battante.

De l'armée de parapluies émergea Val, entièrement vêtu de gris, comme toujours, tel un employé de bureau. Mais au cou, il portait une écharpe en soie pourpre, ainsi qu'il le faisait pour toutes ses apparitions en public. Le symbole du feu et du sang.

La foule se mit à applaudir son chef. Leur amour pour Val était plus grand que leur haine pour Conor. Mais les applaudissements faiblirent lorsque Conor et Val se donnèrent l'accolade. Quelques secondes plus tard, quand Val prit sa fille par la main et la donna à Conor, ce fut dans un silence glacé. Signy avait quatorze ans, elle mourait de peur, même si elle savait comment tuer un homme. Conor se pencha vers elle et l'embrassa.

Parmi la garde d'honneur qui allait du cortège au Galaxie, Siggy laissait la pluie lui couler sur le visage, et personne n'aurait pu deviner que c'étaient des larmes qui ruisselaient sur ses joues.

4
SIGGY

C'est nul ! Même moi qui ne m'intéresse pas à la politique, je vois bien que c'est nul. Val se fait vieux. Imposer ça à Signy ! Pourtant, il a réussi à les convaincre, comme toujours.

Ah, les accords au nom de la Sûreté nationale ! On devrait être sous la menace de l'armée de Conor et il devrait être sous la menace de la nôtre. Ce traité ne ressemble à rien. On aurait mieux fait de continuer la guerre, même si elle avait duré encore une génération. Mais Val a voulu faire vite. Il lui aurait fallu un siècle, mais lui, il veut tout, tout de suite, pendant qu'il est encore là. Du coup, il a foutu la pagaille.

Des bandes armées errent dans les rues depuis des semaines. Des gens se font tuer dans des bagarres entre ses hommes et les nôtres. Tout ça, pour quoi ? Pour une poignée de rêves. Ceux de Val. C'est un grand homme, mon père, mais les rêves ne sont que des rêves même si on les fait au nom de tous. Attendez ! Je ne dis pas qu'on doit ne penser qu'à soi, mais on doit s'occuper d'abord des gens qu'on peut aider. De Signy, par exemple. C'est ma façon de voir les choses. Si on n'est pas capable de s'occuper des siens, alors on n'est pas capable de s'occuper du monde entier. Mais Val est ainsi : ses rêves sont plus grands que lui.

Pour le mariage, il a fallu rénover la moitié de la ville. Le bitume des anciennes routes a été cassé et refondu pour faire un parking, et tout ça pour les voitures de Conor. Des étages entiers du Galaxie ont été repeints et remeublés pour les invités de Conor. Ça a coûté plusieurs millions. Si Val veut du luxe pour les autres, il ferait mieux d'annuler ce mariage et de donner aux habitants de Londres de quoi manger à leur faim pendant deux ou trois semaines. Ça lui coûterait moins cher. Had, qui s'est occupé des dépenses, me l'a confirmé. D'après Val, il est doué pour ce genre de trucs. Had peut faire lever le soleil à minuit, mais négocier la signature d'un traité entre Conor et les Volson, c'est encore plus difficile. Le moment venu, c'est Had qui succèdera à Val, mais, à mon avis, s'il y a quelqu'un de tout indiqué pour prendre la relève, c'est ma sœur, elle a pour ça l'intelligence et la sagacité. C'est elle son digne successeur. Mais il la brade à Conor qui la jettera en pâture à sa valetaille une fois que l'accord ne tiendra plus.

Mon boulot à moi a consisté à redorer le blason du Galaxie. J'ai supervisé les travaux de reconstruction, de décoration, de déblaiement et de peinture. Tous les trucs chiants. La seule chose marrante, ça a été de chasser les gosses des rues des gaines de ventilation. L'aérateur, c'est un abri tellement génial pour ces mioches livrés à eux-mêmes. Ils viennent de plusieurs kilomètres à la ronde pour vivre là-dedans, en bandes, comme des rats. Bah, c'est mille fois mieux que la rue. Ils sont très contents de gravir vingt étages ou plus pour y entrer. Il faut voir les choses en face, le Galaxie, c'est l'immeuble le plus cossu de la ville. Les miettes qu'on y trouve par terre valent mieux que le dîner de la plupart des gens.

Val n'a jamais aimé le Galaxie. Il pense qu'il constitue un risque pour la sécurité, et la sécurité, c'est son truc ! Montrez-lui un sandwich au fromage, et il s'interrogera sur ses risques potentiels. Le problème, c'est que ces gosses étaient de plus en plus nombreux à se faufiler à l'intérieur au point que le Galaxie en était infesté, et que ça puait de plus en plus. Alors, on a dû tous les évacuer. En réalité, ça ne sentait pas si mauvais que ça à l'arrivée de Conor, mais on n'a pas envie qu'une de ses invitées soit dérangée dans la salle de bains par un garçon-rat de sept ans qui surgit de nulle part et lui chipe sa poudre de riz, hum ? Il y a des conduits dans tous les coins. On pouvait entendre les gosses jusque dans les entrailles de l'immeuble chuchoter, rire, jacasser, se bagarrer sans jamais savoir s'ils étaient tout près ou à des kilomètres. Eux ne nous entendaient pas, bien entendu, mais l'intimité en prenait un coup avec toutes ces insultes venant d'on ne sait où alors qu'on se croyait seul dans sa chambre.

On a demandé aux hommes de mettre des filets sous les grilles des gaines de ventilation, puis on a lâché les chiens dans les gaines. Des chiens de tuyauterie, comme dit Ben. On a élevé cette meute de petits terriers secs et nerveux uniquement dans ce but. Qu'est-ce qu'on a pu rigoler ! On a tout entendu du début à la fin : les chiens qui fonçaient et dont les grognements et les aboiements faisaient l'effet de petits coups de canon, et les mômes qui s'interpellaient, essayant de localiser les chiens, se mettaient à crier comme des forcenés quand ils arrivaient sur eux. « Il est là ! Il est là ! » Et ils hurlaient et couraient de plus belle, et tout l'immeuble vibrait et résonnait de bas en haut.

Un à un, ils sont tombés des murs dans les bras des vigiles. Puis, je leur ai donné de la bouffe, une couverture, et je les ai remis à la rue. Ils étaient contents d'avoir une couverture. Val a vu ça d'un bon œil. Il a estimé que c'était une bonne manœuvre politique de garder le contact avec les gens du peuple.

Bien entendu, ils sont revenus, furtivement, un à un, et il a fallu recommencer toute l'opération. Net et précis. Le seul truc qui me gonflait, c'était de faire tout ça pour Conor et sa bande.

Bon : vous me trouvez un peu casse-pieds et un peu sentimental envers ma sœur. Mais ce n'est pas ça du tout. Je veux vivre ma vie. La politique, ça craint. Bref, je suis le plus jeune et j'en ai rien à faire de tout ça. Quant à Signy – c'est ma jumelle. Et je n'aime pas qu'on se serve de ma sœur comme d'un morceau de viande, d'un objet de troc. Et je ne veux pas qu'elle s'en aille, voilà tout.

5
Signy

J'en ai fait des cauchemars pendant des mois. Et maintenant qu'il est là, devant moi, mal à l'aise, intimidé, j'avais envie de le mépriser, mais je n'y arrivais pas.

J'ai d'abord pensé que c'était un faible. Il restait immobile, il souriait. Il s'arrangeait pour ne pas croiser mon regard, mais dès qu'il se détournait pour parler à ses hommes, il n'était plus le même. C'est eux qui n'osaient pas croiser son regard. Il y a des gens qui dégagent quelque chose. Mon père a de l'assurance, Conor, lui, c'est différent. Il est le chef, le *numero uno*, pourtant on a l'impression qu'il s'attend à ce que tout disparaisse d'une seconde à l'autre, comme si une méchante fée allait le transformer de roi en crapaud si jamais il disait ce qu'il ne fallait pas dire.

Il a renvoyé ses gens, puis il s'est retourné vers moi, l'air renfrogné, furieux contre lui-même. Il m'a fait penser à un volcan près de se réveiller. On devinait en dessous la lave en fusion. J'ai pensé : « Que se passe-t-il ? » Puis : « Cet homme est dangereux ! » Un léger frisson m'a parcourue, de la nuque à vous-savez-où, pour mieux repartir jusqu'à la plante de mes pieds.

– Je ne sais comment te parler, m'a-t-il dit.

– Alors, ne dis rien.

Il a paru un peu décontenancé. Je me suis mordu l'intérieur des joues. Il me donnait envie de rire.

– Tu possèdes un quart de Londres, et tu ne sais pas comment me parler, ai-je insisté pour le taquiner.

– Pas un quart, la moitié.

– La moitié ! Sûrement pas ! Un tiers, peut-être. Au plus.

C'était si gamin qu'on s'est souri.

– Un tiers, alors, a-t-il dit. Tout dépend, diraient certains, comment on le mesure. (Il s'est rembruni et m'a regardée intensément.)

Ne me hais pas à cause de mon père, c'est tout ce que je te demande.

Alors, pour la première fois, il m'a regardée dans les yeux. J'ai soutenu son regard. C'est lui qui a cillé le premier.

On était dans la serre. Les lampes à incandescence scintillaient au plafond au-dessus des orangers et des bananiers. Très romantique, c'était ça l'idée. Il y a eu un moment de silence gêné – on n'avait rien à se dire – qu'il a brisé en écartant les bras pour montrer ce qui nous entourait.

– C'est extraordinaire. On n'a rien de pareil dans le Nord.

– Ne te crois pas obligé d'en rajouter, ai-je raillé.

J'avais toujours peur de lui, et je lui en voulais pour ça. Depuis des années, je ne craignais plus personne. Non, ce n'est pas vrai. Le truc, c'est que j'ai toujours su, par le passé, qu'avoir peur ne me rendait que plus dangereuse. Mais là, c'était différent, je savais ce qu'il pouvait me faire avec le consentement de mon père, de mes frères et de toutes les troupes. Tous les chevaux du roi, tous les hommes du roi... Je suis capable de tuer un homme, et je sais comment. Je l'ai fait bien des fois. Dans une bagarre, tous les coups sont permis, mais dans ce jeu-là, il me poignarderait que je ne pourrais que m'allonger et endurer.

Je lui ai souri gentiment.

– Tiens.

J'ai cueilli une banane et la lui ai offerte. Il a fait la moue en la prenant. Je suppose qu'ils n'ont pas autant de bananes dans le Nord. Il a essayé de l'éplucher, mais elle était verte. J'ai ri. Je me suis dit : « Quel idiot. »

Conor a jeté le fruit. Son geste était plein de violence. De colère. J'ai tressailli, puis j'ai redressé la tête. J'ai pensé : « Si tu me frappes, je te plante. » J'avais ma main sur la poignée de mon couteau.

– Nous devons décider... tu dois décider... quel genre de mariage sera le nôtre, a-t-il dit.

– Comment ça ?

– Pour la politique. Ou pour de vrai.

– Pour la politique, ai-je répondu sans hésiter.

Et mon cœur s'est mis à battre plus vite tout à coup, *boum, boum, boum*. Où voulait-il en venir ? Il fallait voir les choses en face, il pouvait exiger que je lui mouche le nez dès qu'il en aurait envie une fois qu'il m'aurait emmenée chez lui. Allait-il réellement être correct avec moi ? Se pouvait-il qu'il veuille sincèrement que quelque chose de bien sorte de ce gâchis ? Il n'avait pas du tout l'air de quelqu'un qui se souciait d'être correct.

Il a eu l'air blessé tout à coup, et ça m'a fait tout bizarre.

– Je te demande six mois. Je... (Il regardait autour de nous, mais il s'est forcé à poser les yeux sur moi.) J'ai envie d'essayer.

– Tu as envie de m'essayer, ai-je répondu le plus froidement que j'ai pu.

– Non, a-t-il répliqué vivement. (Il semblait sûr de lui.) Enfin... oui, j'ai envie de toi. (Il a rougi. Il a vraiment rougi ! Puis il a balayé l'air de la main, comme si ses paroles ne valaient rien.) Je ne te connais pas du tout, comment savoir si ça va marcher ? Mais si c'était le cas, j'en serais très heureux.

Il a rougi de nouveau, encore plus que tout à l'heure. Espèce de mauviette, ai-je pensé. Mais déjà, le cœur n'y était plus. C'était trop bizarre quand même. Lui, notre ennemi juré depuis des décennies, un assassin, l'homme dans les bras de qui mon père m'avait jetée en une sorte de sacrifice, comme on jette la viande à un lion, tiens prends ça, pour pouvoir passer devant lui en toute tranquillité... je le trouvais mignon. Je n'arrivais pas à y croire.

– Tout ce que je te demande, c'est de m'accorder six mois. Viens chez moi pendant six mois. Après, si tu veux repartir, la décision t'appartiendra.

– Je ne crois pas que mon père serait très content.

– Tu seras ma femme. Je peux lui dire où tu vivras.

– Tu n'as rien à dire à Val, ai-je répliqué avec tout le mépris dont j'étais capable.

Il ne m'a pas répondu. Il ne bougeait pas. Il attendait.

– Je vais y réfléchir, ai-je poursuivi.

Conor a hoché la tête. Il a regardé vers un angle de la serre et a dit, l'air de rien :

– Tu es très belle. Tu es très désirable. J'aimerais que tu sois mon alliée tout autant que ma femme. J'aimerais que tu m'aides à gouverner. Je crois... qui sait ?... peut-être que je peux t'aimer.

Il m'a effleuré le bras. C'est la seule fois qu'il m'a touchée.

– On se revoit au mariage, alors, a-t-il conclu.

Il a pivoté sur les talons et il est parti sans me laisser le temps de répondre.

6

La cérémonie eut lieu à l'abbaye de Westminster, là où les rois et les reines d'Angleterre se mariaient autrefois, comme si ces clans qui se battaient pour une seule ville étaient royaux. Val aimait à dire, avec une moue dédaigneuse, qu'il faisait tout cela pour flatter la vanité de Conor. S'il n'avait tenu qu'à lui, l'abbaye aurait dû attendre qu'il ait le pays dans sa poche. La toiture aurait été refaite, et les anciens souverains qu'on avait exhumés et déplacés au moment du départ du gouvernement auraient été couchés à nouveau sous les pierres. Alors, peut-être, l'endroit aurait-il été prêt pour que Val puisse l'utiliser.

Mais la cupidité de Conor ne s'accommodait pas de l'avenir : il voulait tout, tout de suite. On dut démolir de bonnes toitures pour fournir des poutres pour les stalles des invités. Comme on ne trouva pas de toiles en plastique assez grandes pour recouvrir tout le toit, on installa des bâches et on posa une moquette rouge dérobée dans un hôtel de Park Lane. Les statues des saints qui restaient furent repeintes dans des couleurs vives pour qu'on les voie mieux, et une sono fut installée pour diffuser de la musique d'orgue.

L'abbaye était un temple chrétien. Les Volson avaient laissé tomber tout ça depuis des années, mais comme tous les seigneurs de la guerre, Val était un homme superstitieux. Il est exact que sous son costume gris en soie, il portait une croix d'argent, au cas où Jésus le regarderait, mais tout à côté se trouvait un petit revolver à canon scié martelé à l'effigie d'un cyclope. Il l'avait fait faire en hommage aux dieux étranges qui, disait-on, avaient vu le jour sur les terres des Mi-Hommes et qu'on voyait, ces dernières années, dans l'enceinte de la Muraille, dans les quartiers pauvres et les faubourgs de Londres même. Et, pour cette raison – à l'insu de Conor qui s'y serait sans doute opposé –, le cadavre d'un homme était pendu par les pieds, caché à la vue de tous par une bâche. Les nouvelles divinités appréciaient, disait-on, ce genre de sacrifices. Tout ça, c'était de la foutaise, bien entendu, des histoires idiotes que les hommes revenus de Ragnor ou d'autres villes avaient rapportées de leurs missions de surveillance en terres des Mi-Hommes. Toutefois, Val estimait plus sage de prendre toutes les précautions.

Plus de mille fidèles regardèrent Signy remonter la longue nef centrale au bras de Val qui l'abandonna à Conor. Au-dessus d'eux, les saints effrités les observaient de leurs niches ; le cadavre pendu oscilla légèrement, et ses cheveux effleurèrent le sol tandis que la jeune mariée levait son visage et disait : « Oui. »

Siggy, debout au côté de ses frères, était plein de haine. Ben se pencha vers lui et lui dit, les dents serrées :

– Siggy, tu fais une tête d'enterrement.

Siggy se tourna vers lui et se força à sourire.

– C'est censé être un jour de liesse, reprit Ben.

Il ricana. Pour lui, Val était Dieu. Il ne se trompait jamais, ni en acte ni en parole.

– Pff, fit Hadrian, son autre frère. Il ne sera pas plus gentil avec elle ce soir que les autres soirs.

– Elle prétend que c'est un tendre, dit Siggy.

– Tendre ou dur, ça vaudra la peine si le traité est respecté, dit Ben avec assurance.

Hadrian opina, l'air sombre. Siggy, quant à lui, se fichait pas mal du traité, de l'avenir du monde et des ambitions de chacun. Quand il vit Conor se pencher vers sa jeune épouse et lui murmurer quelque chose à l'oreille, il poussa un soupir dégoûté.

7

HADRIAN

Le lendemain du mariage, durant la nuit, les gardes ont surpris quelqu'un dans l'escalier menant à nos appartements. C'est, de loin, le manquement à la sécurité le plus grave dont je me souvienne. Ils ont arrêté un homme – ou une créature, j'ai des doutes – qui montait les marches en toute insouciance, comme s'il se baladait dans une fête foraine. Inimaginable ! À croire qu'il voulait être pris maintenant qu'il nous avait approchés de si près. D'ailleurs, c'était peut-être le cas.

En tant que chef de la sécurité du Galaxie, j'ai moi-même supervisé son interrogatoire. Il a souffert, les dieux en sont témoins, et c'est loin d'être fini, mais il n'a pas dit un mot. Pas un. Du coup, je n'avais rien de nouveau à apprendre à Val quand il est arrivé, flanqué de Ben et Siggy, pour voir où les choses en étaient. Je me sentais bête, immobile aux côtés des gardes, devant mon père. Il faut savoir que la torture est une alliée très efficace. Elle transforme le plus taciturne d'entre nous en moulin à paroles. Mais cet homme-là, semblait-il, avalait tout. La souffrance était pour lui comme du pain et du vin.

Je n'avais encore jamais vu quelqu'un comme lui. Il n'avait qu'un œil qui était comme une pierre. Je vous le jure, comme une pierre. Le blanc était gris bleu. On avait l'impression qu'un caillou aurait rebondi dessus. Il se dressait devant nous, entre deux gardes qui le maîtrisaient comme un taureau, et pourtant il nous regardait comme si c'était nous qui allions mourir.

Il était bizarre, mais le plus bizarre, c'était qu'il soit là. La sécurité était étanche. Comment donc s'y était-il pris ? Val était si furieux que j'ai bien cru qu'il allait me frapper, et je l'aurais amplement mérité. Mais je crois que mon père a compris à quoi j'étais confronté quand il s'est trouvé face au prisonnier, car jamais personne ne l'avait regardé avec autant de dédain. Cet œil, cet œil unique dans son visage large et osseux comme la gueule d'un animal… Il portait un large chapeau noir noué par un cordon sous son menton qui, bizarrement, était resté vissé sur son crâne en dépit de la raclée qu'il avait reçue. Il mesurait plus de deux mètres et il baissait les yeux sur Val comme sur un enfant.

J'avais les nerfs à vif, et la présence de Ben ne faisait qu'aggraver les choses. Pourquoi Val tient-il toujours à le faire participer, je me le demande. Par loyauté. C'était mon père tout craché : chez lui, la loyauté prend le pas sur la raison.

– C'est un espion, c'est un espion ! martelait Ben qui ne tenait pas en place. On a tout nettoyé ici, n'est-ce pas, père ? N'est-ce pas ? C'est forcément un espion !

J'ai poussé un soupir exaspéré à son intention dans l'espoir de le faire taire. Val était encore plus furieux que moi et, d'une minute à l'autre, il allait passer sa colère sur l'un d'entre nous, c'était sûr. Mais ce pauvre Ben était au comble de la surexcitation.

– Il parlera si on le torture ! a-t-il braillé comme il le faisait depuis une heure.

Il a pivoté sur les talons, hilare, et a applaudi.

Mon père, immobile, avait le visage levé vers le prisonnier.

– Il parlera de toute façon, a-t-il dit, très calme.

– Il vaudrait mieux pour lui que ce soit tout de suite ! a piaillé Ben.

Le prisonnier était si grand qu'on devait renverser la tête en arrière pour le regarder. Il avait les épaules, les jambes et le cou ligotés par des cordes en nylon, mais on avait l'impression qu'il suffirait qu'il s'étire pour que les gardes qui l'encadraient soient soulevés du sol. Devant lui, je me sentais comme une petite merde.

J'ai secoué la tête pour m'éclaircir les idées.

– Les espions doivent passer inaperçus, ai-je dit. Pourquoi Conor nous enverrait-il un espion repérable à un kilomètre ? Ça cache autre chose.

– Un assassin ! a crié Ben, le souffle court. C'est un assassin !

Il a blêmi et, dans la seconde, s'est remis à rire.

– Du calme ! a ordonné Val.

Ben s'est tu immédiatement. Val ne plaisantait pas.

– Pardonnez-moi, père.

Le prisonnier a émis un râle horrible à cause du sang qui lui engorgeait les poumons. Chacune de ses expirations crissait comme du gravier. Ses vêtements étaient imbibés de sang. Son visage était bizarre, comme je l'ai dit. Son expression n'était pas habituelle. Peut-être était-ce un Mi-Homme ?

Siggy, qui a toujours détesté ce genre de situation, a détourné les yeux en disant :

– Tuez-le et qu'on en finisse. S'il n'a pas encore parlé, c'est qu'il ne parlera pas.

C'était la première fois qu'il prenait la parole et, je ne sais pas pourquoi, cela a attiré l'attention du prisonnier. Il l'a regardé comme s'il venait de se rendre compte de sa présence et... il lui a souri. C'était un sourire amical, mais quel choc ! Comme si un chien ou une statue se mettait à sourire tout à coup.

On a tous reculé d'un pas, instinctivement. Puis, on s'est tourné vers Siggy.

– C'est la première fois que je le vois, a-t-il protesté.

Ben était furieux, car l'homme lui avait fait peur. Il avait dégainé un pistolet de sa ceinture et le frappait avec ; il devait faire des bonds pour atteindre son large visage. Le prisonnier haletait, gémissait, mais sans dire un mot.

Val observait Siggy.

– Viens devant, lui a-t-il ordonné.

Siggy a haussé de nouveau les épaules, mais il s'est avancé à l'ombre du géant qui a baissé les yeux vers lui et a souri encore. Val était fâché contre Siggy depuis quelque temps. Père était le genre d'homme qui imposait ses vues à tous, sauf à Siggy. Siggy avait ses opinions. Même Val n'y pouvait rien.

Siggy était mécontent. Il suffisait de le regarder pour savoir ce qu'il pensait du traité : une connerie totale.

– Alors ? a demandé Val. Qu'en penses-tu ?

– Je me demande comment il a pu s'introduire ici vu l'ampleur de notre dispositif de sécurité, a-t-il fini par dire.

J'ai poussé un soupir dégoûté. Il y avait de quoi. Siggy s'est adressé à un garde.

– C'est un humain ? Je ne vous demande pas si c'est un Mi-Homme, mais est-ce un androïde ?

En guise de réponse, les gardes ont fait tourner sur lui-même le géant ligoté. Ses vêtements étaient à moitié déchirés dans son dos presque dénudé. De la tête aux pieds, il n'était plus qu'une masse de chair boursouflée et sanguinolente.

– Je n'ai rien décelé de métallique chez lui, a dit le garde d'un air morne.

– Et il n'a *rien* dit ? a demandé Val, incrédule.

J'éprouvais un sentiment de fierté. S'il était si étonné, c'est qu'il savait qu'en matière d'interrogatoire, je faisais les choses à fond.

– Rien, lui ai-je répondu. Et quand je dis rien, c'est rien. Pas un mot.

J'ai regardé le géant – c'était plus fort que moi – en proie à un sentiment d'admiration mêlée d'effroi. Pas un mot ! Dieu sait que mes hommes connaissent leur travail pourtant ! Pas un mot !

– Il est peut-être muet ? a suggéré Ben. Un gros crétin muet. T'es muet, gros crétin ?

L'homme a relevé son visage bleui par les coups et a dit :

– Non.

On a tous sursauté, même Val. Ben n'a pu réprimer un cri. Quelle voix caverneuse ! Et, bon sang, parler comme ça juste pour me montrer qu'il pouvait le faire s'il en avait envie ! Instinctivement, on a tous reculé d'un pas, même les gardes qui, de surprise, en ont lâché les cordes.

– Nouvelle danse ? a dit Siggy en pouffant.

Le géant s'est redressé encore un peu plus. De chaque côté de lui, les gardes se sont emparés des cordes pour tenter de l'immobiliser, mais il les a soulevés dans son mouvement. Il semblait grandir sous nos yeux. J'avais l'impression atroce de l'avoir déjà vu quelque part. Un instant, on a eu le sentiment qu'il pouvait mettre un terme à tout ça en nous balayant d'un revers de main, et tous nos plans, toutes nos ambitions ont eu un goût de cendres.

– Mon Dieu ! ai-je dit.

Le géant m'a regardé avec un fin sourire. Je me suis mis à trembler. J'ai humecté mes lèvres.

– C'est forcément un espion, ai-je dit. (Je devais faire un effort pour parler.) Un voleur ne resterait pas aussi calme. Celui-là n'a même pas de mensonges à nous servir. Mon Dieu !

Il me fichait une trouille bleue mais, tout à coup, la colère m'a pris. À quoi ça rimait, tout ça ? Pour qui cette créature se prenait-elle ? J'en avais assez.

– Tuez-le, ai-je dit. Et vite.

Mais Val s'est tourné vers le garde.

– Pendez-le par les pieds dans la cage d'ascenseur. Il sera mort au lever du jour. Si c'est un voleur, qui s'en souciera ? Et si c'est un espion, Conor et ses hommes festoieront en se demandant ce qu'il nous a avoué.

– Oui ! À la tête qu'ils feront, on devinera s'ils le connaissent ! s'est écrié Ben en tapant dans ses mains. Et si on en capture d'autres, qu'ils subissent le même sort, père ! Ça leur servira de leçon.

Val a approuvé.

– Certainement.

Il m'a lancé un regard de biais et a ajouté :

– Mais il vaudrait mieux pour tout le monde qu'il n'y en ait pas d'autre.

8

SIGNY

Ma nuit de noces. Conor était redevenu tout gentil, mais je ne savais pas trop qu'en penser.

– Tu n'as pas attendu ce moment avec impatience, m'a-t-il lancé.

– Qu'est-ce que tu en sais ?

Je n'avais dit ça que pour le plaisir de le contredire, et, bien sûr, il a cru que je l'encourageais et a tendu la main vers moi. Je l'ai arrêté d'un geste en poussant un cri, presque un hurlement. Pas question qu'il me touche !

Alors, il a pris un air si gêné que je m'en suis voulu. On lui avait parlé de moi, et je crois qu'il s'imaginait que j'étais très féminine. Je me suis dit, tu vas voir. Tout d'un coup, j'ai inversé les rôles en me précipitant vers lui, en lui pinçant les fesses, et en disant d'une voix de stentor :

– T'es pas mal foutu, toi, hein ?

Il avait l'air si choqué que ça m'a fait rire. Je me suis dit : « C'est plus facile que je croyais. »

On avait une suite, un salon et deux chambres. Je lui ai demandé si on l'avait charrié d'avoir deux chambres séparées le soir de ses noces, et il a eu l'air surpris.

– On ne me charrie jamais.

– Ça va bientôt changer, alors.

On a bu un ou deux verres au salon. Il est resté très respectueux. J'ai apprécié… mais comment savoir s'il le resterait une fois qu'on serait dans le Nord ?

Il a mis une musique genre disco. Ce qu'il était maladroit !

– *Bang a shub bang a shub*, ai-je gémi. T'aime vraiment ce genre de truc ?

– Non, mais je pensais que toi, tu aimerais peut-être.

J'ai levé les yeux au ciel. Une escouade de conseillers avaient dû lui expliquer comment faire la cour à une fille, mais aucun d'eux n'avait pensé à se renseigner sur mes goûts musicaux. J'ai arrêté la stéréo, et le silence est retombé entre nous. Un silence inconfortable. J'étais bien décidée à le faire souffrir.

Il faisait les cent pas, et quand il ne me lançait pas des regards noirs, il se mordillait les lèvres en rougissant. Au bout d'un moment, il est venu s'asseoir à côté de moi sur le canapé, et m'a dit :

– Tu as réfléchi à ce que je t'ai dit ? Tu as pris une décision ?

J'ai senti mon cœur battre la chamade. J'en avais parlé à Sigs et on avait compris ce qu'il comptait faire. « Un viol organisé », avais-je ironisé, parce que ça revenait à ça. Encore plus facile pour lui si sa victime était consentante, et encore mieux si j'aimais qu'il me mette son truc là où je ne voulais pas.

Mais… ça ne se passait pas comme ça. C'était d'autant plus bizarre que l'on m'avait toujours raconté que c'était une sorte de monstre. Un monstre qui file doux, me disais-je. Je ne le trouvais pas charmant pour autant, pas encore. Je le trouvais plutôt mou. Non, ça ne collait pas avec lui. Un mou ne devient pas un seigneur de guerre.

Je me suis contentée de faire la grimace. Il a froncé les sourcils et alors, très lentement pour que je ne puisse pas me tromper sur ses intentions, il m'a caressé le cou. Mon col était échancré. Ses doigts ont glissé jusque dans le petit creux entre mes clavicules. Ça m'a fait frissonner. J'ai posé une main sur la sienne pour qu'il arrête, juste pour qu'il arrête, mais il a pris ça pour un consentement. Il a lentement enroulé sa main autour de ma nuque, a attiré mon visage vers lui, l'a incliné et m'a embrassée.

Ce n'était pas la première fois que j'embrassais un garçon, mais là, c'était différent. Il avait quelques années de plus que moi, mais il n'avait pas encore trente ans. Il n'était pas aussi vieux que mon père. Je me suis dit : il n'est pas si vieux que ça, après tout. Son baiser irradiait dans tout mon corps, et j'avais peur de ne pas savoir embrasser, mais ça a dû lui faire le même effet qu'à moi, car il m'a plaquée contre lui et m'a serrée très fort dans ses bras.

– Je vais me coucher, ai-je annoncé.

Je me suis écartée de lui et je suis partie dans ma chambre en courant presque. Je me suis allongée tout habillée sur le lit. Je l'ai entendu mettre un autre CD. J'ai entendu les glaçons tinter dans son verre. J'ai pensé : « S'il essaie d'entrer ici, je lui donne un coup de couteau. »

Là-dessus, il a frappé doucement à ma porte, et mon cœur a bondi dans ma poitrine. J'ai failli crier. Mais c'était si… si agréable. J'ai pensé : « Écoute, si tu veux, tu peux lui trancher la gorge, il ne représente aucun danger pour toi. » Alors pourquoi avais-je si peur ? Et, tout de suite après je me suis dit : « Mais qu'est-ce qui m'arrive ? »

Je ne suis pas allée ouvrir la porte. Au bout d'un moment, il s'est éloigné et je suis restée allongée sans bouger. Impossible de dormir. Et vous savez quoi : j'avais envie qu'il revienne ! Je me disais : « Que ferait Had à ma place ? Ou Ben ? Et mon père, que ferait-il ? Et Siggy ? Oui, surtout, que ferait Siggy ? »

Je l'entendais d'ici dire : « Va le retrouver et fais-lui une… » Sauf qu'il ne me dirait pas ça, bien sûr. Il pourrait me le dire au sujet de n'importe quel garçon dont j'aurais envie, mais pas de Conor. Il était très jaloux. Mais soudain, j'ai pensé que c'est ce que Sigs me dirait et que c'est ce que je lui dirais. Voyons les choses en face : le seul avantage d'être mariée à quatorze ans, bon sang, c'est de pouvoir faire l'amour sans encourir les foudres parentales. « Alors, peut-être vais-je suivre ton conseil, Sigs, ai-je pensé, même si tu ne me l'aurais pas donné… »

Après tout, il faut bien commencer un jour. Et puis… d'être là dans cette chambre avec cet homme… ça m'excitait.

Conor n'était pas encore allé se coucher. Je me suis glissée hors du lit, ai gagné la porte sur la pointe des pieds et l'ai entrebâillée. Là-dessus, j'ai pouffé de rire et j'ai couru me remettre au lit. C'était à lui de venir vers moi !

Il s'est figé dans la pièce contiguë. Je l'ai entendu. Puis la porte s'est rouverte et il s'est immobilisé sur le seuil.

– Signy ? Signy ?

Je n'ai pas répondu. J'ai rabattu le drap sur ma tête et j'ai ricané bêtement, c'était tellement gênant. Je lui en ai voulu pour ça. J'ai rabattu le drap et j'ai fait semblant de dormir. Il est entré sur la pointe des pieds et alors j'ai trouvé que tout ça était d'un ridicule achevé. Je me suis redressée d'un coup et je lui ai dit :

– Qu'est-ce que tu veux ?

Il était là, devant moi, à me regarder. J'étais excitée et, en même temps, je me sentais seule, assise dans ce lit devant cet inconnu qui me regardait. Je lui ai dit :

– Je l'ai déjà fait, tu sais.

Il s'est rembruni.

– Tu veux parler de…

Il a haussé les épaules, et a ajouté :

– Tu es très jeune. Mais c'est toi que ça regarde.

– En effet.

J'avais l'impression de… contrôler la situation. J'ai tapoté le matelas.

– Assieds-toi là.

Et il a fait ce que je lui disais. C'était très excitant de le voir faire ce que je voulais. J'avais le fou rire, mais aussi très peur !

Il s'est assis sur le lit, m'a enlacée et m'a embrassée encore. C'était génial ! Puis, il a commencé à déboutonner mon haut.

– J'ai déjà fait l'amour plein de fois, lui ai-je murmuré à l'oreille.

Il s'est immobilisé.

– Tu n'arrêtes pas de le répéter.

Je me suis écartée de lui.

– Plein de fois. Plein de fois !

– Comment ça ? Jusqu'au bout ?

– C'est pas parce qu'on a quatorze ans qu'on n'a pas le droit de faire l'amour… (Et j'ai ajouté, très calme :) Ne serait-ce que toute seule…

Je ne sais pas pourquoi j'ai dit ça. C'est tellement intime. Je n'en avais jamais parlé à personne, pas même à Siggy. En y repensant, je me dis que je devais avoir envie de lui faire cette confidence, de la lui offrir comme un cadeau empoisonné pour le culpabiliser pour tous les garçons que je n'avais pas eus. Bon, en fait, j'en avais caressé deux ou trois, ils m'avaient caressée eux aussi, mais pas comme je le lui avais dit.

Il a ri. Il semblait content. Très doucement, très, très doucement, il m'a caressé une oreille, le visage, puis il a fait glisser le bout de ses doigts sur mon cou, la naissance de mes seins, puis le long de tout mon corps, enfouissant sa main au creux de moi au point que j'ai cru que j'allais exploser. Alors, j'ai défait mes boutons à sa place.

Il ne voulait pas aller jusqu'au bout, il voulait juste me caresser ; mais beaucoup plus tard, je lui ai demandé de me pénétrer. Ça m'a fait un peu mal, ce serait mieux les prochaines fois, je le savais. Le truc, c'est que tout a eu l'air se dénouer. D'un coup, tout devenait si facile ! On parlait, on parlait, on se faisait des choses, puis on se remettait à parler. On a parlé toute la nuit. Il était... on avait tant de points communs. Je me sentais très proche de lui, encore plus proche de lui que de Siggy parce que, bien sûr, je n'aurais jamais pu faire ces choses-là avec Sigs.

Je lui ai tout raconté sur Sigs et moi, tout ce qu'on avait fait ; et lui, il m'a parlé de son père qui m'a paru être un salaud de première. Je lui ai tout dit sur le mien, et il s'est déclaré jaloux de Val qui lui semblait un homme si bon.

On a parlé, on a parlé, puis on a recommencé à se caresser. C'est là que je lui ai demandé de me le faire. Vous auriez vu sa tête... j'ai cru qu'il allait s'évanouir ! Je me suis dit : « Ça doit être ça, tomber amoureux. Ça doit être ce que je suis en train de vivre. »

– Conor, est-ce qu'on est en train de tomber amoureux ?

– Je crois que oui, m'a-t-il répondu, mais ça ne m'était encore jamais arrivé...

– Attendons de voir, alors.

On s'est mis à rire, à rire... C'était vraiment drôle ! On était mariés, on couchait ensemble et on devait attendre de voir si on tombait amoureux l'un de l'autre !

– Ça doit être de coucher ensemble qui nous rend comme ça, ai-je déclaré.

– Pas moi. Ça ne me l'avait jamais fait. Tu crois que pour toi, ce serait pareil avec n'importe qui, alors ?

Il avait l'air si malheureux tout d'un coup que j'ai dû lui donner une grande tape sur la jambe. Il était trop bête !

9

Il y eut des feux d'artifices, il y eut des bals de rues. La fête dura toute la journée jusqu'au lendemain matin. Il y eut des kermesses, des spectacles, des mascarades, des concerts. Des tables sur tréteaux avaient été dressées dans Londres et, durant ces jours-là au moins, tout le monde put manger à sa faim. Le soir, vint le moment de l'apothéose, un grand festin dont Conor était l'invité d'honneur et qui devait voir la signature du traité, la fin d'une guerre, et le début d'autres conflits maintenant que les seigneurs de Londres tenteraient des percées dans les terres des Mi-Hommes et au-delà.

Le grand salon du Galaxie était le lieu idéal pour abriter ces agapes. Ce vaste espace intérieur, tendu de toiles d'araignées et ouvert à tous les vents à son sommet, était encore une des merveilles de Londres. L'air conditionné avait rendu l'âme au cours de ce siècle, et des écharpes de brume se formaient dans les hauteurs du plafond. Les panneaux de plastique s'écaillaient, de petits flocons de polystyrène tombaient comme de la neige, le mortier s'effritait, les surfaces étaient recouvertes d'araignées et de mouches mortes, de poussière et de saletés. Mais, d'une certaine façon, cette misère ne faisait qu'ajouter à sa gloire.

Au centre, la cage d'ascenseur, tel un fil de soie, s'élevait dans la brume jusqu'à disparaître de la vue. Elle partait des profondeurs des sous-sols, là où les formidables richesses de Val étaient gardées, et montait jusqu'au sommet brisé de l'édifice. Faite d'un verre particulier, elle était si longue et d'aspect si fragile qu'il n'était pas rare que les visiteurs qui la voyaient pour la première fois se baissent instinctivement en se protégeant la tête, certains qu'elle était en train de se briser et que des millions de tessons tranchants comme les lames de rasoir allaient leur tomber dessus. Mais les anciens bâtisseurs l'avaient construite avec les matériaux les plus solides qui soient. Rien, jamais, n'avait pu en rayer la surface.

L'ascenseur ne fonctionnait plus depuis plusieurs générations, mais sa cage avait une nouvelle fonction. Val avait fait de cette colonne cristalline une sorte de temple où il organisait ses pendaisons sacrificielles. Des corps se balançaient, fruits étranges parmi les fils et les câbles, jusqu'à ce qu'ils pourrissent et tombent en morceaux, s'en allant former un tas d'os tout en bas. Il y en avait des nouveaux ce jour-là, qui regardaient les dîneurs, cloués à une poutre par un talon, mains liées dans le dos, une jambe croisée derrière l'autre. Le verre, nettoyé, brillait de mille feux.

Un jour, Ben avait prétendu pouvoir réparer l'ascenseur en quelques jours si on lui en donnait les moyens. Il y avait relié un générateur, ce qui avait provoqué d'énormes étincelles jaunes et une succession d'éclairs bleutés sur toute la hauteur de la colonne, fait crépiter les câbles et carbonisé les morts. Certains corps s'étaient convulsés et avaient pris feu. Il y avait eu des bruits étranges : on avait entendu des chants. Val avait ordonné d'en rester là.

– Les morts n'ont pas besoin d'ascenseur et n'ont plus rien à dire, avait-il décrété. Rien que j'aie envie d'entendre, en tout cas.

Plus tard, Ben s'était demandé si d'avoir fait danser et chanter les morts n'avait pas offensé les dieux qui revenaient lentement à la vie. Mais Val se refusait à avoir de telles pensées.

– Lorsqu'on tue, il vaut mieux s'attendre à mourir, avait-il dit. Mais il vaut mieux mourir proprement.

Il n'y avait jamais eu autant de gens sous ce toit, et quels gens ! Des voyous, des contrebandiers, des chefs de la sécurité, des marchands, tous les riches et les puissants. On n'aurait jamais pu croire qu'une telle richesse pût coexister avec la pauvreté qui régnait dans les rues. Les hommes et les femmes présents ce jour-là comptaient parmi les plus fortunés, les plus intelligents, les plus malins, les plus dénués de scrupules de deux nations, celle des Volson et celle des Conor. Ces gens qui, depuis des générations, s'ingéniaient à se massacrer, étaient assis à la même table et partageaient le même repas.

Sur une estrade juste devant la cage d'ascenseur étaient assis les membres des deux familles, les Volson et les Conor. Symboliquement, Signy était placée entre Val et Conor. Siggy, qui jusque-là avait toujours été assis à côté de sa sœur jumelle lors des repas, se trouvait à dix places d'elle. Les derniers événements avaient créé ce gouffre entre eux, et dans leur cœur aussi les choses avaient profondément changé. Chacun évitait soigneusement de croiser le regard de l'autre. En attendant le début des réjouissances, Siggy tuait le temps en contemplant les sacrifiés qui oscillaient dans leur cage de verre.

10

SIGGY

Les femmes portent des collants épais, et les hommes des pantalons. À force de pendre de pauvres diables la tête en bas, on s'est habitué à ne voir que leurs guenilles qui, à l'endroit, leur donnent un air décent, si l'on peut dire, et rendent, à l'envers, l'impudeur encore plus impudique.

Ce sont tous des malfaiteurs, tous des pauvres. Eh oui ! les riches sont plus utiles vivants. Il y a une femme qui a vendu des enfants à des bandes rivales, à Conor peut-être, ou à des Mi-Hommes, car les Mi-Hommes aiment bien les esclaves humains. Son visage est tout violet. Il y a aussi un vieux faussaire, assassin et violeur. Le cocktail habituel.

Et il y a le géant, l'espion. Il est mort, là, seul, pendant la nuit. Il est pendu la tête en bas, comme les autres, son chapeau à large bord, toujours vissé sur son crâne, noué par une cordelette sous le menton, sa vieille houppelande rapiécée déployée comme des ailes sous ses épaules, ses bras attachés dans le dos, son visage noir.

Ben m'a flanqué un coup de coude dans les côtes et m'a chuchoté :

– Val aurait dû les faire pendre à poil.

On dit parfois des horreurs de ce genre. Mais jamais en parlant des pauvres, seulement des traîtres, et il faut être riche pour trahir.

– Pourquoi ? ai-je demandé.

– Bah, c'est un repas de noces, non ?

Un court silence a suivi, le temps que je fasse le rapprochement, et alors on a éclaté de rire. Quel idiot ! On a baissé la tête comme pour prier et on a pouffé, hoqueté. J'ai attendu de m'être un peu calmé pour lancer :

– Parce qu'il l'a raide, en plus…

Et nous voilà repartis. C'était limite comme humour. Tout le monde nous a regardés. Had nous a donné des coups de coude pour qu'on se calme. Dans le camp de Conor, certains nous observaient d'un sale œil. On s'est mordu les lèvres pour se forcer à reprendre notre sérieux. J'ai tourné les yeux vers Signy. Elle aussi nous fusillait du regard, comme si elle était l'une d'eux. Et le pire, c'est que c'était vrai : elle était bel et bien l'une d'eux. Une nuit avec Conor et voilà le résultat. Touché-coulé. Elle est passée dans l'autre camp… Bon, je sais que je ne suis pas juste en disant ça.

Je l'avais vue un peu plus tôt. J'étais… je vais vous dire, je n'avais presque pas fermé l'œil de la nuit. Je n'arrêtais pas de penser à elle, coincée au lit avec ce type. Je lui avais demandé de venir me rejoindre au matin dans son ancienne chambre. Je l'ai attendue pendant des heures, j'étais mort d'inquiétude. Je me disais qu'il l'avait peut-être… Bref, tout était possible ! Là-dessus, elle est entrée en trombe et m'a regardé.

– Alors ? ai-je demandé. Alors ? Comment ça s'est passé ?

Et elle… elle s'est mise à rire et m'a fait un clin d'œil.

– Petit curieux, a-t-elle dit avec un sourire en coin. Puis elle est redevenue sérieuse et a ajouté : il a été… gentil.

Je n'en croyais pas mes oreilles. J'en avais été malade toute la nuit, et elle était là, à me sourire en rougissant. Elle avait l'air toute contente.

– Tu l'as laissé te le faire ?

– Je crois qu'il est amoureux, Sigs.

L'amour ! Il ne manquait plus que ça ! Déjà ! Elle ne se rendait même pas compte à quel point c'était ridicule de se croire amoureuse après seulement une nuit avec ce…

– Ne sois pas stupide, lui ai-je dit.

Là-dessus, elle a commencé à m'expliquer qu'il n'était pas du tout comme on le disait, que le méchant c'était son père, qu'il était tendre et gentil. Tendre et gentil ! Comment pouvait-elle avoir la mémoire aussi courte ? Elle parlait du type qui faisait pendre des gens haut et court pour avoir toussé au mauvais moment ! Conor, un tendre ?

Ce qui se passait crevait les yeux. Amoureux ? Il se servait d'elle, je l'ai compris tout de suite. Il avait lancé sa ligne et elle avait mordu à l'hameçon à belles dents. Et Val, pareil. Je suis allé sans attendre lui raconter ce qui se passait, mais en m'entendant dire qu'elle pensait qu'il l'aimait, il a paru très satisfait. Satisfait ! En affaires, mon père ne ferait pas confiance à un saint, et il croyait que Conor était tombé amoureux de sa fille, tout ça parce que ça l'arrangeait bien.

Mais… ce qui était fait était fait, et quant à Signy, ma foi, c'était son grand jour. Je ne pouvais plus rien y changer. De ma place, je l'ai regardée parmi les autres convives, et j'ai levé mes pouces à son intention comme pour lui dire, excuse-moi, t'es toujours ma sœur, mais en vérité, ce n'était plus pareil. Elle m'a souri, m'a adressé un petit signe de la main, mais chez elle aussi, j'avais l'impression qu'il y avait quelque chose de changé.

11

Plus loin à la même table, Had observait Ben d'un air soucieux. Son frère ne plaisantait plus. De plus en plus tendu, il lançait des regards noirs aux hommes de Conor qui se retournaient vers le géant dans la colonne de verre.

– Ils le connaissent ! dit Ben, les dents serrées. Tu vois, ils le connaissent. C'était un espion !

Had secoua la tête et se pencha vers son frère.

– Chut, Ben. Ça ne veut rien dire. Qui ne zieuterait pas cet énergumène ? Calme-toi. Il ne va rien se passer. C'est un repas comme un autre.

Pourtant, Ben n'était pas le seul à avoir des craintes. Ce banquet s'était ouvert sous haute surveillance. Les murs de la salle avaient été passés au peigne fin et avaient fait l'objet d'une double vérification. Tous les invités avaient été fouillés. Si l'on peut interdire les armes à feu, on ne peut extraire d'un coup le venin et la méfiance accumulés par un siècle de guerre. Finalement, la meilleure mesure de sécurité avait encore été de mélanger tout le monde. Ainsi, quiconque ouvrirait le feu risquerait de tuer aussi bien ses frères que ses ennemis.

Siggy désigna la panoplie de couverts disposés devant chaque invité. Ça allait du couteau à ananas au couteau à viande.

– Je me demande pourquoi on s'est donné la peine de confisquer les armes à feu, dit-il. Pas besoin de revolvers : on a de quoi s'étriper avec tout ça !

– Tu les en crois capables ? Tu *nous* en crois capables ? dit Ben, pâlissant encore plus.

Had flanqua un grand coup de coude à Siggy.

– Ferme-la, bordel ! répondit-il du bout des lèvres.

– Excuse, marmonna Siggy.

Il soupira, se carra dans sa chaise et se perdit dans la contemplation des autres convives qui mangeaient du bout des dents les mets succulents comme s'ils craignaient qu'ils fussent empoisonnés. Personne n'était sûr de rien.

Autour de la table d'honneur étaient postés des hommes imposants en costume noir – les gardes du corps, les anges gardiens des membres des deux familles. Derrière Conor se trouvait le garde du corps Mi-Homme qui, à son arrivée, lui avait ouvert la portière de sa voiture. Il ne portait pas de costume noir. Il n'en avait pas besoin : il avait le corps recouvert d'un pelage noir, lustré et épais. Il était à peu près sûr qu'une arme à feu se dissimulait sous l'un ou l'autre de ces costumes impeccablement repassés, mais le Mi-Homme n'avait pas besoin d'une arme pour inspirer la peur. Regardez ! La garde rapprochée du roi Conor est exclusivement composée de Mi-Hommes.

Chaque camp haïssait l'autre, mais la haine des humains envers les Mi-Hommes était plus forte que tout. Êtres hybrides, à moitié finis, ils avaient été conçus pour garder les Londoniens prisonniers de leur ville. C'était autant la perspective d'éliminer les Mi-Hommes que de fuir la ville qui avait poussé Val à tenter de s'allier à Conor.

Had se pencha vers ses frères et dit à voix basse :

– On raconte que Conor ne l'a pas capturé, mais qu'il l'a créé. Grâce à un incubateur en verre que lui auraient donné ceux de Ragnor.

Et quelle était la recette ? Os en acier, crocs de loup ? Quelle dose de haine ? Quelle dose de peur ? On peut tout fabriquer avec de la bonne technologie. Mais beaucoup parmi les personnes présentes ce jour-là ne croyaient pas une seconde qu'un Mi-Homme puisse être loyal envers un homme, surtout envers Conor dont le sport favori était de franchir la Muraille pour organiser des chasses aux Mi-Hommes.

Siggy observait la créature. Sa grosse tête devait bien peser cinquante kilos, mais elle semblait aussi légère qu'une petite balle de caoutchouc sur son cou épais. Il y avait sans aucun doute du chien dans sa lignée, à en juger à la finesse de sa taille, à la largeur de sa cage thoracique, à l'étroitesse de ses épaules.

Le Mi-Homme tourna la tête vers lui et, sans le lâcher des yeux, il laissa pendre sa longue langue rose et haleta.

Plats et vins se succédaient et l'animation grandissait. C'était un festin comme on n'en avait jamais vu.

Val en avait confié l'organisation à Al Karr, un trafiquant – un négociant, comme on disait alors – qui importait des produits du Monde Extérieur via les terres des Mi-Hommes. Val était d'une autre époque. Quand il était petit, c'était encore la guerre contre les Mi-Hommes ; il n'y avait pas de négoce. Il était parti de rien, et il y a à peine trente ans, il ne savait pas à quoi ressemblait une bouteille d'alcool. Il avait encore du mal à imaginer qu'on puisse avoir de l'argent à dépenser. Investir en armement ou en constructions de bâtiments et d'écoles, passe encore, mais l'idée de payer pour du vin de contrebande ne lui disait rien.

Al avait bien travaillé. Il y avait tout ce dont on pouvait rêver. Les chefs avaient confectionné de véritables œuvres d'art culinaires destinées à durer plusieurs jours : des lézards composés de poulets farcis, des dragons de crevettes et de homards, des statues de riz collant, des paons, de petits édifices de côtelettes, des portraits de Val et de Conor lors de leurs victoires passées et présentes composés de lamelles de viande et de feuilles de salade. Chaque plat déclenchait une salve d'applaudissements. Mais Val, en son for intérieur, était scandalisé, même si rien de tout cela n'était une surprise pour lui. Il hochait la tête au rythme de l'arrivée des plats, essayant, en vain, de faire le compte de ce que tout cela lui coûtait.

Al s'était débrouillé pour dégoter un chameau qu'il avait fait rôtir entier, bosses comprises. Il se dressait sur ses pattes, cou tendu comme dans la vie. Il était décoré avec différentes gelées d'une vingtaine de couleurs. On aurait dit que ce chameau faisait un mauvais trip. Il était à la fois magnifique, ridicule et hilarant. Les serveurs le présentèrent à la ronde sur une longue table roulante avant de le découper. On entendait les rires sur son passage.

À la fin du repas, la cloche sonna.

Les hommes de Val s'efforcèrent de rester de marbre, du moins ceux qui n'avaient pas peur pour leur tête. Conor et les siens avaient été prévenus de ce qui allait se passer : il aurait été trop dangereux, étant donné la nervosité du garde du corps, que se produise soudain ce qui ressemblait à s'y méprendre à une catastrophe. On avait tout expliqué dans les détails – où, comment, pourquoi –, mais les hommes de Conor ne se rendaient pas vraiment compte. Ni personne d'autre. Même ceux qui l'avaient déjà entendue avaient la chair de poule. Ce n'était pas seulement le bruit. La vision à elle seule était terrifiante.

Une grosse poutre en acier avait été récupérée dans un gratte-ciel de la ville. Elle pesait plus de cent tonnes et elle était en suspension telle une baleine dans l'océan de la grande salle, très haut dans les airs, à quatre-vingt-dix mètres au-dessus des têtes des convives, au-dessus d'un nuage de fumée de tabac et de poussière, maintenue par tout un réseau de câbles. À chaque extrémité, se trouvaient deux gros filins d'acier qui reliaient la poutre à d'immenses treuils fixés aux murs.

Cette poutre faisait office de battant, comme dans une cathédrale. Pendant que les convives festoyaient, elle était doucement treuillée, mètre après mètre, vers les murs, donnant l'impression qu'un pan du bâtiment se mouvait dans l'espace au-dessus des têtes. Une fois qu'elle était arrivée contre le mur c'était simple, les filins étaient libérés et l'énorme poutre fendait l'air, à croire qu'un glissement de terrain avait lieu dans l'espace. On sentait même le souffle de l'appel d'air quand la poutre entamait son déplacement. Elle était si grosse qu'elle donnait l'impression d'une extrême lenteur, un peu comme un avion qui vole très haut dans le ciel. Mais, en fait, elle allait aussi vite qu'un train. L'air sifflait, et ce poids mort était suspendu dans le ciel telle la lune à son déclin. On avait beau l'avoir vu cent fois, on croyait chaque fois que le toit s'effondrait ! On se voyait déjà mort. Aplati comme une crêpe. Ça y était ! La poutre se dirigeait tout droit vers la cage d'ascenseur…

Les hommes de Conor se raidirent. Ils se protégèrent la tête avec les mains et reculèrent instinctivement. D'une seconde à l'autre, la poutre allait frapper la paroi de verre et une pluie de tessons s'abattrait sur eux.

La poutre percuta la paroi et rebondit sur le verre avec un craquement qui aurait pu faire croire qu'on avait cogné contre le flanc du monde. La colonne frémit. Une myriade de couleurs dégoulinèrent contre l'intérieur de la paroi telle de la peinture à l'huile coulant de milliers de palettes. Et la cage d'ascenseur sonna.

La poutre de cent tonnes était le battant ; la cage était une cloche tubulaire ; l'ensemble du bâtiment était le clocher.

C'était comme si la Terre hurlait. Tout le monde s'était bouché les oreilles ainsi qu'on l'avait conseillé ; les gardes du corps aussi, et leurs yeux roulaient dans leurs orbites au cas où quelqu'un tenterait quoi que ce soit pendant qu'ils avaient les mains occupées. La cage d'ascenseur résonna, gronda, le bruit prit possession de chaque particule d'air et submergea la salle. Le garde du corps Mi-Homme se roula en boule et se mit à crier comme s'il voyait la Mort de près, mais personne ne l'entendit. Sur la table, le vin trembla dans les verres, les couverts cliquetèrent. Dans la lumière, au-dessus des têtes, des nuages de poussière se formèrent. On aurait dit des anges descendus des cieux dans toute leur gloire.

Mais la chose la plus étrange de toutes au moment où la cloche sonna, ce fut le comportement des morts. Ils se mirent à bouger. Leurs bras s'élevèrent et leurs têtes oscillèrent comme pour dire « non, non, non ». Puis ils se tordirent, se contorsionnèrent dans leurs cordes ou sur leurs croix. Quelques os tombèrent comme des gouttes d'eau, se détachant des cadavres les plus anciens. Tandis que le son mourait peu à peu, ce phénomène bizarre perdura, et toutes les têtes se tournèrent pour l'observer. Le vin forma de petits cercles concentriques dans les verres et finit par s'immobiliser. La poussière atteignit les convives qui étalèrent leurs serviettes sur leurs assiettes pour les protéger. Les morts bougeaient toujours. Durant plusieurs minutes, alors que le bruit s'était réduit à un murmure, ils poursuivirent leur danse macabre parmi les câbles, se tournant et regardant d'un côté puis de l'autre, jouets des ondes subsoniques et des forces qui couraient le long de la cage d'ascenseur.

Puis leurs mouvements se firent de plus en plus lents, de plus en plus faibles, et ils finirent par retrouver leur immobilité de pendus. Alors, les invités détournèrent la tête pour se remettre à manger et échanger leurs impressions avec leurs voisins de table. Mais bientôt, leur attention fut à nouveau attirée par autre chose, quelque chose que personne jusqu'alors n'avait vu.

Un des morts refusait de demeurer immobile.

C'était l'homme à un œil. Son cadavre tournait toujours la tête d'un côté et de l'autre, maculé de sang, son œil unique sans expression. Ses bras semblaient s'être libérés des liens qui les retenaient dans son dos, et voilà qu'il les levait vers le ciel. Il tourna la tête. Incroyable ! Et tout d'un coup, il releva le buste et attrapa la poutre à laquelle sa cheville était clouée.

Les invités se levèrent d'un bond en poussant des cris d'effroi devant un tel phénomène. En une fraction de seconde, tous les regards s'étaient portés sur ce mort. C'était comme un cauchemar qui n'en finissait pas. Lorsque l'homme arracha le clou en le tirant d'une main, il fut évident pour tous qu'il était revenu à la vie.

Les cris cessèrent peu à peu et un silence épais s'abattit sur la salle. Le mort tendait les bras pour attraper les câbles près de ses pieds. Puis, lentement, très lentement, il assura sa prise et, laissant retomber ses jambes, il se retrouva dans la bonne position. Il demeura immobile, observant les convives tel un immense oiseau noir.

Un murmure parcourut la salle. Des voix s'élevèrent. Val se leva et tapa du poing sur la table.

– Silence ! Il semblerait que nous ayons de la visite…

Le silence retomba sur l'assemblée. Had se pencha vers ses frères, et lâcha entre ses dents :

– Ça doit être un androïde, en fait.

Mais le sang s'était remis à dégouliner le long du dos de l'homme. Son visage, aussi noir que du sang coagulé, reprenait des couleurs.

Le mort oscillait lentement, pendu par les mains. Il regardait le réseau de câbles au-dessous de lui, comme s'il se demandait comment descendre. Dans la salle, le silence était si profond qu'on se serait cru au fond de l'océan. Le visage de l'homme était dans l'ombre de son large chapeau, mais on voyait tout de même luire son œil unique.

Conor avait blêmi. Il voulait faire croire que c'était de colère, mais c'était de peur.

– C'est ta créature, dit-il à Val d'une voix neutre. Et, se tournant vers Signy, il ajouta : Ainsi, c'était donc un piège depuis le début, hein ? Même toi ?

– Non ! Ce n'est pas… Je ne…

– Je n'ai rien à voir dans tout ça, Conor, dit Val. Tu ne comprends donc pas ? Ce sont les dieux, les anciens dieux qui reviennent parmi nous. C'est Odin en personne que tu vois.

Le mort commençait à descendre dans la cage d'ascenseur en prenant appui avec ses mains, et sa large houppelande le faisait ressembler à une énorme chauve-souris sombre. La situation était dangereuse. Les gardes du corps des deux clans étaient nerveux. S'ils ouvraient le feu, les super-puissants des deux nations seraient liquidés.

Conor humecta ses lèvres.

– Je ne suis pas certain de croire en ces dieux, dit-il.

Val se mit à rire.

– Qui d'autre ? Qui d'autre pourrait faire cela sinon les maîtres de la vie et de la mort ? Demande à ton Mi-Homme. Regarde !

Derrière la chaise de Conor, le Mi-Homme avait mis le genou à terre et inclinait la tête devant ce visiteur inattendu. Un tohu-bohu s'éleva dans la salle tandis que tout le monde commentait les paroles de Val.

Ben, quant à lui, était déjà convaincu.

– Mon père a raison… regardez ! Il n'a qu'un œil, exactement comme dans les récits.

Siggy s'apprêtait à répondre que tout ça c'étaient des conneries, mais au moment où il ouvrait la bouche, l'homme sauta dans le vide et fit une chute de plus de dix mètres à travers les câbles et les cadavres au-dessous de lui. Il atterrit avec fracas dans le tas d'os et de mécanismes. Tout ça aurait dû le tuer, mais non. Lentement, il se releva. Il franchit l'ouverture dans la paroi de la cage d'ascenseur, à l'emplacement de l'ancienne porte, et se retrouva dans la salle parmi les convives. Toutes les voix se turent. Tout le monde se figea.

Malgré leur envie de se précipiter sur lui, les hommes étaient paralysés. Ceux qui, par peur, voulurent fuir ce mort eurent l'impression d'être vissés à leur siège. On n'entendait plus que le bruit feutré de ses pas sur le sol. Il s'arrêta un moment et regarda autour de lui comme s'il reconnaissait un à un les visages. Alors, il porta le bras à sa ceinture et y prit un couteau qu'il brandit au-dessus de sa tête. C'était un objet ancien, grossier, laid, à la lame courte et dentelée. Ceux qui étaient tout près virent qu'elle n'était pas même en métal. C'était de la pierre, de la pierre taillée, un outil digne d'un homme des cavernes.

Le mort se retourna brusquement vers la cage d'escalier et, d'un grand coup, enfonça la lame dans la paroi. On eût dit qu'un immense diapason avait résonné dans la salle et le couteau resta planté dans le verre poli. Le mort se retourna de nouveau et sourit, fier et sombre, en regardant les convives qui contemplaient, fascinés, ce deuxième miracle de la journée. Une poutre de cent tonnes fendant l'air ne pouvait pas même ébrécher ce verre. Pourtant, il fallait bien se rendre à l'évidence : il venait d'être transpercé par un couteau taillé dans la pierre.

Seul le Mi-Homme, semblait-il, avait retrouvé l'usage de ses jambes. Il s'éloigna de quelques pas de la chaise de Conor, se coucha face contre terre et, pour la première fois, tout le monde put entendre sa voix, mi-animale, mi-humaine.

– Seigneur, dit-il.

Le mort se pencha et, un bref instant, posa la main sur l'épaule de l'homme-chien. Puis il se redressa et se fraya un chemin parmi les gardes du corps jusqu'à la place occupée par Signy qui, tordue sur son siège, levait les yeux vers lui. Val, lui aussi, se retourna, le souffle court, vers cet invité surprise qui, par sa seule présence, lui avait ravi tous les pouvoirs. Conor, lui, fixait ses gardes du corps d'un regard noir comme si c'était par leur faute qu'un mort avait réussi à s'approcher de lui.

Le mort s'inclina. Conor rentra la tête dans les épaules de peur de prendre un mauvais coup derrière les oreilles. Mais non. L'homme leva la coupe de Val. Il la présenta aux quatre coins de la salle en un toast silencieux, et il but. Puis il la reposa bruyamment et s'essuya la bouche d'un revers de main. Il se tourna et fit un geste en direction du couteau planté dans la cage d'ascenseur.

– Il appartiendra à celui qui pourra l'arracher, dit-il. Qui que ce soit. Il écarta les bras, et s'écria d'une voix rauque : Peuple de Londres !

Il demeura immobile un instant puis laissa retomber ses bras. Alors, il baissa les yeux sur Signy qui levait toujours son visage pâle vers lui. Il se pencha, mit une main sur son épaule et, sans réfléchir, Signy se retourna et l'enlaça. Elle ne comprenait pas ce qui la poussait à agir ainsi. Elle resta ainsi, le tenant fermement par la taille. Il posa ses deux mains sur les épaules de la jeune fille, puis, doucement, l'écarta de lui et commença à faire lentement le tour de la table d'honneur. Il dépassa Conor, puis Val, puis il arriva à hauteur des frères Volson. Il eut de nouveau ce sourire qui n'appartenait qu'à lui, et mit une main sur l'épaule de Siggy.

Siggy pivota sur son siège pour le regarder en face. Au fond de son cœur, il savait qui était cet homme, alors qu'il ne l'avait jamais vu de sa vie. Son visage ensanglanté était masqué par l'ombre de son chapeau à large bord. Siggy ne voyait de lui que son œil de cyclope.

Le mort ne parla pas. Il se contenta de hocher la tête avec familiarité, puis il reprit son lent tour de table. Il descendit de l'estrade où étaient assis les membres des deux familles et fendit la foule jusqu'à l'autre bout de la salle. Les gens s'écartaient devant lui, et les têtes se tournaient sur son passage. Il lui fallut cinq bonnes minutes pour atteindre la porte principale, cinq minutes durant lesquelles toute vie semblait s'être figée autour de lui. Il ouvrit la porte, sortit...

Dès que le lourd battant se fut refermé derrière lui, le charme fut rompu. Il y eut immédiatement un raffut de tous les diables.

Conor et Val se levèrent d'un bond.

– Ramenez cet homme... ! hurla Conor.

– ... tout de suite ! cria Val.

Les gardes à la porte se précipitèrent hors de la salle à la suite du mort, comme s'ils avaient reçu une décharge électrique. Conor décocha à Val un regard mauvais.

– C'est encore une de tes ruses, lui dit-il.

La peur rendait ses lèvres exsangues.

12
SIGGY

C'était une machine. Aucun mort ne revient à la vie. Une machine, oui. Seule une machine peut redémarrer. Mais, après tout, peut-être les dieux ne sont-ils pas des vivants…

De toute façon, quelle différence y a-t-il entre un homme et une machine dès l'instant où celle-ci est faite de chair, de sang, et est dotée d'un cerveau mécanique ? C'était une chose artificielle, c'était sûr, et j'avais compris dans quel but elle avait été conçue. Conor semblait à deux doigts de sauter à la gorge de mon père. Ses hommes et les nôtres se regardaient d'un œil noir ; tous pensaient que c'était une ruse de l'autre camp. On se battait depuis un siècle. Qui pouvait croire que ça pouvait s'arrêter ?

Cette chose était venue pour mettre un terme à tout traité. Était-il possible que ceux de l'Extérieur aient peur de nous ?

Val s'efforçait toujours de convaincre Conor.

– Odin est resté pendu pendant neuf jours et neuf nuits. Il est mort et a ressuscité. Tu as vu ? Tu as vu ?

On voyait surtout que Val cherchait à s'en persuader. C'était marrant, il était si méfiant qu'il ne pouvait croire ce que lui-même disait tant qu'un témoin ne le lui avait pas confirmé, mais il était aussi superstitieux qu'une vieille femme. Il avait toujours voulu croire en ces anciens dieux, avoir leur soutien. Pratique, pour arriver à ses fins !

Les gens criaient. Les gardes du corps, de plus en plus nerveux, lançaient des regards à la ronde. On sentait la confiance fondre comme neige au soleil. Alors, Val s'est tourné face à l'assistance et s'est mis à crier. Le vacarme ambiant était si fort que, tout d'abord, personne ne l'a entendu, puis, petit à petit, voyant qu'il parlait, les gens se sont tus. Il lui a tout de même fallu quelques minutes pour obtenir le silence et que tout le monde l'écoute.

– Odin ! criait-il sans cesse. Odin ! Odin ! Odin !

Il serrait les poings comme pour forcer l'air lui-même à accepter sa version des faits. Oui. Et sa force de persuasion était telle qu'il aurait bien pu y parvenir. Maintenant que le silence était à son comble, Val tapait des pieds. S'il avait été le premier venu, tout le monde aurait pensé : crise de colère. Mais les colères des rois sont la manifestation de la vérité. Je l'avais déjà vu dans cet état. Et j'avais déjà vu la réaction de son auditoire : d'abord, il était gêné par son comportement, puis il se mettait à croire tout ce que Val voulait qu'il croie.

Quand il s'est arrêté de crier, tout le monde attendit la suite. Oh, on ne pouvait qu'être impressionné par mon père. On n'entendait plus que sa respiration haletante, il était à bout de souffle à force de crier et de trépigner. Alors, il a tendu le bras et a dit :

– Le cadeau d'Odin ! Que dites-vous de *cela* ?

On s'est tous tournés pour regarder le couteau.

C'était un miracle, pas de doute, et pas difficile de croire que c'était l'œuvre des dieux. Le couteau était enfoncé dans le verre jusqu'à la garde.

Je dis « verre » en parlant de la paroi de la cage d'ascenseur, mais certains prétendent que c'est un diamant d'un kilomètre de haut qui aurait surgi du charbon de bois, et d'autres pensent que c'est trop tendre pour du diamant. Le couteau y était planté comme si c'était du balsa. Alors en quoi était-ce fait ? Et pourquoi ce couteau était-il là ? À quelles fins ?

La pensée qui m'a traversé l'esprit, c'est qu'il était le signe avant-coureur de notre destruction. Un piège. Dès qu'on le retirerait, la colonne de verre s'effondrerait et on serait tous anéantis : moi, mes frères, Signy, Conor, Val et nos deux peuples. Exactement ce que ceux de Ragnor aimeraient voir…

Mais Val était déjà debout. J'ai tout de suite su ce qu'il allait dire. Je me suis carré dans mon siège en soupirant. Que pouvais-je y faire ?

– Un cadeau d'Odin lui-même ! a-t-il crié. Un couteau comme il n'en existe pas d'autre sur Terre.

Sa voix se répercutait aux quatre coins de la salle. Tout le monde était immobile. J'observais Conor. Pas plus que nous, il ne savait ce qui se passait, mais il y avait tout de même une chose dont il était sûr : ce couteau, il le voulait. Je reconnais la concupiscence, et Conor en était l'incarnation. Bah, on ne pouvait pas lui en vouloir. Que ce couteau vienne des dieux ou de Ragnor, ça valait la peine de le posséder.

Mon cher beau-frère devenait nerveux. Il se rongeait un ongle. Derrière lui, son garde du corps Mi-Homme était toujours à genoux, tremblant. Conor l'a remarqué du coin de l'œil.

– Était-ce le dieu ?

– Le dieu... Odin... oui, mon seigneur, aboya l'homme-chien d'une voix tremblante.

Conor s'est levé. Il a regardé autour de lui et a rougi – c'est la seule chose que je puisse dire à sa décharge.

– Je demande à essayer le premier, a-t-il dit.

J'ai vu Ben implorer Val du regard. Il est son fils aîné, il voulait la préséance.

– Honneur aux invités, a décrété Val.

Dépité, Ben a tapé du pied, mais il n'a pas protesté. Toutes les têtes se sont tournées vers Conor.

Oh, on a eu droit à un vrai spectacle ! Une vingtaine d'expressions ont traversé son visage. Il s'exposait à se couvrir de ridicule devant tout le monde, et il détestait échouer en public. D'un autre côté, il savait que s'il ne prenait pas ce risque, quelqu'un d'autre n'hésiterait pas à le faire à sa place. Il s'est frotté le visage, a adressé un signe de tête à Val, s'est levé, a fait le tour de la table et s'est dirigé vers la cage d'ascenseur.

C'était d'un drôle ! Pauvre Conor ! Tous les yeux braqués sur lui, et je parie qu'il aurait tout donné pour être seul. Il était rouge comme une tomate (donc Signy avait dit au moins une chose vraie sur lui : il était facilement gêné). Quant à elle, elle était très agitée. Pâle comme un linge, elle le regardait, et je voyais bien que de tout son être elle voulait qu'il réussisse. Ça m'a énervé. Oh, il l'avait bien grugée. Elle était tombée dans le panneau. Elle était amoureuse de lui, c'était sûr, amoureuse d'une apparence.

Il s'est campé devant la cage d'ascenseur, nous tournant le dos pour que personne ne puisse voir son expression, puis il a empoigné le manche du couteau et a tiré doucement.

Rien ne s'est produit. Il a tiré avec un peu plus de force. Là, il a lancé un regard par-dessus son épaule, avec un petit sourire, se sentant un peu bête. Il n'avait pas envie de passer pour un imbécile en tirant plus fort et en échouant. Il a tout de même réessayé, plus fort. Et puis, il y est allé carrément. Il a fait levier en posant un pied sur la paroi de verre et a tiré de toutes ses forces.

Il donnait l'impression de suer sang et eau tout en voulant paraître parfaitement décontracté. Quoi qu'il en soit, le couteau ne bougea pas d'un millimètre.

– C'est impossible ! a-t-il fini par dire, à bout de souffle.

Il a lâché le couteau et l'a fixé d'un œil mauvais comme si on avait pissé sur ses chaussures. Puis il est retourné s'asseoir en faisant celui qui n'était pas essoufflé le moins du monde. Signy a glissé une main sous son bras, très déçue pour lui, mais il l'a repoussée mollement. Il était furax.

Ensuite, tout le monde a voulu essayer. Je tremblais. Je m'attendais à ce que toute la colonne de verre nous tombe sur la tête.

– Prends pas cet air mort de trouille, m'a balancé Had.

– T'es vraiment con au point de ne pas avoir peur ? ai-je rétorqué.

J'ai surpris le regard de Val posé sur moi, alors j'ai pris l'air princier du style rien-ne-me-fait-peur qu'il aimait lire sur le visage de ses fils.

Ils ont tous tenté l'épreuve. Tout d'abord, la famille de Conor, ses oncles, ses cousins et les autres. Ensuite, ça a été le tour de ses grands pontes, les généraux, les négociants, tout ça. Ils ont échoué. Alors, ça a été à notre tour.

Val a essayé en premier, et je dirais à sa décharge qu'il se fichait complètement de se planter. Il a su en faire un véritable numéro d'artiste. Il s'est avancé avec dignité vers la cage d'ascenseur, a enroulé ses doigts autour du couteau, très concentré sur l'effort. Les veines de son cou saillaient, aussi grosses que des cordes. Il me faisait penser à un personnage d'un film de science-fiction. J'avais une trouille bleue que le couteau soit arraché de sa gangue de verre. Val aurait été projeté en arrière, c'était sûr ; mais mes inquiétudes se sont révélées superflues : le couteau n'a pas bougé d'un pouce. Val s'est retourné, a levé les bras vers le plafond d'un air résigné et a regagné sa place.

– Il sera pour un homme plus jeune, a-t-il affirmé.

Ça a été le tour de Ben, puis celui de Hal. Et puis, bien sûr, le mien, et je me suis dit : « Oh, fait chier. »

Attendez, je n'avais pas peur du ridicule – je n'ai pas besoin des autres pour penser ça de moi –, mais c'était que…

Le mort m'avait souri. Vous vous rappelez ? Avant qu'on le tue… Et quand il avait fait son tour de table, il m'avait touché. De toute façon, même sans cela, je savais. Pendant que les autres tentaient leur chance à tour de rôle, si je me mordais les lèvres et grimaçais, ce n'était pas seulement par crainte que le toit s'effondre.

Ce couteau était là *pour moi.* Il m'était destiné, je le savais. Odin me l'avait réservé. Il n'avait pas eu besoin de me le dire. Il me l'avait donné avec son sourire, et par le contact de sa main. Je l'avais compris au moment où il l'avait lancé dans la paroi de verre, et la suite n'avait fait que le confirmer. Ainsi que l'attitude du Mi-Homme qui, depuis qu'Odin avait quitté la salle, me regardait fixement en remuant son moignon de queue.

Si un autre avait réussi à le prendre, j'aurais souri et je me serais fait une raison tout en sachant qu'on m'aurait doublé. Or, ce couteau était là pour moi, c'était sûr. Mais je n'en voulais pas.

Oh, le couteau en lui-même, oui, bien sûr que j'avais envie de le posséder. J'en mourais d'envie même. J'en sentais déjà le poids dans ma main, je connaissais déjà toutes les aspérités de sa grossière lame en pierre sans même avoir eu à le regarder de près. Cet objet faisait partie de moi, au même titre que mes os, mes lèvres, ma main. Mais il y avait des risques à posséder un objet tel que celui-là, un cadeau des dieux. Non que je croie aux dieux, bien sûr, mais… Un cadeau comme celui-là est emballé dans une histoire qui n'est pas la vôtre. Je n'avais pas envie que quelqu'un transforme ma vie en épopée, fût-ce un dieu lui-même.

Pendant que tous les autres essayaient de l'arracher, je me disais : « Ouais, que Had le prenne. C'est lui qui veut être un meneur d'hommes ! Ou Ben, tiens, il donnerait sa vie pour avoir un truc pareil. » Mais tout en pensant cela, je savais que ce couteau n'était pas pour eux, qu'il était pour moi, que je le veuille ou non.

Je ne pouvais m'y soustraire, pas moyen. On ne m'aurait pas laissé faire et, de toute façon, j'avais tellement envie d'avoir ce couteau à ma ceinture que j'étais prêt à supporter les éventuels ennuis qu'il m'attirerait. Je me suis avancé en me disant : « J'irai doucement, je ferai juste semblant de tirer dessus. » Mais là encore, je savais exactement ce qui allait se passer. Tout juste si je ne voyais pas ce putain de truc me faire de l'œil.

J'ai tendu le bras et j'ai touché le couteau. Oh, à peine. Je n'ai rien eu à faire. J'ai senti mon coude partir brutalement en arrière comme sous le recul d'une arme à feu. Le couteau et ma main, soudés l'un à l'autre, ont été emportés dans le mouvement, j'ai brandi le couteau très haut au-dessus de ma tête, et j'ai poussé un grand cri. Un cri de surprise. Vite, j'ai levé les yeux pour voir si le toit s'écroulait, mais toute l'assistance a pensé que c'était un cri de triomphe, et les deux mille personnes présentes se sont levées comme un seul homme et toutes ont crié avec moi.

13

Alors, une clameur s'éleva de la foule. On s'attroupa autour du jeune garçon. Tout le monde voulait le toucher, prendre part à ce miracle. Siggy contemplait l'objet dans sa main et se sentait… C'était indescriptible. Quel autre que lui recevrait jamais un tel cadeau ? Il avait l'impression d'être devenu un tout. C'était comme si, avant, il n'avait été qu'un fragment de lui-même et que, pour la première fois de sa vie, il était vraiment lui.

En même temps, il avait peur. Il n'avait jamais cru aux dieux, à toutes ces légendes, mais tout en se disant que le mort venait de l'Extérieur, qu'il était une création de Ragnor ou d'une cité étrangère, son cœur lui soufflait qu'il s'était trouvé en présence d'un être divin. Puis il soupçonna que la vénération qu'il ressentait était elle-même produite par les techniciens de Ragnor capables de fabriquer des sentiments aussi facilement que des ouvre-boîtes. Mais quoi qu'il se dise, dans le fond de son cœur, il était sûr que l'être qu'il avait vu n'était pas un mortel, et que ce qu'il tenait dans sa main n'appartenait pas aux choses de ce monde.

Il demeura un long moment immobile, regardant fixement le cadeau qui venait de lui échoir. La pierre grossière de la lame était savamment aiguisée, mais qui aurait pu se douter qu'elle était la pierre la plus dure au monde ? Et qui avait pu l'effiler à ce point ? Au bout d'un moment, Siggy prit conscience que la foule s'était dispersée et que seul Conor était à ses côtés. Penché vers lui, il lui murmurait quelque chose.

– Quoi ? Qu'est-ce que vous dites ?

Conor lui adressa un sourire empreint d'indulgence, un peu comme un parent.

– Le couteau, le couteau… J'ai un service à te demander, un service au nom de notre nouvelle alliance.

Il souriait. Il attendait, c'était évident, que ce soit Siggy qui le lui propose. Ce n'était qu'un gamin à qui il parlait. Siggy avait tout de suite compris où il voulait en venir.

Conor soupira. Ce garçon n'avait aucun savoir-vivre.

– Le couteau, répéta-t-il. En tant que parent… c'est le jour de mon mariage. Je suis l'invité d'honneur. Ce couteau me revient.

– Vous n'avez pas été capable de le prendre.

– Oh, ne me dis pas que tu crois à ces bêtises, mon petit. Ça ne veut rien dire, on l'avait pas mal délogé quand tu l'as pris en main, c'est tout. Tu as très bien fait de finir de le sortir, mais il me revient. Donne-moi ce couteau. Offre-le à ton beau-frère. Au nouvel allié de ton père.

Siggy lança un coup d'œil vers Signy qui, toujours assise, le dévisageait avec anxiété. Leurs regards se croisèrent et elle l'encouragea d'un signe de tête. Oui, oui, donne-le lui. Fais-le pour moi, Sigs, au nom du bon vieux temps. Donne-le lui…

Siggy soupesa le couteau dans sa main et, sans crier gare, il le planta dans le plateau de la table. La lame s'enfonça dans le bois jusqu'à la garde.

– Alors, prenez-le. Si vous le pouvez, il est à vous.

Le silence reprit possession de la salle. Conor regarda le couteau mais ne fit pas un geste.

– Allez-y. Ce n'est que du bois.

Conor empoigna le manche du couteau, mais on voyait bien que, dans sa main, il était aussi enfoncé que la racine d'une montagne. Il tira dessus. La table bougea. Conor grimaçait, il tenait à avoir ce couteau. Il posa une main sur la table pour y prendre appui. Sous l'effort, il laissa échapper un cri de bête sauvage et les muscles de son cou se tendirent. Puis il lâcha le couteau, regarda furtivement les marques écarlates au creux de sa paume, et sourit. Il regarda Siggy en haussant les épaules comme si tout cela n'était qu'un jeu.

Siggy tendit le bras vers le couteau, et l'objet sauta de lui-même dans sa paume comme une chose vivante. Hilare, il se pencha vers Conor et lui murmura dans le creux de l'oreille :

– Vous couvririez d'or le sol de cette salle que je ne vous le donnerais jamais. Vous ne l'aurez jamais.

Conor lança des regards à la ronde pour être sûr que personne n'avait entendu qu'on ose lui parler sur ce ton. De toute façon, il suffisait de les regarder pour tout comprendre : d'un côté le sourire triomphant de Siggy, de l'autre la pâleur de Conor pleine d'animosité et de rage. Puis, il sourit à Siggy et rit de bon cœur. Il avait l'air parfaitement détendu, parfaitement naturel. Il se détourna et rejoignit les autres invités. Siggy rangea le couteau à sa vraie place : coincé dans sa ceinture.

14

Le lendemain, dans une petite pièce des appartements de Val, les jumeaux se chamaillaient.

– T'es cinglée.

– Pourquoi tu ne veux pas ?

– Non !

– Tu sais bien que tu devrais.

– Pourquoi ? Pourquoi je devrais ?

– C'est un invité. Après réflexion, Signy ajouta : Ce n'est pas un coup monté de Val, hein ?

– Qu'est-ce qui te prend ?

– Pourquoi tu ne veux pas le lui donner ?

– Parce qu'il est à *moi*, Signy. Tu as bien vu. C'est moi qui ai réussi.

– Tu n'as jamais cru à toutes ces histoires de…

– Je n'y crois toujours pas. Mais n'empêche, c'est moi qui l'ai eu. Tu as vu, non ? Il transperce tout.

Siggy prit le couteau à sa ceinture et le planta dans le mur de pierre à côté d'eux, y formant une petite fissure dans laquelle il s'immobilisa.

Pas croyable !

Mue par le ressentiment, Signy esquissa un geste en direction du couteau, mais elle se ravisa. Bien sûr, elle le voulait pour Conor, mais en même temps, elle avait peur d'être elle aussi capable de le retirer. De toutes les personnes présentes, elle seule n'avait pas tenté sa chance. Les garçons devaient passer les premiers. Peut-être ce couteau aurait-il pu lui appartenir et non à Siggy. Odin avait touché Siggy, mais il l'avait aussi serrée contre lui. Apparemment, tout le monde l'avait oublié.

– Vas-y… essaie, l'encouragea Siggy car il était certain que ce couteau n'obéirait qu'à lui.

Signy fit non de la tête, et il le reprit lui-même.

– Il est à moi. Je le sais. À quoi lui servirait-il ? Il ne pourrait même pas découper un citron avec.

Siggy regarda sa sœur avec curiosité. Il avait l'impression qu'elle devenait quelqu'un d'autre sous ses yeux.

– Il a été fait pour moi. Il faudrait que Conor vienne le prendre dans son fourreau !

Signy ne pouvait détacher les yeux du couteau. Sur son visage, se lisait la colère mais aussi la crainte. C'était un événement, ce couteau, mais...

– C'est humiliant pour lui d'être invité ici, et que ce soit toi qui rafles le grand prix, dit-elle.

– C'est dingue ! s'écria Siggy en tapant du pied. Mais personne ne peut s'en servir à part moi.

– Oui mais... Oh, je t'en prie, Siggy. Ce serait ton cadeau de mariage. Je t'en prie...

Siggy eut soudain l'impression d'être à dix mille lieues de cette conversation. Il savait combien sa sœur pouvait être de mauvaise foi pour arriver à ses fins, mais elle n'avait encore jamais agi ainsi contre lui.

– Tu as changé si vite, lui dit-il.

Signy blêmit, et son visage se ferma. C'était Conor qui lui avait demandé d'entreprendre cette démarche. Elle savait que c'était beaucoup demander. Mais elle allait partir ! Sigs et Signy n'avaient-ils pas toujours été d'accord sur tout jusque-là ? N'avaient-ils pas toujours tout fait l'un pour l'autre ? Il pouvait bien lui offrir ce présent, pour elle, pour son mariage, pour son départ.

– Tu dois me détester, dit-elle.

L'amertume était presque palpable entre eux. Ni l'un ni l'autre ne l'avait souhaité, mais ni l'un ni l'autre n'y pouvait rien. Il était trop tard. D'ici quelques heures, elle serait partie, mais Siggy ne pouvait renoncer à son couteau et Signy ne pouvait admettre que c'était son droit.

– Il t'utilise, lui dit Siggy. Il se sert de toi comme d'un chien en t'envoyant chercher, voler et rapporter ce qui l'intéresse, et tu ne t'en rends même pas compte.

Signy fut traversée par une onde de haine pure. S'il n'avait pas été son frère, elle l'aurait frappé ou lui aurait craché au visage.

– Je ne te ferai plus jamais confiance, dit-elle.

Sur ce, elle tourna les talons et quitta la pièce.

Ainsi, les jumeaux se séparèrent, et si chacun d'eux savait que l'autre souffrait jusqu'au tréfonds de son âme, aucun ne voulait retirer ce qu'il avait dit.

Venir au cœur du territoire de Val avait été un véritable acte de foi de la part de Conor et de ses hommes, aucun doute là-dessus. Depuis quelques jours, il y avait eu mille occasions de les prendre en traître, et ce n'était pas fini. La route du retour était semée d'embûches dont Val pouvait tirer profit. Mais ce n'était plus tout à fait pareil : Conor avait Signy avec lui.

Autre chose avait changé durant les festivités. Dans les rues, l'ambiance s'était peu à peu transformée. Quand Val et ses fils avaient été réveillés à 4 heures du matin par la nouvelle qu'une foule se massait au-dehors, ils ignoraient si c'était pour manifester joie ou colère. Quand Conor et sa jeune épouse s'éveillèrent, la clameur de la rue était à son comble. Le peuple s'était rassemblé devant le Galaxie pour dire au revoir au jeune couple.

Les rêves de Val finissaient toujours par se réaliser. À l'arrivée de Conor, on l'avait détesté, et voilà que maintenant on le traitait en héros. Quel autre chef pouvait mener à bien un traité tel que celui-là ?

C'était le mariage qui avait opéré ce miracle. Voilà une histoire à laquelle tout le monde voulait croire : la fille préférée qui épouse un roi et apporte la paix dans le monde. Val avait construit cette histoire, Signy et Conor l'avaient jouée, Odin était venu la bénir. Et maintenant, tout le monde y croyait. La foule comptait des centaines de milliers de personnes. C'était inimaginable. Une mer de gens qui, tous, envisageaient l'avenir avec espoir, qui, tous, espéraient que la princesse allait les saluer, leur sourire, croiser leur regard. Au moment où Signy sortit du bâtiment, une déferlante de vivats accueillit les familles et leurs domestiques. Les Volson, les Conor, les invités de marque, tous immobiles, tous ébahis, n'en finissaient pas de sourire.

Signy n'en revenait pas. Elle avait vu la foule de sa fenêtre, mais là, dans la rue… Que de monde ! Que de sourires ! Elle agita la main, provoquant une nouvelle salve de vivats. Elle sourit et envoya des baisers. Puis Conor et elle baissèrent la tête et coururent jusqu'à la voiture.

Seul Val n'était pas surpris. Il trouvait tout naturel que ses plans aient réussi. Ses proches aussi : il semblait que le monde ne demandait qu'à satisfaire ses désirs. Au côté de son père, seul Siggy observait la scène en proie à une tristesse tranchante comme un rasoir. Signy et lui avaient toujours été unis comme les doigts de la main. Maintenant, elle se forçait à sourire pour lui dire au revoir. Il suivit des yeux les voitures qui s'éloignaient, une main posée sur son précieux couteau. Avait-il donc tant de valeur que ça ?

En entendant les cris enthousiastes de la foule, même Siggy y crut. Les gens applaudissaient, lançaient des fleurs sur le cortège de voitures et il se dit que peut-être, peut-être après tout Val avait-il raison. Tout irait pour le mieux.

15

SIGNY

C'était à croire que parce que j'étais tombée amoureuse de Conor, la terre entière en avait fait autant ! Les gens se penchaient pour toucher notre voiture. Ils m'acclamaient, m'applaudissaient, comme si j'avais fait quelque chose d'extraordinaire. Comme si *moi*, j'étais extraordinaire. Vous vous rendez compte ? Peu importe ce qu'on fait. On est, c'est tout.

J'avais peur à l'idée que quelqu'un puisse être blessé. Personne ne s'était attendu à ça ; on n'avait rien prévu. Jamais je n'avais vu autant de bonheur. J'ai dû dire au chauffeur d'avancer au pas. On avait beau klaxonner, crier, menacer, la foule ne s'écartait pas. Il y avait bien trop de monde. On devait s'arrêter sans cesse pour laisser le temps aux vigiles de nous ouvrir une brèche. Ils étaient énervés, à cran. J'avais plus peur d'eux que de la foule. Si jamais ils faisaient feu, ce serait un massacre et tout ce bonheur se transformerait en haine.

Conor et ses hommes étaient terrifiés ! On les comprend... cernés de toute part par les nôtres. Le père de Conor avait fait régner la peur. La peur, ils y étaient habitués, ils la comprenaient. Mais la joie ? L'espoir ? Pour eux, c'était contre nature. C'était comme l'apparition d'un fantôme, d'un monstre !

– Il va falloir t'y habituer, ai-je dit à Conor. Ça va être toujours comme ça à partir de maintenant.

On était partout. Des gens brandissaient des banderoles sur lesquelles étaient peints nos portraits. D'autres portaient des masques à notre effigie. Il y avait même un hurluberlu avec un énorme phallus accroché à sa braguette. Sur le coup, Conor était furieux, mais quand je lui ai dit « Hummmm, assez ressemblant », ça l'a fait rire. Il y avait aussi des stands où l'on vendait des tasses, des assiettes, des torchons pour les pauvres, et des petites cuillers en argent à mon effigie, ainsi que des pièces commémoratives en argent et en or pour les riches. Ainsi, tout le monde pouvaient fêter l'événement, les riches comme les pauvres. Dès qu'ils me voyaient dans la voiture, les gens criaient à tue-tête :

– Bonne chance, princesse ! Apporte-nous la paix ! Apporte-nous la paix !

– Qu'ai-je fait pour mériter cela ? ai-je demandé à Conor.

– Tu m'as épousé.

On vendait des tracts en papier bon marché recyclé dix mille fois. Assis à l'arrière de la limousine, nous les avons tous lus, et tous ne parlaient que de nous, comme si nous étions des stars des vieux films. La moitié de leur contenu était vraie, l'autre moitié n'était que... bah, ce que les gens voulaient bien penser ! Que notre mariage avait été béni par les anciens dieux ; que Sigs avait reçu des mains d'Odin un couteau aux pouvoirs magiques qu'il avait donné à Conor (si seulement !) ; qu'on lui avait offert ce couteau pour me protéger au cas où Conor se retournerait contre moi (ouais, ouais) ; que Conor et moi nous étions connus quand j'avais huit ans et que nous avions fait le serment de nous attendre ; que nous nous étions rencontrés en rêve ; que nos pères respectifs n'avaient pas voulu entendre parler de ce mariage mais que nous avions fini par les faire changer d'avis.

Mais le meilleur, c'était qu'on me comparait à Robin des Bois. Et c'était vrai. Je veux dire, en voyant tous ces gens et combien nous comptions à leurs yeux, j'ai décidé de faire en sorte que ce soit vrai. Ça allait être exactement comme dans les jeux que Sigs et moi nous inventions. Enfin, ce n'était pas du tout un jeu. On volait les riches pour donner aux pauvres. Maintenant que j'étais mariée à Conor, le peuple serait libéré, le peuple mangerait à sa faim. J'allais faire en sorte qu'il en soit ainsi.

– Je suis une vraie légende ! ai-je dit à Conor tout heureuse.

– Et moi ? Je ne suis qu'un figurant ?

Il faisait la tête. Il était jaloux ! J'aurais dû m'y attendre. Il était prince. Moi, j'étais princesse. Les princes doivent faire leurs preuves, alors que nous, les princesses, apportons tout le bien du monde par notre seule présence. J'avais été sacrifiée, et ça me plaisait. Je réunissais les maisons des chefs et puisque ça me rendait heureuse à ce point, alors tout le monde pouvait l'être. J'ai pensé à mon père – comment avait-il pu savoir ? Il m'avait offerte en sacrifice, et tout était parfait. J'étais amoureuse. J'allais rendre le monde meilleur.

J'ai regardé par la vitre et mon cœur s'est empli d'amour pour eux tous, là, autour de nous, ces milliers, ces dizaines de milliers de gens. Je me suis dit : « Ils dépendent de nous. Ils ont besoin de nous. Nous n'avons pas le droit de les décevoir. »

16

Sur le chemin du retour, une fois dépassé Camden, le soulagement grandit parmi le cortège qui roulait sur les routes défoncées. La crainte d'une embuscade de dernière minute s'était envolée ; Val avait été fidèle à sa parole. De plus, l'enthousiasme des foules était aussi grand sur les terres de Conor que sur celles de Val. Les gens, massés des deux côtés de la route, acclamaient les jeunes mariés avec la même lueur d'espoir dans les yeux. Et les hommes et les femmes de l'escorte – les chefs militaires soupçonneux, les femmes d'affaires pragmatiques, les trafiquants, les mercenaires qui avaient cru rouler vers leur mort quand ils étaient entrés sur les terres de Val – commencèrent à se regarder d'un air méfiant en se demandant s'ils partageaient tous ce sentiment qui leur était si peu familier : l'espoir. Ça faisait si longtemps qu'il avait disparu du nord de la ville.

Ils commençaient à croire que le grand rêve de réunification, d'ouverture au monde était enfin possible.

Là-bas, ce n'étaient que tours effondrées, béton effrité, bris de verre et poussière de brique sous les semelles. Là-bas, ce n'étaient que tours inondées, immenses demeures en ruine, anciens immeubles en pierre sans toit. Les dalles des églises vieilles de mille ans étaient rendues glissantes par les algues.

C'était là-bas.

Et ici, c'était ainsi : plat, verdoyant, bas. Une vaste banlieue meurtrie, une succession de maisons individuelles ou jumelles bordant les rues de ce qui autrefois avait été Finchley. Les murs tiendraient des siècles encore, mais la plupart des toits avaient disparu. Beaucoup d'anciennes maisons avaient été transformées en usines, boutiques ou bureaux. Les jardins des anciens lotissements avaient été arrachés et les clôtures supprimées pour former des champs. Au-delà des maisons, à l'orée de la ville, se trouvaient les vastes terres cultivées qui fournissaient les sept huitièmes des denrées de la ville fermée : haricots, pommes de terre, choux, poireaux s'étendaient sur plusieurs hectares.

Personne ne voyageait loin. L'essence était un produit de luxe réservé aux riches. Les autocars et les trains rouillaient sur place, désossés. Les gares routières avaient été transformées en étables. Les tunnels de l'ancienne Norhern Line étaient le royaume des rats, des souris et autres vermines, voleurs ou mendiants qui allaient là pour s'abriter de la pluie. Et des prisonniers. Les prisonniers de Londres avaient eux-mêmes leurs prisonniers. Certains avaient passé toute leur vie dans ces passages souterrains sales et humides.

À Finchley, le Domaine, quartier général de Conor qui occupait plusieurs rues, était un groupe d'anciens hôtels particuliers flanqués d'un côté par une voie ferrée désaffectée, et de l'autre par un réservoir. Au nord, l'ancienne route périphérique, couverte de barbelés et de mines, était surveillée depuis des miradors. Une haute muraille de brique en délimitait le pourtour. Vu de l'extérieur, le quartier général ressemblait à une prison mais, en réalité, les prisonniers étaient à l'extérieur, et cette muraille était là pour les empêcher d'entrer.

Tout autour, le briquetage s'effritait, le bois des portes s'écaillait, pourrissait, le pavage des rues se déchaussait, les poteaux télégraphiques et les réverbères menaçaient de tomber si ce n'était déjà fait. Conor régnait sur une population moins nombreuse que celle de Val, mais il la dirigeait d'une main de fer. Comme les gens devaient lui céder la moitié de leur revenu – au titre de l'ancien fonds de protection rebaptisé impôt par les chefs –, ils ne pouvaient guère mettre d'argent de côté.

Mais à l'intérieur du Domaine, tout était impeccable. Les peintures étaient vives, les rues et les trottoirs entretenus à la perfection. Conor s'enorgueillissait d'avoir conçu cet endroit exactement tel qu'il était dans la société d'autrefois. Le Domaine possédait une petite centrale qui lui était propre. Toutes les maisons avaient l'électricité, l'eau courante et le gaz. Conor, sa famille, ses parents, ses amis, ainsi que ses plus proches conseillers, leurs familles et leurs domestiques vivaient comme au siècle précédent. Ils avaient tout : ramassage des poubelles, écoles, chauffage central, télévision, radio, jeux vidéo. La Muraille et une kyrielle de mesures de sécurité les protégeaient de l'ignorance, de la pauvreté, de la violence, du froid, de l'humidité, de la maladie, de la faim.

Les larges battants d'un portail électrique s'ouvrirent pour laisser entrer le cortège. Tandis qu'il s'enfonçait dans l'enceinte, la clameur de la foule, dix fois plus nombreuse aux abords du portail, finit par devenir inaudible.

Signy se tourna vers Conor.

– Un jour, dit-elle, tout Londres sera exactement comme ton quartier général.

Il lui sourit.

– Un jour, mentit Conor.

– On fera en sorte que ce soit possible. Il le faut. Parce qu'on s'aime, et parce qu'ils nous aiment.

Comme le voulait la tradition, une grande fête fut donnée en l'honneur de Signy. Ce fut l'occasion pour elle de rencontrer les hommes et les femmes qui aidaient Conor à diriger son petit royaume. Son père aurait considéré ces gens comme des égaux ; Conor, lui, les traitaient en serviteurs, même les plus âgés d'entre eux. Pourtant, cela ne la troubla point. Elle se dit que c'était une des choses qu'elle devrait s'efforcer de changer.

Après la réception, Conor voulut lui montrer quelque chose.

– Oh, je préférerais me reposer un peu, gémit-elle.

La journée avait été longue. Elle voulait prendre un bain.

– Non, après. Viens...

Il lui prit la main et essaya de la forcer à le suivre. Elle résista. Il s'énerva et tira plus fort. Elle rit et se laissa faire. Il la fit courir en traversant la rue goudronnée et le long de trottoirs au pavage désherbé, puis ils arrivèrent derrière les maisons dans une prairie parsemée de bosquets. Les habitants du Domaine venaient y promener leur chien et y faire jouer leurs enfants à l'abri du désespoir de la faim qui sévissaient de l'autre côté de la Muraille. Les nouvelles feuilles des arbres étaient d'un vert lumineux sous le soleil. Tout autour, il y avait des anémones des bois et des primevères. Signy était aux anges. Dans sa partie de Londres, les parcs n'existaient pas. Elle aurait aimé s'y attarder, écouter le chant des oiseaux, enfoncer ses doigts dans la terre, courir sous les arbres, mais Conor la tira, la forçant à le suivre jusqu'à ce qu'ils débouchent dans un champ.

– Surprise ! dit Conor, à bout de souffle en montrant quelque chose devant lui.

Signy regarda quelques secondes, puis dit :

– Tu parles d'une surprise !

Il y avait là une sorte de tour étrange, large, circulaire, sur quatre hauts jambages, d'une trentaine de mètres de haut. Elle était constituée de poutres métalliques et de panneaux peints. Sa structure était rouillée jusqu'à son sommet. Une échelle s'enfonçait dans ses entrailles.

C'était un ancien château d'eau. Cela faisait bien longtemps que le système d'alimentation en eau de Londres était tombé en désuétude ; la plupart des gens utilisaient l'eau des rivières et des fossés. Mais si un quartier pouvait s'offrir une telle tour, c'est que ses habitants bénéficiaient de l'eau courante. Celle-ci était énorme. Autrefois, elle fournissait de l'eau pour tout le Domaine, mais, devenue trop vétuste, elle avait été remplacée.

– Vas-y, dit Conor en poussant Signy.

Il lui faisait signe de monter. Signy courut jusqu'à l'échelle et entama l'ascension. Conor la suivit.

D'en bas, la tour semblait plus ventrue que haute, mais une fois qu'on avait commencé à grimper à l'échelle, on avait l'impression que l'ascension ne finirait jamais. Enfin, une trappe... Signy la poussa et émergea dans une salle. Cet espace qui, autrefois, servait à stocker de l'eau avait été réaménagé en appartement. Pour elle. Conor avait construit un nid d'aigle pour sa jeune épouse.

Signy était abasourdie. Quel cadeau étrange !

– Nous sommes si près de la terre ici, dit Conor, alors que d'où tu viens, tout est si haut. Ce n'est pas grand-chose, mais je me suis dit que tu aimerais avoir une maison dans les airs.

C'était bien plus qu'une maison, c'était un dédale fascinant. Il y avait plein de niveaux différents : une salle de sport assez grande pour y jouer au basket, une cuisine, des salons, de petits recoins, de vastes espaces meublés de canapés et de fauteuils, des salles à manger, le tout relié par un réseau d'échelles et d'escaliers.

– C'est pour moi ?

– Tout est pour toi.

Conor fronça les sourcils, comme toujours quand il voulait paraître gentil.

– Au moins, dit-il, tu auras une belle vue d'ici.

C'était vrai. De là, on pouvait voir jusqu'au bout de leurs terres, jusqu'à la Muraille qui les coupait du monde. Conor la toucha maladroitement.

– Je veux que tu sois heureuse, lui dit-il.

Signy sourit d'un air hésitant. Cette tour lui rappelait tout ce qu'elle avait laissé derrière elle. Mais elle dit :

– Je le serai… avec toi.

Elle enroula la main autour de son cou et attira son visage vers elle pour l'embrasser.

– … c'est bon, dit-elle. Je crois bien que je vais être obligée de te forcer à coucher avec moi.

Ils s'allongèrent à même le sol.

– C'est un miracle, dit Signy.

– Quoi ?

– Qu'on s'aime. Tu te rends compte ? Il n'y avait aucune raison. Ça doit être la volonté du Ciel.

Conor la regarda pour voir si elle parlait sérieusement. Il rit.

– Alors, toi aussi, tu crois aux dieux et tout ça ?

– Quelle autre explication aurais-tu ? Je devrais te haïr, non ?

– Jamais…

Il la mordilla dans le cou, déboutonna son corsage et l'embrassa avec fougue comme s'il voulait lui écraser la bouche, la manger toute crue.

C'est ainsi que Signy commença sa nouvelle vie sur les terres du Nord.

17
Signy

Tout est très différent ici. Tout. Absolument tout.

La façon dont les gens se comportent, par exemple. Ils sont toujours sur le qui-vive, toujours en train de penser que quelque chose se trame derrière leurs dos. Je suis fille de chef, je connais tout des missions secrètes, de la politique, de la nécessité de se battre, mais là, c'est encore autre chose. Même lorsqu'il n'y a que deux personnes face à face en train de parler de la pluie et du beau temps ou du prix du kilo de pommes de terre, elles sont toujours à l'affût d'un sens caché. Elles ont peur de dire la chose à ne pas dire, de faire la chose à ne pas faire, sans savoir pour autant ce qu'il faudrait dire ou faire. Elles ont peur d'attirer l'attention sur elles. Même Conor – même lui, le chef – n'ose pas parler ouvertement. Il s'efforce de changer les choses, mais nombreux sont ceux qui voudraient le voir échouer. Ici, on ne sait jamais qui est avec vous et qui est contre vous. Si Conor rendait ses projets publics, on peut être sûr qu'il y aurait autant de gens qui essaieraient de les faire capoter que de gens qui feraient tout pour qu'ils réussissent.

Bien entendu, les ennemis de Conor se méfient de moi comme de la peste. Oh, vous ne le croirez pas, mais je vous assure que je suis leur pire cauchemar. Une vraie sorcière. Pour commencer, je suis une princesse, donc un genre de monstre. La Belle et la Bête en une seule et même personne, c'est moi ! Ils ne voulaient pas entendre parler d'un traité avec Val. Dès le début, Conor m'a prévenu que plusieurs personnes étaient prêtes à m'assassiner à la première occasion. Je ne peux plus aller où je veux. J'ai perdu ma liberté. Je n'ai pas le choix. Je n'ose pas sortir de l'Enceinte sans une garde rapprochée ! Imaginez un peu, moi, l'épouse de Conor, quasiment prisonnière !

J'étais folle furieuse quand il m'a annoncé ça. Je lui ai dit : Écoute, quand j'étais petite, j'errais dans les rues avec mon frère, et toi, mon mari, tu veux m'enfermer dans une cage comme un animal dans un zoo ! Je me suis sentie trahie. J'ai pensé qu'il voulait me couper du peuple. Ça a été notre première dispute, et puis… à la fin, je me suis rendu compte qu'il avait raison. Si je me faisais tuer, on s'empresserait chez les miens de penser qu'il est un traître, qu'il a rompu le traité. À commencer par Siggy, mon frère bien-aimé.

Mais bon, je sors quand même. Une fois par semaine, on me fait visiter Finchley. C'est super. La semaine dernière : le marché. On m'a montré les échoppes, les bijouteries, les repaires des trafiquants. Mais… et les gens ? Ce sont les gens qui font d'un endroit ce qu'il est. Ce qui me frappe le plus, c'est la pauvreté. Bien pire que sur nos terres. Des gens qui n'ont rien sur le dos se battent pour des déchets. Une autre fois, on est allés voir les boutiques de luxe de Golden Greens, et Conor m'a offert des vêtements et des bijoux. Je me suis toujours fichu de ce genre de trucs, mais ça me fait plaisir de les mettre pour lui. De toute façon, le peuple attend d'une princesse qu'elle soit habillée… comme une reine.

C'est dingue, quand même ! Je vis ici en touriste alors que je règne sur cet endroit. Peut-être en est-il ainsi pour tous les souverains de la Terre ?

Mais je n'oublie jamais les gens du peuple. Chaque fois qu'ils m'aperçoivent, c'est la même chose qu'à notre arrivée. Peu importe que je sois entourée de gardes et de soldats, ils m'acclament, ils me saluent, ils crient mon nom. Ils sont si heureux de me voir. J'ai dit à Conor qu'il fallait que j'aille plus souvent les voir, mais il n'a pas voulu en entendre parler. Je me suis mise une fois de plus en colère. Ça a été notre deuxième dispute. Mais… devinez quoi… c'est encore lui qui avait raison. J'ai beaucoup de choses à apprendre. J'ignore comment il faut se comporter dans cette région. Il serait si facile pour un assassin de se cacher au milieu de toute cette foule en liesse.

Le plus déplaisant, c'est que les gens sont toujours évacués avant mon arrivée. Le marché a été fermé le jour où je l'ai visité. Cet après-midi-là, j'étais la seule cliente ! Les routes étaient barrées et des gardes à cheval s'alignaient le long des allées pour repousser les curieux. J'ai salué la foule, j'ai crié des promesses, mais on ne m'a pas autorisée à m'approcher pour serrer quelques mains.

Je n'aurais pas dit non à plus de divertissements et à moins de protocole.

Pas marrant d'être princesse, en fait. C'est même assez ennuyeux. Conor est très souvent occupé. Il n'ose pas m'avoir à ses côtés pendant les réunions, et parfois, il s'en va plusieurs nuits de suite. En son absence, il n'aime pas que je sorte de la tour, et encore moins de l'Enceinte. Je dois rester à l'intérieur, me divertir ou travailler. Parfois, je me dis qu'il est trop peureux, qu'il me traite comme si j'étais une poupée de porcelaine. À quoi bon vivre si on ne prend pas quelques risques ?

C'est dans ces moments-là que je me souviens pourquoi je suis ici. Oh, je suis amoureuse, c'est sûr, et j'aimerais rester auprès de Conor toute la journée si c'était possible, mais mon destin est de réaliser des choses plus importantes. Je suis venue ici pour concrétiser un rêve, le rêve de mon père, le rêve de mon peuple. Je pensais que le plus gros risque qu'on pouvait prendre, c'était de mettre sa propre vie en jeu, et j'étais prête à le faire. Mais il y a des choses plus précieuses que ma vie. L'amour, par exemple, mon amour pour Conor, son amour pour moi. Et les rêves. On ne peut pas prendre de risques avec les rêves de Val.

J'ai plus de valeur que je ne le voudrais.

C'est le prix à payer quand on est amoureuse, le prix à payer quand on est une princesse. Tout de même, il y a des jours où c'est un peu déprimant de rester seule dans cette tour. Je travaille sur les plans des hôpitaux, des écoles que nous allons faire bâtir, mais il y a des choses, des gens qui me manquent. Val, mes frères, même ce méchant Siggy qui n'a pas voulu offrir son couteau à mon mari. Ce que ça m'a énervé, c'était injuste ! C'était un jour en l'honneur de Conor, et Siggy lui a volé la vedette. Je vais vous dire : les deux premières semaines après mon arrivée ici, je n'ai même pas pris la peine de répondre à ses lettres.

Bah, peut-être ai-je tort, après tout. C'est à lui qu'Odin a donné ce couteau. Pauvre Sigs ! Bon, quand ils viendront me rendre visite, je mettrai les choses au point. Quand il verra ce qu'on essaie de faire, il comprendra.

Et puis, Ben et Had me manquent, et ma ville aussi, et ma liberté de mouvement. Dans ces moments-là, je me dis qu'il est injuste que mes frères puissent faire ce qu'ils veulent, alors que moi je suis obligée de rester cloîtrée dans cette tour, et ça, ça me met vraiment en colère, en colère contre moi-même, contre Val, et même contre Conor. Et puis, et puis... j'entends grincer la vieille échelle rouillée, je vois la trappe se soulever... et mon cœur bondit à chaque fois. Je descends en courant pour accueillir Conor dans la petite pièce et je le fais s'allonger sur mon grand lit. Et alors, on s'éclate vraiment. On appelle ça prendre son pied. Faire l'amour et parler toute la nuit.

Quand on est tous les deux dans mon grand lit, on discute de toutes sortes de choses. De nos projets. Je m'énerve parce que je trouve qu'il veut avancer trop lentement, qu'il a trop peur de ses ennemis. Il doit être prudent, d'accord, mais parfois, il faut savoir faire preuve d'audace. Lui, il reste sur ses gardes et préfère prendre le temps qu'il faut. Dans ces cas-là, je repense à ce qu'il m'a raconté sur son père, Abel, et je ne m'étonne pas qu'il soit comme ça et qu'il ait laissé lcs choses se dégrader à ce point.

Son père était un monstre. Il y a de ces histoires ! Des rangées d'hommes, de femmes et d'enfants crucifiés dans les rues... des familles entières brûlées vives dans leurs maisons sur la simple rumeur qu'elles complotaient contre lui. Tel est l'héritage contre lequel nous nous battons ; tel est le poids dc haine et de peur que nous devons dissiper.

Et la cruauté d'Abel n'était pas réservée à ses ennemis.

Un jour, mon Conor était encore tout petit, son père s'est rendu compte qu'il avait le vertige. Du coup, il a ordonné qu'on plante de gros clous dans les murs en brique d'un haut immeuble du Domaine, d'un côté pour la montée, de l'autre pour la descente, et il a obligé le petit garçon à grimper les trois étages et à passer par le toit pour redescendre de l'autre côté. La moitié des habitants du Domaine étaient venus assister à ce spectacle, persuadés que Conor tomberait. Lui-même en était convaincu. Il était tellement impressionné qu'une fois sur le toit, à l'abri d'une cheminée où personne ne le voyait, il a vomi. Il a tout de même réussi cette épreuve, mais uniquement parce que la peur qu'il avait de son père était encore plus forte que la peur du vide.

Abel lui a dit qu'il était un bon garçon et a ajouté : « C'est comme ça qu'il faut lutter contre la peur. » Il voulait dire : par la peur.

Son propre fils ! Alors, vous imaginez comment il traitait les gens ordinaires ! Conor m'a montré l'immeuble en question. Les clous sont toujours là, fichés dans les murs, tout rouillés maintenant, tel un régiment de petits soldats fous marchant au pas cadencé jusqu'au toit pour redescendre de l'autre côté. J'ai imaginé le petit garçon plaqué contre le mur, la peur au ventre, et je me suis dit : c'est contre ça que nous nous battons. Pas seulement le passé en général, mais celui qui est en Conor aussi. Pas étonnant qu'il soit un peu lent. Pas étonnant que, parfois, il soit plus cruel et plus impitoyable qu'il ne le devrait quand il veut obtenir ce qu'il désire.

Et des histoires comme celle-là, il y en a plein. La fois où Abel a fait perdre connaissance à Tom, le frère de Conor, en le frappant parce qu'il l'avait interrompu à table. La fois où il avait fait fouetter leur mère parce qu'elle avait pris leur parti contre lui. La fois où il avait maintenu la tête de Conor sous l'eau jusqu'à l'apparition des bulles d'air.

Et quand il me racontait tout ça, Conor était tout tremblant, comme si son père était là, dans notre lit, entre nous. Je le serrais dans mes bras et on pleurait sur ce petit garçon qui avait subi tant de choses horribles. Et je lui disais : « On doit faire en sorte qu'aucun autre enfant ne souffre ce martyre. »

Pas étonnant que tant de gens pensent que Conor est un faible parce qu'il veut rétablir la justice et l'équité. Pas étonnant qu'il doive agir prudemment ! Mais quand même, ça me rend folle ! Tout est lent, trop lent. Je voudrais que tout soit réglé tout de suite, d'un coup.

Mais nous progressons. Un mois seulement après mon arrivée, on est allés voir le chantier de notre premier hôpital. Nos ennemis nous mettent des bâtons dans les roues, évidemment, en disant que c'est trop dangereux, que c'est une menace pour la sécurité. Ils brandissent toujours cet épouvantail. Que c'est bête ! En quoi un hôpital pourrait-il représenter une menace pour la sécurité ? Ce qu'ils veulent, c'est me tenir éloignée du peuple car les bons sentiments leur font peur. Et Conor aussi, ils veulent l'isoler. Bref, en tout cas, on y est allés. Bien entendu, ils ont tout fait pour nous tenir à l'écart de la foule – barrières de sécurité à tous les coins de rue et site interdit d'accès pour les gens à plus d'un kilomètre à la ronde. Mais ce qu'ils n'ont pas pu empêcher, ce sont les débordements de joie. Tout le monde nous acclamait, agitait des petits drapeaux. On sentait les gens portés par une immense vague d'espoir.

En fait, le plus drôle, c'était la tête de Conor. Il avait l'habitude de se faire huer, siffler, ou que les gens le regardent passer en silence parce qu'ils n'avaient d'autre choix. Au mieux, on criait son nom, et encore, sous la contrainte.

Mais ce jour-là, les gens étaient venus nous acclamer par milliers, et ils ne criaient pas seulement mon nom, mais aussi : « Co-nor ! Co-nor ! Co-nor ! » Et lui, il souriait béatement, comme un gosse qui viendrait, à son réveil, de découvrir que c'est Noël. Je lui ai demandé :

– Est-ce que ça te plaît d'être populaire ?

Il a fait une sorte de grimace et a paru gêné, mais je voyais bien à quel point il était content.

J'ai détourné les yeux vers l'endroit où se tenaient les chefs de la sécurité. Jamais je n'avais vu une expression aussi froide, aussi dure. On devinait dans quel camp ils étaient. Ils détestaient tout ça en bloc. Bah, il allait falloir s'occuper d'eux, et plus vite que Conor ne s'y attendait. Mon père et ses hommes doivent venir en visite officielle en septembre. C'est ce qui fait peur à la sécurité. Quand ils se trouveront face à mon père et à Conor, ils ne vont pas comprendre ce qui va leur arriver.

18

Au centre, Val. Au nord, Conor. Les seuls chefs de clan restant qui se partagent Londres. Leur petit territoire, ils le nomment « royaume », mais c'est juste une preuve de leur ambition. Au-delà de Londres, le monde. Au-delà, des champs, des villages paisibles, les villes et leurs distractions, leurs richesses, leur pouvoir. Certaines ont même des réverbères, des avenues bordées d'arbres, des usines étranges, des écoles, des hôpitaux, et l'eau courante pour tous. Il y a Ragnor, la ville nouvelle, avec ses tours étonnantes et le scintillement de sa vie électrique. Du moins, c'est ce qu'on dit. Les nouvelles arrivent au compte-gouttes. Certains prétendent qu'à l'extérieur le monde n'est pas mieux qu'à l'intérieur, mais comment savoir ?

Et entre les deux, barrière entre l'Extérieur et l'Intérieur, le nouveau et l'ancien, la société et le pavillon des singes, il y a comme un champ de mines, sauf que les mines sont des êtres vivants. Ce sont les terres des Mi-Hommes. Elles entourent Londres sur une étendue d'environ quatre-vingts kilomètres. C'est le pays de l'impossible où l'animal, l'humain et la machine sont rassemblés dans le même corps. C'est là, dit-on, que les dieux reviennent à la vie. Les Mi-Hommes les ont bien vus, non ? Un dieu s'était introduit dans le quartier général de Val, ou n'était-ce qu'un simple touriste ou un espion venu du Monde Extérieur ? Personne ne le sait. Et peut-être ne le saura-t-on jamais. C'est le règne des mythes et des histoires à dormir debout. Pourtant, certaines sont vraies.

Les Mi-Hommes ne naissent pas, ne sont pas même fabriqués : on les fait mijoter selon une recette de cuisine, en quelque sorte.

Prendre un homme. Ajouter quelques araignées, puis une pincée de loup ou de tigre. Laisser tremper pendant un an. Assaisonner de boyaux d'acier et de tendons fibreux. Enrober d'une toison de poils graisseux qu'on démêle avec des peignes aux dents aussi épaisses que des doigts et aussi collantes que de la superglue. Le placer dans une conduite d'aération, ou dans un recoin sombre d'une ruelle chantant pour lui-même une chanson qu'il a entendue il y a bien longtemps dans son berceau – mais quel bébé ! et quel berceau ! – et attendant quelqu'un, vous, moi, Signy, Siggy, n'importe quelle proie tendre et saignante qui tombera dans son piège.

« Je t'ai eu ! » dira-t-il tout en vous enveloppant dans de la soie et en couvrant votre visage de baisers.

Puis il se penchera vers vous pour une première bouchée.

Prendre un vautour. Ajouter un être humain, un serpent, une belette. Lui donner un alliage d'os creux et incruster une machine dans son visage qui le force à mordre qu'il le veuille ou non. L'envoyer se nicher sur la saillie d'un toit d'un ancien entrepôt ou au sommet d'une tour. Il vaudra pourtant mieux ne pas aller observer la vie de cet oiseau-là, c'est lui qui vous repérerait le premier. Vous l'entendriez peut-être chanter sa petite chanson : « Sel, poivre, gruyère râpé, moutarde, ma maman fait de très bonnes sauces. » Mais alors, ce serait la dernière chose que vous entendriez.

Il y a bien longtemps que les secrets du mélange et de la compatibilité des gènes, des chromosomes, du plastique et de l'acier ont été découverts. Les premiers Mi-Hommes concoctés dans les premiers modèles d'incubateurs ont été utilisés comme policiers, vigiles, domestiques et ouvriers. Pourquoi pas ? Une machine, ça peut fonctionner dans un environnement toxique, alors pourquoi ne pas ajouter un peu de chair et de nerfs dans sa conception ? Du point de vue éthique, c'est un peu discutable, mais techniquement, c'est faisable, et donc, ça a été fait. Alors, pourquoi ne pas utiliser un cafard qui a le bon goût de résister à un très haut niveau de radioactivité ? Et comme il serait plus simple et plus économique de fabriquer des androïdes à partir de chair et de sang. Tant de problèmes d'ingénierie avaient déjà été réglés.

Le problème, c'est que ces créatures, faites de chair et de sang, ont eu la mauvaise idée de se reproduire. Certains spécimens ont représenté un danger ; cette valetaille s'est mise à avoir des idées. Quand la société a commencé à péricliter, les Mi-Hommes, libres sur leurs propres terres, ont ceinturé Londres pour isoler les deux clans rivaux, les couper du monde. Londres et les Mi-Hommes sont à couteaux tirés, et ceux de l'Extérieur pensent que c'est très bien ainsi.

Les autorités avaient été terrifiées par les guerres des gangs de Londres et des autres grandes villes. Le jour où la police n'avait plus osé s'aventurer dans Londres, Manchester, Birmingham, Glasgow et les autres villes, le jour où les gangs avaient eu le contrôle de tous les commerces, de toutes les entreprises, et même des écoles et des hôpitaux, quel meilleur moyen de traiter avec eux sinon de se replier ? La loi des gangs était devenue si puissante qu'elle n'était plus un crime, mais un gouvernement rival. Alors, les autorités avaient tout simplement levé le camp. À l'extérieur, elles avaient bâti des villes nouvelles, meilleures, peuplées de gens plus dociles et plus respectueux des lois. Londres et ses habitants furent livrés à eux-mêmes.

Bien entendu, les gangs avaient tenté des percées. Ils étaient d'abord tombés sur les populations terrifiées des banlieues proches qui fuyaient devant les Mi-Hommes libérés, et avaient dû se battre à la fois contre ces fuyards et contre les créatures. C'est ainsi qu'avait commencé la longue guerre contre les Mi-Hommes. Nul doute que ceux de Ragnor auraient été ravis si les gangs et les Mi-Hommes s'étaient entre-détruits jusqu'au dernier. Au lieu de cela, ils s'étaient partagé Londres. Aujourd'hui, Val et Conor rêvaient de relancer ces guerres, d'éradiquer les Mi-Hommes, de réunifier Londres, de faire tomber la muraille de leur prison. Mais bien avant cela, Abel avait tenté le diable en ouvrant une porte donnant sur les terres des Mi-Hommes pour organiser des battues.

Signy était intriguée. Voler des banquiers pleins aux as ou des trafiquants, ça pouvait être amusant, voire dangereux. Mais les Mi-Hommes étaient sanguinaires. C'était plus que des hommes et moins que des hommes, c'était plus que des bêtes et moins que des bêtes. On disait d'eux qu'on les avait conçus sans peur de la mort et sans amour pour la vie. Et, qu'ils ne pensaient et ne rêvaient qu'à une seule chose : détruire le genre humain. Que ces histoires soient vraies ou fausses, une chose était sûre : chasser les Mi-Hommes revenait à être leur gibier.

Là, entre deux mondes, des chasses étaient organisées une ou deux fois l'an. De toutes les choses que Signy mourait d'envie de faire, aller chasser le Mi-Homme était la première sur sa liste.

– S'il te plaît, laisse-moi venir…, supplia Signy.

Conor lui sourit avec indulgence.

– C'est bien trop dangereux. Que dirait ton père ?

– Il me permettrait de venir. Demande-le lui.

– Quand tu étais petite, peut-être. Tu es bien plus importante qu'alors.

Signy bouillait de colère. Tout était toujours trop dangereux pour elle désormais ! Ces derniers mois, tant de promesses avaient été laissées en suspens. Elle avait passé trop de jours, trop de nuits à s'ennuyer dans la « sécurité » de la tour. Certes, elle aimait Conor et il l'aimait, et quand ils étaient ensemble plus rien ne comptait. Mais dès qu'il partait, c'était comme s'il voulait qu'elle s'arrête de vivre. Là-dessus, un après-midi au début de l'été, alors qu'elle faisait du trampoline dans la tour, elle entendit Conor l'appeler de la trappe.

– Signy ! Une surprise ! Viens voir !

Et là, dans la forêt sous sa tour, la chasse attendait qu'elle se joigne à elle.

La Muraille : une ceinture de brique et de pierre autour de Londres qui domine les banlieues en ruine et les champs. Tous les cinquante mètres, se trouve un nid de mitrailleuses, si haut que même les Mi-Hommes ne peuvent l'atteindre d'un bond. Des tessons de bouteilles, des pointes de fer et d'acier acérées jaillissent du mortier. Des rouleaux de barbelés en ornent le sommet. Et, de chaque côté, un champ de mines d'une cinquantaine de mètres de large.

Pour chaque brique, le sang avait coulé. Des hommes avaient travaillé sous la surveillance de gardes armés, jour et nuit, essuyant attaque après attaque. Mais envers et contre tout, la Muraille avait été achevée, marquant la fin des guerres contre les Mi-Hommes. Les clans s'étaient estimés vainqueurs. Ils avaient chassé les Mi-Hommes hors de Londres. Plus ou moins. Car il subsistait encore de rares tribus et quelques individus isolés à l'intérieur de la

Muraille qu'il fallait capturer un à un, mais les guerres étaient bel et bien terminées.

Quelle victoire ! Mais à quel prix ! Les clans avaient dû renoncer à tout contact avec le monde extérieur. C'était cette Muraille – leur Muraille –, et non Ragnor, qui avait fait des Londoniens des prisonniers. Leurs seuls moyens de communication étaient encore les Mi-Hommes qui faisaient le trafic de marchandises. Les clans avaient bâti leur propre prison. Personne n'y entrait, personne n'en sortait, sauf le roi Conor qui contrôlait la porte.

Signy, assise dans la Land-Rover au côté de Conor, portait un anorak très coûteux fait hors de Londres et entré en contrebande par un Mi-Homme. Elle avait le visage collé contre la vitre. La main de Conor était douillettement nichée sous son vêtement. Elle la serrait contre son ventre tout en regardant avidement le paysage.

Le cortège de Land-Rover progressait sur le sentier étroit qui traversait le champ de mines en direction d'Abel's Gate, une porte en acier haute et étroite récupérée dans une base militaire de Finchley. C'était le point faible de la Muraille que Conor avait compensé en le bardant de matériel militaire. Du haut de quatre miradors, huit mitrailleuses pointaient vers le bas et des lance-missiles étaient scellés au briquetage. Être dans leur mire équivalait à une mort certaine.

Ils approchaient de la Muraille qui paraissait de plus en plus imposante et de plus en plus haute. Elle était immense. La porte qui se dressait devant eux s'ouvrit toute grande et ils la franchirent, pénétrant dans le territoire des Mi-Hommes.

Là, à l'ombre de la Muraille, sur un kilomètre, il n'y avait ni immeubles, ni murs, ni arbres, ni buissons. Aucune forme de vie. La terre, noire comme le charbon, était grêlée de cratères datant des derniers mois de la guerre quand l'ennemi avait attaqué sans cesse pour tenter d'empêcher la construction du mur. Le cortège roulait vivement sur la terre nue en direction d'un autre monde.

Des banlieues à l'abandon étaient envahies par la végétation, détruites par des arbres. Des buddleias et des sureaux poussaient dans les maisons en ruine et à travers les ouvertures des fenêtres. Des buissons soulevaient les pierres des trottoirs. La nature faisait de son mieux pour se réapproprier la terre.

Cette zone avait subi tant de tirs au mortier, tant de bombardements qu'il ne restait plus que très peu de maisons debout. Même les terres encore cultivables des anciens jardins étaient recouvertes de décombres. Des pans de murs aux formes bizarres, des toits de travers à moitié écroulés, des blocs de béton, de bitume et des enchevêtrements d'acier se dressaient, formant des sculptures démentielles mangées par le lierre, le liseron et de petits arbustes naissants. C'était le paradis des mauvaises herbes qui poussaient partout entre les pierres. Par cette journée d'été venteuse, les églantiers qui crevaient les trottoirs et s'inclinaient au-dessus des gravats commençaient tout juste à fleurir. Ils aimaient les sols pauvres, pierreux, y poussant par dizaines, mêlant leurs centaines de nuances de rose à la grisaille des pierres. Les ronces qui, en croissant, descellaient les pavés, étaient constellées de fleurs blanches, et les buissons qui ornaient les jardins offraient des feuilles et des fleurs multicolores.

Les routes étaient parsemées de carcasses de voitures rouillées dont tous les sièges avaient pourri sur place ou avaient été volés pour servir de literie. On disait que les choses s'arrangeaient plus loin, mais la plupart des gens pensaient que cet état d'abandon et de décrépitude était dû à la barbarie des Mi-Hommes plutôt qu'à une décision mûrement réfléchie de ne pas reconstruire et vivre si près d'une zone de guerre.

Tandis que le cortège progressait au gré des cahots de la route, les quatre gardes en armes debout à l'arrière des véhicules surveillaient toutes les directions, prêts à faire feu à la moindre alerte. Il y avait très peu de Mi-Hommes si près de la Muraille, et ceux qui s'y trouvaient étaient des monstres, de vrais monstres. Les plus humains vivaient plus loin, mais il était toujours possible que certains aient eu vent des préparatifs de la chasse et aient tendu une embuscade. Déjà, le danger était là. N'importe laquelle de ces maisons en ruine ou de ces épaves de voitures offrait une cachette idéale…

Peu après, ils arrivèrent à une sorte de tour en fer ; c'était un ancien pylône électrique. Une plate-forme avait été érigée en hauteur au milieu de ses branches métalliques. Conor descendit de la Land-Rover et alla ouvrir la portière de Signy.

19

Signy

Je suis descendue de voiture et je suis restée à côté de Conor. J'ai regardé la tour en pensant : si c'est bien ce que je crois, je vais hurler.

– Tu seras en sécurité ici, m'a-t-il dit.

– En sécurité ?

– Tu pourras tout voir de là-haut.

– Comment ça ?

– On les chasse en voiture.

Il n'avait pas l'air à l'aise. Il avait quelque chose en tête depuis le début. Je lui ai répondu que je savais qu'on chassait en voiture et que, justement, je ne voyais pas l'intérêt d'être là-haut.

Il lançait des regards vers les autres véhicules. Il semblait penser que je le faisais passer pour un idiot. Il a levé les yeux au ciel.

– Ne sois pas ridicule, Signy.

Ridicule, vous vous rendez compte ? On me cloîtrait dans une tour. On me sortait une ou deux fois par semaine pour que je puisse apercevoir des êtres humains. On m'enfermait comme un lapin dans un clapier, et là-dessus on m'invitait à participer à la plus grande aventure de toute ma vie, tout ça pour me dire d'observer de loin !

– Mauvaise idée, Conor.

Sur ce, je suis remontée en voiture. Il m'a regardée une fraction de seconde et il a rouvert la portière.

– On n'a pas le temps de jouer à ce petit jeu !

– Il ne tient qu'à toi d'arrêter tout de suite.

– Hors de question. (Il faisait des efforts pour ne pas perdre patience, je le voyais.) Et s'il t'arrive quelque chose ?

– Et alors, quoi ?

– Si tu te fais tuer ?

– Et si toi, tu te fais tuer ?

– C'est différent. Ton père ne me croirait pas. Il penserait que c'est un coup monté. L'enjeu est trop grave pour qu'on prenne le moindre risque.

– Et, bien sûr, s'il t'arrivait quelque chose, ce ne serait pas grave ? Ça ferait plaisir à la vieille garde, je suppose ?

Il commençait à s'énerver. J'ai essayé de me montrer raisonnable.

– Écoute. J'ai l'habitude de sortir seule, de faire ce qui me plaît, quand ça me plaît, comme ça me plaît. Ça fait des mois que je supporte d'être enfermée sous prétexte que c'est plus prudent. D'accord. Mais ici, on est tous à égalité, non ?

J'en bafouillais. À sa tête, je voyais bien que je perdais mon temps. Il devait penser, oh, bon Dieu, elle complique les choses... Et merde, elle va piquer sa crise !

J'ai enfoncé le clou.

– Et *moi*, dans tout ça ?

– Toi, tu es égoïste.

– Moi ?

Ce n'était pas la première fois qu'on se disputait ; on avait déjà eu des scènes de ménage. Normal, non ? Mais jamais en public. J'avais supporté ma réclusion parce qu'on était sur ses terres, et qu'il savait ce qu'il faisait. La politique, je n'y connaissais rien. Je n'avais jamais dû m'en soucier. Il me disait que c'était dangereux, donc c'est que ça devait l'être. Il me disait que je devais être patiente, donc, je devais l'être. Je lui faisais confiance ! Mais là, pour la première fois, j'ai pensé : tout ça ne tient pas debout.

– Bon, il faut qu'on poursuive notre route. Monte là-haut, s'il te plaît. Tu as un pistolet, tu pourras tirer sur tout ce qui bouge.

J'en avais vraiment marre. Je lui ai dit :

– Je veux rester dans la voiture.

Le visage de Conor est devenu aussi dur qu'une pierre blanche.

– Espèce de sale...

Je n'ai pas entendu la suite. Il m'a claqué la portière au visage aussi fort que possible. Quand je dis fort, je veux dire, BANG ! J'en ai sursauté sur le siège. Le bruit m'en a fait mal aux oreilles.

J'étais sur le point de descendre et de lui rentrer dans le lard, à ce salaud, mais il était aussi hystérique qu'une femme. Il a hurlé au chauffeur :

– Ramène cette conne dans l'Enceinte. Hors de ma vue ! Hors de ma... !

Il a bondi dans une autre voiture en continuant à vociférer. « Mais qu'est-ce que c'est ce plan ? » ai-je songé. Je n'avais jamais rien vu de pareil. Les autres voitures ont redémarré. Mon chauffeur s'est penché au-dehors. Il était blanc comme un linge.

– Vous voulez vraiment que je la ramène sans escorte, chef ? Chef... ?

Mais les moteurs vrombissaient déjà, et les voitures ont démarré sur les chapeaux de roues dans un concert de crissements de pneus qui a noyé la fureur de Conor.

– Et merde, a grommelé le chauffeur en mettant le contact d'un geste sec.

– Mais qu'est-ce qui vous arrive ?

On aurait dit qu'on venait de le donner en pâture aux lions.

– On ne doit pas se déplacer seul par ici... Bon sang !

Il avait vraiment peur. Il a démarré et je me suis rendu compte de deux choses : un, que tout ça était vraiment très dangereux car cet homme, ça crevait les yeux, était mort de trouille ; deux, que ça n'avait pas empêché Conor de nous abandonner – *de m'abandonner* – à une mort probable.

La voiture bringuebalait tant sur la route défoncée que j'en avais le tournis. J'ai demandé au chauffeur si c'était vraiment si dangereux que ça par ici. Il agrippait le volant et roulait le plus vite qu'il le pouvait.

– Trois, deux, un, on va se faire bouffer. Regardez à gauche.

– Je ne vois...

– Dans le ciel.

Un vol de... je ne sais quoi... venait vers nous.

– Les oiseaux arrivent, a dit le chauffeur.

J'ai pris mes jumelles pour mieux voir, mais on était tellement secoués par les ornières que ça n'a servi à rien. Ils volaient vite, en tout cas, c'était clair, beaucoup plus vite qu'on ne roulait. Leurs plumes sombres lançaient des éclats métalliques.

– Ils vont désosser cette bagnole, a dit le chauffeur. Vous savez conduire ?

– Je suis plus douée pour tirer.

Et tout d'un coup, alors que mon cœur battait à tout rompre, je me suis déchaînée. J'ai crié :

– Houuuuuu ! Houuuuuu !

Le chauffeur m'a regardée comme si j'étais devenue folle. Au contraire, j'étais ravie. Ce n'était pas une bande de volatiles qui allait me démoraliser. Ouais, c'était bien la première fois que je m'éclatais depuis que j'avais quitté la ville. Enfin, je vivais comme j'en avais envie !

J'ai tiré mon automatique de son étui, j'ai penché la tête par la vitre, et j'ai dit au chauffeur :

– Il vaut mieux s'arrêter. Si on doit se battre, autant ne pas bouger pour que je puisse ajuster mes tirs.

C'est alors que, du coin de l'œil, j'ai repéré autre chose qui venait vers nous. Ça allait super vite, et là, j'ai eu peur, parce que ça ne venait pas des airs, mais de la terre ferme. J'ai regardé à deux fois, et... oh, non, le convoi. Conor revenait pour me gâcher mon plaisir.

Ça m'a vraiment contrariée. Le chauffeur, lui, était ravi. Il a stoppé la voiture tandis que le convoi fonçait vers nous sur la route pierreuse. J'ai levé les yeux vers le ciel. Les créatures volantes avaient déjà disparu.

Conor est descendu de voiture et nous a rejoints, blanc comme un linge. Il était en rage. Il en avait le souffle coupé. Je ne l'avais jamais vu dans cet état. Il devait faire des efforts pour avaler l'air qu'il inspirait.

– Tu me gâches mon plaisir.

– D'accord, a-t-il dit en prenant appui sur la voiture. (On aurait dit qu'il avait couru tout le chemin. J'ai attendu la suite.) D'accord. On négocie.

Je lui ai lancé un regard de biais, et je lui ai dit :

– Va te faire voir.

J'ai cru que les yeux allaient lui sortir de la tête.

– Va te faire voir, ai-je répété très lentement pour qu'il en savoure chaque syllabe.

J'ai cru qu'il allait exploser.

J'ai enfoncé le clou.

– Tu sais qui tu es ?

Lui de me répondre :
– Je suis celui qui t'a sauvé la vie.
– Non, celui à cause de qui j'ai failli me faire tuer, connard.
Il n'en croyait pas ses oreilles. Personne ne lui avait jamais parlé de cette façon.
– C, O, N, N, A, R, D, ai-je épelé au cas où il n'aurait pas compris. Ça se prononce connard.
Conor a fait deux fois le tour de la voiture, puis il s'est accoudé au capot et a dit, en guise d'explication :
– J'avais peur pour toi.
– Tu avais peur pour *toi.* Si tu veux un animal de compagnie, va t'en acheter un !
Je me suis enfoncée dans mon siège. Ce n'est pas parce que j'étais amoureuse que j'allais me laisser transformer en marionnette.
– Va à la chasse. Moi, je vais me préparer pour rentrer chez moi.
– Bon, bon, écoute... Tu restes dans une voiture puisque c'est ce que tu veux. Mais il faut que tu comprennes que tu n'es plus une gamine. Si jamais il t'arrivait quelque chose, tu te rends compte ? Tu n'es pas n'importe quelle fille.
Comme si le fait qu'il tienne à moi justifiait qu'il change ma façon de vivre.
– Tu viens avec nous, mais tu montes dans la voiture blindée, d'accord ? Comme ça, tu ne risqueras rien si jamais ça tourne mal. Je ne veux pas ficher en l'air le traité à cause d'une simple chasse aux Mi-Hommes. Une fois que tout sera concrétisé tu pourras faire tout ce que tu voudras mais, pour l'instant, tu es trop importante.
Je n'ai pas bronché.
Conor s'est penché vers moi, très près.
– Voiture blindée, princesse ? S'il te plaît...
J'ai soupiré. Bon, il n'avait pas tout à fait tort...
– Bon, d'accord.
– Hourraaaa !
Il a passé son bras par la vitre et m'a caressée, mais j'ai fait la morte. Il n'allait pas s'en tirer à si bon compte.
La voiture blindée était un engin doté d'un énorme fusil à l'avant, dans lequel on entrait par une écoutille située au sommet. On l'a refermée sur moi, et nous voilà partis !

J'étais toujours furieuse, mais en repensant à la tête de Conor quand je l'avais appelé connard, j'ai commencé à rire toute seule. En rage, il était !

Alors, je me suis dit : « Au moins, il a fini par entendre raison. »

Cette fois, c'est moi qui décidais.

La voiture blindée. On était trois à l'intérieur alors qu'il n'y avait de la place que pour un. Le chauffeur était tassé aux commandes, monopolisant la petite meurtrière toute éraflée qui faisait office de pare-brise. La seule vitre. Le tireur était debout, la tête à l'extérieur par manque de place à l'intérieur du véhicule. J'étais coincée entre les deux. Quand je tournais la tête d'un côté, je voyais la nuque du chauffeur ; quand je la tournais de l'autre, j'avais le nez dans l'entrejambe du tireur. Ils étaient furieux. Oh, très polis, c'était madame par-ci, madame par-là, mais ils avaient un boulot à faire, et il fallait voir les choses en face, je les gênais.

Je lançais des coups d'œil à droite et à gauche, derrière la tête du chauffeur pour tenter de voir quelque chose. C'était ridicule. Je n'avais pas la place de sortir mon arme, et je n'aurais pas pu faire feu même si j'avais voulu. Et pour couronner le tout, ce tas de ferraille ne roulait qu'à un kilomètre à l'heure ! Conor m'avait bien eue. Les Land-Rover, elles, filaient à toute allure. Je les apercevais de chaque côté de la tête du chauffeur, qui devenaient de plus en plus petites avant de disparaître au loin. On avançait aussi poussivement qu'un vieil obèse.

– Est-ce que ce truc sert encore à quelque chose ?

– Pas pour la chasse, c'est sûr, m'dame. C'est pas un véhicule pour chasser.

– Alors à quoi sert-il ? À transporter les invités indésirables ?

Le chauffeur a lancé un coup d'œil au tireur dont je ne voyais que le pantalon. Ils n'ont pas fait de commentaire.

– S'ils ont des problèmes, ils nous préviennent par radio, on intervient et on mitraille.

C'était donc ça. On m'avait reléguée à l'arrière, avec les renforts. D'accord, j'étais mobile, mais je n'avais pas plus de chance de prendre part à l'action que si j'avais été en haut du pylône. Il n'y avait aucune chance que les Mi-Hommes s'approchent d'un véhicule doté d'un canon de 100 mm à l'avant.

– On m'a bien eue.

L'artilleur n'a rien dit.

On a progressé en grondant pendant un petit quart d'heure, mais il était évident que ça ne servait à rien. Finalement, j'en ai eu assez.

– Je préfère encore être assise en haut du pylône. Au moins, je pourrai voir ce qui se passe.

Ils ont joint Conor par radio pour avoir son feu vert. Pourquoi fallait-il que tout le monde demande toujours la permission à Conor ne serait-ce que pour se gratter le nez ? Bref, autorisation accordée. Quand on est arrivés au pylône, il y avait déjà un garde en faction qui m'attendait. On est tous descendus du véhicule blindé et je suis montée.

L'ascension a été longue, mais au moins de là-haut j'y verrai ce qui s'y passe. En bas, le chauffeur et l'artilleur faisaient une pause-café. Ils riaient en se lançant des vannes, leur bonne humeur retrouvée. J'ai pensé qu'il y avait des choses qui allaient changer une fois que je serais rentrée à la maison. Tout d'un coup, je me suis dit que les explications de Conor n'étaient peut-être que de fausses excuses.

20

Au-dessus des arbres et de la maçonnerie délabrée, le vent était plus fort qu'au niveau du sol. Il fouettait les cheveux de Signy et menaçait de lui faire perdre l'équilibre tandis qu'elle escaladait le pylône. Au sommet, le garde lui tendit la main et la tira sans ménagement sur les derniers mètres. Ils se trouvaient à une hauteur vertigineuse. On voyait à perte de vue.

Le garde se frotta les mains avec un grand sourire.

– Bienvenue dans la « folie », princesse, dit-il.

Le vent mugissait autour d'eux. Signy se dit qu'à la fin de la journée, elle n'en pourrait plus de l'entendre. Tout en bas, les deux hommes démontaient l'échelle. Personne ne pouvait ni monter ni descendre. Signy serra son anorak autour d'elle et plongea son regard dans le paysage désolé.

– C'est quelque chose, hein ? dit le garde.

En effet. Les arbres immenses, les étroites prairies parsemées de fleurs sauvages qui, autrefois, étaient des routes nationales. Des fourrés sortaient des mitrons de conduits de cheminées et des tapis de mousse vert vif recouvraient les toits effondrés.

Vu d'en haut, c'était comme un paradis où la nature reprenait le dessus. Mais c'était un paradis mortel. Signy cessa d'admirer la vue. Elle s'empara des jumelles et tenta désespérément de repérer des Mi-Hommes.

– Ils vivent dans ces maisons ?

– Oh, ils vivent un peu partout, lui répondit le garde. Dans les buissons, dans les maisons… pour eux pas de différence.

– Pourquoi ne font-ils pas de réparations ?

Le garde haussa les épaules.

– Ils sont trop retors. J'ai entendu dire qu'il y en a qui réparent le briquetage des maisons de temps en temps. Ils sont tout juste foutus de préparer le mortier et de mettre les briques les unes sur les autres, pas plus.

– Je croyais qu'ils étaient intelligents.

– Quand il s'agit d'assassiner quelqu'un, ils le sont plutôt. C'est dans ce but qu'ils ont été créés. Mais ils aiment trop faire le mal pour penser à quoi que ce soit d'autre. (Le garde hocha la tête d'un air entendu.) Considérez-les comme des insectes. Des fourmis géantes. Crac, crac, crac, mangeant tout ce qu'ils trouvent sur leur passage.

– Des machines faites de chair et de sang, dit Signy avec un plaisir non dissimulé.

– Et, de leur point de vue, sachez que vous n'êtes qu'un assemblage de saucisses grillées. Comme ça, vous ne risquez pas de faire d'erreur de jugement.

Signy rit de bon cœur. Au moins, ce garde n'avait-il pas peur au point d'avoir perdu tout sens de l'humour.

– Et vous ? dit-elle. Comment dois-je vous considérer ? Vous ne faites pas très saucisse…

– Moi, je m'imagine bien en belle petite côtelette d'agneau, pour tout vous dire.

« Pas vraiment », songea Signy. Il mesurait pas loin de deux mètres, une vraie armoire à glace, et il avait un véritable matériel de guerre à portée de main. Une mitrailleuse était fixée au pylône, plus un lance-roquettes et un truc qui ressemblait à s'y méprendre à un bazooka. Même les monstres volants ne prendraient pas le risque de lancer une attaque.

– Une côtelette d'agneau armée jusqu'aux dents, dit Signy.

– Vous ne risquez rien avec moi. Pour les Mi-Hommes, je suis le jour du jugement dernier.

– D'accord. À partir de maintenant, je vais vous appeler Côtelette du Jugement Dernier.

Ils se mirent à rire, puis Signy reprit ses jumelles et scruta les arbres, les sombres recoins des fourrés, les vestiges de murs. Hommes-araignées, femmes-oiseaux, enfants-serpents, où étaient-ils donc ?

– Allons-nous voir la chasse ? demanda Signy.

– J'en doute, répondit le garde.

Il rit haut et fort. Ici, à cette hauteur, la princesse était en sûreté et, pour lui, c'était une mission facile. Conor lui avait demandé de la divertir.

– Je ne crois pas que Conor vienne dans les parages, dit-il. Mais avec les Mi-Hommes, on ne peut jamais savoir.

Ils attendaient. Il ne faisait pas froid, mais c'était désagréable d'entendre le vent vous hurler sans arrêt aux oreilles. De temps en temps, Signy percevait des bruits de moteurs et elle se penchait à l'extérieur pour regarder à la jumelle. Deux ou trois fois, elle aperçut les Land-Rover – éclairs métalliques filant sur les routes crevassées. À un moment, elle crut voir passer une fourrure épaisse, mais la chose décampa et se mit à couvert. Ce qu'elle vit de plus net, ce fut, au loin, une nuée d'oiseaux étranges prendre son envol. Elle eut l'impression qu'ils avaient des visages de petites filles mais, d'aussi loin, même avec les jumelles, il lui était difficile d'en être sûre.

Elle ne s'ennuyait pas avec Côtelette du Jugement Dernier, mais elle comprit bien vite que le garde avait raison : Conor avait bien voulu qu'elle vienne à la chasse aux Mi-Hommes... à condition qu'elle ne s'en approche pas. Sous son anorak, le pistolet automatique n'était là que pour la forme. La grosse mitrailleuse fixée au pylône et les autres armes lourdes tiendraient les Mi-Hommes à distance. Elle ne courait strictement aucun danger. C'était super décevant.

Au fil de la journée, les nuages s'amoncelèrent, le vent se fit plus froid. Quand le crachin se mua en pluie fine et persistante, là, ça devint carrément inconfortable. Ils n'avaient nulle part où s'abriter, et c'était bien trop dangereux de descendre, c'était même impossible. Jugement Dernier avait de quoi manger pour Signy dans un panier, et lui-même avait sa propre cantine. Signy partagea ses mets raffinés avec lui, thé chaud, vin, jambon fumé, et goûta le pain rudimentaire qu'il avait apporté – on aurait dit qu'il était plein de grains de sable.

– En tout cas, les Mi-Hommes ne doivent pas être si mauvais que ça, commenta Signy. Ce thé doit être un produit de contrebande, et tout doit passer par les terres des Mi-Hommes. Donc, il est possible de commercer avec eux.

– Oh oui, si vous les payez dans leur monnaie, ils peuvent vous procurer tout ce que vous voulez.

– C'est quoi, leur monnaie ?

– La chair humaine, dit le garde, content de son petit effet.

– De la chair humaine ? Ne soyez pas bête. Mon père ne paie pas en chair humaine. (Signy était au comble de l'indignation.) Et Conor non plus !

Jugement Dernier haussa les épaules.

– Ce que fait votre père, je n'en sais rien. Quant à Conor, bah, il s'efforce de tout changer, non ?

– Vous pouvez tout me dire. Ça restera entre nous.

Mais le garde eut un sourire triste et n'ajouta rien de plus.

– Et les Mi-Hommes doivent commercer avec l'Extérieur pour avoir tout ça, reprit Signy. Est-ce que l'Extérieur paie aussi en chair humaine ?

– Sans doute. Mais pas seulement. Avec des incubateurs, entre autres, pour qu'ils puissent engendrer d'autres versions d'eux-mêmes.

– Ah oui, vraiment ? De toutes nouvelles créatures... Mais ils doivent être très intelligents, alors ?

– Ce n'est pas très compliqué. La technologie fait tout le travail. Il suffit de cracher dans l'incubateur, ou d'y jeter des poils de la créature que vous voulez cloner0 ; la machine en extrait l'ADN, et le tour est joué. Même un Mi-Homme est capable de faire ça.

Ils finirent de manger. Le nuage gris porteur de pluie s'était dissipé, mais d'autres nuages s'amoncelaient à l'horizon. Tout était frais, propre, mouillé... et ils étaient coincés à deux cents mètres au-dessus du sol au cœur d'un vent glacial.

Ils jouèrent au Trivial Pursuit et au menteur, et ils se racontèrent des histoires drôles. Mais la froideur du vent les glaçait jusqu'aux os. En dépit de ses vêtements luxueux et chauds, Signy avait l'impression de se transformer en statue de pierre.

Vers le milieu de l'après-midi, ils entendirent des bruits de moteurs pour la première fois depuis des heures. Le garde bondit sur ses pieds.

– Ah, quand même ! s'exclama-t-il d'un ton rogue.

Sa mission si simple avait viré au supplice. Il se pencha par-dessus la balustrade et scruta les fourrés. Signy avait déjà sorti ses jumelles.

– Espérons qu'ils en ont eu assez de la pluie, dit le garde. Au moins, vous pourrez voir quelques Mi-Hommes, mais morts.

– Les morts, je m'en fiche.

Depuis qu'elle était devenue quelqu'un d'important, sa vie n'était plus drôle, n'avait plus de piment. Elle se leva et tenta de mieux voir.

Une Land-Rover surgit des buissons. Tout d'un coup, il fut évident que quelque chose n'allait pas. La voiture roulait bien trop vite, bondissant, zigzaguant d'un côté, de l'autre. Trois autres voitures apparurent au loin, poursuivant la première.

– Qu'est-ce qui se passe ? dit le garde en sortant ses jumelles et en les braquant vers les véhicules.

– C'est un Mi-Homme ! s'écria Signy. Un Mi-Homme, au volant !

– Ils ne savent pas conduire, dit le garde avec mépris.

Mais dans l'objectif de ses jumelles, il vit des bras velus, des pattes crispées sur le volant. La créature n'avait pas de véritables mains ce qui, peut-être, expliquait sa conduite erratique.

Le garde reposa ses jumelles et prit son revolver. Il hésitait à mitrailler le véhicule au cas où il y aurait des humains à l'intérieur. Les Mi-Hommes étaient réputés pour prendre des otages. Mais il réussit à tirer une première salve dans les pneus. La voiture fit une embardée – il paraissait impossible qu'elle puisse continuer à éviter encore les balles très longtemps –, dérapa, et alla finir sa course dans une maison en ruine. Pendant une seconde, rien ne se passa. Puis, un à un, des Mi-Hommes s'extirpèrent du véhicule. Des grands, des petits. On les entendait glapir, aboyer, crier. Apparemment, la voiture en était pleine. Enfin, Signy put les voir de près.

C'étaient des créatures trapues, poilues, toutes plus ou moins du même type. Leur tête était si lourde qu'elle retombait sur leur poitrail. On voyait au premier coup d'œil la puissance de leur cou et de leurs mâchoires ; ces animaux pouvaient vous broyer le fémur comme un morceau de sucre. Ils avaient le dos droit, les épaules larges et une croupe petite, ramassée, musclée. Tandis qu'ils se laissaient tomber de la voiture en braillant, jappant, baragouinant, Signy saisit quelques mots portés par le vent. « Par là… non, non, par ici… tu… »

– Ils savent parler ? demanda-t-elle au garde.

– Seulement pour mentir, grommela le garde.

Il avait son fusil en joue. Il lâcha une rafale de balles sur le groupe de bêtes en bas avant qu'elles aient le temps de se disperser.

Cinq ou six d'entre elles tombèrent sous cette salve. Signy braqua ses jumelles sur l'une des plus imposantes qui s'était arrêtée pour tourner la tête vers eux. Sur sa face, se lisait un mélange de haine, de méchanceté et de peur à l'état pur.

– Mais…

– Quoi ? fit le garde.

– On dirait un être humain.

– Pas même à moitié humain, rétorqua le garde en lâchant une autre salve.

Le Mi-Homme courait en zigzaguant dans l'espoir d'éviter les balles. Signy n'aurait su dire s'il avait été touché. Les voitures qui les pourchassaient étaient toutes proches. Les tirs venaient de plusieurs directions à la fois. Presque tous les Mi-Hommes étaient abattus. L'espèce de gros chien que Signy avait observé tentait de rassembler les survivants du groupe, saisissant les plus petits au passage. Une autre pluie de balles s'abattit sur eux. La créature se baissa en poussant ses congénères devant elle. Ils se mirent à quatre pattes et détalèrent. Dans cette posture, ils perdaient toute ressemblance avec les êtres humains. Ils galopaient à une vitesse stupéfiante. C'était à croire qu'ils étaient dotés d'un moteur, d'ailleurs, peut-être était-ce le cas.

Puis ils se fondirent dans la nature entre le cercle de voitures qui se formait autour d'eux en dérapant dans la boue, moteur crissant, mugissant à leurs trousses.

C'était fini. Il n'y avait plus rien à voir. Tout s'était passé en une fraction de seconde. Le vent balaya le bruit des voitures qui s'éloignaient à pleins gaz sur le terrain cahoteux. La chasse, ou le massacre, comme on veut, allait s'achever hors de vue.

– Les sales bâtards, grommela le garde. Les sales bêtes…

Il était comme les autres humains : la simple pensée des Mi-

Hommes le remplissait de haine. Signy le regarda et lut sur son visage… de la haine, de la cruauté, de la peur. Elle tourna la tête et reprit ses jumelles pour continuer à observer la scène, mais tous avaient disparu.

– Vous croyez qu'ils vont les tuer ? demanda-t-elle en balayant les buissons de ses jumelles.

Elle crut apercevoir du mouvement vers l'endroit où devaient se trouver les voitures, très loin. Mais la vitesse des bêtes était stupéfiante. Elles pouvaient être n'importe où. Le garde marmonna quelque chose derrière elle.

– Comment ? dit Signy. Qu'est-ce que vous dites ?

Elle entendit comme un bruit, comme un souffle et, au même moment, sentit une légère pression à sa taille. Elle fit volte-face. Le Mi-Homme qu'elle avait vu quelques minutes plus tôt en bas était assis à un mètre d'elle et la regardait droit dans les yeux.

– Garde ! hurla-t-elle.

Et, faisant appel à une vieille ruse, elle pointa le doigt derrière le dos de la créature puis, en un éclair, porta la main à son revolver. Seulement, il n'était plus à sa ceinture.

– Vous avez perdu quelque chose ? demanda la créature d'une voix doucereuse. Hé ho ! Hé ho !

Le revolver pendillait mollement au bout d'une griffe du monstre. Le Mi-Homme hocha la tête et montra le sol au-dessous d'eux.

– Le garde a fait un petit plongeon, dit-il.

Ses griffes et ses mâchoires étaient rouge sang.

21
SIGNY

En une seconde, il allait me réduire en bouillie. J'ai frissonné. J'attendais la mort en tremblant. Mais non, j'étais toujours vivante, agrippée au garde-fou. Le Mi-Homme bavait en me souriant.

– Mais…

– J'ai escaladé, a grommelé le Mi-Homme.

Je me suis dit : « Bon Dieu, on est à plus de cent mètres au-dessus du sol. »

La créature était vêtue d'une infâme veste en toile huilée. Il était assis, bras posés sur les genoux. Ça tenait beaucoup de l'hyène, avec, peut-être, une once de léopard. Sa gueule ne cessait de frémir, ses mâchoires de se crisper.

« Allez, vas-y, tue-moi ! ai-je pensé. Qu'est-ce que tu attends ? » Mais elle demeurait immobile, m'observait, faisait joujou avec mon revolver au bout de son doigt griffu. J'ai regardé en bas. J'avais si peur que j'aurais pu tomber dans le vide. J'ai vu le corps du garde étendu par terre tel un petit soldat de plomb brisé.

– Il a fait un petit plongeon, a répété la créature.

J'ai voulu lui arracher le revolver des mains, mais elle l'a balancé par-dessus son épaule. Je l'ai regardé tomber en tournoyant dans les airs accompagné des bruits métalliques qu'il faisait en se cognant contre les piliers du pylône, puis il a disparu dans l'herbe.

– Tu vas mourir, ai-je dit au Mi-Homme. (Moi, j'étais prête à me défendre, mais il avait été conçu pour tuer.) Ils vont forcément te coincer.

– Mais pas avant que je ne te coince, hein ? a chuinté la créature.

Des cris ont résonné dans son dos ; il a lancé un coup d'œil par-dessus son épaule.

– Tu vas mourir. (Je n'avais jamais eu aussi peur de ma vie. Et je voulais que lui aussi ait la trouille.) Et tu le sais.

– Oui, oui. Je vais mourir... Ou alors on pourrait peut-être passer un marché ?

Il m'a regardé curieusement en continuant de baver. Tout d'un coup, j'ai ressenti un petit élan d'espoir, mais tout de suite, j'ai pensé : « Ils ne passent jamais de marché ! C'est bien connu ; la créature ne fait que jouer avec moi. »

– Tu n'es même pas humain, lui ai-je craché au visage.

Le Mi-Homme a poussé un soupir et s'est frotté la tête.

– Il vaudrait peut-être mieux que je te tue maintenant ?

J'ai eu l'impression qu'il me demandait mon avis. Sa lourde tête pendait tellement entre ses épaules qu'il devait me regarder par-dessous ses sourcils broussailleux.

– Pourquoi tu ne le fais pas, alors ?

J'avais une trouille bleue ! Le Mi-Homme a ricané d'un drôle de petit rire.

– Ce n'est pas ça qui me sauvera. Pourquoi te tuerais-je sans raison ? Pourquoi m'abaisserais-je à ton niveau ? Hum ? Dis-moi. Pourquoi ?

Je suis restée muette comme une carpe. Ce qu'il disait n'avait aucun sens pour moi.

– Je suis un commerçant. Je m'appelle Karl. (Il a écarté les bras et a souri d'un air faussement contrit.) Tu t'attendais à quoi ? Médor ? Je sers d'intermédiaire entre le roi Conor et les villes. J'ai un bon carnet d'adresses. Bijoux, vins, matériel électrique. Parfois, des armes aussi. Je gagne – je gagnais – bien ma vie. Mais le roi Conor m'a fait baisser mes prix. Il veut toujours que je casse mes prix. Je les ai baissés, baissés jusqu'au moment où ça n'a plus eu de sens. Alors, j'ai refusé. Du coup, le roi Conor organise une chasse contre les Mi-Hommes. (La créature a haussé les épaules.) C'est toujours pareil. Il fait un raid dans mes boutiques, il pille tout. Il a massacré ma femme, mes enfants, mes gens pour montrer qu'il est le maître. Il a raison, il vaut mieux lui obéir. Mais le mieux, peut-être, c'est encore de ne pas traiter du tout avec les humains. Tu comprends ? (Le Mi-Homme m'a souri d'un air méprisant.) Vous traitez avec la partie humaine des Mi-Hommes, et puis quand elle ne vous convient plus, vous pouvez faire la chasse à l'animal. Facile. Facile. Tu vois le niveau, fillette ?

J'étais si indignée que j'en restais sans voix. C'était un Mi-Homme ! Comment osait-il comparer ses meurtres odieux avec Conor ! Conor avait des défauts, je m'en étais aperçue, mais ce n'était pas un Mi-Homme. On doit parfois prendre des décisions difficiles quand on gouverne, je savais ce que c'était. Cette créature n'était pas même humaine !

Il me menait en bateau ; tout ce qu'il voulait, c'était que je l'aide à s'échapper et, ensuite, il me tuerait.

– Tu...

Mais les mots me manquaient. Le Mi-Homme a éternué. Ses yeux se sont mis à couler. J'ai tourné la tête, dégoûtée. Pas même bien conçu, me suis-je dit. Non, mais regardez-le : ça bave, c'est morveux, et ça n'a même pas assez de fierté pour cacher sa gueule !

– Répugnant, ai-je dit. (Je le haïssais pour tous les horribles mensonges qu'il venait de dire.) Tu es répugnant !

Le Mi-Homme a secoué la tête avec colère et a grondé.

– Qu'est-ce que tu crois ? Je vais mourir. Ma famille a été assassinée.

Ses yeux et son nez se sont remis à couler, et tout d'un coup, j'ai pensé : il pleure.

Mais... ça devait être une autre de ses ruses. Ces créatures n'éprouvaient pas de sentiments. Les techniciens de Ragnor étaient-ils savants au point d'en fabriquer capables de pleurer pour gagner quelques secondes avant de mourir ?

– Ta famille ? Les petits que j'ai vus, là, en bas... ?

– Évidemment. Qu'est-ce que tu croyais que c'était ? Des nains ? On n'est pas au royaume des fées, ici.

Ça a été secoué de sanglots. Ça a mis sa tête au creux de son bras et ça a pleuré. J'ai pensé : ça pleure. Puis je n'ai plus pensé à rien, j'ai tendu la main – instinctivement le geste s'est imposé à moi –, et j'ai touché la créature.

Il s'est essuyé les yeux et m'a regardée. J'ai gratté les poils drus de sa nuque, et je l'ai vaguement caressé, comme un gros chien. Derrière nous, a résonné le bruit des troupes.

Il a reculé.

– Tu es peut-être capable de pleurer, mais tu es toujours l'ennemi, lui ai-je dit les dents serrées.

– Toujours l'ennemi. Encore et toujours l'ennemi.

Il s'est penché vers moi et a commencé à me toucher, à me tapoter les jambes, les flancs. J'ai pensé qu'il allait me mettre en pièces. J'ai tenté de lui échapper, mais il m'a attrapé avec son autre patte et m'a obligée à rester en place. Il avait la force d'un cheval. Mais tout ce qu'il voulait, c'était voir si j'étais armée.

– Je te rappelle que tu as jeté mon revolver, ai-je dit d'un ton rogue.

– Revoilà ton don Juan, a-t-il marmonné tandis que le convoi de Land-Rover fonçait dans notre direction.

Il m'a regardé en haussant les sourcils et a humé l'air.

– Tu pourrais me prendre comme otage, ai-je suggéré.

Ne vous méprenez pas, je ne me proposais pas de l'aider, surtout pas ! Mais je n'avais pas d'autre solution. Il était capable de pleurer sur le sort de ses enfants, mais il n'en était pas moins l'ennemi. S'il me prenait en otage, il serait bien obligé de me laisser la vie sauve.

– Ah, la nouvelle reine ! Quel trophée ! Mais je ne suis pas très sûr que te garder avec moi les empêcherait de me tirer dessus.

– Que veux-tu dire ?

– Suis mon conseil, petite reine. Conor n'est pas le genre d'homme à partager son pouvoir par des traités. Il veut tout pour lui, hier comme aujourd'hui, comme demain, tout, tout de suite. Si tu te faisais tuer pendant une chasse aux Mi-Hommes, il ne serait pas un veuf inconsolable.

– Tu mens.

De nouveau, je lui en voulais à mort. Voilà maintenant qu'il essayait de tout gâcher entre Conor et moi.

– Il inviterait les tiens à tes funérailles. Oh, oui, oui, oui. Il adorerait avoir les Volson en visite… mortuaire.

– Nous avons signé un traité.

Le Mi-Homme m'a dévisagée et s'est pourléché ses lèvres immondes.

– Moi aussi, j'avais signé un traité avec lui.

Il s'est mis à rire, « ha ha ha », dans sa barbe.

J'ai ri encore plus fort que lui.

– Tu t'imagines que mon père est au même niveau que toi, espèce de mi-chose ?

Le Mi-Homme a tendu le bras si vite que je ne m'en suis rendu compte qu'une fois qu'il m'eût arraché mon bonnet en laine et l'eût vissé sur son crâne. Ça lui donnait un air ridicule, sa grosse tête d'hyène avec mon bonnet qui lui descendait sur les yeux.

– Camouflage ? a-t-il dit en riant, ha ha ha !

Il m'a adressé un pauvre sourire et, malgré moi, les larmes me sont montées aux yeux parce que… parce que… parce qu'il ressemblait plus à un humain qu'à un animal, tout compte fait. Parce qu'il pouvait rire et pleurer. Il avait les meilleures armes qui soient : le rire et les larmes.

– Je suppose que tu vas te servir de la mitrailleuse, ai-je dit en montrant l'objet redoutable fixé au garde-fou.

D'un air triste, il a tendu les mains devant lui. Ses doigts raides, courts, épais ressemblaient davantage à des orteils.

– Pas de doigts, pas de pouces. Je ne peux même pas manier un marteau. Si tu avais une grenade, j'aurais pu la dégoupiller avec les dents.

Il avait à peine fini de parler que le bruit des troupes, des chiens, des 4x4 nous a éclaté aux oreilles tandis qu'ils déboulaient hors des taillis juste au-dessous de nous.

Le Mi-Homme m'a regardée dans les yeux.

– Et maintenant, je vais mourir. Est-ce que j'ai un cœur ?

« Où veut-il en venir ? » ai-je pensé.

– Oui, ai-je dit. Je sais…

Il a ri.

– Alors, puisque tu me connais, occupe-toi de cette petite pour moi.

Il a ouvert les pans de son manteau et a sorti… un petit chat. Il l'avait caché dans une des poches intérieures.

J'ai tendu les mains et il l'a déposé dans le creux de mes paumes.

– Que ni Conor ni aucun de ses hommes ne la voient jamais. Sinon, ils la tueraient.

– Comment puis-je être sûre que tu ne te sers pas de moi pour faire entrer un ennemi dans l'Enceinte ?

– Je te laisse juge. Quand elle sera grande, tu pourras la relâcher sur nos terres, ou la garder si elle préfère rester auprès de toi. Mais écoute-moi, princesse… (Il s'est penché vers moi. Il n'avait plus que quelques secondes devant lui, les véhicules étaient au bas du pylône maintenant.) Elle n'a pas été créée comme moi, ni procréée comme toi. Elle ne vient ni de l'Extérieur ni de l'Intérieur. Tu verras. (Il s'est penché encore plus près de moi et m'a chuchoté d'un air entendu :) Elle a plus d'une forme dans son sac…

– Quoi ? Comment ça ? Que veux-tu dire ?

À cet instant, une balle a ricoché sur le métal juste à côté de nous. Le Mi-Homme a ri.

– Ils sont si mauvais tireurs que ça ? Ou tiennent-ils donc si peu à la vie de la fille de Val ? Je vais te rendre un dernier service – oui, je t'en ai déjà rendu un. Cette petite chatte s'appelle Cherry. Occupe-toi d'elle. N'en parle à personne.

Sur ce, il s'est redressé, s'est retourné et a enjambé le garde-fou comme s'il sautait par-dessus une barrière. J'ai hurlé. Puis, je me suis levée d'un bond, et j'ai regardé vers le bas. Les hommes de Conor tiraient sur le Mi-Homme mais c'était inutile : il tombait en chute libre. Son corps a rebondi plusieurs fois sur la structure métallique du pylône avant de s'écraser au sol. Les tirs de six mitraillettes ont crépité et ricoché sur son corps immobile.

Les hommes de Conor ont bondi hors de leurs voitures et ont couru vers le cadavre démantibulé. Ils ont levé le visage vers moi. Un des généraux a mis ses mains en porte-voix et son cri, porté par le vent, est monté jusqu'à moi.

– On est arrivés juste à temps, hein ?

J'ai dissimulé la petite chatte sous mon anorak.

– Oui ! Juste à temps !

22

Plus tard, de retour dans l'Enceinte, le tableau de chasse fut exposé. Les corps des Mi-Hommes ont été étalés sur des tables pliantes comme s'il s'agissait d'un pique-nique. Il était tard, le crépuscule s'annonçait, et la pluie fine de l'été s'était remise à tomber. Même les casaniers sortaient de chez eux pour voir les monstres. Les adultes restaient sous leurs parapluies, frissonnant en leur retroussant les babines pour apercevoir leurs dents hideuses. Les enfants couraient dans tous les sens, terrifiés, ravis et dégoûtés devant toute cette viande morte.

Et Signy – Signy qui, dans sa poche, avait un petit chat qui allait peut-être devenir une de ces créatures en grandissant –, passant devant cet étalage, songea : maintenant, ils ne sont plus qu'un tas de bidoche. Plus laids que jamais.

Ici, les étranges oiseaux qui avaient attaqué sa voiture : visages étroits de petites filles, mais pas de crâne pour ainsi dire, becs luisants et une touffe de cheveux blonds. Là, des chats-hommes (ou bien étaient-ce des hommes-chats ?) aux corps aussi puissants que des voitures. Là encore, ce qui avait bien pu être un singe, mais trop humain pour qu'elle puisse le regarder, lui faisait penser à un enfant.

Mais pour la plupart, ces Mi-Hommes morts étaient des hyènes-hommes, de la race de celui avec qui elle avait parlé sur le pylône. Elle regarda leurs yeux éteints et songea : est-ce un de ses parents ? Oncle, mère, fille, fils ? Ou n'étaient-ce que des moitiés de machines conçues dans le seul but de nous leurrer ? Elle savait qu'ils étaient réputés pour leur fourberie. Nul doute que tout ça n'était qu'une ruse.

Dans son anorak, tout contre son ventre, cachée par l'épaisseur de la fourrure, était peut-être nichée une tueuse en puissance.

Signy n'avait toujours pas décidé de ce qu'elle allait faire du cadeau du Mi-Homme. Elle l'avait examinée. Elle était déjà grosse, presque une jeune chatte. Elle était éveillée, vive, mais tout à fait comme les autres, mignonne comme tout. Et le Mi-Homme l'avait émue… mais peut-être valait-il mieux l'envoyer plonger au fond d'un étang.

Cette petite chatte était peut-être celle du Mi-Homme. D'une certaine façon, l'idée qu'il ait pu avoir un animal était aussi choquante que de l'avoir vu rire et pleurer. Plus tard, Signy voulut dire à Conor que les Mi-Hommes semblaient éprouver des sentiments, mais il ne fit que rire à cette idée qu'il qualifia d'absurde. Il embrassa Signy et lui dit qu'elle était adorable. Ce n'était pas une bonne méthode avec Signy qui, en aucune façon, ne se trouvait adorable. Elle décida de ne pas parler de la chatte pour le moment. Elle raconta simplement à Conor que le Mi-Homme était monté sur le pylône au moment où ses hommes arrivaient, et qu'il tentait de négocier qu'elle l'aide à sauver sa peau au moment où il avait été touché par une balle. Conor n'eut aucun soupçon ; il ne fit que s'étonner que la créature ne l'ait pas tout de suite déchiquetée.

Signy se sentait coupable d'avoir menti à Conor au sujet de la petite chatte, mais elle se disait qu'elle lui en parlerait plus tard car elle craignait qu'il la lui confisque et la tue. Du coup, elle prit conscience qu'elle n'avait jamais son mot à dire. Conor agissait comme bon lui semblait, et continuerait d'agir de la sorte, quoi qu'elle pense. Ainsi donc, les choses n'étaient pas tout à fait comme elles semblaient être.

23

Signy

Plus tard, alors que je jouais avec la petite chatte, seule dans la tour, je me suis mise à pleurer. Pourquoi ? Parce que ce petit animal souffrait du même mal que moi : la solitude. Ça faisait longtemps que je me sentais seule, je ne m'en étais pas aperçue plus tôt simplement parce que j'étais amoureuse.

La petite chatte était si mignonne qu'elle m'a tout de suite fait craquer, mais elle me rendait triste aussi, parce que, moi, ce que je voulais, c'était un ami, et un chaton, comme seul ami, ce n'est pas terrible… Je la chatouillais sous le ventre, elle me mordillait les doigts et, de temps en temps, elle tournait en rond en courant après sa queue. Elle aussi m'a tout de suite adoptée. Je l'ai examinée de la pointe des oreilles jusqu'au bout de la queue, mais n'ai rien trouvé qui ne soit pas cent pour cent chat. Ni dents ni doigts humains ; rien dans son regard qui n'appartienne à la race féline.

Cette nuit-là, je me suis réveillée en pensant à quelque chose. Je me suis levée, à moitié endormie, et j'ai ouvert le tiroir dans lequel je garde les lettres que je reçois de chez moi. J'avais rêvé de Siggy. C'est drôle… il m'avait manqué dans mon sommeil.

Je me suis assise et j'ai relu ces lettres. Il y en avait pas mal de Sigs, et je n'avais répondu à aucune. Je me disais : « Le jaloux ! » Pauvre vieux Sigs ! Tout à coup, j'ai entendu du bruit venant d'en dessous. Conor venait me rendre visite. Pour la première fois, mon cœur s'est serré quand j'ai entendu le bruit de la trappe.

Je me suis levée d'un bond pour cacher la chatte, mais ce n'était pas nécessaire. Pendant que je lisais, elle dormait, roulée en boule sur un coussin à côté de mon lit, mais elle était allée se cacher d'elle-même. Je me suis demandée comment elle avait compris ce qu'elle devait faire.

Conor est entré. Pour une fois, je ne me suis pas précipitée vers lui. Il a senti que quelque chose n'allait pas. Il est resté planté devant moi comme à l'époque où il me faisait la cour, l'air maussade, empoté comme un grand timide qui ne sait quoi faire de lui-même. J'ai pensé : « Cette fois, il va falloir que tu sois plus gentil que ça si tu veux m'avoir au sentiment, mec. »

Il a levé les bras et les a laissés retomber.

– J'avais peur pour toi.

– Je suis assez grande pour gérer ma peur, merci. C'est pour cette raison que tu m'as enfermée ici ? Parce que ça te permet de ne pas t'inquiéter pour moi ?

Là, il s'est rembruni, mais il a continué sur sa lancée.

– Je veux dire, j'avais peur. Pour moi.

– Quoi ?

– Les Mi-Hommes. (Il a rougi comme un gosse.) Ils me fichent une trouille bleue.

– De quoi tu parles ?

Je ne voyais pas où il voulait en venir. En quoi sa peur allait-elle changer sa façon de me traiter ?

– Ça me fait peur… à un point. Je ne sais pas pourquoi. C'est un peu comme avoir le vertige.

– Alors, arrête.

– C'est… ce serait de la lâcheté. (Il avait du mal à me regarder dans les yeux.) Je dois le faire. Sinon, on ne me respecterait pas. Alors, je dois. Mais l'idée de t'emmener là-bas, avec moi, je ne supportais pas parce que…

Ses yeux se sont emplis de larmes, et je me suis laissée attendrir.

– Ne pleure pas, ne pleure pas…

Je n'avais pas envie de le consoler parce qu'il devait m'accorder plus de liberté, beaucoup plus de liberté, mais j'ai couru vers lui, je l'ai serré contre moi, j'ai noué mes bras autour de sa nuque. Il a enfoui son visage dans le creux de mon épaule et a hoqueté deux ou trois sanglots étouffés.

– Ils me font peur, ils me font peur…

Et moi, je ne voyais toujours pas en quoi sa peur imposait que je reste cloîtrée au sommet d'un ancien château d'eau pendant que tout le monde profitait de la vie. Mais je savais que s'il agissait ainsi avec moi, c'était par amour. Et pour la première fois, je me suis rendu compte qu'il devait se battre très dur pour être ce qu'il voulait être… l'idiot ! Comme s'il n'était pas assez bien. Comme s'il n'était pas assez bien *pour moi* !

– Ça va aller, ça va aller.

J'ai embrassé ses précieuses larmes.

– Chut. Chut. *Ça va aller.*

24
Siggy

Les promesses sont d'or ; les signataires d'un traité se doivent de les respecter. C'est une question d'honneur. Avec ses ennemis, c'est différent. On s'attend à ce qu'ils mentent. Désormais, Conor compte parmi nos amis.

Il avait tout de suite été convenu qu'on irait lui rendre visite. C'est la moindre des choses, comme dit Val. Il était venu à nous, nous nous devions d'aller à lui. La différence, c'est que *nous*, nous sommes fidèles à notre parole.

Mais il faut rendre cette justice à Conor : quand il est venu ici, il s'est entièrement remis entre nos mains. On aurait pu faire capoter tout le projet, mais justement : on avait donné notre parole. Val dirait que Conor avait commencé à se comporter comme nous en nous faisant confiance, et je suis bien obligé d'admettre qu'il n'aurait pas tort sur ce point. Et lorsque l'on se comporte ainsi, c'est que, sans doute, on est aussi quelqu'un de parole. Sans doute !

Hadrian pense que Conor a fait la paix parce qu'il n'avait pas le choix. Depuis un long moment déjà, il perd toutes ses batailles. Il est logique de signer un traité de paix au moment où on a encore quelques atouts en main. La question est de savoir s'il s'agit là d'une véritable paix ou d'une ruse pour gagner du temps. Alors, on discutait beaucoup de la question de savoir s'il était sage de faire cette visite officielle, mais personne ne la remettait vraiment en cause car l'engagement en avait été pris. Il fallait bien commencer à mettre en œuvre la nouvelle politique. Si on annulait ce voyage, il deviendrait évident pour tout le monde que la confiance n'était pas établie, et la paix non plus. Nous y sommes donc allés, armés jusqu'aux dents : meilleurs hommes, meilleures armes, meilleurs véhicules. Mais, comme dit Had, si une visite entre alliés se transforme en expédition militaire, c'est qu'il n'y a pas de vrai traité de paix.

Le jour du départ, moi j'aurais préféré être loin, très loin. Au pôle Sud, par exemple. Et puis, plus le moment approchait, moins je savais quoi faire. Il y avait Signy, d'abord. Vous savez quoi ? Elle est vraiment amoureuse ! Bon, il y a des fois où elle se laisse avoir par son idéalisme et où elle peut être bête comme une oie, mais même elle ne pouvait pas se tromper *à ce point*. Quand elle est partie, elle m'en voulait tellement qu'elle n'a pas répondu à mes lettres, mais au cours de l'été, elle s'est dégelée un peu. Elle a même commencé à comprendre mon point de vue au sujet du couteau.

Elle me donne l'impression d'être un peu plus lucide sur tout ça, mais pas encore assez à mon avis. C'est comme si, au début, elle avait été complètement subjuguée par Conor et que, depuis, elle ait vu un peu clair dans son jeu. Mais... juste *un peu*. Elle m'écrit des pages et des pages à son sujet, et je dois dire que ce type me paraît complètement déjanté. Mais peut-être a-t-il un cœur ? En tout cas, c'est ce que pense Signy. Peut-être que le vrai salaud c'était son père, peut-être Conor fait-il réellement de son mieux pour que les choses s'améliorent. Signy raconte à longueur de pages que Conor et elle sont en perpétuelle lutte contre la vieille garde, et que ce serait super qu'on soit de nouveau réunis. Bah, difficile, mais... d'un autre côté, j'ai tellement envie de la revoir.

Et puis, il y a l'autre truc, la chose bizarre, le couteau. Je n'ai jamais cru aux dieux, et je ne suis toujours pas sûr d'y croire. Le plus probable, c'est que l'homme mort soit venu de Ragnor ou d'une autre ville de l'Extérieur. Mais comment expliquer ce que j'ai ressenti ? Ça, c'est difficile. Je ne crois pas qu'un homme, aussi intelligent soit-il, puisse changer ma façon d'être par le simple fait de me donner un couteau. Or, je me sens bien. En fait, je ne me suis jamais senti aussi bien. Ne me demandez pas comment ni pourquoi, mais tout ce que je peux dire, c'est que je sais que c'est parti pour durer... très longtemps. Et c'est pour ça que je pense pouvoir rendre visite à Conor et en revenir indemne.

Fou, moi ? D'accord, je suis fou.

Et je vais vous dire : vous savez ce que je pense des dieux ? Il ne faut jamais faire confiance à quelqu'un qui vit pour l'éternité : il n'a rien à perdre. Quoi qu'il en soit, j'ai le vent en poupe, Conor, alors tu n'as qu'à bien te tenir !

25
Signy

Il nous a fallu des semaines pour préparer la visite officielle de mon père. C'est Conor et moi qui avons tout fait, tout ! On s'est donné un mal fou et on n'a pas regardé à la dépense. J'ai dit à Conor tout le soin et l'argent qu'on avait consacrés à sa venue chez nous, et il tenait à faire étalage d'autant de magnificence. On a dû interrompre le financement des écoles, des hôpitaux et des œuvres caritatives. J'entends déjà certains dire qu'on a dépensé des fortunes pour nous-mêmes au risque que des gens meurent de faim et que des malades ne soient pas soignés, mais ce n'est pas aussi simple.

On construit la confiance entre nos deux familles. On bâtit un monde nouveau. Pas facile. Je sais que Val et mes frères seront sur leur garde. Ils auront peur. La foule saluera leur cortège de voitures, leur criera des vivats, les applaudira, ce sera formidable, mais je suis sûre qu'ils craindront toujours une embuscade ou un attentat. Ils s'attableront devant des repas pantagruéliques en se demandant si les mets délicieux qu'on leur sert ne sont pas empoisonnés. Il en sera pour eux comme il en a été pour Conor et ses hommes. Ce ne sera qu'une fois de retour sur leur territoire, sains et saufs, qu'ils sauront que le grand pari que nous avons pris n'a pas été vain.

Ils ont des doutes, je le sais, mais ils verront qu'ils ne sont pas fondés. Quel formidable acte de foi que d'accorder sa confiance quand jusqu'alors il n'y avait eu que meurtres et guerres. Le peuple l'a fait, Conor l'a fait, mon père et mes frères le feront aussi, j'en suis certaine.

Conor, je le connais bien maintenant. Je sais que ce n'est pas un surhomme, qu'il a ses moments de faiblesse, qu'il est craintif, qu'il a du mal à faire confiance aux autres. Mais là, il l'a fait ! C'est ça qui est incroyable, et c'est ce que je lui rappelle chaque fois qu'il est en proie au doute. Il est venu sur les terres de mon père. Et s'il peut accorder sa confiance, alors son peuple le peut aussi. Même la vieille garde, même la sécurité. Quand ils verront Val sur leurs terres, eux aussi seront gagnés à la nouvelle cause.

Mon père et mon époux. La nouvelle cause.

Conor a peur à un point ! Je n'en reviens toujours pas. Tout ce qu'on lui a appris, tout ce qu'il sait va à l'encontre de ce qu'il est en train d'accomplir, tout lui crie qu'il a tort de faire ce qu'il fait. Et pourtant, il continue à aller de l'avant – par amour pour moi… c'est ce que je me dis, parfois. Mais ce n'est pas lui rendre justice. Souvent, je m'accorde trop d'importance. Je sais bien qu'il avait mis en place ce projet de paix avant de me rencontrer.

C'est ce qui fait de lui un grand homme. C'est un visionnaire, comme mon père. Il en devient plus grand que nature. Mais ce que Conor est en train de faire, c'est encore plus dur parce qu'il ne peut le faire en étant lui-même ; il doit se dépasser, devenir meilleur qu'il était jusqu'alors.

La moitié de l'État est farouchement contre, évidemment. Conor m'a parlé des discussions houleuses lors des réunions au sommet, de la façon dont on essaie de lui mettre des bâtons dans les roues. Ils savent que si Val vient ici et repart sain et sauf, rien ne sera jamais plus comme avant. Mais c'est trop tard. Ils verront. Tout est prêt et personne ne peut rien faire pour arrêter ce qui est en marche.

26

La dernière nuit, Conor vint la trouver. Il serait juste de dire que jamais homme ne s'était senti aussi seul. Il était si tendu, si angoissé qu'il ne pouvait se retenir de pleurer. Signy, en revanche, était excitée comme une puce. Elle n'arrivait pas à comprendre ce qui lui faisait si peur, mais elle l'avait déjà vu comme ça lors de grandes occasions. Elle fit de son mieux pour le rasséréner. Elle le prit dans ses bras, elle voulut faire l'amour avec lui, mais il en fut incapable.

– Aussi apeuré qu'une petite souris, le taquina-t-elle.

Conor était pelotonné contre elle, tout tremblant. Son cœur était comme enserré dans un étau de glace.

– Est-ce que ça va aller ? Est-ce que tout va bien se passer ? lui demanda-t-il.

Et il lui sourit d'une façon qui la terrifia.

Mais une fois de plus, elle fut touchée par ce qu'elle considérait être le talon d'Achille de cet homme terrible, sa vulnérabilité. Elle l'embrassa et le serra contre elle en lui murmurant des paroles rassurantes.

Car Signy ne soupçonnait pas à quel point elle se trompait. Elle croyait en la vision de son père, et elle croyait aux sentiments de Conor. Comment le premier aurait-il pu se tromper ? Comment le second pourrait-il être un traître ? Elle croyait que, par la force de son amour, elle transformerait la guerre en amitié. Elle était loin d'imaginer qu'elle n'était rien qu'un ver de terre accroché à un hameçon destiné à ferrer un gros poisson.

Longtemps après, elle s'endormit. Conor, étendu contre elle, regardait le plafond, les yeux secs. Il poursuivait un but et ne pouvait plus revenir en arrière, même par amour. Depuis tout petit, il était capable d'enfouir ses sentiments au plus profond de son être dans les replis glacés de son cœur. Il avait appris à le faire très tôt, quand, enfant, il avait dû masquer sa faiblesse aux yeux de son père, et aujourd'hui, cela le servait d'une façon admirable et horrible pour mieux tromper Signy. Il avait enfoui ses sentiments si profondément, si radicalement, qu'il ne savait même plus de quelle nature ils étaient.

Mais sans le savoir, Conor se brisait le cœur. Et où trouverait-il la force d'en rassembler les morceaux épars ?

27

SIGGY

Quelle foule ! C'était à croire que le monde entier était venu nous dire au revoir. Mendiants, boutiquiers, gosses des rues, marchands, conseillers locaux, trafiquants, voleurs : tout le monde était là, grands et petits réunis pour nous saluer et nous acclamer d'une seule voix. Qu'ils aient tout ou ne possèdent rien, ils avaient une chose en commun : leur roi Val. Et il était là, devant eux. Le titre de roi lui avait été donné un peu comme un surnom, mais tout le monde était convaincu qu'il le porterait réellement un jour.

C'était génial. Ça m'a fait regretter de faire partie du cortège et de ne pas pouvoir être au milieu de ces gens et d'acclamer le roi Val et ses fils partant pour en remontrer au roi Conor.

On devait rouler au pas. C'était un jour férié. Petites kermesses, vendeurs de rues, jongleurs, amuseurs, troupes de comédiens, stands et distractions divers nous obligeaient à nous arrêter régulièrement et à attendre que les gardes nous ouvrent un passage. On serait allés plus vite à bicyclette... ou même à cloche-pied ! Sauf qu'on aurait été piétinés avant d'arriver à destination.

On est entrés sur les terres de Conor à Swiss Cottage. La foule était encore plus dense. Les gens étaient penchés à leurs fenêtres ou bien agglutinés devant leurs portes. Mais on ne risquait rien. Notre vieille autochenille ressemble plus ou moins à un char – de quoi se sentir en sécurité. On a fermé les écoutilles, enfilé nos chemises ignifugées et nos gilets pare-balles et on s'est installés confortablement pour regarder le carnaval sur la vidéo reliée à l'extérieur.

C'était une journée estivale. Il faisait chaud et l'air était fétide dans l'autochenille. Had, Ben, Val et moi étions tassés les uns contre les autres à suer à grosses gouttes et à inspirer le souffle des autres. La lucarne du conducteur était la seule petite ouverture. Le peu qu'on voyait de l'extérieur nous faisait regretter de ne pas être dans la rue. Tant de gens criaient des vivats, nous appelaient, applaudissaient à notre passage ! Depuis des générations ils vivaient sous le joug de la tyrannie, et voilà que nous arrivions, porteurs de paix. Ils voulaient nous voir, et nous, on se terrait comme des lapins devant un renard.

Tout d'un coup, Val a dit : « Oh, et puis tant pis ! » On avait prévu de ne pas se montrer. Mais regarder cette foule en liesse sur un écran télé, ça n'avait pas de sens ! C'était pour nous, non ? Du coup, on a ouvert l'écoutille du haut. Oh, le déferlement de bruit, c'était inouï ! Et quand on a sorti nos têtes, quand le peuple de Conor nous a vus en chair et en os, alors là, ça a vraiment été le délire !

Je n'avais jamais rien vu de pareil, sauf le jour du départ de Signy. C'était de la folie pure. Les rues étaient noires de monde. Ils étaient venus par milliers pour nous acclamer, nous saluer. Certains sautaient en l'air pour mieux nous voir ; d'autres nous lançaient des fleurs et des serpentins de couleur. Un vieil homme en guenilles vendait des frites sur le côté de la route. Quand mon regard a croisé le sien, il m'a souri et m'a tendu un cornet. Je l'ai pris et l'ai donné à Val – c'était lui le héros du jour, après tout –, et quand il a mordu dedans, les acclamations de la foule ont redoublé.

On lisait sur leurs visages qu'ils pensaient que tout allait s'arranger. Il ne pouvait en être autrement ! C'était une fête. C'était magnifique. Même Hadrian souriait jusqu'aux oreilles.

– Conor ne peut pas aller contre la volonté de cette foule, a-t-il dit. De son propre peuple !

Je me suis dit que Val jouait gros, très gros. L'enjeu n'était pas d'avoir le contrôle de telle ou telle partie de Londres. Il voulait tout pour tous, mais grâce à lui seul. C'était une tâche qui pouvait durer des siècles. S'il avait été éternel, si Odin n'avait pas été le dieu des Morts, peut-être y serait-il parvenu.

Il y a eu un bruit sourd un peu plus loin, suivi d'un autre, coup sur coup. Il y a eu une secousse dans l'air comme lorsqu'un obus tombe à proximité, puis des cris. Hadrian a refermé promptement l'écoutille, et on s'est retrouvés de nouveau enfermés dans le blindé. Val a bondi vers l'écran vidéo.

– Mais… et la foule ? et ces gens ? s'est-il écrié d'une voix surprise.

On les regardait sur le petit écran noir et blanc. Ils étaient réduits en bouillie.

Du strict point de vue militaire, c'était une embuscade parfaite. La rue était étroite, et nos véhicules formaient une ligne continue dans le passage que leur laissait la foule qui se massait de part et d'autre. Un piège vivant. Mais y avait-il une trahison plus grande que d'utiliser ainsi son propre peuple ?

Pendant quelques secondes, on est tous restés immobiles, le regard fixé sur l'écran. La foule, le peuple de Conor, tanguait et roulait comme la houle. Un obus est tombé, formant une trouée sanglante. Ben, dans la panique, a voulu rouvrir l'écoutille.

– Je veux voir, a-t-il crié quand Had l'a tiré en arrière.

Je le comprenais. Voir cette scène d'horreur sur l'écran alors que ça se passait autour de nous ! On avait envie de vérifier qu'on ne rêvait pas.

Un autre obus est tombé. Tout près de nous, cette fois. Notre véhicule a vibré. On était à leur portée.

– Sors-nous de là ! a rugi Val.

Alors, ça a été atroce. Le conducteur ne savait pas quel parti prendre. Il avançait, reculait, appuyait à fond sur le klaxon. Il ne pouvait se résoudre à rouler sur des gens vivants. Had et Val lui ont hurlé dessus. Il a accéléré, pilé dans la foulée. On s'est arrêtés avec une secousse. Puis, pour s'encourager, il a crié : « Fonce ! », et il a redémarré, fendant la foule de force, écrasant des gens comme des choux-fleurs.

Ça a été le massacre. Nos soldats à pieds et les gens au bord de la route ont été les premiers touchés. Ils tombaient comme des mouches sous les coups de feu. Puis il y a eu trois autres explosions – BOUM ! BOUM ! BOUM ! – et les véhicules ont pris feu. Les gens ont fui loin de la route, piétinant les blessés et les plus faibles qui ne pouvaient pas se relever. Autour d'eux, les morts s'entassaient comme des barricades de sacs de sable. Ceux qui pouvaient courir se sont bientôt retrouvés coincés contre les façades des immeubles. Ils étaient massacrés des deux côtés : par Conor et par nos véhicules qui faisaient demi-tour et repartaient à pleins gaz en leur roulant dessus. Comme ils se collaient aux murs pour se protéger, un espace s'est ouvert autour de nos véhicules. Les rues étaient maculées d'une bouillie rouge.

Val et Had ont commencé à crier des ordres par radio. Benny priait Jésus et Odin. J'ai jeté un coup d'œil par la lucarne. Nos véhicules tentaient de se regrouper, mais les rues étaient trop étroites. Une seule chose était possible : courir. Nos hommes à pied avaient déjà disparu. Ceux qui n'étaient pas morts s'étaient fondus dans la foule, mais ils étaient toujours la cible de tirs nourris. Pour un qui tombait sous les balles, cinquante civils perdaient la vie. Les véhicules en file indienne étaient, l'un après l'autre, la proie des flammes. C'est à ce moment-là qu'on a été touchés sur le côté. Le char s'est mis à faire une série de têtes à queue, on était secoués comme de vulgaires petits pois. Quand l'engin s'est de nouveau immobilisé, le conducteur a rampé jusqu'à la radio. Il avait le visage en sang.

Il a tenté d'établir le contact, puis a dit :

– C'est mort.

– Et nous, c'est pour bientôt, a ajouté Had.

On s'est tous tourné vers père. Il regardait fixement l'écran vidéo : mort, lui aussi. Il lui a flanqué un grand coup de poing.

– Tout est fichu ! a-t-il hurlé.

Il avait l'air abasourdi. Je pense qu'il devait se croire immortel, ou quelque chose dans le genre. J'ignorais en quoi était fait ce véhicule blindé. Après les têtes à-queues, il avait fini par s'immobiliser à l'envers. Il datait de Mathusalem, mais il était pratiquement indestructible. Nous, en revanche, on ne l'était pas. J'étais tout écorché. Mon visage avait glissé contre le tableau de bord et j'avais une joue méchamment égratignée, mon dos et mon torse étaient noirs de bleus, mais ça, je ne l'ai vu que beaucoup plus tard. Et encore, moi, je n'étais pas le plus à plaindre. Benny hurlait. Val, couvert de sang de la tête aux pieds, ressemblait à un démon. Le conducteur a essayé de regagner son siège en rampant, mais je crois qu'il avait les jambes brisées, ou déboîtées. Il a hurlé et est retombé par terre.

– Tout est entre les mains d'Aaron, a dit Val.

Aaron, c'était notre général.

C'est alors qu'il s'est produit une sorte de miracle. Un autre obus a touché notre véhicule, on a fait encore un tonneau, on a de nouveau été secoués comme des morceaux de viande dans un hachoir, mais cette fois, le véhicule s'est immobilisé dans le bon sens. Je me suis traîné jusqu'à la place du conducteur et – je n'arrivais pas à y croire ! – ça a redémarré. Touché par trois fois, et toujours pas mort !

– Odin nous protège ! a hurlé Val.

J'ai fait ronfler le moteur et nous voilà repartis. Ce véhicule devait bien peser cinq tonnes, mais il filait par les rues comme un félin. Had, qui avait salement été blessé lors de ce dernier tir, avait perdu conscience. Val et Benny le soutenaient, ainsi que le conducteur, et ils me criaient :

– FONCE ! FONCE ! FONCE !

Les gens se sauvaient devant nous, plongeaient sur les côtés pour nous éviter. J'ai serré les dents et j'ai roulé entre eux, sur eux au milieu de la fumée et du feu. D'autres véhicules tentaient de se replier. Je ne voyais même pas l'ennemi.

On écrabouillait des stands renversés et des kiosques désertés, on percutait des gens qui tombaient les uns sur les autres tandis qu'on remontait la rue à toute vitesse, tournait dans une autre, encore une autre. On s'enfonçait entre les maisons. Ça y était presque, on allait y arriver, on allait s'en sortir ! Ça y était ! Et c'est alors que…

Je l'ai vu. L'homme au chapeau à large bord. Le mort, Odin. Debout sur une pile de cadavres. Il nous regardait avancer. Je me suis dit, merde ! Qu'est-ce qu'il fout là ? Il est venu observer les prisonniers louper leur évasion ? Mais ce qui m'a fait froid dans le dos, c'est que la grêle de balles ne rebondissait pas sur lui, mais le traversait, froissant ses vêtements, ébouriffant ses cheveux. Que tu sois dieu, robot ou androïde me suis-je dit, pour un être tel que toi, c'est un sport comme un autre.

– Arrête le véhicule, m'a ordonné Val.

J'ai fait la sourde oreille.

– Arrête le véhicule ! a-t-il hurlé à nouveau.

Penché par-dessus mon épaule, il scrutait la rue devant nous par la lucarne. J'ai continué à l'ignorer, alors il s'est emparé du volant.

Si j'avais su… mais que pouvais-je faire ? C'était mon père. J'ai lâché le volant et relevé le pied de l'accélérateur. Val m'a poussé du siège et a manœuvré pour nous rapprocher le plus possible d'Odin.

– Oh, mon Dieu, mon Dieu, gémissait Ben.

Odin marchait vers nous à travers le carnage.

– C'est mon tour, a dit Val.

Son tour, ai-je pensé ? Tous ces gens ne seraient-ils morts que pour qu'Odin vienne le chercher ? Mon père croyait donc à une mise en scène inventée par Odin pour le mettre à mort ?

On l'a regardé s'approcher de nous, puis il a disparu de l'écran au moment où il a grimpé sur notre véhicule. On l'entendait crapahuter sur le toit. BANG BANG BANG – il tapait sur l'écoutille. Val a levé la tête.

– C'est une ruse de Conor, lui ai-je dit.

Mais, même moi je n'y croyais pas. Je sentais le couteau à ma ceinture telle une créature vivante ; c'était suffisant pour que je sache que Conor n'avait rien à voir dans tout ça. Et soudain, tout devint hyper silencieux. On entendait toujours des tirs d'obus, mais ils semblaient très éloignés, on aurait dit des marrons éclatant dans le feu, alors que nous n'étions qu'à quelques rues de là.

Val a levé les bras pour ouvrir l'écoutille.

– Non ! a crié Ben d'une voix stridente.

– N'y va pas, n'y va pas, a gémi Had qui, gisant toujours par terre dans un état lamentable, avait compris ce qui se passait.

Des balles ont crépité sur le blindage du véhicule.

– On peut encore en réchapper si…

Mais j'ai été interrompu par d'autres coups frappés sur l'écoutille.

– On ne pourra jamais *lui* échapper, a dit Val.

Je l'ai tiré par le bras. Ben le retenait par les pans de ses vêtements.

– Lâchez-moi, nous a-t-il intimé.

On a tout de suite obtempéré. On avait l'habitude de lui obéir.

Au-dessus de nos têtes, s'abattit un déluge de coups comme si le dieu piquait une crise de colère. Val a levé la tête vers l'écoutille, et a dit :

– Je ne peux éviter ma mort, mais je peux l'affronter à ma manière.

Je ne lui avais jamais vu un air aussi étrange.

D'une poussée, Val a ouvert l'écoutille. Les bruits ont de nouveau envahi l'habitacle : les cris, le rugissement des armes. C'était assourdissant, on a tous eu un mouvement de recul. Plus aucune trace d'Odin. Val s'est tourné vers nous et nous a dit quelque chose en criant à cause du vacarme. Je n'ai pas entendu le début.

– ... prisonniers se chamaillant pendant la promenade.

Il a passé les bras par l'ouverture, prêt à se hisser à l'extérieur.

– Qu'un de vous s'en sorte. Au moins un.

Ça a été ses dernières paroles. Il m'a regardé en disant ça, puis il a baissé les yeux sur le couteau à ma ceinture. J'ai su ce qu'il voulait dire. Odin m'avait choisi. J'ai pensé, ouais, super, et toi aussi, il t'a choisi.

Alors, il s'est hissé à la force des bras et il est sorti. Je n'ai rien vu de la rencontre entre Odin et mon père. On s'est tous collés à la lucarne, mais aucun signe. Un obus est tombé tout près de nous et le souffle de l'explosion a refermé l'écoutille. J'ai cru apercevoir quelqu'un de très grand s'éloigner à pied à travers la fumée et tourner au coin de la rue, puis plus rien n'a été visible derrière les rideaux de fumée et les pans de murs en ruine. Un autre obus est tombé non loin de nous.

On avait perdu notre avance, on n'avait plus aucune chance d'en réchapper maintenant. Les blindés ennemis venaient sur nous. On n'avait plus qu'une solution : se rendre.

La radio était cassée, du coup on a agité une chemise par la lucarne, mais ils nous ont encore tiré un obus dessus avant de comprendre. Alors, par mégaphone, une voix nous a ordonné de sortir. Ben et moi, on est sortis de nous-mêmes, les mains en l'air. Had était incapable de marcher. Les gens restés dans les parages étaient tous à terre, et ils étaient nombreux. J'ai vu Val, gisant face contre le sol. Et puis on a vu les soldats s'approcher à travers la fumée. Je pensais qu'ils allaient nous exécuter sur le champ, mais ils voulaient d'abord se réjouir.

Comme dit mon frère Hadrian, si tu n'es ni intelligent ni honnête, il ne te reste plus qu'à être impitoyable.

Ainsi s'est terminé le règne de Val. Tandis qu'on descendait du blindé, j'ai pensé, et Signy ?

28

Au petit matin, Conor était déjà parti. Signy se leva et fit des exercices dans sa salle de gym. Puis, elle se doucha, s'habilla et voulut se rendre dans l'Enceinte mais la trappe était verrouillée.

Son cœur battit à tout rompre comme s'il en savait plus qu'elle. Bon, peut-être la porte était-elle coincée ? Elle cogna dessus, appela. Puis elle s'énerva, jura et trépigna avant de se diriger vers le téléphone interne pour appeler quelqu'un. La ligne était coupée.

Alors, Signy comprit. Il lui sembla que sa petite voix intérieure lui chuchotait : je t'avais prévenue. Après tout, elle avait prêté le flanc à la duperie dont elle était victime, mais n'était pas encore prête à l'admettre. Son petit chat, Cherry, se frotta contre ses chevilles puis griffa les pans de sa robe de chambre. Signy la prit dans ses bras et la serra contre elle en la berçant doucement.

– Tu savais, tu savais, n'est-ce pas, ma chérie ? dit-elle l'air absent.

Cherry avait toujours filé se cacher à chaque apparition de Conor.

Signy reposa le chat par terre et courut regarder dehors. Là, dans les herbes hautes qui poussaient au bord de la clairière, dans l'ombre des arbres et des fourrés, elle distingua la silhouette d'un soldat en faction. Elle cogna à la fenêtre, mais l'homme ne bougea pas d'un pouce. Au moment où elle allait refaire une tentative, elle aperçut un autre soldat… puis un autre… et encore un autre. Ils étaient disposés en cercle autour de sa demeure.

Sans faire de bruit, comme si elle craignait d'être vue, Signy s'éloigna de la fenêtre et monta au sommet de la tour. Tout en haut, se trouvait une autre trappe. Elle l'ouvrit et grimpa sur le toit. Elle se dressa sur la pointe des pieds et regarda au loin la ville vers le sud.

De là-haut, on pouvait voir la succession interminable d'immeubles en décrépitude, les hautes tours à moitié effondrées des terres de son père qui, autrefois, avaient abrité les institutions financières du monde, avant les guerres des clans et les guerres contre les Mi-Hommes. Mais, alors qu'elle pouvait voir jusqu'au bout de l'horizon, elle ne voyait rien de ce qui se passait dans les rues.

Signy s'autorisa alors à envisager l'impensable. Une trahison ? Mais la mystification pouvait-elle être aussi totale ? Qu'en était-il des projets que Conor et elle avaient faits ? De leur amour ? Était-il capable de simuler l'amour ? Ou avait-il simplement tiré profit de l'amour qu'il éprouvait pour elle ? Et le peuple ? La foule qui l'avait acclamée faisait-elle partie du complot ? Toute la partie nord de Londres était-elle dans le coup ?

Non, non, c'était impossible. Si une embuscade avait été prévue, il y aurait sûrement eu des allées et venues de voitures, des mouvements d'armes. Et elle n'aurait rien vu, rien entendu ? C'était impossible !

Rassurée à cette idée, elle entreprit d'escalader le haut grillage qui entourait le toit dans l'espoir d'attirer l'attention des soldats. Elle ne put aller jusqu'au sommet car le grillage, hérissé de barbelés, ployait sous son poids. Elle avait demandé maintes fois à Conor de le faire retirer, et il le lui avait promis, mais le temps avait passé et il était toujours là. Elle grimpa environ deux mètres et, accrochée au grillage, héla les gardes à demi cachés dans les bois. Ils levèrent la tête vers elle. L'un d'eux pointa son fusil dans sa direction. Signy se figea. Elle attendit, agrippée au grillage, et l'homme tira au-dessus de sa tête, en guise d'avertissement. Elle sauta sur le toit et en fit le tour.

Elle comprit qu'il y avait eu un soulèvement. Oui, se dit-elle, oui, c'était ça. Les familles rivales dont Conor lui parlait si souvent – les O'Hara, les Sanderson, la vieille garde. C'est eux qui étaient derrière tout ça ; elle était leur prisonnière, pas celle de Conor ! Soudain, elle fut submergée par un sentiment d'inquiétude et de peur pour Conor qui, peut-être, se battait pour survivre. Qui, peut-être en ce moment même, gisait quelque part, mort !

Elle entendit un bruit derrière elle en provenance de la trappe, retint son souffle... mais ce n'était que Cherry. La petite chatte trottina jusqu'à elle. Signy la prit dans ses bras, et, tout en lui caressant la tête, s'assit sur le toit et attendit. Que pouvait-elle faire d'autre ? D'une certaine façon, ça la réconfortait de penser qu'elle n'était pas la seule à avoir été trahie, mais Conor aussi. Son seul espoir était que ce soulèvement pourrait être maté. Peut-être son père accepterait-il de prêter main forte à Conor ?

Oui. Un soulèvement. C'était ça. Forcément. La trahison aurait été trop insupportable.

29

SIGNY

Les combats ont commencé à la mi-journée.

À moins de deux kilomètres de là, il y avait des flammes, des tirs, des nuages de fumée noire et la puanteur de l'essence, du métal chaud... et de chair brûlée. Mais quant à savoir qui dominait, c'était impossible.

Je n'arrêtais pas de me dire : quels idiots, ces rebelles ! Pourquoi ont-ils attendu que mon père et son armée soient ici ? Maintenant, mon peuple va s'allier à Conor et ces imbéciles devront se battre contre deux ennemis au lieu d'un. Quels fins stratèges ! Je ne cessais de regarder et d'écouter comme s'il était possible de deviner qui lançait des obus sur qui.

Ça n'a pas duré longtemps. C'était déjà ça. Moins d'une heure. J'ai de nouveau grimpé au grillage et j'ai appelé les gardes. Que se passait-il ? Qui gagnait ? Qui se battait contre nous ? En guise de réponse, ils ont de nouveau tiré au-dessus de ma tête. Plus près, cette fois. Je suis redescendue. Je n'étais pas disposée à mourir. Pas encore.

J'ai attendu, attendu encore. Personne n'est venu. Pourquoi me laissait-on seule ? Ça faisait des heures qu'on ne se battait plus. Les rebelles n'avaient pas dû gagner, c'était sûr, pas contre les forces unies de Conor et de mon père. Val était forcément venu escorté par une armée. J'ai continué d'attendre longtemps, très longtemps, mais personne n'est venu.

Le soir, la garde a été relevée. J'ai appelé les nouveaux soldats, mais ils ne m'ont pas répondu. Le jour s'est assombri, puis la nuit est tombée... Alors j'ai compris ce qui s'était passé. En fait, je l'avais toujours su, mais je n'avais pas voulu me l'avouer. Je ne pouvais pas parce que c'était quelque chose à quoi j'avais moi-même prêté la main.

Je n'ai rien fait. J'attendais des preuves.

Il était tard, très tard dans la nuit. J'ai entendu des cris de joie et le bruit de gros moteurs. Puis, j'ai vu la lumière des phares, des projecteurs et des torches ondoyer parmi les arbres. Une procession serpentait en direction de l'Enceinte. J'ai bondi sur mes pieds et j'ai regardé à la jumelle, mais ils étaient trop loin pour que je puisse voir quoi que ce soit. Il leur a fallu une éternité pour arriver aux portes de l'Enceinte. Là, je pouvais relativement bien les voir au fur et à mesure qu'ils entraient.

D'abord, ça a été l'artillerie lourde : les camions, les chars, les voitures blindées. Ensuite, les charrettes, et il y en avait beaucoup car on trouvait plus facilement des chevaux que de l'essence. Tout autour, grouillaient des centaines d'hommes qui criaient, portant des torches pour que le feu et la lumière leur ouvrent la voie.

Enfin, le butin. Le matériel ennemi : nos voitures, nos chars, nos camions chargés des présents destinés à Conor. Les prisonniers au visage terreux marchant en file indienne, mains sur la tête. Des esclaves. Je ne pouvais distinguer leurs traits. En dépit de mes jumelles et des flambeaux, il faisait trop sombre pour les identifier, mais j'ai reconnu leur uniforme. Pourtant, j'avais encore du mal à y croire. Il me fallait abandonner tous mes doutes, pour pouvoir admettre la réalité.

Au centre de ce cortège funeste, il y avait une charrette sur laquelle était dressé un échafaudage en forme de petite tour. Un groupe d'homme la tirait. Quand l'un d'eux trébuchait ou tombait, on fouettait tout le groupe, et là, j'ai compris. Mon père avait-il jamais eu des esclaves ? Avait-il jamais fait fouetter ses hommes ? Au sommet de la tour, isolé dans la lumière des projecteurs, j'ai vu la silhouette d'un homme ligoté à l'échafaudage, bras et jambes écartés. Sa tête rebondissait, dodelinait au gré des cahots de la route. On lui jetait des pierres et des bouts de bois. On n'arrêtait pas de lui tirer dessus alors qu'il était déjà mort et n'était plus qu'un enchevêtrement de haillons poissés de sang. Évidemment, ils le visaient toujours à la tête. J'avais beau scruter à la jumelle, il m'était difficile de le voir nettement, et j'aurais pu m'illusionner plus longtemps encore, mais j'avais reconnu mon père même après tout ce qu'on lui avait fait subir. J'avais tout de suite compris que c'était lui, et aurais-je eu encore un doute que les larmes qui avaient jailli de mes yeux quand j'avais vu nettement sa silhouette me l'auraient ôté.

J'ai reposé mes jumelles. Cherry miaulait à mes pieds. Qui avait fait ça ? Je ne demandais qu'une chose : que ce ne soit pas Conor. Mais ce n'était pas le plus important pour le moment. J'ai regagné la trappe. J'allais briser une fenêtre et sauter. Mais les soldats m'attendaient déjà.

30

Dès qu'elle entendit le bruit des pas, Signy s'enfuit sur le toit. Mais la trappe d'accès n'avait pas de verrou. Tout avait été prévu depuis bien longtemps. Les gardes la tirèrent de force au bas du grillage auquel elle s'accrochait. Dans un moment d'inattention, elle appela Cherry, mais la petite chatte n'était pas en vue. On la menotta dans le dos et on la poussa sans ménagement vers la trappe. Signy hurla une seule fois quand ils lui tordirent les bras, mais après cela, elle demeura silencieuse, comme si ces gens-là ne méritaient pas d'entendre le son de sa voix.

Un garde la poussa à travers la trappe comme si elle était un sac de pommes de terre, et la lâcha du haut de l'échelle. Elle glissa jusqu'à terre et tomba sur le flanc en se tordant de douleur. Elle en eut le souffle coupé. On la releva sans attendre et on l'emmena dans une autre pièce. Pendant tout ce temps, elle ne dit rien. On la mit à terre.

– Chef ! crièrent les gardes qui se mirent au garde-à-vous.

Signy redressa la tête pour voir auprès de qui on l'avait conduite. Une femme. Grande. Rousse. En tailleur gris très strict. Elle était au téléphone – donc, la ligne a été rebranchée, songea Signy – et parlait d'une voix égale. Elle fixait sa victime d'un regard pénétrant. Signy l'avait déjà vue. Conor lui avait souvent parlé d'elle. C'était Anne Sanderson, une des dirigeantes des Forces de Sécurité intérieure, un chef suprême de la police secrète.

La femme raccrocha sans quitter Signy des yeux.

– Où est Conor ? demanda Signy d'une voix suppliante.

Elle n'osait pas demander ce qu'ils lui avaient fait.

– Il fête l'heureux événement, lui répondit la femme.

Elle lui adressa un sourire en coin et décrocha le téléphone. Signy cracha.

La femme composa un numéro.

– Les deux jambes, dit-elle aux gardes sans même lever la tête.

Ils soulevèrent Signy et la traînèrent jusque dans une pièce contiguë. On la coucha par terre, plus doucement cette fois. Trois gardes la maintinrent plaquée au sol, un par les épaules, les deux autres par les chevilles. Elle tourna la tête.

– Et mes frères ? demanda-t-elle. Dites-moi… je veux savoir ce qui leur est arrivé.

– Tes frères ? dit un garde d'une voix calme. Ils sont morts.

Un autre s'approcha d'elle. Elle aperçut une paire de cisailles aux poignées plastifiées de rouge. On lui replia une jambe et elle ressentit simultanément une douleur fulgurante à la pliure du genou et une horrible sensation de mollesse tout le long de la cuisse. Signy ne put retenir ses larmes. On lâcha sa jambe qui retomba comme un morceau de viande. Personne ne se souciait de la maintenir. Signy voulut donner un coup de pied mais ce fut à peine si elle sentit ses muscles frémir. Puis, son autre jambe subit le même traitement.

Signy haletait sous le choc. Les gardes ne la clouaient plus au sol. Elle voulut se redresser, s'agenouiller pour examiner ses blessures, mais ses jambes refusèrent de lui obéir et elle retomba en arrière. Elle essaya de tendre les jambes. Impossible. S'aidant de ses mains, elle les allongea devant elle pour essayer de comprendre.

Les tendons du jarret. On les lui avait sectionnés. Elle était prisonnière de son propre corps. Plus jamais elle ne pourrait marcher ou courir. Elle était condamnée à clopiner comme une vieille.

Un des gardes, celui qui lui avait parlé gentiment, la prit dans ses bras et la souleva de terre. Elle s'accrocha à son cou comme un bébé, pleurant à chaudes larmes. Le sang coulait de ses jambes et poissait les bras du garde.

– À partir de maintenant, au lit ! lui dit-il.

31

Siggy, Hadrian et Ben n'étaient pas morts, pas encore. Rien n'était encore prévu.

Ils furent conduits dans l'Enceinte, pieds et poings liés à l'arrière d'une charrette tirée par des chevaux. Les soldats qui les escortaient leur crachaient au visage, leur jetaient des briques, les frappaient à coups de matraque. Un des hommes de main de Conor, craignant qu'ils ne meurent avant leur arrivée, les fit transférer dans un fourgon, hors d'atteinte.

Une fois dans l'Enceinte, on les enferma dans un local glacial, huileux, l'atelier d'un garage, apparemment. Il y avait une voiture sur un pont de graissage levé. Plusieurs véhicules, certains en pièces détachées, d'autres rutilants, étaient garés alentour. Le sol en ciment était maculé de taches d'huile encore humides ; contre les murs, des surfaces de travail, des étaux, divers outils. Par terre, à côté d'eux : une poutre en acier, quelques bonbonnes de gaz et un amas de chaînes.

Les trois frères y furent entravés. Siggy et Ben supportèrent ce mauvais traitement de leur mieux, mais Hadrian, déjà grièvement blessé lors de l'attaque du blindé, ne put retenir ses cris. Une fois qu'ils furent bien attachés, l'un des hommes mit un casque de soudeur, tira un appareil vers lui et se mit à souder leurs chaînes à la poutre.

Il commença par Had. Des odeurs de métal, de cheveux et de tissu brûlés s'élevèrent dans l'air au fur et à mesure que les chaînes chauffaient. Les maillons rougeoyèrent ; soudain, il y eut une odeur de chair brûlée et Had se mit à hurler comme un fou. Une fois qu'il fut solidement soudé à la poutre, l'homme s'avança vers Siggy.

Ce ne fut que lorsque le travail eut été exécuté et que les trois frères eurent été bâillonnés qu'une porte s'ouvrit et que Conor, émergeant de l'ombre, entra dans la pièce.

Il ne les regarda pas et ne leur adressa pas la parole. Il se campa devant eux et examina leurs jambes. Puis il fit signe à un garde et lui montra Siggy.

– Le couteau, dit-il. Donne-moi ce couteau.

Le garde se pencha vers la ceinture de Siggy et y prit le couteau à la lame de pierre d'un bleu laiteux, puis il le tendit à Conor qui, pour la première fois, sourit. Il fit courir son doigt le long de la lame.

– Tu aurais dû me le donner quand je te l'avais demandé, dit-il comme s'il avait fait tout ça uniquement pour avoir cet objet.

Et peut-être était-ce le cas.

Il caressa à nouveau prudemment la lame et sourit encore.

– Mettez-les à l'Extérieur, dit-il. Qu'on les offre au Pourceau.

Sur ce, il se détourna et s'en fut.

Une fois à l'air libre, Conor s'immobilisa et s'adossa à un mur. La journée avait été longue, et il dormait peu depuis quelques semaines. Voir les trois frères l'avait en quelque sorte épuisé. Il pensa à Signy enfermée dans sa tour et tressaillit. Derrière lui, retentirent les cris des frères au moment où dix hommes soulevaient la poutre pour la mettre à l'arrière d'une camionnette. Conor frémit de nouveau, mais, bien vite, il sourit.

Il avait réussi. Il avait réussi ce que même le grand Val Volson n'avait pu faire : réunifier Londres. Ce serait de lui dont on se souviendrait comme le roi de Londres. Mais il n'en était qu'au début. Il lui faudrait s'occuper des Mi-Hommes. Puis, des villes autour de Londres, de Ragnor même.

Et maintenant, le couteau était à lui.

Conor abaissa le regard vers sa lame grossière. À lui. Il le prit fermement par la poignée, en pressa la pointe contre le mur et appuya. La lame s'enfonça dans la brique avec douceur comme si c'était du sable fin et tiède.

Conor sourit, ravi. Il n'avait pas osé essayer devant Siggy au cas où le couteau n'aurait pas voulu obéir à sa main, et maintenant il regrettait d'avoir douté de lui. Odin acceptait qu'il lui échoie, finalement.

Il referma sa main autour du manche pour le reprendre, mais la lame refusa de sortir du mur.

Conor tira, gémissant sous l'effort, mais le couteau resta fermement logé dans la brique. Il regarda autour de lui pour s'assurer qu'il était seul avant de réessayer, de toutes ses forces. Ç'aurait été affreux qu'on le surprenne en train de s'acharner désespérément sur son trophée comme un pauvre raté. Il fit une nouvelle tentative, plaqua un pied sur le mur pour y prendre appui, en vain. Il lui faudrait demander à ses hommes de tailler dans la brique pour déloger le couteau et l'histoire ferait le tour de l'Enceinte. Conor était livide.

Tandis qu'il regardait fixement le mur, il y eut soudain un mouvement devant lui. Conor sursauta et poussa un cri de surprise.

C'était une enfant, une fillette d'une dizaine d'années. Elle semblait sortie de nulle part. Elle n'avait pas peur. Elle restait là, plantée devant lui, et le scrutait comme si elle connaissait tous ses secrets.

– Tu es un idiot, dit l'enfant. Tu ne te rends donc pas compte que tu l'aimes ?

Conor resta bouche bée. La fillette fit une grimace, s'éloigna et franchit une porte toute proche. Conor était toujours tremblant – on aurait dit qu'elle avait surgi de terre –, mais bientôt, une immense colère le submergea et il courut vers la porte par où elle avait disparu.

Il se retrouva dans une pièce où était stocké un lot de chaises en plastique. La seule autre porte était fermée. Il aurait sans doute entendu si on l'avait ouverte. La fillette devait se cacher parmi ces chaises.

Conor passa sa rage sur elles, les renversant, les jetant contre les murs, mais il n'y avait personne, tout juste un petit chat qui lui fila entre les jambes. Il se baissa pour examiner le sol, mais il n'y avait rien. Elle avait dû réussir à sortir, finalement. Il ouvrit la porte qui donnait à l'intérieur du bâtiment et scruta le couloir. Toujours rien.

Intrigué et furieux, Conor demeura immobile. Soudain, il prit conscience que c'était impossible, cette fillette ne s'était pas comportée comme une enfant, qu'elle était apparue comme dans un rêve pour disparaître aussitôt. Il avait dû avoir une hallucination, c'était un rêve éveillé. Même ses paroles, il les avait imaginées. Il s'assit sur une des chaises et se remit à trembler. Il sentait une avalanche de larmes gronder en lui. Il attendit qu'elles se déversent mais, comme toujours, ses yeux demeurèrent secs. Son père Abel avait fait son œuvre quand Conor était petit. Pas une larme ne pouvait transpercer le masque de fer dans lequel le vieil homme avait enfermé le cœur de son fils.

32
SIGGY

C'était une belle journée de début septembre. La nature jaunissait à peine. Les touffes d'épervières étaient devenues toutes duveteuses. Des bosquets avaient pris possession d'anciens jardins, des arbres soulevaient les trottoirs, les routes, et faisaient s'écrouler les murs, les maisons. Il y en avait une pas loin, plutôt en fait un tas de gravats avec quelques pans de murs, entièrement recouverte par une plante grimpante d'un rouge brillant. Les murs s'écroulaient, les décombres s'amoncelaient. C'était une moitié de ville pour des Mi-Hommes. On aurait pu apprécier si on n'avait pas su ce qui nous attendait.

J'ai pensé à tous les hommes et à toutes les femmes qui avaient fini comme ça, torturés, brisés pour être livrés à la pire mort qui soit. Pourquoi se donner tant de mal pour nous faire souffrir ? C'était typique de Conor. La victoire ne lui suffisait pas. Il voulait aussi l'humiliation.

La Land-Rover cahotait et faisait des embardées à cause des fondrières et des briques. Had hurlait et marmonnait des paroles incompréhensibles, apparemment il avait plus morflé que Ben et moi. Il s'était cassé une cheville et plusieurs côtes dans le blindé, puis quand les hommes de Conor nous étaient tombés dessus, ils l'avaient salement esquinté, bourré de coups de pied. On avait entendu ses côtes se briser. Je m'étais dit qu'après lui, ce serait notre tour, mais, curieusement, ils ne nous avaient pas touchés.

La Land-Rover a stoppé et les soldats ont sauté à terre.

– À table !

– Vous allez avoir droit à un beau spectacle, ce soir. Mais vous ne serez plus là pour nous le raconter, dommage…

Ils ont dû s'y mettre à dix pour descendre la poutre. On gémissait dans nos chaînes, et, à un moment, ils ont tout lâché et on est tombés lourdement à terre. Un des soldats s'est penché vers moi et m'a tiré violemment la main pour me faire crier.

– C'est pas parce que tu vas mourir que ça fait moins mal, pas vrai mon garçon ?

Ils nous ont tourmentés pendant un moment, envoyant des coups de pied sur nos mains enchaînées pour le plaisir de nous faire hurler, puis leur supérieur leur a donné l'ordre d'arrêter. Ce gradé et quelques autres avaient plutôt l'air de braves types – peut-être auraient-ils accepté de coincer des linges humides entre nos poignets et le métal – mais aucun d'eux n'osait nous aider de crainte d'être dénoncé par les autres. Il leur a ordonné à tous de remonter en voiture, nous a lancé un dernier regard puis s'est contenté de hausser les épaules avant de sauter en voiture lui aussi et de démarrer.

On voudrait être courageux pour les autres autant que pour soi-même, mais c'est plus facile à dire qu'à faire. On peut toujours serrer les dents, faire semblant, mais en son for intérieur… c'est autre chose. On ne peut pas s'empêcher d'avoir peur.

Sur un côté, il y avait les vestiges d'un immeuble qui s'était écroulé comme un château de cartes, chaque étage étant tombé sur l'autre. À mon avis, ça avait dû être un parking à plusieurs niveaux. On se trouvait dans un genre de pré, au sol sec, friable, couvert de mousse et de plantes malingres. Je pense que ça avait dû être goudronné avant. Ici et là, il y avait de jeunes bouleaux et quelques buddleias. Une moitié d'enseigne rouillée, sur laquelle on voyait un restant de peinture, gisait non loin de là. Devant nous, s'étendait une bande de terre sèche et moussue qui, autrefois, était le tracé d'une route.

– Ça me paraît être l'endroit idéal pour un pique-nique, ai-je dit.

Mais aucun de nous n'a ri.

Il faisait de plus en plus chaud, Had haletait comme un chien. Il était à bout de forces, il souffrait énormément. Il n'arrêtait pas de demander à boire. Ben a eu une bonne idée : il a commencé à lui chanter les berceuses que notre nounou nous chantait quand on était petits. Ça l'a calmé. De temps en temps, il reprenait connaissance. Il m'a demandé si j'avais mon couteau.

– Tu peux trancher ces chaînes, nous libérer.

– Conor me l'a pris, Had.

– Conor nous a tout pris.

À part ça, on ne s'est pas dit grand-chose, on ne s'est pas demandé si on avait mal. À quoi bon ? J'ai essayé de dérider les deux autres en lançant encore quelques vannes au sujet de pique-niques, ou quant à savoir lequel d'entre nous serait le plus goûteux, et sur le fait qu'ils épargneraient peut-être Ben vu son odeur. Ben et moi, on a chanté pendant un moment. Had s'est joint à nous brièvement, puis il s'est remis à délirer et à demander à boire. J'avais horreur de ça, parce qu'il était le meilleur de nous trois. On a essayé de le faire taire. En vain. On n'entendait rien d'autre que ses divagations et sa respiration sifflante. On aurait tant voulu l'aider !

Je me suis surpris à penser à Signy. Que lui avait fait Conor ? Et je me suis demandé – je savais que c'était hautement improbable, mais avec ma sœur, on ne peut jamais savoir –, si elle allait trouver le moyen de nous aider.

Environ une heure plus tard, les oiseaux sont arrivés.

C'est Had qui les a vus le premier. Il s'était évanoui pendant un moment. On a profité du silence, puis quand je l'ai regardé de nouveau, il avait les yeux grands ouverts, levés vers le ciel. J'ai levé la tête et moi aussi, je les ai vus. Ils volaient très haut, formes minuscules aux ailes argentées qui tournoyaient juste au-dessus de nous. Plus ils descendaient, mieux on entendait leurs cris, mais ce n'est que lorsqu'ils ont été aussi gros que des mouettes qu'on a compris ce qu'ils disaient.

– On arrive, on arrive, on arrive, aaahhh, on arriiiive, criaient-ils.

Ils avaient des voix d'enfants braillards. Mais peut-être ne s'amusaient-ils qu'à nous tourmenter car ils ne s'approchaient pas, du moins pas encore. Une fois à une vingtaine de mètres au-dessus de nous, ils sont restés à cette hauteur et ont continué à tournoyer, tournoyer sans cesse. Peut-être craignaient-ils que les gardes se servent de nous comme d'appâts ?

Ils ont tournoyé ainsi au-dessus de nos têtes pendant près d'une demi-heure, criant « Bientôt, bientôt, bientôt, bientôt... » Soudain, ils sont descendus en piqué et leur cri a changé. « Miam-miam, miam-miam, miam-miam ! » On pouvait voir leurs têtes dans la pâleur du jour, triangles d'un blanc cruel dotés d'yeux sombres et de becs charnus armés de dents jaunâtres. Ils avaient la taille d'un enfant, un corps mince, musculeux, un plumage noir et luisant comme celui de corbeaux, et des ailes immenses. Ils se sont mis à se chamailler avant même de s'être posés. « À moi, à moi, à moi... laisse-le moi, laisse-le moi, laisse-le moi... » Ils étaient si bas qu'on sentait le souffle de l'air déplacé par leurs battements d'ailes. Puis deux d'entre eux se sont posés, bondissant sur quelques pas en levant leurs ailes au-dessus de leur tête. Ils se sont immobilisés, ont replié leurs ailes et ont commencé à s'avancer vers nous. Leurs pattes étaient gainées de fer.

C'est alors qu'une sorte de rugissement a retenti.

Sur le coup, j'ai pensé avec horreur que c'était Had, mais aucun humain n'aurait été capable de produire un tel son. Ça ne ressemblait à rien de connu, ça tenait du grognement, du hurlement et du mugissement. Nous avons essayé de nous mettre debout, mais nos chaînes nous en empêchaient. Les oiseaux ont alors poussé un cri strident et ont pris leur envol, battant désespérément des ailes, ce qui a provoqué un violent coup de vent. Ils étaient furibards. Je voyais leurs becs s'ouvrir et se refermer. Il y a eu un bref moment de silence tandis qu'ils reprenaient leur souffle et on les a entendu crier :

– Miam-miam, miam-miam, miam-miam... pour nous, pour nous, pour nous.

Et puis leurs voix ont de nouveau été happées par le mugissement qui avait repris de plus belle.

Quelque chose fonçait dans les fourrés autour des ruines du parking. J'ai vu une forme énorme bouger à travers les ronces. Puis ça a jailli à l'air libre, toujours hurlant et ça nous a chargés.

Autrefois, ça avait dû être un porc. C'était énorme... et d'une laideur ! La peau grêlée de cicatrices, une puanteur incroyable ! Ça avait une tête très large et un long groin doté de dagues jaunes recourbées vers le haut. Mais on lui avait fait subir quelques modifications. Ses pieds arrière étaient griffus et ses pattes avant étaient terminées par des mains, deux mains épaisses et noueuses qui martelaient sous lui. Son corps rose, mi-porc, mi-homme, était recouvert de poils drus, et ses épaules étaient grasses et musclées. Il avait une tête de porc, mais avec une espèce de barbe qui lui recouvrait les joues jusque sous ses yeux en boutons de bottine, et sa bouche était pleine de crocs.

La créature s'est arrêtée net à quelques mètres de nous et a poussé un cri aigu, puis une sorte de grognement porcin qui s'est fini en rugissement terrifiant. Je suppose qu'il a fait ça pour nous effrayer, et je peux vous dire que ça a marché. On était figés d'horreur et on s'est mis à crier aussi fort que lui. Il s'est remis à avancer en continuant à pousser ses cris terribles, se rapprochant, se rapprochant, à tel point qu'il nous éclaboussait le visage de bave.

Tout d'un coup, il a repéré les chaînes soudées à la poutre, a arrêté de crier et s'est mis à grogner d'une drôle de façon. Puis il a trottiné jusqu'à nous pour y regarder de plus près. Sa tête faisait près d'un mètre de long et il a dû pencher tout le corps sur le côté pour mieux voir, ce qui l'a fait rire. Eh oui, il trouvait cette situation très amusante, lui ! Et de grogner, et de renifler, et de se dandiner. Il riait tellement qu'il en est tombé sur les coudes, a enfoui son groin dans la terre et a hoché la tête en tapant des mains sur le sol.

Une fois sa crise de fou rire passée, il s'est relevé et s'est approché d'Hadrian. Il s'est accoudé à la poutre métallique puis, de sa grosse paluche porcine, il a palpé mon frère, ses jambes, son torse, son visage, son cou... et a commencé à serrer. Avant même que Had ait le temps de réagir, la créature, d'un coup de dents au flanc, lui avait arraché un énorme morceau de chair.

33

Dans une petite pièce sans fenêtre nichée dans un angle au sommet du château d'eau, Signy était allongée sur un lit étroit, ses jambes mutilées enveloppées dans des bandages crasseux. Tout autour d'elle, il n'y avait que des barreaux et du métal nu. Le décor avait été retiré : les boiseries, les tapis, les tentures somptueuses, les appliques en laiton, tout avait été arraché. Les télévisions, les téléphones, l'ordinateur, la chaîne stéréo, tout avait disparu. Désormais, seuls les barreaux et les chaînes étaient assez bons pour elle.

Signy avait tout perdu, mais au cœur de la tourmente il lui restait une petite consolation. Elle ne savait comment, mais Cherry avait réussi à la rejoindre à l'insu de tous et à se cacher sous son lit. Quand la voie fut libre, la petite chatte au corps si fin, au poil lisse et brillant, sauta sur le lit, se laissa caresser pendant quelques minutes, puis se roula en boule et s'endormit tout de suite. De temps à autre, Signy la réveillait pour la prendre dans ses bras en pleurant, et Cherry la laissait la serrer tout contre elle et mouiller son pelage de larmes.

À un moment, un garde entra avec un plateau-repas. Signy sursauta et se recroquevilla dans son lit. Mais on l'avait déjà assez torturée. L'homme posa le plateau par terre.

– Vous feriez mieux de manger, lui dit-il.

Signy détourna la tête. Elle ne voulait qu'une chose : mourir. Que lui apporterait la vie désormais ? Qu'était-elle ? Une espèce de trophée de guerre que Conor pourrait exhiber ?

Le garde haussa les épaules et quitta la pièce. Cherry émergea de sous le lit où elle s'était cachée. Elle huma délicatement le plateau, et lécha le pain beurré avec prudence.

Plus tard, quand tout fut silencieux, Signy s'extirpa du lit et se traîna douloureusement à la force des bras jusqu'à la porte. Elle tenta de l'ouvrir mais elle était fermée à clé, évidemment, et une voix rude lui ordonna de s'éloigner. Elle regagna son lit. La mort allait devoir attendre encore. Elle avait la gorge sèche, mais elle ne boirait pas. Cherry voulut s'asseoir sur ses jambes, mais elle avait trop mal, alors elle la souleva et la mit sur son ventre. Elle posa la main sur le cou de la petite chatte et tourna le visage vers le mur.

Finalement, épuisée par sa nuit blanche et son long supplice, Signy sombra dans un état second qui n'avait rien à voir avec le sommeil. Elle resta allongée durant de longues heures, les yeux mi-clos, immobile. Beaucoup plus tard, un garde entra, apportant un autre plateau-repas, et à nouveau, il lui ordonna de manger.

– Vous avez intérêt, dit-il d'un ton menaçant. Conor veut vous garder vivante. (Il attendit, mais elle ne bougea pas d'un pouce.) On va vous faire manger de force sinon !

Il posa le deuxième plateau par terre à côté du premier et sortit. Signy ouvrit les yeux, regarda la nourriture, la boisson, la porte qui se refermait, et elle tourna de nouveau la tête vers le mur.

À la nuit tombée, Cherry, qui dormait contre Signy, se leva, s'étira et alla renifler la nourriture que sa maîtresse avait laissé refroidir. Elle lapa un peu d'eau dans une tasse et lécha la sauce des pommes de terre. Elle avait faim, mais il n'y avait rien là qui soit du goût des chats.

Quand Signy rouvrit les yeux, elle vit une jeune fille agenouillée à son chevet qui pleurait en mangeant une pomme de terre. La jeune inconnue releva la tête et sécha ses larmes.

– Pauvre Signy, pauvre Signy…

Elle avait une dizaine d'années et mâchait bruyamment. Son physique était étrange et sa peau duveteuse.

– Ne t'en fais pas pour moi, ma petite, murmura Signy qui, à moitié inconsciente, croyait faire un rêve.

La fillette reposa la pomme de terre dans l'assiette, enfouit son visage dans ses mains et pleura à chaudes larmes.

– Mais je vais t'aider, dit-elle. Comme tu m'as aidée. Je n'ai que toi et tu n'as que moi, n'est-ce pas, Signy… ma reine ? Toi et moi, nous avons tout perdu à cause du roi Conor. Je vais t'aider. Je sais comment. (La fillette eut un sourire amusé et se pencha vers Signy.) Tu veux bien que je t'aide ?

Signy sourit devant cette étrange vision.

– Comment le pourrais-tu ?

– Tes frères, je peux les sauver du Pourceau, pour commencer.

Signy se rembrunit. Le rêve virait au cauchemar.

– Ils sont morts, dit-elle en détournant la tête.

– Morts ? Non, non, non. Il ne faut jamais croire ce que dit Conor. Même lui sait cela. Il n'a pas la capacité de croire en lui. Je suis descendue et j'ai entendu les hommes parler. J'ai reproché à Conor de ne pas écouter son cœur. Tes frères, ils ont été enchaînés et soudés à une poutre, et on les a abandonnés sur les terres des Mi-Hommes, donnés en pâture au Pourceau. Les pauvres ! Mais je peux peut-être encore les sauver, Signy, ma reine. Je vais le faire pour toi.

Soudain, Signy se sentit tout à fait consciente. Penser à ses frères lui avait rendu sa lucidité. Elle tourna la tête vers l'apparition et la scruta. Elle voulait trouver les failles, les défauts, les preuves évidentes qui lui confirmeraient qu'elle rêvait. Mais plus elle se concentrait, plus elle se sentait réveillée, et plus la vision devenait réelle. La fillette lui sourit et, tendant le bras, lui caressa la joue.

– Pauvre Signy ! C'est moi qui marcherai pour toi désormais.

Signy se redressa. La peur la gagnait. Pourquoi cette chose ne disparaissait-elle pas ?

– Qui êtes-vous ? murmura-t-elle.

La fillette fronça les sourcils.

– Tu ne me reconnais donc pas ?

Une boule de poils blancs, roux et noirs glissa comme une brise légère contre sa peau, son front et sous ses vêtements pour disparaître de nouveau.

Signy se plaqua contre le mur, terrifiée. Il lui revint alors en mémoire une phrase qu'elle pensait avoir oubliée. « Elle a plus d'une forme dans son sac… »

– Cherry ?

La fillette lui sourit et à nouveau, la boule de poils ondoya fugacement devant ses yeux.

– Être une fille, je n'aime pas trop, dit-elle. Mais c'est pratique quand tu as besoin de mains et que tu dois parler !

Elle rit et applaudit.

Signy tendit le bras et lui toucha le visage. Elle était bien réelle.

Elle sentit ses larmes sous ses doigts, puis elle sentit des poils frémir comme une brise pour disparaître aussitôt.

Ce n'était pas un rêve.

– Tu...

La fillette se pencha vers elle et s'écria en proie à une sorte d'extase.

– Je t'appartiens ! Je t'appartiens !

Signy s'approcha un peu du bord du lit.

– Tu peux les sauver ?

– Je peux essayer ! dit la fillette avec fierté. Il n'y en a pas deux comme moi.

Elle ronronna. Puis, devant Signy éberluée, son corps rétrécit, se couvrit de poils, devint flou, se modifia. Soudain, Signy vit la petite chatte qui miaulait devant la porte.

– Cherry ? Cherry ?

Signy commença à douter de ce qu'elle avait vu. Elle se redressa dans le lit en grimaçant à la douleur atroce qu'elle ressentit dans les jambes. La chatte la regarda et cligna des yeux. Puis elle tourna de nouveau la tête vers la porte et miaula encore. Le garde poussa un juron. La clé tourna dans la serrure, la porte s'entrouvrit, et la petite chatte fila. La porte claqua aussitôt.

– Hé ! cria le garde.

Mais Cherry était rapide. Signy entendit quelqu'un lui courir après, puis renoncer.

– Comment il est entré là-dedans ?

– Laisse tomber. Ce n'est rien qu'un sale chat.

Signy s'allongea dans son lit et regarda le plafond un long moment, toujours incrédule. Elle devait avoir eu une hallucination. Mais le bout de ses doigts était encore mouillé des larmes de Cherry. Son regard tomba sur le plateau-repas près de son lit. Elle n'aurait rien pu avaler mais, se baissant avec prudence, elle prit la tasse d'eau et but. Peut-être valait-il mieux rester en vie après tout, en tout cas pour l'instant.

34
Siggy

Une fois qu'il a eu fini Hadrian, il a roté comme un homme, a tourné trois fois sur lui-même comme un chien et s'est allongé près de la poutre pour piquer un somme au milieu des os de notre frère. Il a poussé un long soupir de contentement, puis il a redressé la tête, nous a regardés et s'est marré.

– Bonne nuit ! a-t-il grogné.

Et, deux secondes plus tard, il était endormi.

– Bonne nuit, ai-je répondu. Et fais de beaux rêves.

Non, je n'étais pas courageux, et n'allez pas croire que la fin atroce de Had me laissait indifférent, mais tant qu'on est vivant, on reste pratiquement soi-même.

Ça a été la nuit la plus longue de toutes, de celles que Conor avait rêvées pour nous. Impossible de dormir, mais qui aurait pu ? La peur, l'épuisement, la faim, la souffrance nous en empêchaient. Et Dieu sait quoi encore. Pas forcément des choses cauchemardesques comme la mort de notre frère ou le sort qui nous attendait. Non, des trucs idiots, comme l'envie d'aller aux toilettes. Ça, on n'en parle jamais dans les contes...

Combien de temps allait-il falloir attendre ? J'ai repensé à des histoires où de très gros animaux ne mangent qu'une fois tous les deux ou trois jours, et je me suis dit, ça peut durer encore longtemps. Mon sang n'a fait qu'un tour. C'est là que j'ai eu la première bonne idée depuis qu'on était tombés dans cette galère. En finir. J'ai donné un coup de coude à Ben et j'ai crié à l'adresse du Pourceau :

– Hé ! Alors, tu bouges, gros lard... Magne-toi les jambons.. Amène-toi... Amène-toi...

– Qu'est-ce que tu fous ? m'a lancé Ben entre ses dents.

– Je le réveille. Qu'on en finisse une bonne fois.

Ben a cogité. Il ne lui a pas fallu longtemps.

– Hé ! Gras-double ! Bouge-toi le cul et radine-toi ! On n'attend que toi !

On criait à pleins poumons. Le Pourceau a grogné et a remué dans son sommeil.

– Essayons encore, ai-je dit. Hé ! Pue-de-la-gueule ! Bouge ton gros cul !

Ben s'est mis à rire. Et nous voilà pliés en deux dans nos chaînes.

– C'est l'heure des amuse-gueules ! a hurlé Ben.

– Allez, amène-toi ! Tu voulais un assortiment, on est là !

Rien.

– Apparemment, il ne réagit pas, a chuchoté Ben.

– On refait un essai ?

– Ta mère était une truie !

– Non, ta mère était un être humain !

– Hé ! hé ! Tête de hamburger !

– Chipolata !

– Tête de cul !

Tout juste si on n'avait pas un point de côté tellement on riait. On n'en pouvait plus. Pourtant, aussi incroyable que cela paraisse, ça ne le réveillait pas. Il poussait des grognements, se retournait et continuait de rêver.

– Si ça se trouve, d'autres créatures vont venir nous dévorer, et il ne se réveillera même pas, a dit Ben.

Cette perspective nous a terrifiés. Ne me demandez pas pourquoi. Je veux dire, il ne pouvait y avoir pire que le Pourceau, il était vraiment horrible, mais l'idée qu'un autre mi-je-ne-sais-pas-quoi vienne nous dévorer pendant son sommeil nous semblait pire que tout. Peut-être était-ce juste l'angoisse d'un nouveau danger, d'un danger inconnu ?

Quand la peur est logée en soi, on la voit partout. On a cru voir des choses remuer dans l'ombre du clair de lune. Au moindre craquement, au moindre bruissement dans les fourrés, c'est tout juste si on ne se mettait pas à chialer. Franchement, avoir peur des ombres quand on est à deux pas du Pourceau endormi ! J'aurais tout donné pour qu'il se réveille et qu'il nous dévore.

Mais on s'était inquiétés pour rien. Lorsqu'il y a vraiment eu un léger bruissement dans les ronces près de nous et qu'elles se sont écartées pour laisser apparaître la tête rayée d'une créature à moitié femme qui nous a regardés d'un air avide, le Pourceau s'est réveillé sur le champ. Quand il s'agissait de garder sa pitance, il avait le sommeil léger. À peine s'était-on mis à crier qu'il s'est radiné au triple galop en mugissant comme un taureau. Du coin de l'œil, j'ai vu que l'autre créature en restait bouche bée – c'était marrant, brusquement on aurait dit un jeune chiot à qui on aurait parlé d'une voix forte –, puis elle a filé sans demander son reste. J'ai deviné un dos velu à rayures blanches et noires, une rangée de longues dents et un pantalon en velours, puis le tout s'est fondu dans l'obscurité.

Le Pourceau est revenu. Il avait l'air très contrarié. Il nous a palpés, Ben et moi, pour vérifier qu'on était intacts. Puis il a croisé les bras sous son gros menton couvert de poils et s'est recouché par terre. On a essayé de l'empêcher de dormir en criant pendant cinq bonnes minutes, mais ça n'a servi qu'à nous casser la voix. Je crois que ça devait lui plaire qu'on crie.

Alors, on n'a plus rien eu d'autre à faire que de penser à Hadrian.

Plus tard dans la nuit, il a plu. Une averse silencieuse dans l'obscurité. On s'est léché mutuellement nos visages mouillés, mais au bout d'un moment, on a eu très froid. On frissonnait dans nos chaînes. On a chanté quelques chansons, de vieilles rengaines que Val nous avait apprises quand on était petits, à l'époque où Londres faisait encore partie intégrante du monde. Dans certaines figuraient les anciens noms de villes de l'Extérieur : Glasgow, Tipperary, Norwich. Val nous avait promis de nous y emmener un jour, mais on était arrivés au dernier lieu qu'on connaîtrait ici-bas.

À peine avons-nous été secs que la rosée s'est déposée tout autour de nous, et peu après le Pourceau s'est réveillé. Le jour se levait à peine. Il a pris appui sur deux pattes et s'est étiré, s'est approché de nous pour vérifier notre état, et a grogné comme pour dire quelque chose. Il nous a fait un clin d'œil. Il est venu juste au-dessus de moi et m'a reniflé. J'ai attendu le coup de dents, mais il avait encore le ventre plein, je suppose. Il s'est détourné et, comme le soleil montait à l'horizon, il est allé se tapir dans un coin d'ombre du parking en ruine, où il avait fait sa tanière. Avant de s'y enfoncer, il a poussé un cri, histoire de prévenir tout le monde qu'il était encore là.

Plus tard, je me suis endormi. Je n'aurais pas cru ça possible, mais moins on dort et plus le sommeil est lourd. Par deux fois, j'ai été réveillé par le Pourceau qui a crié et mugi pour faire fuir un intrus. La troisième fois, par un bruit de succion, puis par celui de ses mâchoires, humides. J'ai tourné la tête mais l'ai bien vite détournée. C'était au tour de mon frère Ben.

C'était ma troisième nuit sur les terres des Mi-Hommes.

Mes bras et mes jambes étaient immobilisés depuis tellement longtemps que je ne sentais même plus mes crampes. Le froid, je m'en fichais. Mais j'avais soif, terriblement soif ! Ma langue était si gonflée que j'avais l'impression d'avoir un gros crapaud tiédasse dans la bouche. Quand la rosée s'est posée de nouveau, j'ai léché mon col humide. Il n'empêche que j'ai été content de voir le soleil se lever. Ce n'est pas bizarre ? Les restes de mes frères faisaient des tas sanguinolents sur les pavés inégaux, le même sort m'attendait ; tout était perdu, je me sentais dévasté et seul, mais j'ai quand même été content de voir le soleil se lever au-dessus du pan de mur et réchauffer ma peau. J'ai renversé la tête en arrière dans la lumière du matin, j'ai senti la tiédeur du jour, et je me suis dit : c'est beau quand même.

Mais très vite, les douleurs se sont rappelées à moi : mes brûlures aux chevilles et aux poignets, ma langue enflée, mes membres meurtris. Quand le soleil a été haut dans le ciel, le Pourceau s'est levé, grognant, pétant, ronchonnant. Il a remué ses sourcils et a émis un son. J'ai cru comprendre « À t'à l'heure ». Sur ce, il est allé se cacher dans son coin de gravats.

Je me souviens que Val racontait que son père, qui souffrait beaucoup à la fin de sa vie, allait se promener dans Hyde Park pour inspecter les cultures et profiter de l'odeur de l'humus, du vent, de la pluie. Je savais qu'il était inutile de pleurer mes frères, Signy ou Val. Ils étaient perdus à jamais pour moi. Je ne voulais pas que leur mort me hante. Alors, ça peut paraître malsain, mais j'ai essayé de regarder le monde tel qu'il est – et tel qu'il sera toujours – même sans moi. La chaleur du soleil, les longues étendues de mauvaise herbe ondoyant sous le vent, les oiseaux voletant dans l'herbe et les fleurs. C'étaient des chardonnerets, je crois. Tout petits, tout jolis…

Mais bientôt, mon esprit s'est mis à divaguer. J'ai commencé à voir des formes : des chars d'assaut dans les nuages, des hommes s'avançant dans l'herbe, des visages et des silhouettes se faufilant derrière les pans de murs en ruine pour se cacher ou se laissant glisser sur les toitures écroulées.

– N'essaie pas de tourner la tête…

… au-dessus, de petites taches, des oiseaux. Comment ?

– Siggy ?

Je devais rêver.

– … une amie.

– Qui est là ? ai-je dit d'une voix rauque et sèche.

– C'est ta sœur qui m'envoie.

Mon cœur a bondi dans ma poitrine. L'espoir, enfin.

– J'ai soif ! ai-je dit d'une voix suppliante.

– Chut ! m'a intimé la voix.

Il y a eu un moment de silence.

– Tss, tss, a fait la voix. Tiens bon. Et ne dis rien. Si cette grosse chose porcine revient, je m'en vais. D'accord ?

– D'accord.

J'ai entendu un léger bruissement. Je mourais de soif, mais je n'ai pas essayé de tourner la tête pour voir. C'était déjà un miracle que quelqu'un, ou quelque chose, ait pu s'approcher de moi à l'insu du Pourceau. Une pensée que je m'interdisais est revenue me tarauder. Pouvais-je en réchapper ? Était-ce vraiment possible ?

Soudain, le visage d'un enfant s'est approché du mien. Une petite fille.

– Mmm… mmmm…, faisait-elle.

Elle avait la bouche pleine. Elle a incliné la tête et a laissé couler un filet d'eau qui a dégouliné sur mon visage. Je l'ai léché. De l'eau ! Puis, j'ai pensé à autre chose. Mes pensées étaient comme des cailloux lisses qui tombaient dans de l'eau. Cette pensée me redonnait le goût de vivre.

J'ai ouvert la bouche, ai senti l'eau y couler, l'ai avalée.

Deux, trois fois, la petite fille (elle devait avoir dix ou onze ans), m'a apporté une gorgée d'eau. La troisième fois, j'ai remarqué qu'elle avait un physique bizarre. Un fin duvet recouvrait sa peau. S'il avait été un peu plus long et un peu plus fourni, on aurait pu l'appeler pelage. Puis, j'ai vu une chose qui, en d'autres circonstances, m'aurait fait sauter au plafond. Son visage était tout proche du mien, elle me dévisageait de près sans gêne aucune, et ses pupilles étaient fendues, exactement comme celles d'un chat.

– Ah ! ai-je crié, surpris.

Elle a sursauté et a laissé couler l'eau sur mon front. Au même moment, un rugissement perçant effroyable a retenti. Le Pourceau m'avait entendu. Il a déboulé des fourrés de ronces tel un rhinocéros. J'ai vu les yeux de la petite fille obliquer d'un côté, de l'autre, puis elle a filé à toute allure. J'étais sûr d'avoir provoqué sa mort.

Tandis qu'elle disparaissait dans les ronces, elle a trébuché et, dans mon délire, j'ai eu l'impression qu'elle se mettait à rétrécir.

Le Pourceau a foncé sur moi. Je me suis dit, ça y est, il va me dévorer. Mais apparemment, il ne faisait ripaille que lorsqu'il avait vraiment faim. Il a grogné et crié contre moi et son haleine était la plus fétide qui soit, comme si tout ça était de ma faute. Puis il a inspecté les alentours avant de retourner se coucher à pas lourds, grincheux, sous les décombres du parking.

Je n'ai pas bougé et j'ai attendu. Le soir est tombé, l'heure du dîner du Pourceau approchait. Je me disais que la petite fille devait être morte maintenant, et que, de toute façon, j'avais dû rêver. Sans doute une autre créature s'était-elle approchée de moi pour me dévorer. Voyons les choses en face : comment une gamine pourrait-elle s'aventurer sur ces terres ? Et même si c'était le cas, comment aurait-elle pu survivre ?

Juste au moment où j'en concluais que j'avais eu une hallucination, j'ai senti de l'eau sur mon menton.

J'ai regardé autour de moi, mais je n'ai vu qu'une petite chatte écaille de tortue assise sur un pan de mur qui léchait ses coussinets. Ça m'a fait sourire. Les chats se faufilent vraiment partout ! Je me suis demandé si elle attendait les restes.

Un peu plus tard, la petite fille est revenue.

– Ne dis rien, m'a-t-elle murmuré à l'oreille. Je ne veux pas que l'autre me poursuive une fois encore, ça me fait trop peur.

– Excuse-moi.

Elle s'est assise et m'a regardé, immobile, pendant trente secondes. Petit à petit, ses yeux se fermaient. Je me suis dit, mais qu'est-ce que c'est ce plan ?

– Qu'est-ce que tu vas faire ? ai-je chuchoté.

– Oh...

J'avais l'impression qu'elle-même se le demandait. J'étais fasciné par l'étrangeté absolue de la situation, cette gamine dans cet endroit maléfique, sa peau duveteuse, ses yeux bizarres. Était-elle réellement envoyée par Signy ?

– Comment va ma sœur ?

– Elle vivra si tu vis.

J'ai failli pousser un cri de détresse. J'étais moi-même dans une situation désespérée, et cette gosse m'annonçait que ce serait de ma faute si Signy mourait.

La gamine a pris un petit pot caché dans les replis de ses vêtements, l'a débouché, y a trempé les doigts et m'a barbouillé le visage avec un truc. J'ai senti, léché : c'était du miel.

– Bien, écoute, voilà ce que tu vas faire.

Elle m'a pris par le cou et m'a parlé à voix basse dans le creux de l'oreille. Je n'ai pu m'empêcher d'avoir un léger mouvement de recul tant elle se collait à moi. Quand elle a eu fini, je l'ai regardée et je lui ai dit :

– Tu déconnes ?

Elle a haussé les épaules.

– Il ne peut pas aller très vite, tu comprends. C'est ta seule chance.

Elle a souri, a enfoncé un doigt dans le pot de miel et l'a léché, l'air songeur.

– Donne m'en encore, l'ai-je supplié.

On était donc là, assis au soleil, la petite et moi : une drôle de paire ! Elle a trempé son index dans le pot et me l'a donné à lécher jusqu'à ce qu'il ne reste plus de miel. Puis, elle s'est à demi étirée, a posé sa tête sur mes genoux et s'est endormie.

Ça peut paraître étrange, mais sa présence me rassurait beaucoup. Je me disais qu'elle devait être une Mi-Homme. Au bout d'un moment, me sentant mal à l'aise, j'ai bougé. Elle s'est étirée, a bâillé et m'a embrassé sur la joue en guise d'au revoir, comme si l'enfant c'était moi. Puis elle s'est levée pour partir.

À peine s'était-elle éloignée d'un pas que j'ai paniqué.

– Non ! Non !

Immédiatement, la terre a tremblé et l'air a résonné de cris perçants, de grognements rageurs. La petite fille a fait de nouveau son drôle de bruit. Elle a pris son élan, et est partie à toute allure. Elle a disparu aussitôt ; c'était sûrement une espèce de Mi-Homme pour courir aussi vite. Je n'ai même pas eu le temps de la voir. Le Pourceau m'a frôlé, il était à sa poursuite. Il a couru jusqu'à un angle de mur en brique encore à moitié debout, et a entrepris de le démolir. Apparemment, il en avait après la petite chatte que j'avais vue un peu plus tôt et qui grimpait au lierre accroché au mur. Au bout d'un moment, elle a sauté en bas et a filé. Le Pourceau lui a couru après, mais il n'avait aucune chance de la rattraper. La petite fille avait raison : il était énorme et très fort, mais il n'était pas taillé pour la course. La vitesse et lui, ça faisait deux. Il a passé un temps infini à marteler le sol en poussant des cris, le groin écumeux, fonçant à travers les fourrés, chargeant des pans de murs à moitié écroulés, mais la petite chatte – et la petite fille aussi, je suppose – avaient disparu depuis belle lurette.

Puis, il est revenu vers moi.

Il a marmonné quelque chose, je ne sais trop quoi. Peut-être m'invitait-il à dîner ? Il a pris appui sur l'une de ses grosses mains et, de l'autre, il m'a palpé le visage. Ses doigts étaient crasseux et sentaient la saucisse. Il m'a saisi à la gorge, mais comme la gamine l'avait prévu, il a tout de suite senti l'odeur du miel. Il a reniflé ses doigts, en a léché le bout et a grogné de plaisir. Puis il s'est penché vers moi et a léché mes joues couvertes de miel.

Je ne croyais pas un mot de ce que m'avait dit la petite, mais j'ai quand même fait ce qu'elle m'avait demandé. J'ai pris l'extrémité graisseuse de son groin entre mes dents et j'ai mordu de toutes mes forces.

Dans la seconde, j'ai senti mes joues gonfler sous l'effet de l'air chaud qu'il a soufflé dans ma bouche en réaction à la douleur. Il a tiré en arrière. J'ai tenu bon, j'ai serré les dents. Il a bien été obligé d'arrêter de tirer parce que ça lui faisait encore plus mal. Il s'est mis à hurler en tapant avec les mains sur mon visage, mon corps, pour essayer de me faire lâcher prise. J'étais déjà en bouillie, mais je me disais, plus tu me fais mal, plus je te fais mal, mec. J'ai crispé mes mâchoires et j'ai senti un filet de sang âcre et tiède me couler sur le menton. J'ai serré les dents plus fort, plus fort, encore plus fort. S'il avait eu l'idée de m'étrangler, c'en aurait été fini de moi, mais il paniquait. Il a de nouveau tiré en arrière, m'entraînant dans son mouvement, accroché au bout de son groin comme un personnage de dessin animé.

Mes chaînes me déchiraient la peau du torse et des bras. J'entendais craquer les os de mes mains broyées tandis qu'elles étaient aplaties contre les menottes en fer. Il tirait, je mordais. Je criais, il criait. La douleur m'aveuglait.

Il y a eu un craquement. Une chaîne a tournoyé dans les airs et a fouetté le Pourceau en pleine tête. J'ai mordu de plus belle. Le Pourceau m'a tiré de nouveau. Une autre chaîne… et enfin la dernière a cédé brusquement et le Pourceau est tombé en arrière, emporté par la force de traction. On a fait des roulés-boulés accrochés l'un à l'autre, et j'en ai profité pour, de ma main cassée, lui donner un coup de poing dans l'œil, de tout ce qui me restait de forces. Il a poussé un cri de douleur, m'a lâché et s'est mis à tournoyer sur lui-même en hurlant comme… un porc qu'on égorge. Quant à moi, je me suis relevé et j'ai pris mes jambes à mon cou.

Enfin, j'ai couru comme j'ai pu dans la mesure où j'étais resté enchaîné pendant trois jours. Mes jambes tremblaient, tressautaient, se dérobaient sous moi. J'avais du mal à tenir debout. J'étais couvert de plaies sanguinolentes là où les fers s'étaient enfoncés dans mes chairs. Je m'étais tailladé la peau dans la bataille, et j'avais la main cassée. J'avais l'impression d'avancer par à-coups comme si j'étais au bout d'un élastique et je n'arrêtais pas de tomber.

Quelques secondes plus tard, le Pourceau s'est rendu compte de ce qui se passait. Je l'ai entendu pousser un cri de rage et s'élancer à ma poursuite. J'ai tout de suite compris que je n'y arriverais pas. La petite fille avait eu raison, il était très lent, mais moi, je me faisais l'effet d'être un froussard éclopé sur des échasses.

J'avançais clopin-clopant, il hurlait à mes trousses...

Soudain, il a poussé un cri de douleur. J'ai regardé en arrière, et j'ai vu la chatte écaille de tortue sur la tête du Pourceau. Elle lui griffait les yeux. Le Pourceau, qui fonçait toujours à quatre pattes, en a levé une pour se protéger, et évidemment, il est tombé la tête la première dans la terre sur son groin en sang. Quel idiot ! Il a dû avoir hypermal, mais il s'est relevé dans la seconde en déversant un flot d'injures à la ronde, ne sachant plus s'il devait continuer à me poursuivre ou régler son compte au chat qui miaulait en le regardant du rebord d'une ancienne fenêtre. Ça a été ma chance. Je suis arrivé devant un mur et je me suis mis à l'escalader. Le temps que le Pourceau arrive et essaie de m'attraper, j'étais hors de portée.

J'avais réussi... j'avais réussi ! Je n'arrivais pas à y croire ! J'avais réussi ! Enfin... grâce à la petite chatte. Le Pourceau était furax. Je n'avais jamais rien vu de pareil. Il a donné de tels coups de tête que le mur en a tremblé. Une chance : c'était du solide ! Ensuite, il a tenté de grimper en s'aidant de ses grosses paluches, mais il était bien trop gras pour escalader un plan vertical. Et quand il a essayé de démolir le mur, ça n'a pas marché non plus. Il était vraiment dans tous ses états, hurlant, pleurant, tapant des pieds de rage. Il est même allé jusqu'à me supplier de redescendre !

– Dîner s'te plaît... Dîner s'te plaît... Chonchon s'occupe de toi ! gémissait-il.

Il a martelé le sol, cogné le mur, crié, hurlé jusqu'à épuisement. Puis il a renoncé. Il s'est assis comme un chien et a levé la tête vers moi, attendant que je me montre.

Ainsi donc, mon épreuve n'était pas terminée. J'ai dû rester sur mon perchoir encore toute une journée avant qu'il abandonne. Heureusement, le mur était recouvert de lierre, aussi ai-je pu ramper hors de vue d'oiseaux qui auraient pu me repérer. Je craignais tout de même la venue d'une créature capable de grimper au mur et qui ne ferait de moi qu'une bouchée. Mais aucune n'est venue. J'ai passé la nuit couché en chien de fusil dans un lit de feuilles et de jeunes pousses de lierre, et au matin, le Pourceau avait disparu.

Telle est l'histoire de mes premières nuits sur les terres des Mi-Hommes. J'avais survécu, mais j'étais à moitié mort. J'avais les mains en charpie, les mâchoires brisées en dix endroits au moins. Mon visage avait doublé de volume. Au toucher, j'avais l'impression que c'était de la confiture. Je suis descendu du mur et j'ai erré. J'ai trouvé une flaque d'eau, et j'ai bu l'eau la plus délicieuse qu'il y eut jamais sur Terre. C'était sans doute de l'urine du Pourceau, mais pour moi, elle avait le goût du nectar. Je craignais qu'il soit caché quelque part et me fonce dessus dès que j'aurais le pied par terre, mais je suppose qu'il n'était pas très doué pour prendre des décisions intelligentes, comme celle d'attendre.

J'avais donc échappé à la créature. Et maintenant, que faire ? J'étais coincé en terre des Mi-Hommes sans vivres et sans armes.

Peu après, j'ai trouvé de l'eau claire et je m'y suis regardé. J'étais dans un bel état ! Bah, me suis-je dit, si jamais je tombe sur un Mi-Homme, il me prendra sans doute pour un de ses congénères.

Je n'avais aucun plan. Normal, dans ma situation ! J'étais à l'aube d'une nouvelle journée… et quelle journée ! Plus bleue et plus scintillante qu'un saphir, et pleine de dangers que je ne saurais imaginer.

35

Signy se doutait que Conor viendrait la trouver tôt ou tard, ne serait-ce que pour jouir de sa victoire, pour lui montrer à quel point elle avait été stupide, stupide dans son corps, dans son cœur, dans son âme. Il viendrait pour la tuer ou la violer. En tout cas pour rire d'elle, c'était sûr. Peut-être viendrait-il avec une autre femme – il devait en avoir une autre, Signy en était sûre –, sa véritable épouse, celle qu'il aimait vraiment.

Mais lorsqu'il arriva, ce fut pire que tout.

Il vint implorer son pardon. Il vint lui demander si elle l'aimait toujours.

Au début, elle crut que c'était un nouvel acte de guerre, qu'il venait chercher son trophée, que ses bras autour d'elle, ses doigts sur ses joues étaient annonciateurs d'une violence à venir. Mais non. Il était sincère. Pâle comme la mort, encore sous le choc de ce qu'il avait fait. Il la regardait, les yeux embués de larmes, et lui parlait d'un ton suppliant.

– Je veux te réconforter ! Je t'aime ! Je t'aime !

Il parlait avec conviction. Il n'en doutait pas une seconde.

Signy ramena ses jambes mutilées sous elle en s'aidant de ses mains, et se mit à pleurer.

– Comment as-tu pu te jouer de moi à ce point ? s'écria-t-elle. Quel genre d'homme es-tu donc ?

Conor s'humecta les lèvres et se leva.

– Un conquérant.

Là, il disait vrai.

Il se dirigea vers la fenêtre et regarda dehors. Il savait que Signy l'observait. Il était le centre de son univers.

– Je n'avais pas le choix, dit-il. Tu crois que j'en avais envie ?

– Tu as tout détruit.

– Londres est réunifié, déclara Conor en écartant les bras. J'ai lancé une nouvelle offensive contre les Mi-Hommes. Ensuite… les champs, les villages au-delà. Les villes. Ragnor même ! Le pays réunifié, exactement comme ton père en rêvait.

Signy se mordit la main au sang. Elle ne voulait plus verser une seule larme à cause de Conor, mais elle ne put lutter. Elle devenait folle, mais en même temps une créature minuscule dans un coin de sa tête observait la scène dans ses moindres détails, s'efforçait de déterminer quel parti elle pourrait tirer de la situation.

Conor se retourna pour regarder la jeune fille étendue, impuissante. C'était trop cruel qu'elle soit ainsi ! Elle, si intelligente, si libre, si heureuse, si vive… Ses jambes si belles…

Conor fit les cent pas dans la petite chambre. Il était furieux. Les jambes, c'était une erreur terrible. C'était lui qui avait donné les ordres, mais dans son for intérieur, il considérait déjà qu'il avait été trahi par ceux qui les avaient exécutés.

– Rien ne m'oblige à faire semblant, dit-il. Je t'aime.

Signy tourna vers lui son visage dévasté sur lequel se mêlaient le sang et les larmes. Elle songeait : « Que dois-je faire ? »

Conor éprouvait le besoin de s'expliquer.

– Puisque les dieux l'ont décidé, nous devons être ensemble. Regarde…

Fièrement, il porta la main à sa ceinture et en tira le couteau d'Odin. La lame en silex portait toujours des éclats de pierre du mur dans lequel il l'avait enfoncé. Il faudrait la décaper fragment par fragment.

– Odin m'a choisi, dit-il avec orgueil. Et il t'a choisie pour être à mes côtés.

Signy secoua la tête.

– Ce couteau appartient à mon frère, dit-elle.

Conor devint rouge de colère.

– Il est à moi ! Il m'était destiné !

Pendant une seconde, il n'éprouva que de la haine à son égard, mais de la voir étendue, les genoux enserrés dans des bandages ensanglantés, le radoucit. Il l'aimait… il l'aimait tant !

D'un geste ample, il engloba la pièce dépouillée de tout ornement.

– Ça ne va pas du tout. Je n'ai jamais voulu qu'on te traite de la sorte. Je vais faire remettre tout en place.

– Mes jambes aussi ?

– Ça a été fait sans que j'en sois informé ! insista-t-il.

Encore un mensonge auquel il croyait déjà. Dans l'heure qui suivrait, la femme qui avait donné cet ordre serait pendue par les pieds, et son visage noircirait jusqu'à ce que mort s'ensuive.

– Et mon père ? Et mes frères ?

– On est en guerre !

– Et le traité ?

Conor déglutit avec peine. Elle n'avait pas le droit de lui parler ainsi !

– En guerre, répéta-t-il, plus calme. Tu as besoin de quelque chose ? Tu peux tout me demander.

Il tenait à lui prouver sa générosité maintenant qu'il lui avait tout pris.

Signy leva la tête vers lui.

– Ma chatte, Cherry. Dis-leur de ne lui faire aucun mal.

– Où est-elle ?

– Elle s'est enfuie. Elle reviendra peut-être.

– Je vais donner des ordres. Ta chatte te sera rendue saine et sauve.

Il lui sourit, s'approcha d'elle et voulut lui caresser les cheveux. Signy eut un mouvement de recul et ne put réprimer un cri de peur. Conor hocha la tête.

– J'ai le temps, dit-il. Je reviendrai te voir demain.

Signy tourna la tête vers le mur et dit :

– Je ne veux plus jamais te revoir.

Conor perçut la profondeur de sa haine et tressaillit. Aucun autre homme n'aurait espéré que cette jeune fille puisse encore l'aimer, mais la convoitise de Conor était illimitée. Il avait su transformer l'amour en haine. Pourquoi ne pourrait-il pas faire le contraire aussi rapidement ?

– Tu n'as plus que moi maintenant, Signy.

Sur ce, il sortit.

Tandis qu'il descendait par l'échelle, il se dit qu'avec le temps, elle le comprendrait. Les deux camps n'auraient jamais pu s'entendre à long terme. Cela devait arriver. Mais cela ne l'empêchait pas de l'aimer. Il la désirait tant. L'amour était-ce autre chose ?

La pluie. Signy l'entendit marteler les fins murs en tôle de sa prison aérienne pendant toute la journée. Le soir tomba sur une ville toute propre. Le soleil couchant illuminait encore le ciel clair. Assise dans son fauteuil roulant, Signy regardait les toits mouillés, scintillant sous l'éclairage oblique des derniers rayons de soleil. De là, on voyait la moitié de la ville.

Quatre jours que Cherry était partie.

Un garde entra dans son dos avec un plateau-repas. Pain grillé, soupe à la tomate, fraises, sucre, crème, tout ce qu'elle aimait. Il le posa sur la table et brassa l'air de la main pour envoyer vers elle les odeurs alléchantes de nourriture.

– Mmmmmmm, miam miam ! Des cadeaux de Conor. Ça sent bon, hein ?

Signy ne dit rien. Le garde la regarda d'un œil morne.

– Quand on va vous enfoncer un tube dans l'œsophage, vous allez le regretter.

– Vous m'avez violée, dit Signy sans tourner la tête.

– C'est faux !

– Conor me croira.

Le garde se raidit. Il savait qu'elle disait vrai.

– J'ai fait de mon mieux. J'ai obéi aux ordres, mais je n'ai pas été dur avec vous. (Il attendit, puis montra la nourriture.) Je vous en prie. Il faudra bien que vous vous remettiez à manger.

Quatre jours, songeait Signy. Les terres des Mi-Hommes sont pleines de dangers pour un chat, ou une petite fille. Mais sans doute n'avait-elle été qu'un rêve cruel inventé par son cerveau pour la pousser à rester en vie… Signy se sentait gagnée par la folie, mais elle voulait avoir une dernière certitude avant d'abandonner tout espoir.

– Je vous en prie, disait le garde, mangez, mangez. Si vous tombez malade, j'ai l'ordre de prévenir les médecins, et alors ils vous mettront un tube dans l'œsophage et…

– Si vous parlez aux médecins, je dirai que vous m'avez violée.

Le garde était pris entre deux feux.

– S'il vous plaît, mangez, la supplia-t-il encore.

Signy se retourna et regarda la nourriture. Il fallait qu'elle vive assez longtemps pour savoir si ses frères avaient été sauvés.

– Je n'ai pas faim.

Le garde se détourna et s'éloigna en marmonnant dans sa barbe. Quand il ouvrit la porte, il y eut un couinement bref et un petit chat entra à toute vitesse, lui filant entre les jambes.

– Ha ! s'écria le garde, surpris.

Signy se retourna au moment où la petite chatte lui sautait sur les genoux.

– Cherry ! Cherry !

Le garde la regarda un moment, puis finit par sortir. Peut-être cette pauvre gamine se déciderait-elle à manger maintenant ? Sinon, il était bon pour le grand saut.

Il claqua la porte derrière lui et la verrouilla. Signy prit la tête de la petite chatte entre ses mains et lui caressa les oreilles.

– Que s'est-il passé ? Raconte-moi, oh, raconte-moi !

Mais la petite chatte ne fit que lui donner de petits coups de tête en ronronnant. Signy lui gratouilla le dos jusqu'à la base de la queue, et la chatte souleva son arrière-train.

– Cherry, s'il te plaît, raconte-moi... s'il te plaît, ma petite chérie.

La chatte ronronna de plus belle.

Bah, ce n'était qu'un chat, un chat ordinaire.

– Aurais-je donc tout imaginé..., murmura Signy d'une voix lasse.

– Chut. Ne dis pas cela.

La petite fille se tenait devant elle.

– Tu vois... tu vois ! s'écria Cherry. Ne dis pas que je ne suis pas réelle.

– Raconte-moi ce qui s'est passé.

– Caresse-moi d'abord.

Signy lui caressa les cheveux et Cherry rentra la tête dans les épaules et ronronna. Elle était épuisée, déjà à moitié endormie.

– J'en ai sauvé un. Rrrrrrr...

– Lequel ?... Oh, Cherry, lequel a survécu ?

– Siggy. Le plus jeune.

– Siggy ! Oh, Cherry ! Où est-il ? Que lui est-il arrivé ?

– Pourceau l'a… mmmmmm…

– Le Pourceau ! Mais tu viens de dire que…

– Différent, pas le même. Un gentil Pourceau. Je…

– Oh, Cherry ! Cherry… Cherry ?

Mais sous ses yeux, la fillette se mit à ondoyer, des poils apparurent puis disparurent sur son visage, sur son corps. En s'endormant, elle reprenait son apparence première.

– Cherry ! S'il te plaît… !

Une petite chatte couleur écaille de tortue dormait profondément sur ses genoux. Signy regarda par la fenêtre. Deux de ses frères étaient morts ! Un était toujours vivant. Et c'était Siggy. C'était formidable. Cherry avait fait tout ce qu'elle avait pu. Mais que lui était-il arrivé ? Il était aux mains des Mi-Hommes. Rien ne lui garantissait qu'elle le reverrait un jour.

Longtemps, Signy demeura ainsi, une main posée sur la tête de Cherry. Elle regarda le soleil décliner derrière les toits et se demanda… à quoi bon ? Son père était mort, tous les rêves, toutes les ambitions des siens étaient détruits. Elle n'était plus qu'une estropiée enchaînée à un mur. Elle pensa au festin de ses noces, au Galaxie, au mort revenu à la vie. Il l'avait enlacée comme s'il l'avait choisie dans un but précis. Il avait donné à son frère un couteau prodigieux que tout le monde lui enviait.

Odin ne les avaient-ils élus, son frère et elle, que pour vivre ce cauchemar ? Ou n'était-ce qu'une étape d'un parcours inachevé ?

La jeune chatte et la jeune fille demeurèrent immobiles près d'une demi-heure. Depuis des jours l'avenir s'était arrêté pour Signy, et voilà qu'enfin elle se prenait à espérer. À espérer pouvoir se venger.

Elle tourna la tête vers le plateau posé devant elle. Des fraises. Elle en prit une, la sentit et la mordit pour en prendre un petit morceau. Le fruit s'écrasa lentement dans sa bouche, l'emplissant de sa douceur sucrée qui se propagea partout, sous ses joues, sous sa langue, contre son palais, et même entre ses dents. Signy en fut stupéfaite. Elle regarda la fraise. Sa chair pulpeuse était d'un rouge profond, parfait, marquée d'un croissant pâle, humide, là où elle avait mordu. Elle n'avait rien mangé depuis quatre jours, et elle était émerveillée par le goût délicieux de la nourriture.

Lentement, jouissant de chaque bouchée, Signy mangea le reste de la fraise. Puis elle en prit une autre. Elle les mangea toutes sauf une, la plus belle, qu'elle laissa au fond de la coupelle bleue car elle voulait pouvoir la regarder encore.

Par la fenêtre, elle voyait tout Londres étendu devant elle. Des millions de vie sous ses toits mouillés, luisants de pluie, et chacune d'elle était un empire. Elle vit, à la limite de l'État, le sycomore dont les feuilles commençaient à jaunir, les autres arbres d'un vert brillant, le rouge-marron des briques et de la pierre. Elle avait l'impression qu'autour d'elle, le monde reprenait des couleurs.

Elle allait donc vivre, après tout. Elle allait vivre et patienter. Tant qu'elle serait vivante, il y avait une chance qu'elle puisse un jour se venger.

36

Tandis que le soleil se couchait sur les terres des Mi-Hommes, les sous-bois commencèrent à frémir, à s'agiter, et l'on entendit bientôt des grattements et des reniflements en provenance de cachettes souterraines, de terriers. Le jour, les grands monstres faisaient retentir de tout leur poids et de tous leurs cris l'étendue des Terres Vaines : le Pourceau, les Oiseaux, Amanda la femme serpent, le Blaireau. Mais la nuit, c'était au tour de bêtes plus petites, plus faibles, plus vieilles de sortir en humant l'air, en quête de leur subsistance.

Au milieu d'une longue rangée de gravats, une porte s'ouvrit dans un des rares murs encore debout. Un gros nez retroussé apparut dans l'entrebâillement, puis une large mâchoire toute en os, et enfin une paire d'yeux très larges, ambrés, à la pupille en fente, qui n'avaient rien à faire dans cette tête de porc. Au crépuscule, Mélanie sortait voir si la journée lui avait réservé de bonnes surprises.

Les Mi-Hommes les plus prospères vivaient dans les terres, loin de la Muraille, là où il était possible de se construire une vie à l'abri des ingérences de Conor. Là-bas, ils avaient bâti leurs villes, leurs villages, et commerçaient avec d'autres villes, d'autres villages encore plus éloignés. En cette période où la puissance de Ragnor diminuait, les Mi-Hommes pouvaient se déplacer plus librement dans le pays, aussi loin que Birmingham au nord, même jusqu'à la côte, et encore plus bas au sud. Tout cela allait changer. Ces dernières années, Conor faisait des raids de plus en plus loin à l'intérieur des terres des Mi-Hommes. Maintenant qu'il avait éliminé Val et avait tout Londres pour lui, il comptait relancer pleinement les guerres contre les Mi-Hommes.

Mais ce n'était pas encore fait. Pour l'heure, les Mi-Hommes continuaient de mener la vie qui était la leur depuis des décennies.

Comme à Londres, les plus pauvres habitaient le plus près de la Muraille, et sur les Terres Vaines vivaient véritablement la lie des Mi-Hommes, ceux auprès de qui même les Mi-Hommes ne voulaient pas vivre, ceux qu'ils avaient bannis de leur société : les monstres, les fous, ceux que leurs croisements génétiques déments faisaient hurler de douleur chaque fois qu'ils respiraient. Pourtant Mélanie ne faisait pas partie de ceux-là. Elle avait une autre raison de vouloir vivre si près des humains : la loyauté.

Truie, femme, une touche de chat – telle était Mélanie. Elle était la plus pauvre parmi les pauvres, plus sale qu'une chienne, plus voleuse qu'une pie, plus fouineuse qu'une rate, plus secrète qu'un scarabée, plus attentive qu'une mère, plus intelligente que tous. Autrefois, elle avait été mariée au Pourceau, avant qu'il ne commence à la battre. À la fin, il était devenu complètement fou, ce qui était monnaie courante parmi ces Mi-Hommes qui, étant donné leur filiation, n'étaient pas très équilibrés. Mélanie avait quitté les bidonvilles où ils vivaient pour le suivre jusque dans la partie la plus sauvage des Terres Vaines. Même s'ils n'habitaient plus sous le même toit, elle estimait qu'il était de son devoir de garder un œil sur lui pour s'assurer qu'il ne lui arrivait rien.

Le plus souvent, elle recevait des coups en remerciement de ses services. Le Pourceau était si fort qu'elle ne pouvait rien contre lui. Mais elle restait là, vivant près de lui, le soignant quand il était malade et faisant de son mieux pour l'empêcher de trop faire de mal. Elle n'était ni forte ni dangereuse, pourtant les monstres des Terres Vaines la laissaient tranquille, peut-être parce qu'ils craignaient le Pourceau, peut-être aussi parce qu'elle avait la réputation d'être sorcière. Elle savait guérir, alors peut-être – les Mi-Hommes étaient connus pour être superstitieux – savait-elle aussi jeter des mauvais sorts.

Évidemment, tout le monde à des kilomètres à la ronde avait appris que les frères Volson avaient été donnés en pâture au Pourceau. Parmi les meneurs des Mi-Hommes, il en était certains qui, depuis fort longtemps, avaient envie de faire la paix avec les humains, en particulier avec les Volson. Conor n'était-il pas leur ennemi commun ? Val n'avait pas su dépasser la haine et les préjudices ancestraux des humains à l'égard des Mi-Hommes, ce qui l'avait poussé à vouloir s'allier à Conor. En dépit de cela, les Mi-Hommes auraient pu tenter de sauver la vie de ses fils, mais à quoi bon ? De l'autre côté de la Muraille, Conor détruisait soigneusement, systématiquement, tout ce qui avait appartenu à Val, les immeubles, les gens, les administrations, tout. Les exécutions se comptaient par dizaines de milliers. Conor ne faisait rien à moitié ; les Mi-Hommes étaient bien placés pour le savoir. Il n'y avait plus rien à gagner à sauver les fils Volson, aussi les trois frères furent-ils abandonnés à leur triste sort.

Les monstres des Terres Vaines ne connaissaient pas grand-chose à la politique, mais ils savaient qu'on leur avait offert une belle brochette de viande. Ils apprirent bien vite que l'un d'eux avait réussi à s'échapper. Il faut dire que le Pourceau avait fait un tel raffut ! Le bruit courait que Siggy Volson avait reçu l'aide de quelqu'un à la fois Mi-Homme et Homme à part entière, un être protéiforme. Malgré leur technologie avancée, les techniciens de Ragnor n'étaient pas capables de modifier une forme qu'ils avaient conçue. Cela semblait indiquer que les dieux étaient de la partie.

Il y avait là de quoi décourager nombre de Mi-Hommes, mais pas ceux des Terres Vaines. Ils étaient affamés. Les dîners étaient plus que frugaux dans la région. Siggy était de loin le meilleur plat au menu de cette nuit-là.

Mélanie huma l'air nocturne pour savoir ce qu'il y avait dans les parages. Elle poussa un juron, ronchonna pour elle-même et disparut à l'intérieur de son logis. Quelques minutes plus tard, elle en ressortait en tirant de toutes ses forces un vieux caddie de supermarché qui lui servait à transporter ses trouvailles, et, sur la pointe des pieds, elle s'enfonça dans l'obscurité.

Chaque nuit, Mélanie partait faire ses courses. Elle avait des yeux de chat et préférait travailler dans le noir. D'habitude, elle se dirigeait vers les bidonvilles regroupés aux environs des banlieues délabrées entre les Terres Vaines et le reste du territoire. À toute heure, on la voyait fouiller dans les tas d'ordures et de fumier pour y trouver des choses à manger, à vendre ou à recycler.

Quand elle avait des trucs vendables, elle passait de l'autre côté de la Muraille par le souterrain et contactait des amis et d'autres connaissances, mais ça ne valait presque jamais la peine de fouiller par là-bas. Quiconque avait une trace de Mi-Homme en lui était *persona non grata* dans les quartiers riches, et les habitants des bas quartiers de Londres étaient encore plus pauvres que ceux des bidonvilles des Mi-Hommes.

Ce n'était pas facile de pousser le caddie dans les Terres Vaines tant le sol y était défoncé, mais si elle trouvait le jeune humain, ça vaudrait vraiment la peine. S'il était trop amoché, il ferait toujours un dîner honorable. Si elle pouvait le soigner, le remettre sur pied, elle pourrait essayer de le vendre aux survivants de l'armée des Volson, et sinon, elle en tirerait certainement un bon prix aux marchés aux esclaves humains très fréquenté par les Mi-Hommes les plus fortunés. Un esclave de la lignée des Volson serait une aubaine pour un marchand soucieux de sa renommée.

En dépit de sa vue perçante et de son excellent odorat, il n'était pas dit que Mélanie le trouverait la première. Siggy avait pu partir n'importe où et plus d'une dizaine de bêtes affamées avait déjà pu lui tomber dessus. Mais la chance, cette nuit-là, était du côté de Mélanie, et de Siggy. Une demi-heure après son départ, la femme-truie sentit l'odeur du sang.

Elle la suivit jusqu'à lui qu'elle trouva, étendu dans une clairière sur un tas de gravats, pas très loin du lieu de son supplice.

À première vue, il ne valait pas la peine qu'on s'occupe de lui. Il avait le corps en charpie. Mélanie ne donnait pas cher de sa peau. Elle le palpa du bout du pied, et le retourna d'un coup de patte. Il avait la bouche grande ouverte, en sang, les dents cassées, les lèvres boursouflées. Une fine colonne de buée en sortait. Il respirait encore.

La vieille femme-truie ronchonna. Vraiment, ça valait à peine le coup, mais… oh, bon ! Elle tira un vieux tapis humide du caddie, l'étala par terre et, tout doucement, prit Siggy dans ses bras. Elle le secoua un peu pour évaluer à quel point ses membres étaient brisés, puis elle le coucha sur le tapis qu'elle enroula autour de lui. Elle en replia les coins pour être sûre qu'aucune partie du corps n'était visible et hissa le tout dans le caddie. Et la revoilà partie en direction de chez elle.

Comme elle s'y attendait, le vieux Pourceau l'entendit progresser lourdement et déboula des taillis à toute allure en criant à pleins poumons. Mélanie lança un regard inquiet en direction du tapis. Les cris étaient assez forts pour réveiller les morts, alors un simple blessé... Ce pauvre garçon se mettrait certainement à hurler lui aussi s'il savait près de qui il se trouvait. Mais il ne bougea pas.

Le Pourceau fonçait dans sa direction, et il s'arrêta net quand il le vit. Il se mit à gratter la terre et à lancer des regards intrigués vers le tapis. Mélanie remarqua qu'il avait le groin à moitié arraché. Elle tressaillit à cette seule vue.

– Pourceau ! Pourceau ! C'est Mélanie ! dit-elle au cas où il ne l'aurait pas reconnue.

Puis elle se laissa tomber à quatre pattes et tous deux se mirent à tourner en rond en se flairant le postérieur d'un air amène.

– Quêque t'as là ? Quêque t'as là ? marmonna le Pourceau.

– Un vieux tapis.

– Sent bon. Booooon.

– Arrête.

– Perdu mon dîner. Parti.

– Tu manges pas d'tapis, hein ?

– Gronk, gronk !

– Oui, oui.

– Gronk !

Le Pourceau se dirigeait vers le caddie. Mélanie lui barra le chemin.

– Pauvre nez, dit-elle pour changer de sujet. Pauvre nez !

– Pauvre nez ! approuva le Pourceau au bord des larmes. Homme a fait ça. Un mordeur !

Mais il n'en continuait pas moins à s'intéresser au tapis. Il commençait à regarder Mélanie de travers.

– À moi ! cria-t-elle. Toujours en train d'voler, d'faucher, hein ! C'est mon tapis !

– Mmm ! Sent bon, très bon. Quêque t'as là-dedans ?

Mélanie ne prit pas la peine de répondre. Elle se remit debout sur ses pattes arrière et posa les mains sur la poignée du caddie. Le Pourceau se dressa lui aussi sur ses pattes arrière et lui lança un regard noir. Il était en équilibre instable car il n'était pas très doué pour rester sur deux pattes, et ne faisait ça que pour impressionner ses adversaires. Mélanie l'ignora et poussa fermement le caddie sur le bitume défoncé. Le Pourceau la suivit des yeux en poussant de petits cris de colère. Mais il ne tenta pas de l'arrêter.

Il lui fallut une heure pour le rouler jusque chez elle. À l'arrivée, elle était épuisée. Il lui semblait que ça faisait un siècle qu'elle n'avait pas fait de vrai repas. Elle coinça l'embout d'un entonnoir dans la bouche de l'humain et lui fit boire un peu d'eau. Puis elle l'enveloppa dans des chiffons secs et alla se coucher. Au matin, à son réveil, elle eut la surprise de le trouver encore vivant.

Les premiers jours, elle le nourrit de thés amers faits à partir d'herbes médicinales auxquels elle mélangeait un peu de miel. Elle nettoya ses plaies, y appliqua des cataplasmes pour les faire désenfler et soigna sa fièvre. Au début, le pauvre garçon, pris de délire, divaguait à propos de gens dont elle n'avait jamais entendu parler. Il était entre la vie et la mort, mais au bout d'une semaine la fièvre tomba et il commença à reprendre conscience par intermittence. Ses plaies pouvaient s'infecter à tout moment, bien sûr, et c'en serait fini de lui. Mais il avait tout de même des chances de s'en sortir.

Néanmoins, il restait de gros problèmes à régler avant qu'il soit vendable. Son visage et ses mains étaient démolis. Mélanie devait tâcher de les reconstituer, surtout les mains. Elle était au fait de la politique ; elle était en contact avec des gens de l'intérieur des terres, au courant de ce qui se passait, qui l'avaient informée de la déroute des troupes de Val et de l'assujettissement de ses terres. De l'autre côté de la Muraille, personne ne serait prêt à payer pour le retour de Siggy. Il y avait peu de chance que ses partisans aient survécu. Son seul espoir était de le vendre comme esclave à un Mi-Homme riche, et l'outil indispensable à un bon esclave, c'était de bonnes mains. Il fallait donc qu'elle les lui remette en état, sinon il ne vaudrait que son poids de viande, à savoir – après quatre jours de jeûne soudé à sa poutre pendant que ses frères se faisaient dévorer, et une semaine de fièvre –, pas grand-chose.

37

SIGGY

L'obscurité était épaisse. J'avais l'impression d'avoir une couche de vase sur ma peau, humide et tiède comme le sang. Ça puait l'urine et le Pourceau. Quand j'ai ouvert la bouche, je ne la sentais plus. Ma tête était devenue énorme. Elle semblait emplir l'obscurité. Mais surtout, j'avais mal. Tous mes os, tous mes muscles, chaque partie de mon corps, chaque goutte de sang me faisaient souffrir. J'ai à nouveau essayé d'ouvrir la bouche en grand, mais c'était vraiment trop douloureux. J'ai entendu quelqu'un crier... moi, sans doute. Et puis, je me suis évanoui.

Il y a quelqu'un d'autre. Je le devine à la chaleur que je sens contre moi. J'essaie de percer du regard l'obscurité teintée de rouge, mais rien n'a de forme. Je veux écarquiller les yeux, mais ils sont trop gonflés. Tout est lourd dans mon visage. Je me suis rendu compte que je voyais la lumière à travers mes yeux clos.

Quelque chose de très gros bouge dans le noir à côté de moi.

Au prix d'un effort immense, j'ai entrouvert un œil et j'ai vu que le Pourceau était de nouveau là. J'ai hurlé et j'ai essayé de ramper loin de lui, mais il m'a attrapé, a pris mon visage entre ses pattes et l'a comprimé, écrasant ma peau meurtrie. Alors, je suis mort pour l'énième fois de la journée.

38
Mélanie

Bon, ai r'fait son groin, ai r'fait ses mains, enfin, c'qui lui restait d'doigts, et m'suis dit, pas mal, vu comme c'était enflé, a fallu faire avec. Onk. Oh, pauv' p'tit avorton, j'aurais pu l'manger là, tout cru. Dans un sale état qu'il était, gronk, à part ses p'tits orteils, tous bien alignés comme ceux d'un bébé. M'a fait penser à mes p'tits gorets, qu'Gros Cochonnou a chassés y'a des années.

Bah, c'numain-à-groin va pas valoir un penny, vu son physique. Gronk-gronk. Mais même les gens laids, faut bien qu'y mangent, non ? Ça m'rappelle une chanson :

> « P'tit Tammy a raconté une histoire drôle
> pendant qu'il bâtissait un pont en tôle
> Il a ri, tant ri, qu'il est tombé, a déchiré
> Son pantalon en moleskine qu'y v'nait d'acheter. »

J'vais t'dire, tête de groin, j'ai déjà pitié d'lui. Mon gros cœur, à quoi qu'y m'sert ici tant maudite est ma vie. Onk !

Ça a été plus fort qu'moi, j'l'ai pris sur mes genoux et j'l'ai bercé comme un bébé. Et d'vinez quoi, typique des humains : y s'est mis à hurler : Ahhhhhhhhhh ! Ahhhhhhhhhh ! qu'y f'sait. Y croyait qu'j'étais l'vieux Pourceau, j'parie, mais l'était si impuissant, là, qu'j'pouvais pas m'empêcher d'l'aimer.

– Où suis-je ? qu'y dit.

– Oh, p'tit homme ! j'lui dis et j'soupire.

Pourquoi y faut qu'j'm'apitoie toujours sur tout c'que j'attrape d'vivant ? Ça a pas d'sens.

– Qui... êtes... vous ? qu'y dit ou quêque chose dans le genre.

– Arrr, chuuut, onk. Fais donc un p'tit somme, mon chéri. Mélanie va tout arranger, t'verras.

– Mélanie, qu'y dit. Pourceau. Mélanie... Pourceau.

L'est-y pas mignon ? N'a-t-y pas besoin d'mon aide ? Bah, va falloir qu'y aille mieux, maintenant, j'aurai plus l'cœur à l'manger, tiens, v'là qu'y essaye d'dire quêque chose. Alors, j'allume une chandelle pour lui, comme ça y pourra y voir plus clair, et j'lui chante une des berceuses des numains pour qu'y s'sente un peu plus chez lui.

« Petit homme, tu as eu une bien rude journée… »

Et vous allez pas l'croire, mais lorsque j'y ai retiré ses bandages, ça avait marché. Quand j'avais vu à quoi y ressemblait, j'm'étais dit qu'j'allais devoir m'y r'prendre à plusieurs fois, gronk-gronk, mais non. Les mâchoires et les mains, elles tiennent bien, elles bougent bien. Les dents, y'en a plus beaucoup, mais pour manger, ça suffit bien. Onk. Bon Dieu, c'qu'il est laid quand même ! Sa tête, on dirait l'cul d'un chien.

« Peter a dit : " Mon cher, qui l'aurait cru,
la tête de celui-là, elle ressemble à mon cul. " »

Et ses mains, onk-onk ! L'a des mains, on dirait deux poignées d'os. Ça l'empêche pas d'attraper son dîner, r'marquez. Et maintenant qu'il est vivant, je m'dis : « Qu'est-ce qu'j'vais faire d'lui ? »

Ben, c'que j'vais en faire, si j'savais ! Y va pas tenir l'coup longtemps par ici ! J'ai qu'deux pièces, voyez, et y occupe tout l'vieux canapé d'ma cave, couché dessus à manger, manger. Où c'est que j'vais trouver tout ça moi, pour lui ? J'ai à peine d'quoi m'nourrir et donner quêques restes à c'fou d'vieux Pourceau. Et puis j'peux rien y faire, son odeur passe par la porte, gronk-gronk, quand la puanteur monte dans la chaleur d'la nuit. J'vais vous dire, ça pue, l'numain. Les déjections d'numain, y'a pas pire. Ça donne des haut-l'-cœur, j'bouche mon nez quand j'l'nettoie. Je d'vrais l'garder à l'air libre, ça oui gronk-gronk, je d'vrais, seulement bien sûr, ça arriverait aux narines d'Chonchon. Gronk ! Et à celles d'Serpentine. J'aurais Jojo l'Blaireau en train de r'nifler toute la journée autour d'ma maison.

Y dirait : « C'est une odeur à me faire péter la panse, Mel ! », tout sourire et en r'gardant ma porte comme si c'était son garde-manger.

Et j'y dirais : « Va sentir ailleurs si j'y suis, ou j'vais t'cafter, j'vais t'cafter à Chonchon, oui, oui ! »

Et y m'dirait : « Pas besoin, Mel, pas besoin... » en battant en retraite comme s'il voulait pas faire d'histoires. « C'est pour Chonchon alors, hein ? ».

Et j'y dirais : « Gronk-gronk, va sentir ailleurs si j'y suis ! »

Mais y reviendrait à un moment où j'y s'rais pas. Et Chonchon pareil. R'gardez, r'gardez ce qu'il a fait à ma porte, l'autre jour, l'a bouffé presqu'tout l'chambranle. Quand j'suis revenue, c'était rongé d'partout. J'y ai dit : « Mais qu'est-ce qu'tu fabriques, Chonchon ? »

Et y m'a dit : « Où il est mon dîner ? »

Moi, j'y ai seulement dit :

> « Alice la Gourmande a eu un petit,
> Alice la Gourmande a aimé son petit,
> Alice la Gourmande dans une tarte l'avait mis ! »

C'te comptine, elle vient d'la vieille Alice qui vivait dans l'coin. Elle n'pouvait pas protéger ses p'tits d'la faim qui lui tenaillait l'ventre. Gronk ! Elle a dû en manger une flopée avant qu'on l'apprenne et qu'les chiens-hommes viennent et l'émincent. Oh, pauvre vieille Alice, l'aurait pas fait ça, si l'avait eu assez à s'mettre dans l'estomac ! Onk !

Regardez-le, trop laid pour l'vendre, des mains comme des pinces. Et ce qu'y peut bouffer ! Un vieux morceau d'pain, et le voilà qui se plaint : « C'est quoi, cette merde ? Je ne peux pas manger de cette merde ! » Ah, ces foutus rois et reines, y s'imaginent qu'le monde est fait en pain d'épices !

J'vais vous dire, si j'avais un peu d'jugeote, j'le couperai en morceaux, j'ouvrirai ma porte et j'donnerai un grand festin. Gronk ! Mais j'peux pas faire ça. Quand on les connaît, on finit par s'attacher, c'est comme ça... Gronk, gronk, gronk, j'pourrais jamais manger quêque chose qui pense. J'avais un oncle, y'disait toujours qu'y mangeait rien non plus d'tout c'qu'était vivant, mais moi, j'suis pas aussi difficile. On peut pas trop faire sa difficile dans l'coin ! Pas gronk moyen. Mais Siggy, mon p'tit homme, mon numain... l'truc, c'est qu'y pense trop pour son propre bien, et pour l'mien aussi, et j'peux pas m'résoudre à l'couper en morceaux, pas maintenant. Maintenant j'lui chante une chanson pour l'endormir pour qu'il aille mieux.

C'te numain, mon Siggy, j'vais vous dire, onk-onk, j'suis une idiote, parc'que c'est un p'tit merdeux. L'est comme les autres, y s'prend pour l'centre du monde. Gronk. Onk. « Où est mon dîner ? » y dit. Et moi, j'y dis : « Tiens, et l'mien, il est où ? » Et y m'regarde comme si j'savais pas c'que c'était qu'd'avoir faim, comme s'il était l'seul ventre affamé d'toute la planète. Y m'dit : « Bah, tu t'es encore goinfrée, Mel, hein ? »

Et moi, j'y dis : « T'fais pas plus bête qu'un singe, homme ! » Oh, mais il en sait plus long qu'tout le monde. Y voit tout c'qui s'passe dehors du fond d'son trou, à l'entendre, on l'croirait !

On est dans les Terres Vaines ! Qu'est-ce qu'y veut, qu'j'me coupe une jambe pour en faire des saucisses ? J'fais c'que j'peux ! Y m'dit : « Je risque pas d'aller mieux dans ces conditions, Mélanie, je vais pas pouvoir me lever et aller voler pour toi, Mel. »

Voyez ? Plein d'promesses, ça oui ! J'suppose qu'vous allez penser qu'j'suis poire, mais j'm'dis : « Puisque j'm'donne tant d'mal pour lui, y s'en donnera autant pour moi quand y pourra. » Gronk ! Y dit qu'une fois qu'y sera sur pied, l'ira en ville voler pour nous et qu'on mènera une vie d'prince. J'y dis :

> « M'dame Voulait et m'sieur Pouvait
> Ont rencontré m'dame Pourrait et m'sieur Devrait
> Sont tous partis mener la grande vie
> On ne les a jamais revus depuis ! »

Ouais, bah ! pourquoi pas ? L'était chef de clan, y sait comment s'y prendre, gronk-gronk, j'suppose. J'ai un p'tit revolver caché dans un coin, ça fait des années, j'y ai montré l'autre jour, l'a eu un grand sourire et y m'a dit : « Non, je vois qu'il peut pas faire feu, Mel, mais ça n'a pas d'importance. Avec ça, je peux les faire mourir de peur ! »

Et moi, j'pense : « Si tu t'voyais, p'tit gars, tu saurais pourquoi, onk ! C'est bien ma veine ! Trop laid pour l'vendre, trop affamé pour travailler. »

Bah, y faut juste qu'j'le remette sur pied pour qu'y puisse sortir et voler. J'suppose qu'c'est ma seule chance. Si Chonchon l'attrape pas avant. Gronk ! Si George ou Amanda l'attrapent pas. Gronk !

39

Mélanie connaissait plein de cachettes, de vieilles canalisations souterraines, des maisons à moitié écroulées, des bureaux désaffectés, dans lesquelles elle stockait ce qu'elle trouvait pendant ses virées. Pour Siggy, elle choisit une ancienne école située à trois ou quatre kilomètres de la Muraille. C'était une maison de deux étages, tout en poutrelles de béton, boiseries peintes en bleu, et nombreuses fenêtres (en ruine depuis longtemps, évidemment). Il restait encore ici et là quelques morceaux de ferronnerie et de béton parfaitement conservés, mais tous les panneaux avaient été récupérés par les Mi-Hommes pour être réutilisés en abris ou toboggans pour leurs enfants. Les sols carrelés étaient intacts, mais rendus glissants et visqueux par les pluies successives qui se déversaient par les trous du toit.

La partie de l'école la plus épargnée était aussi la plus secrète : l'ancienne chaufferie, bétonnée, isolée dans les sous-sols. Mieux encore : la porte en acier était toujours en place. Mélanie la fermait avec un cadenas pour empêcher Siggy d'en sortir et d'autres d'y entrer, mais qui aurait eu l'idée d'aller chercher un chef de clan blessé dans les entrailles d'une ancienne école ? Il y avait encore quelques maisons debout dans les terrains alentour envahis par la végétation, mais elles étaient toutes inhabitées. Dans un petit immeuble en ruine vivait une tribu de chats qui avaient peut-être une pincée d'être humain en eux, mais c'étaient là les seuls voisins.

La vieille femme-truie y installa Siggy un mois après qu'elle l'eut trouvé. C'était par une nuit obscure et venteuse où la forte odeur de l'homme serait, avec de la chance, chassée par la brise. Elle le fit monter gentiment mais fermement de son sous-sol puant, puis dans son vieux caddie de supermarché. Allongé sous un tas de chiffons, Siggy s'efforçait de ne pas gémir malgré les secousses. Ses mains étaient toujours protégées par d'épais bandages, et il n'avait aucune idée de l'apparence effrayante qu'il avait, mais cette fois, s'il risquait de mourir, ce n'était pas à cause de ses blessures, mais de faim.

Toute l'attention de Conor était alors tournée vers les terres des Mi-Hommes. Le commerce allait à vau-l'eau, les transports étaient paralysés. C'était l'automne, il aurait dû y avoir beaucoup de blé et de fruits engrangés ces derniers mois. Mais les silos avaient été détruits, les champs brûlés, et les massacres étaient monnaie courante. Conor voulait exterminer les Mi-Hommes puis conquérir le monde au-delà. Les temps étaient difficiles, et le seraient de plus en plus. Mélanie avait du mal à trouver de quoi manger pour elle, alors pour Siggy… Avec la guerre, elle n'avait aucune chance de le vendre et elle s'était trop attachée à lui pour le manger.

Siggy, lui, toujours plein des vieux mythes et des vieilles histoires sur les Mi-Hommes, était convaincu qu'elle ne le nourrissait que pour l'engraisser afin de le manger. Il passait la plupart de ses heures de veille à essayer d'imaginer un moyen de s'échapper, ou à lui promettre une énorme récompense si elle le libérait une fois qu'il irait mieux. Il n'avait absolument aucune idée de la vie de Mélanie. Il avait toujours habité dans des palais, aussi s'imaginait-il que si elle vivait dans la fange, c'était par choix délibéré, et que si elle parlait sans arrêt de nourriture, c'était par goinfrerie. Il ne lui venait pas à l'idée qu'il en allait de même pour elle que pour lui : elle pensait à la nourriture parce qu'elle avait faim. C'était aussi simple que ça.

C'est ainsi qu'ils se déplacèrent, Mélanie, à bout de souffle, poussant le caddie dans lequel Siggy gémissait de douleur tout en lui promettant des montagnes de tartes, de crème, de fromage, de lait, de poisson, de pain, de cakes, et les lits les plus moelleux qui soient – des richesses qu'elle avait peine à imaginer.

Enfin, ils arrivèrent à la nouvelle cachette. Mélanie inclina le caddie et regarda Siggy se traîner jusqu'en bas de l'escalier et dans la chaufferie. Ses promesses de richesses n'étaient que du vent, elle le savait bien, ça la fascinait quand même. Bah, on ne sait jamais. Elle lui avait sauvé la vie, après tout, non ? Elle s'était privée de manger pour lui. Elle méritait bien une récompense. Elle n'avait connu que le train-train de la misère. Elle ne savait pas ce que c'était que de ne manquer de rien, mais elle aurait aimé pouvoir tenter le coup.

La femme-truie descendit l'escalier en béton à la suite de son malade et s'assit par terre à côté de lui, haletant comme un chien. Mélanie était vieille, fatiguée et plus en très bonne forme. Sous l'épaisseur de ses haillons, elle était maigre comme un coucou. D'avoir poussé jusque-là le caddie alourdi du poids de ce petit chef de clan gâté, l'avait épuisée.

Pendant un long moment, le seul bruit audible fut celui de leur respiration hachée. Siggy aussi était épuisé et, en plus, furieux, signe certain qu'il retrouvait des forces. S'il n'avait pas été ligoté tant de temps à son lit chez Mélanie, il serait déjà bien plus fort qu'il ne l'était. En dépit de ce qu'il pensait, c'était lui qui avait, de loin, le mieux mangé des deux. Alors que Mélanie était toujours avachie par terre, il se releva et fouilla dans les poches de sa geôlière en quête de nourriture. Il trouva juste un vieux quignon de pain dur comme du bois.

– C'est pas avec ça que je vais survivre ! s'exclama-t-il. (Il rongea la croûte.) Et la soupe ? La soupe épaisse que tu me faisais ? Elle est où ?

La pauvre vieille le regarda sans ciller. Elle ne savait plus quoi faire de lui. Qui allait bien pouvoir acheter un esclave humain avec les guerres qui recommençaient ? Et regardez-moi ça, pauvre petit ! Il avait encore tant besoin qu'on s'occupe de lui !

– Quand t'iras mieux, tu pourras te débrouiller tout seul...

– Avec ça ? se récria-t-il. Tu t'attends à ce que j'aille mieux avec ça ? Il va falloir que tu changes de recette, ma vieille.

Siggy s'assit et cracha sur le morceau de pain, espérant le rendre plus tendre sous la dent. Quelques minutes plus tard, Mélanie se releva et grimpa l'escalier pour aller chercher une corde dans le caddie. Elle voulait ligoter Siggy, mais celui-ci la repoussa. Il n'allait pas se laisser traiter comme un chien par une vieille truie !

Du dehors, une pâle clarté se faufila par la porte ouverte de la chaufferie : l'aube. Mélanie soupira et remonta. Siggy fulminait de rage et de peur. Il la regarda gravir péniblement les marches et lui cria :

– T'as intérêt à m'apporter de la vraie nourriture la prochaine fois si tu veux avoir une juste récompense ! Tu m'entends ?

Mélanie hocha la tête et se fondit dans l'obscurité. Il entendit cogner contre la porte quand elle fixa le cadenas. Il rampa jusqu'au tas de coussins et de haillons qu'elle avait disposés en guise de lit, et s'endormit immédiatement.

Plusieurs heures s'étaient écoulées. Il s'éveilla et demeura étendu, immobile, essayant de se rappeler où il était. Chaque parcelle de son corps le faisait atrocement souffrir. Il tendit les bras au-dessus de lui, ils n'étaient pas attachés. Il s'assit, puis il essaya de se lever. Fit deux ou trois pas. La chaufferie était sombre et humide mais, au moins, il pouvait bouger.

Des éclaboussures de lumière trouaient l'obscurité. Il repéra la porte grâce aux lignes d'une clarté blême qui en délimitaient le chambranle. Un rayon de soleil se faufilait par le trou de la serrure, changeant les grains de poussière en pépites d'or. Non sans mal, Siggy se traîna jusqu'en haut des marches et essaya d'ouvrir la porte, mais elle était solidement cadenassée.

Sur le côté, il vit d'autres rais de lumières. Il s'en approcha à quatre pattes, tel un gros scarabée pâle. Cette lumière provenait d'une petite porte métallique. À tâtons, il trouva une poignée, la tourna, appuya de tout son poids, mais rien n'y fit.

En cherchant par terre, il finit par trouver une brique. Elle pesait lourd dans ses mains bandées, mais il réussit à la soulever et cogna le plus fort qu'il put contre la poignée qui bougea très légèrement. Au dixième coup, le pêne sauta. Siggy poussa la porte. Elle s'ouvrit et la lumière jaillit.

Sur le coup, aveuglé, il dut détourner la tête. C'était la première fois depuis des mois qu'il voyait la lumière du jour. Une fois que ses yeux se furent habitués, il avança la tête et regarda vers le haut. Il sentit une odeur de suie humide.

C'était un ancien incinérateur. Autrefois, il y a bien longtemps, l'école brûlait ses ordures pour chauffer l'eau. Au fond, quelques briques manquaient, ce qui permettait de voii le conduit d'une haute cheminée. La lumière en tombait à flots. Siggy se coucha sur le dos et regarda un cercle de ciel à découvert.

C'était un moyen de sortir de là. Le conduit s'était écroulé à mi-hauteur. Il était assez large pour permettre à un homme de se hisser jusqu'en haut en s'arc-boutant contre la paroi. Si Siggy avait eu assez de force, il aurait certainement pu y arriver.

S'il avait eu assez de force…

Siggy resta allongé là un long moment, regardant le bleu du ciel au-dessus de sa tête et profitant de la fraîcheur de l'air qui lui parvenait en dépit de l'odeur de suie. Il avait récupéré sa liberté de mouvement, il lui fallait maintenant reprendre des forces. Mélanie pouvait avoir n'importe quoi en tête – comment savoir ? –, mais avec de la chance, la vieille truie lui apporterait de la nourriture qui le remettrait sur pied.

Donc, il avait une chance de s'échapper. Contrairement à Signy, il ne pensait pas que le suicide était une solution. Il savait que sa sœur était vivante et il voulait savoir ce qui lui était arrivé.

Siggy retourna dans la chaufferie. Mélanie lui avait laissé quelques bouteilles d'eau et un peu de pain, et il mangea et but avant de continuer à explorer sa prison. Il en fit le tour en longeant les murs, puis se mit à ramper sur le sol, tâtonnant, palpant les rebuts qu'il trouvait, les frottant par terre. Après s'être arrêté plusieurs fois pour se reposer, il finit par trouver ce qu'il cherchait.

Des tas de détritus avaient été jetés ou étaient tombés dans l'escalier. Siggy n'y voyait pas suffisamment dans l'obscurité et, ayant les mains bandées, il devait frotter par terre ce qu'il trouvait pour savoir ce que c'était. Quand il reconnaissait le raclement du verre, il portait l'objet près de la cheminée pour mieux le voir à la lumière. Il dut faire ce manège une dizaine de fois avant de trouver un fragment de miroir.

Il était recouvert de poussière, craquelé, piqué, mais ça suffisait. Siggy se coucha sur le ventre dans les cendres d'un autre âge et cracha sur le bout de miroir. Puis, maladroitement, de ses grosses mains bandées, il le brandit devant lui pour essayer d'apercevoir son visage.

Pendant plus d'une minute, allongé, il inclina le miroir de fortune et se regarda. Puis, il le laissa tomber par terre et s'éloigna à quatre pattes en direction du tas de haillons que Mélanie lui avait laissé pour lit, et il pleura jusqu'à ce que le sommeil l'emporte.

40
SIGGY

Après m'être réveillé pour la seconde fois dans les sous-sols de l'ancienne école, j'ai décidé de faire avec. J'étais défiguré, et alors ? J'avais tout perdu, je n'étais plus à ça près. Je me suis juste dit que ma vie amoureuse était fichue, puis je me suis forcé à monter et descendre l'escalier deux fois de suite.

Il n'y avait que dix marches, mais ça a été un supplice. Après, je me suis allongé par terre, haletant. Vu le peu d'activités que j'avais eues ces derniers temps, j'avais l'impression d'avoir couru un foutu marathon. Et la faim est revenue me tenailler le ventre, plus que jamais.

Je n'arrêtais pas de penser à Signy. Il fallait que je sache ce qui lui était arrivé.

C'est ça qui m'a aidé à tenir le coup. J'aurais pu me laisser mourir quand je pensais au sort de mon père, de mes frères. Pour tout dire, si j'avais eu Conor en face de moi, j'aurais été capable de... de tout. Mais à quoi cela aurait-il servi ? Ce n'est pas pour autant que Val serait revenu à la vie, ni que j'aurais retrouvé Ben et ses crises de colère ou Hadrian et ses sempiternels plans pour nous échapper de Londres... Vous pouvez me traiter de lâche si vous voulez, mais la vengeance n'a jamais rien arrangé.

Et puis j'avais d'autres idées en tête. Durant ces longues heures d'obscurité, je pensais au couteau d'Odin désormais accroché à la ceinture de Conor. Pourquoi m'avait-il fait ce cadeau si c'était pour laisser arriver tout ça ? Du coup, j'ai commencé à me dire que ce petit jeu ne faisait peut-être que commencer.

En attendant... manger. J'avais faim, ce n'était pas d'aujourd'hui, mais maintenant que j'avais commencé à bouger, j'avais une faim de loup. Quand je ne marchais pas pour faire travailler mes muscles, je restais allongé sur mes chiffons et je rêvais de nourriture.

Ah, les banquets que mon père donnait ! Les rôtis de chameau ! Les montagnes de pommes de terre, les grandes saucières ! J'étais furieux que ma faiblesse me rende totalement dépendant de la vieille Mélanie. Si seulement je reprenais un tant soit peu de force, je sortirais d'ici et me débrouillerais tout seul.

Je vis au rythme de ses visites. En venant ici, je lui avais dit combien d'argent j'avais mis de côté, et, bien sûr, cette vieille truie cupide buvait mes paroles comme du petit lait. Je sais bien ce qu'elle veut : moi, dans une assiette, servi avec des frites. Bien sûr, elle est trop avide et trop bête pour s'associer avec un des monstres du coin. Elle me veut pour elle toute seule. C'est ça, ma chance. Elle ne sait plus si elle doit me manger ou me croire. Il va sans dire que je n'ai pas un penny devant moi, mais ça, elle ne s'en doute pas. Maintenant, elle allait me rapporter de cette soupe épaisse, riche, qu'elle me servait au début, c'était sûr.

Mais, que vous le croyiez ou pas, elle ne voit pas plus loin que le bout de sa cupidité ! Quand elle est revenue, elle avait tout juste un autre quignon de pain rassis, poussiéreux, qui avait l'air d'avoir traîné par terre. Incroyable !

– Y'a rien d'autre, m'a-t-elle dit, l'air morne.

– Tu mens, vieille truie. (Je lui aurais jeté son sale quignon de pain à la tronche si je n'avais pas été aussi affamé.) Et la soupe ? Tu me donnais une bonne soupe, avant. Alors ? Il est caché loin d'ici, mon argent. Tu dois me nourrir convenablement si tu veux que j'aie assez de force pour te conduire jusque là-bas. Tu veux pas que je fasse ça, Mélanie ? Pas vrai ?

Elle m'a regardé bêtement et a grimacé comme une grosse fille boudeuse.

– Je n'ai rien...

– Menteuse ! Regarde-toi ! Grosse comme tu es. Tu es grasse, et, moi, je suis tout maigre. Apporte-moi de la soupe, Mélanie, tu entends ? Comme avant. D'accord ?

Elle a regardé par terre, toute triste. Moi, j'étais fou de rage. Avait-elle le moindre sens commun ?

– Tout juste deux ou trois repas corrects, et j'aurai sans doute assez de force pour aller chercher mon or et te le rapporter, mais tu es trop stupide pour te débrouiller !

– J'vais essayer.

C'était des mensonges évidemment ! C'est vrai qu'elle est obèse, elle marche en se dandinant, et elle est tellement bête qu'elle s'imagine que, lorsque j'aurais récupéré, j'irai lui chercher de quoi mettre du beurre dans ses épinards alors qu'elle me laisse à moitié mourir de faim ? Quelle idiote !

Le lendemain, j'aurais bouffé n'importe quoi. J'avais gravi les marches trois ou quatre fois, mais il était évident qu'il fallait que je mange si je voulais vraiment reprendre des forces. Je rêvais à la soupe qu'elle allait m'apporter : épaisse, fumante, pleine de bons morceaux de viande bien gras, d'orge et de petits légumes. Je me prenais même à penser à la pauvre vieille Mélanie avec, disons-le, affection. En ce moment même, elle était sans doute en train d'arriver en clopinant, la marmite de soupe coincée dans les bras, prenant garde de ne rien renverser et protégeant ce trésor contre la concupiscence d'une armée de Mi-Hommes.

Et quand elle est arrivée, vous savez quoi ? Eh bien, elle en avait apporté, de la soupe ! Je savais bien qu'elle en avait, cette sale menteuse. Mais j'étais quand même un peu déçu devant la taille de la casserole, très petite ! Dans mes rêves, elle portait sur le dos un large chaudron fumant rempli à ras bord, près de se renverser à chaque pas. Au lieu de ça, elle me tendait une petite casserole en émail.

– C'est froid ! Et il n'y en a pas assez !

Quelle était bête, cette vieille truie ! Elle n'avait qu'à prendre bien soin de moi, et elle serait recompensée ! Elle ne comprenait pas ?

Mélanie n'a rien dit. Elle m'observait tandis que je soulevais le couvercle.

La casserole était pleine d'un liquide sombre. J'ai regardé de près. Il y avait de rares petits morceaux solides. J'ai lancé un œil noir à Mélanie. En portant la casserole à mes lèvres, j'ai gobé un morceau. De la viande ! ai-je songé. Mais non, c'était juste des boulettes de légumes frits. J'ai bu du liquide. Le bouillon avait un goût amer, rance. Même pour un homme affamé, c'était ignoble.

– Vieille sorcière !

Et pour bien lui montrer ce que je pensais de sa soupe de merde, j'ai jeté le bol par-dessus mon épaule.

Mélanie n'a pas dit un mot. Elle a suivi le bol des yeux, l'a regardé s'écraser contre le mur et a trottiné en se dandinant pour aller ramasser les morceaux. Elle en a porté un à sa bouche et a léché les restes de soupe qui y étaient encore collés. Elle a raclé le sol poussiéreux avec ses doigts pour ramasser les boulettes de légumes et les a mangées. Elle est tombée à genoux et, avec le bas de ses jupes, a tamponné la petite flaque de liquide avant qu'elle ne soit bue par les fissures du sol. On aurait dit une maniaque du ménage. Puis elle a porté le tissu mouillé à ses lèvres et en a sucé tout le suc.

Tout était devenu très silencieux. On n'entendait que ma respiration hachée, laborieuse, et les bruits de succion de Mélanie.

– Qu'est-ce que tu manges ?

– Pas grand-chose en c'moment, m'a-t-elle répondu.

– Et ta soupe ?

– Finie, mon garçon, toute finie. J'avais une réserve d'côté. Toute finie, mon garçon. J'ai fait d'mon mieux.

C'est vrai que je ne l'avais jamais vue manger. Je me suis approchée d'elle et je l'ai prise par le bras. Sous sa couche épaisse, si épaisse, de haillons qu'elle enroulait, enroulait et enroulait encore autour de ses bras, elle était décharnée. Sa graisse n'était qu'un leurre de chiffons, comme les pauvres du monde d'en haut le font pour se protéger du froid si pénible pour eux.

Je me suis mis à réfléchir… (pas trop tôt !) La façon qu'elle avait de descendre l'escalier, de s'asseoir, à bout de souffle, pendant dix bonnes minutes avant d'être capable d'articuler un mot. Avait-elle toujours été comme ça ? Ces traits tirés… Jamais une plainte. Jamais un mot plus haut que l'autre. Je l'ai secouée gentiment. Elle n'avait que la peau sur les os.

– Pauvre vieille folle, lui ai-je dit.

Et j'ai fondu en larmes.

41

Dans une clairière, dans une tour, dans un fauteuil roulant, une jeune fille regarde par la fenêtre. Elle est enchaînée. Elle a quinze ans et son cœur est aussi dur que les racines d'une plante dans un sol gelé. Dehors, un vent glacial jette des cristaux de givre contre le carreau et noircit les feuilles. À l'intérieur, on est bien au chaud. Un rythme disco bat tout doux en fond sonore, une musique rétro. L'air conditionné ronronne. Les meubles ont les pieds enfoncés dans l'épaisseur de la moquette.

La prison de Signy a retrouvé son opulence. Ayant tué tout ce qu'elle aimait, Conor se remettait à courtiser sa femme.

Une autre jeune fille, d'un ou d'eux ans sa cadette, agenouillée au pied du fauteuil roulant, pleure. Cherry vieillissait à la vitesse d'un chat. Elle était déjà en pleine puberté. D'ici quelques mois, elle serait plus âgée que sa maîtresse.

– Il est mort, dit Signy avec froideur.

– Non ! Je l'ai sauvé ! J'ai vu la vieille femme-truie... je te l'ai déjà dit !

La tristesse de sa chère maîtresse la mettait au supplice.

Signy secoua la tête.

– Tu aurais eu d'autres nouvelles depuis, ou Conor. Ça fait maintenant des mois.

– Odin lui a donné son couteau !

– Il est entre les mains de Conor désormais.

– Il faut lui donner le temps de le récupérer. J'ai vu Siggy s'échapper !

– Alors, où est-il ?

– Je le trouverai, tu verras. La vieille femme-truie a déménagé. Elle l'a caché ailleurs, mais je le retrouverai. Je ne te laisserai pas tomber, non, non ! Je te l'ai dit, un homme, ça vaut une fortune par là-bas, ils font de bons esclaves, ils apprennent vite. Ceux de là-bas ne tuent pas les hommes, ils ne sont pas bêtes à ce point-là.

– Il est mort. Et je le suis aussi.

– Il se terre quelque part ! Les Mi-Hommes battent en retraite vers la zone libre. Conor les massacre par milliers ! Ton frère ne peut pas se promener au grand jour. Il faut d'abord qu'il reprenne des forces, que ses plaies cicatrisent…

Cherry laissa sa phrase en suspens. Chaque fois que sa maîtresse ouvrait la bouche, elle craignait qu'elle mette sa menace à exécution et se suicide.

Signy soupira.

– Tu pourrais me maintenir en vie en me racontant ça, si je te laissais faire.

– Et si tu mets fin à tes jours ? Alors ?

Signy secoua la tête, mais ses yeux s'emplirent de larmes.

– Il ne voudrait pas te voir te comporter de la sorte, insista Cherry en frottant son bras contre la jambe de sa maîtresse, comme si c'était un chat.

– Conor veut que tu reviennes auprès de lui.

– Conor est un fou.

– Oui, oui, un fou. Mais il t'aime.

– L'amour ! soupira Signy.

Oui, Conor l'aimait. Mais pourquoi ? Qu'avait-il à y gagner ? Peut-être y voyait-il l'ultime défaite de son ancien ennemi ? S'assurer que la fille de Val soit encore amoureuse de lui en dépit de ce qu'il lui avait fait subir…

– Aimer, sait-il seulement ce que cela veut dire ? demanda Signy, l'air songeur.

Cherry se coucha aux pieds de sa maîtresse. Une ombre de pelage passa sur son visage.

– Couche avec lui et tu pourras lui trancher la gorge. Utilise-le. Fais semblant de lui pardonner, et attends ton heure.

– C'est impossible, Cherry. C'est au-dessus de mes forces. Je n'ai qu'une envie : mourir.

Signy laissa couler les larmes qui étaient toujours au bord de ses paupières.

Cherry redressa la tête.

– Ne dis pas ça, miaula-t-elle.

– Rester en vie m'épuise. Je ne peux rien contre lui, Cherry. Il m'a détruite.

– Tu dois vivre, l'implora Cherry.

Signy secoua la tête.

– Trouve-moi Siggy, Cherry, et je vivrai pour l'éternité s'il le fallait. Sinon, je te jure que je serai morte avant le printemps.

Cherry fondit en larmes et s'accrocha aux jambes estropiées de Signy.

– Mais je t'aime, je t'aime, je t'aime tant...

Cherry se blottit contre elle et versa des larmes amères.

Signy baissa sur elle un regard froid.

– Trouve-moi Siggy, et tu pourras rester toujours auprès de moi.

Un sourire fatigué erra sur ses lèvres. Elle laissa tomber son bras vers Cherry qui, aussitôt, se transforma en chat. Ses doigts rencontrèrent la fourrure du petit animal qui frémit sous sa caresse. Cherry était pleine de vie, et Signy avait l'impression que sa main était morte.

Soudain, Cherry se dégagea et quitta la pièce. Quelques secondes plus tard, dans un bruissement d'ailes, un petit oiseau brun s'envola du rebord de la fenêtre vers le nord, vers les taudis des terres des Mi-Hommes, vers le marché, vers les Terres Vaines, partout où Cherry pouvait poursuivre sa quête du frère perdu.

Signy regarda ses mains, et sentit l'immensité, l'étendue de ses ténèbres intérieures. Chaque matin, elle se trouvait face à ce vide qui lui semblait infini, informe, insondable. Elle y aurait bien mis fin depuis longtemps si elle n'avait l'espoir ténu, mais constant, que Siggy, son jumeau, était peut-être toujours en vie. Cherry était son seul espoir de le revoir.

– Il n'y en a plus pour très longtemps maintenant, se promit-elle.

Elle attendait avec impatience le jour où elle pourrait laisser tout ça loin derrière elle.

Lorsque les anciens dieux étaient revenus dans le nouveau monde, ils avaient apporté des rumeurs. Il y aurait de nouveau des géants dans le Grand Nord... C'était sans doute vrai. Tous les monstres n'étaient pas créés artificiellement. Trolls, nains, lutins, et même dragons resurgiraient. Comme s'il n'y avait pas suffisamment de monstres dans le pays dirigé par Conor.

Et que voulaient ces dieux ? L'homme à l'œil unique et au chapeau à large bord avait été vu à plusieurs reprises, le plus souvent au cœur de batailles. Un dieu, ou un demi-dieu, certainement, mais le dieu de qui ? Il y en avait d'autres aussi : des personnages qui apparaissaient dans les labours ou sur les bords des rivières, des dieux qui surgissaient au milieu des machines ou du matériel de guerre. Et tous exigeaient les sacrifices qui leur étaient dus.

Parmi eux il y avait une certaine divinité aux cheveux roux dont l'apparition donnait aux événements un cours inattendu. Loki, le retors, le magicien énigmatique et protéiforme.

Quelques années plus tôt, on avait découvert une sorcière qui vivait sur les terres de Conor. Sorcière, elle l'était sans aucun doute, même si elle était jeune et belle. On racontait que lorsqu'on l'avait attrapée, elle s'était transformée en oiseau et avait voulu s'envoler par la fenêtre, mais celle-ci était fermée, et on l'avait capturée. De toute façon, on l'aurait démasquée tôt ou tard. Elle avait des pupilles fendues, une ligne de poils le long de la colonne vertébrale et une queue. Quiconque à l'intérieur de la Muraille, et encore plus dans le Domaine, avait du sang de Mi-Homme dans les veines était coupable *de facto*.

Elle fut jugée, condamnée et, quelques jours plus tard, passée par les armes. On dit que ses cris ressemblaient à des feulements de chat. Elle se débattit, supplia, jura, mais quand il fut évident que son art ne pourrait pas la sauver, elle cria à travers les flammes le nom d'une certaine maison dans une certaine rue où, dans une alcôve d'un mur en ruine, on trouverait ses petits.

Les gens y allèrent et trouvèrent en effet deux petits garçons tigrés aux mains dotées de griffes rétractables. Ils furent emmenés et tués. Personne ne remarqua, cachée dans un coin, tremblant de tous ses membres, une petite chatte écaille de tortue aux yeux verts et aux moustaches blanches.

Cherry ne savait plus trop ce qui lui était arrivé entre le moment où on avait emmené ses frères et celui où elle avait été recueillie par les hommes-chiens sur les terres des Mi-Hommes. Elle se souvenait seulement que lorsqu'elle avait eu faim, vraiment très faim, un homme aux cheveux longs et flamboyants l'avait prise dans sa bouche, tout entière, et que, un peu plus tard, il l'avait recrachée aux pieds d'un groupe d'hommes-chiens étonnés dont l'un d'eux l'avait plus tard donnée à Signy.

Elle avait revu l'homme roux à d'autres occasions. Une fois, en rêve, tout en sachant qu'il était réel. D'un sac en cuir fixé à sa ceinture, il avait sorti trois formes.

– Pour toi, ma fille, lui avait-il dit. Souviens-t-en.

Et il les avait laissées tomber sur elle l'une après l'autre : un oiseau, une noix, une petite fille.

La quête de Cherry l'avait menée partout, partout où une enfant, un chat et un petit oiseau brun pouvaient aller, des tours du centre de Londres, désormais occupées par les troupes de Conor, aux grandes tours des Terres Libres, dans la nouvelle ville de Ragnor. Mais elle ne s'attendait pas à trouver Siggy dans un de ces endroits. Il n'avait pu aller bien loin avec ses blessures. S'il avait réussi à rejoindre les riches dirigeants des Mi-Hommes, Cherry en aurait certainement eu vent. Ils la connaissaient. Comment auraient-ils pu oublier ce jour où Loki avait fait don d'un petit chat à l'un d'entre eux ? Non, il y avait plus de chances que Siggy soit toujours caché chez la vieille femme-truie. La question était de savoir où. Peut-être étaient-ils encore sur les Terres Vaines, peut-être étaient-ils dans les bidonvilles des Mi-Hommes, ou peut-être l'avait-elle fait passer sous la Muraille pour le cacher dans les quartiers pauvres des humains ? Ou alors, ainsi que Signy en était convaincue, peut-être était-il déjà mort ?

Deux ou trois fois par semaine, Cherry allait au marché. Il n'était pas inhabituel de voir des fillettes de treize ou quatorze ans faire des courses pour leur famille. Sortir de la tour sans être vue, ce qui aurait été impossible pour une personne ou même un chat, n'était pas un problème pour elle. Le hic, c'était l'argent, mais Cherry, en plus de ses dons naturels, était dotée d'une grande prévoyance. Pendant que Signy était sur le toit du château d'eau à ruminer ses idées suicidaires, elle avait pris des précautions. Elle avait brisé en morceaux les bijoux de sa maîtresse et les avait cachés derrière les prises électriques et les plinthes. De temps en temps, elle récupérait un éclat de diamant ou détachait le fermoir en or d'un bracelet. C'était suffisant pour les pots-de-vin.

Devant elle, un monde de contrastes. Dans les rues, des cochons s'empiffraient de détritus repoussés sur les côtés par d'imposantes et luxueuses voitures de couleur vive ; des chèvres mordillaient des restes d'arbres dans des jardins de banlieue ; des hommes en costume chics et des femmes en robe de soirée marchaient en évitant les flaques d'eau, flanqués de gardes du corps ; des hordes de gamins, sortis pour mendier, agresser ou voler, fouillaient dans des coins sombres en quête d'ordures ou d'une personne assez imprudente pour sortir seule. L'entrée d'une bijouterie, d'un traiteur chinois, d'un drugstore, d'un pub ou d'une maison de haute couture était parfois envahie par une odeur d'égout apportée du coin de la rue par une rafale de vent. Ici et là, des groupes d'enfants affamés et tremblants attendaient la mort.

Ce jour-là, Cherry avait choisi d'aller au marché de Leytonstone. Situé non loin de la Muraille, il attirait bon nombre de Mi-Hommes, mais tout le monde y venait un jour ou l'autre. On y achetait des armes, du bois, des outils, des cochons, des radios, l'indispensable comme le superflu pour bien vivre en ville. Cherry discuta, marchanda avec les vendeurs, déprécia leurs fruits, goûta une pomme, puis la refusa. Elle plaisanta, se fit des amis, des ennemis et, surtout, récolta des potins. Plaire ou déplaire, peu lui importait du moment qu'on lui parlait. Au marché, presque tout le monde connaissait la jeune fille aux yeux étranges qui dépensait sans compter et aimait traîner dans les allées et papoter avec les uns et les autres. Cherry avait beaucoup de choses à raconter, et on lui en apprenait beaucoup en retour. Si quelqu'un avait entendu parler d'un jeune homme au visage et aux mains meurtries, elle le saurait.

Un peu plus tard cette même journée, tandis qu'elle se faufilait entre les allées, Cherry fut bousculée par un type énorme qui, furieux, jaillit de derrière son étal de boucher et déboula dans la rue. Il s'en fallut de peu qu'elle ne tombe à la renverse. Il attrapa une vieille clocharde par les épaules et la secoua comme un prunier. Mi-truie mi-femme, elle tenait peut-être même plus de la truie, et, sous ses haillons, elle n'avait que la peau sur les os. Cherry entendait sa respiration laborieuse, sifflante. Elle avait dû passer sous la Muraille, poussée par la faim, à l'instar de nombreux Mi-Hommes depuis que les guerres de Conor leur avaient coupé les vivres.

– Sale voleuse ! Sale vieille !

Le boucher la palpa sans ménagement et sortit des travers de porc de sous ses nippes. Il poussa la vieille femme si rudement qu'elle serait tombée s'il n'y avait eu autant de monde autour d'elle.

– Je ne veux plus te revoir ici ! brailla l'homme.

Cherry, qui avait assisté à la scène depuis l'étal du boucher auquel elle était adossée, regarda la vieille se fondre cahin-caha dans la foule. Mais oui ! C'était bien elle. Plus maigre, beaucoup plus maigre, mais c'était elle, Cherry en était sûre.

Le boucher revint au pas de course servir un client, les yeux exorbités, prenant conscience que, le temps qu'il récupère sa marchandise, il avait laissé son étal sans surveillance.

– Il y en a qui sont vraiment prêts à tout, commenta Cherry d'une voix calme au moment où il passait devant elle.

– Elle a les doigts agiles, la vieille peau... Elle a de la chance que je l'aie laissée partir. On lui couperait la main si je la faisais arrêter. Ah, les porcs ! Faut dire qu'elle est à moitié truie, celle-là...

Cherry fila dans la foule sur les traces de la vieille. Elle la repéra pas très loin de là, adossée à un mur, à bout de souffle. Le boucher l'avait secouée sans ménagement. Pour quelqu'un dans son état, c'était aussi rude qu'une volée de coups.

Cherry la prit fermement par une épaule de façon qu'elle ne puisse s'échapper et la regarda dans les yeux. Tout d'abord, la vieille évita son regard puis elle remarqua ses pupilles fendues révélatrices de ses origines. Alors, elle releva la tête.

– Quitte à voler, autant être douée pour ça, dit Cherry.

Elle plongea la main dans une de ses poches et en tira de belles côtes de porc à la viande charnue bien serrée contre l'os.

– Mais tu as fait du bon boulot en le distrayant.

Elle sourit et posa les côtes de porc dans la main de la vieille. La femme-truie regarda Cherry, referma ses doigts sur la viande bien grasse et la fourra dans sa poche avant que Cherry ait eu le temps de changer d'avis.

– Un cadeau du roi Val, chuchota Cherry.

Elle lui mit de la menue monnaie dans le creux de la main et lui sourit.

– Bon, dit-elle. Où habites-tu, la vieille ? Hmmm ? Et comment se porte Siggy Volson ?

Mélanie la regarda sans ciller.

– Qui ça ?

– Tu as très bien entendu.

Mélanie soupira et baissa la tête. Comment diable la nouvelle s'était-elle répandue jusqu'en ville ? Voilà que quelqu'un d'autre recherchait son humain !

– Alors, autant qu'tu viennes avec moi, petite, chuchota-t-elle.

Elle lança des regards autour d'elle, et la voilà partie en boitillant dans la foule, suivie de Cherry.

Cherry était très contente d'elle. Que Signy serait heureuse ! Elle avait hâte d'interroger la vieille truie. Mais d'abord, il fallait sortir de cette foule. Elle ne lâchait pas Mélanie, souriant et ronronnant d'aise. L'affaire était dans le sac !

Mélanie avançait péniblement, manquant de tomber à plusieurs reprises. Cherry l'observait avec inquiétude. Elle n'en avait plus pour très longtemps. Dans quel état allait-elle trouver Siggy soigné par un être comme elle ! Elles avancèrent ainsi cahin-caha sur quelques centaines de mètres, jusqu'à ce que la pauvre vieille, n'en pouvant plus, s'adosse à un mur, haletante, terrorisée, épuisée, et tourne vers Cherry ses gros yeux ambrés en battant pitoyablement des paupières.

– Pfff ! Quoi, maintenant ?

Mais la vieille, incapable de répondre, ne fit qu'un vague geste de la main et secoua la tête.

– Tu veux boire ? s'enquit Cherry qui venait de remarquer qu'elles se trouvaient à côté d'un stand où l'on vendait du jus de pomme.

La vieille opina. Il était évident qu'elle mourait de faim. Cherry gagna le stand, sortit de l'argent de sa poche et commanda une boisson. Quand elle se retourna vers la vieille, celle-ci n'était plus là.

Cherry courut dans la rue comme une dératée – la vieille n'avait pu s'éloigner de plus de quelques mètres –, mais non, elle avait disparu. Cherry était furieuse. Qui aurait pu croire que cette vieille chose était si rapide ? Ce ne fut que dix minutes plus tard qu'elle remarqua la bouche d'égout. Elle la souleva, se glissa par l'ouverture et elle flaira la piste de la vieille truie. Elle avait bien filé par là pendant que Cherry allait commander à boire.

Cherry miaula d'admiration. Pas aussi bête qu'elle en a l'air ! songea-t-elle. Elle suivit sa piste le plus longtemps possible. Mais ça sentait très mauvais dans ces égouts. Elle arriva à une fourche, puis une autre, une autre encore, et il lui fut impossible de déterminer par où Mélanie était passée. Cherry avait perdu son gibier. Et elle n'avait même pas été fichue de découvrir si Siggy était mort ou vivant.

42
SIGGY

De rares flocons de neige flottent silencieusement dans le conduit de cheminée et se posent, refusant de fondre.

C'est l'hiver.

Aux quatre coins du pays, tout le monde devait être en quête de chiffons épais soit pour emmitoufler les bébés, soit pour boucher les fissures et les trous des murs de sa maison ou de son abri. Tout le monde devait s'inquiéter à sa première quinte de toux ou à son premier éternuement. Le roi Hiver, le tueur. J'ai été élevé par un chef de clan, un combattant, mais celui-là, c'est un ennemi invisible, silencieux, qu'on ne peut ni menacer ni repousser. Quand on ne mange pas à sa faim et qu'on n'a pas de chauffage, cette toux peut vous tuer en quelques semaines.

J'étais aussi démuni devant le froid que je l'avais été devant le Pourceau. L'hiver était autour de moi, après moi, en moi. Il m'usait. J'avais tout le temps envie de dormir et l'impression d'être dans un brouillard épais.

Je crevais de faim.

Je savais ce qu'il me fallait : un gros Pourceau plein aux as. Mais j'étais trop faible. Je n'arrêtais pas de me dire : lorsque j'irai mieux, lorsque j'aurai repris des forces… Je serinais à Mélanie : encore quelques jours et je pourrai partir, et quand je reviendrai, ma vieille…

Le problème, c'est que, à ce régime-là, je ne risquais pas de reprendre des forces. Mélanie ne se donnait plus la peine de m'enfermer – on était dans le même camp, non ? –, alors, je partageais avec elle le maigre fruit de mes rapines. Et je n'étais pas très doué. Une nuit, je me suis glissé dans un champ de choux-fleurs, et je me suis gavé d'herbe, comme une vache. Quel festin ! Résultat des courses : le lendemain, diarrhée non-stop. J'étais épuisé.

Mélanie fait ce qu'elle peut. Elle me rapporte toujours quelque chose, des croûtons de pain et des légumes moisis la plupart du temps. Elle n'arrête pas de me promettre de la bonne nourriture. On peut toujours rêver ! Elle m'a donné tout ce qu'elle avait, il ne lui reste plus rien, pas même des forces. Elle souffre de la faim encore plus que moi.

Je continuais toujours à faire des exercices. Mes plaies avaient cicatrisé. Je pouvais bouger, soulever des poids, courir. Mais ça ne sert à rien de faire des exercices quand on n'a pas de carburant pour faire tourner le moteur. Il fallait que je retrouve mes forces si je voulais réussir ce cambriolage !

Eh bien, qui l'aurait cru ? Aujourd'hui, la vieille Mélanie est arrivée avec des provisions. Des côtes. Des côtes de porc, des vraies de vraies. Et une miche de bon pain. Elle avait l'air aussi stupéfaite que moi, à croire que c'est la première fois qu'elle voit des côtes de porc. Elle les a fait cuire chez elle. Il y en avait trois. Encore tièdes.

– Tu les as eues où ?

Je n'en revenais toujours pas.

– Cadeau.

– Tu connais quelqu'un qui a de la viande à donner ?

– Ah ! La curiosité, c't'un vilain défaut…

Bof, me suis-je dit, après tout, des côtes, c'est toujours ça de gagné.

J'en ai pris une à deux mains. Je l'ai serrée un peu. Mmmm… bien épaisse, bien moelleuse. Je l'ai sentie. J'allais me régaler, c'était sûr. Alors, j'ai mordu dedans à belles dents en prenant bien soin de détacher un gros morceau de gras avec la viande. J'en salivais, je ne vous dis pas ! C'était génial ! Puis, n'y tenant plus, je n'en ai fait qu'une bouchée.

J'en étais à ronger l'os quand j'ai remarqué que Mélanie me regardait du coin de l'œil. C'est drôle, la faim… je ne sais pas si c'est comme ça quand on n'a connu que la faim, mais quand on a été habitué à festoyer et que, du jour au lendemain, on n'a plus rien à bouffer, mais vraiment rien, qu'on crève la dalle… eh bien, on ne pense pas que quelqu'un d'autre aussi puisse avoir faim. Je savais qu'elle se privait pour me nourrir, et pourtant je l'oubliais toujours.

– T'en as eu ?

– Voui, m'a-t-elle répondu. J'ai mangé la mienne.

J'ai dévoré la moitié de la miche de pain, je lui ai offert l'autre moitié mais elle a refusé. Je me suis attaqué à une autre côte de porc. J'avais liquidé le pain et entamais la troisième côte de porc quand je me suis dit, minute, elle baratine encore.

– Tu n'as rien mangé du tout, en fait, hum ?

– Mais si, a-t-elle insisté.

Je savais qu'elle mentait, mais ça ne m'a pas empêché de finir la côte de porc. C'est moche, je sais bien, mais ma bouche a été plus rapide que ma pensée. Ensuite, je suis sorti faire un petit tour histoire de roter à loisir et de permettre à Mélanie de sucer en toute tranquillité les rares filaments de viande encore accrochés aux os. Je me sentais mal. Voilà ce qui arrive quand on se goinfre après plusieurs semaines de jeûne forcé. J'avais de ces crampes d'estomac ! Et je me sentais ignoble, aussi, de n'avoir rien laissé à Mélanie.

C'est à ce moment-là que j'ai pris ma décision.

À l'intérieur, Mélanie enveloppait les os dans un linge. J'ai vu un restant de graisse aux commissures de ses lèvres. Je me suis dirigé vers le tas de briques où je cachais le vieux revolver qu'elle m'avait donné, et je l'ai pris.

– Mélanie, c'est la dernière fois que tu me rends service.

Je me suis approché d'elle et je lui ai donné un petit coup de la main sur le front.

– La prochaine fois que tu me vois, *baby*, tu seras riche.

Elle m'a fait un sourire de gosse un matin de Noël.

Un gros porc dégoulinant de graisse…

Que les choses soient claires : je n'ai rien contre les porcs, ils font partie de mes meilleurs amis, comme on dit. Voyons les choses en face : ma *seule* amie en fait partie. Mais il y a porc et porc. Ceux auxquels je pensais n'avaient rien à voir avec les animaux.

Ce serait différent, cette fois. Avant, pour Signy et moi, ce n'était pas pour de vrai qu'on jouait à Robin des Bois. C'était sans risque, vraiment, puisque tout le monde savait qui on était. Qui se serait permis de se battre contre les enfants du chef de clan le plus puissant de Londres ?

Cette fois, ce serait différent. Personne n'hésiterait à me tirer dessus.

– Bon, où vont les riches ? ai-je demandé à Mélanie.

J'envisageais de faire irruption dans un casino ou dans un grand hôtel et de me faire un homme d'affaires plein aux as. La vieille créature m'a regardé de haut et je me suis dit, oh, oh…

Tout devient difficile quand on est pauvre ! Habillé comme je l'étais, je ne risquais pas d'approcher quelqu'un de suffisamment riche pour le voler. Je suppose que c'est pour ça que les pauvres volent les pauvres, et les riches volent les riches. Bah, rien à foutre ! N'étais-je pas le fils de Val ?

« Cogite », me suis-je dit.

Je suis allé en ville en empruntant le tunnel de l'ancienne Northern Line et je suis ressorti à Camden à la tombée du soir. Je m'y suis mis sans attendre. Tout d'abord : le look. Donc, ma première cible, ça a été une boutique de fringues.

Je suis arrivé vers l'heure de la fermeture – on était un mardi, il n'y avait pas foule –, et je me suis faufilé derrière une rangée de costumes bon marché pendant que les vendeurs s'occupaient des clients. Le dernier d'entre eux a fini par sortir. Les vendeurs ont fermé la porte. Ils étaient deux, des types maigrichons aux cheveux filasse. Ils ont commencé à aller et venir dans la boutique. J'attendais qu'ils se tirent. J'avais mon revolver au poing, au cas où.

J'étais terrifié. C'est drôle, j'avais toujours très peur en faisant ça avec Signy, et c'était pareil maintenant. Il faut réagir comme les comédiens face au trac : l'ignorer et se lancer même si on a dégueulé, caché derrière un mur, cinq minutes avant d'entrer en scène.

J'étais donc là, à trembler de tous mes membres derrière des costumes de prêt-à-porter tandis que les deux zigotos se lançaient dans le rangement du magasin.

– C'est quoi, cette odeur, George ? a demandé l'un d'eux.

J'étais vexé. J'ai failli sortir de ma cachette pour lui mettre mon poing dans la figure. Ceci dit, il n'avait pas tort. Je puais, et je n'y faisais plus attention.

– Tu devrais penser à changer de slip de temps en temps, lui a balancé son collègue.

Et les voilà partis à rire en échangeant des vannes de slips sales et autres. Bref, ils se mettent en quête de l'origine de cette puanteur.

Je n'étais pas trop difficile à trouver. Il n'y a pas de cachette pour un homme qui sent aussi mauvais. L'un d'eux s'est approché de moi et « sniff, sniff, sniff ». Il a tâté, écarté les costumes… et *vu* ! J'ai fait en sorte qu'il voie la gueule de mon revolver avant la mienne. Il a tiré une tête de cent pieds de long. Puis il a vu mon visage.

– Chut, George.

Il a reculé au fur et à mesure que je sortais de derrière les fringues. Je maintenais le canon de mon revolver à quelques millimètres de son nez. J'ai pris une profonde inspiration et j'ai crié :

– BON ! VOUS DEUX CONTRE LE MUR DU FOND ! UN CONSEIL : NE TENTEZ RIEN ! ALLEZ-Y, ALLEZ-Y !

C'est à ce moment-là qu'il faut savoir prendre la gueule de l'emploi. Et, pour ça, je suis doué. Ils étaient morts de trouille. Il faut jouer le jeu à fond. Même à moi, je faisais peur ! C'est un boulot qui réclame du sang-froid. Les autres doivent croire que vous êtes cinglé, méchant et décidé à tuer. Même si en réalité vous êtes le type le plus sympa du monde.

Les deux vendeurs se sont précipités contre le mur. J'ai chopé celui qui avait l'air d'être le moins impressionné. Règle numéro un : aller toujours vers le plus grand et le plus fort. Une fois qu'on l'a mis au tapis, les autres obéissent au doigt et à l'œil.

– C'EST BON !

Je leur agitais mon flingue sous le nez en gestes saccadés comme si je retenais le coup de partir. Je crois bien que je méritais le prix de la meilleure interprétation pour un rôle d'assassin psychopathe. Je tirais le meilleur parti de ma gueule émaciée, défigurée.

– JE VEUX DES FRINGUES ! ET VITE FAIT ! ET JE ME FOUS DE LA MARQUE !

J'ai été plié en deux par une quinte de toux, à force de gueuler, mes poumons ne suivaient plus. L'autre gars s'est décollé du mur et a commencé à courir dans tous les sens.

– TAILLE 38 !

Ouais, j'avais maigri ces derniers temps.

– ET POINTURE 43 !

Là-dessus, j'ai failli tout foutre en l'air tellement j'avais envie de rire de m'entendre gueuler mes mensurations d'une voix à la Mad Max.

– ET RESTE EN VUE, SINON JE DESCENDS JOJO !

Wouah ! Quel pied ! Vous devez penser que je suis complètement dingue de vouloir, à moitié mort de faim, faire un casse dans une boutique de fringues. Mais il le fallait. La mode, ça ne me branche pas du tout, mais on peut approcher des gens plus riches quand on a un bon look. Bref, mon revolver n'était pas chargé et je pense que, même sans arme, ces deux gars m'auraient laissé les voler vu mon état plutôt délabré. J'ai dû en faire des tonnes pour les dissuader de tenter quoi que ce soit. Je suis allé jusqu'à les menacer de leur tirer dessus si les couleurs n'étaient pas assorties.

Une fois que j'ai eu les fringues qu'il me fallait, j'ai ligoté le dénommé George et son pote à l'aide de cravates en soie, et je me suis fait mon petit défilé de mode à moi tout seul, essayant les vêtements et paradant devant la glace pour voir comment ils m'allaient. Là, j'ai eu le choc de ma vie. Oui, je sais, j'avais déjà aperçu mon visage, mais on en arrive à oublier à quoi on ressemble. C'était la première fois que je me voyais dans un vrai miroir depuis bien longtemps et, putain ! je n'avais jamais vu une tête pareille ! Pas étonnant que les deux gars aient la trouille. Ma mâchoire était de traviole et avançait genre gueule de bouledogue, j'avais la peau sur les os, et mes yeux brillaient comme des pierres polies. J'avais l'air d'un taré. J'en aurais chialé, mais j'ai ravalé mes larmes et je me suis dit : « Siggy, tu vas semer la terreur dans la ville. »

– Qu'est-ce que tu en penses, George ?

J'avais repris ma voix normale, amicale, maintenant qu'ils étaient neutralisés.

– C'est le bei-bei-beige qui vous va le mieux, m'a-t-il assuré.

Il parlait d'un joli costume trois pièces beige rosé. J'avais aussi des jeans, plusieurs paires de chaussures, des chemises, des baskets, des chaussettes – tout ce qu'il fallait. Avec tout ça, je pouvais rentrer dans n'importe quel casino ou hôtel du pays. Sauf que je sentais toujours aussi mauvais. Et sauf que j'avais toujours une sale gueule. Ça, on ne peut pas le cacher sous des fringues, même neuves. Bah, j'allais attirer les regards, mais on vivait dans un monde cruel : je n'étais pas le seul à avoir eu le visage à moitié bouffé.

J'ai bâillonné les deux vendeurs et leur ai noué un bandeau sur les yeux, j'ai vidé la caisse et suis ressorti dans la nuit. On était en décembre, il faisait déjà noir depuis des heures. J'ai pris un taxi jusqu'à Hackney – pas question d'aller dans un quartier trop chic, pas avec la tête que j'avais. Le chauffeur me lançait des regards en plissant les narines d'un air dégoûté. C'était déplaisant. Je n'avais pas pour habitude de puer.

Malgré tout ça, je me sentais bien. Mon plan marchait !

D'accord, les gens sursautaient en me voyant, mais le langage de l'argent est plus efficace que celui du corps, c'est bien connu. J'ai fait arrêter le taxi le temps d'acheter cinq ou six feuilletés que j'ai dévorés sur la banquette arrière. Le chauffeur a dû penser qu'il avait chargé un porc. Ensuite, j'ai réservé une chambre dans un hôtel, et – ah, oui, je me souviens de ce moment. Je suis monté et – imaginez un peu ! –, j'ai pris un baaaaaaaaain. C'était le paradis qui coulait à flots des robinets. C'était un hôtel correct – pas des plus huppés mais il y avait tout de même de l'eau chaude dans les chambres. Je suis resté dans mon bain plein de mousse pendant des heures, et la pauvreté, la douleur se sont détachées de moi pour flotter en longues traînées crasseuses à la surface de l'eau, noircissant les bulles. J'ai vidé la baignoire et me voilà reparti !

J'avais l'impression d'être un autre homme. J'étais sauvé. Je suis athée, mais si j'avais été chrétien, je me serais sans doute dit : « Dieu est un savon. »

Je me suis habillé et suis descendu prendre un repas léger. Je suis resté dans cet hôtel deux jours, le temps de me requinquer. Oh, vous pensez sans doute qu'il faut être une ordure pour faire ça : piquer du fric puis vivre la grande vie pendant deux jours alors que la pauvre vieille Mélanie crève de faim à la maison. Écoutez, j'étais épuisé, il fallait que je reprenne des forces. J'avais besoin de faire quelques bons repas, de prendre de bons bains, merde ! Et à la fin de ces deux jours, j'étais fin prêt à affronter tout ce qui allait se présenter.

Je me suis dit, pourquoi s'arrêter en si bon chemin ? On a les moyens, on a la technologie. Et je suis sorti pour faire un vrai braquage.

J'étais prêt à tout. Je pensais à la tête de Mélanie quand elle me verrait dans mon costume chic, sentant la savonnette parfumée, avec, à la main, un sachet plein de pièces d'or ou de bijoux. Oh, pas question de voir petit. Je voulais faire un gros coup.

Cet hôtel était une vraie porcherie. Pas sale, non, mais plein de porcs, plein de gros porcs dégoulinant d'oseille.

J'ai jeté mon dévolu sur un gros cochon, un vrai de vrai. En général, les plus vieux sont les plus riches, et il ne leur arrive que ce qu'ils méritent. Ils ont derrière eux une vie de cupidité assouvie. Le mien, je l'ai repéré au restaurant. Après avoir dévoré un steak frites arrosé d'un bon vin, il s'est attaqué au dessert. Il avait de gros yeux bouffis, le regard vorace, et il a avalé goulûment les portions bien servies, sans en laisser une miette, allant jusqu'à saucer son assiette et à redemander des petits chocolats avec l'addition.

Trop vieux pour réfléchir, trop gras pour courir, ai-je pensé. Exactement le genre d'animal qu'il me fallait.

Quant à moi, je me sentais propre et je cogitais à toute allure.

J'ai traîné près des ascenseurs – l'hôtel avait ses propres générateurs –, et j'ai pris le même que lui quand il est monté. Avec une panse comme la sienne, je craignais à tout moment qu'on soit bloqué pour cause de surcharge. Il est descendu au deuxième. Je l'ai suivi, mais sans le coller. J'ai attendu au bout du couloir pendant qu'il sortait les clés de sa chambre et y entrait. Deux ou trois autres clients sont passés. Dès que la voie a été libre, j'ai longé le couloir et j'ai frappé à sa porte.

– Oui ? a-t-il grogné.

– Un message pour vous, monsieur Harabin.

– Je ne suis pas monsieur Harabin.

– Chambre 127 ? ai-je lu sur la porte.

– Oui...

– Alors, c'est bien pour vous, monsieur. Vous voulez bien vérifier ?

Je l'ai entendu bouger lourdement.

Grincement du sommier...

– Ça ne peut pas être pour moi... ça doit être une erreur de numéro de chambre.

Mais, évidemment, chez lui comme chez tout le monde, la curiosité l'a emporté. Il a ouvert la porte et je lui ai offert mon plus joli sourire et le canon de mon flingue.

– Recule ! ai-je dit en lui flanquant un coup sur l'épaule. (C'était comme pousser une bagnole avec le frein à main enclenché. Je lui ai donné des coups de revolver, et il a fini par obtempérer.)

– Reste près du lit et vide tes poches, lui ai-je crié.

Jamais je n'avais vu quelqu'un d'aussi gras. Plus gros, tu meurs. Il a commencé à se détourner et, dans le mouvement, il a tendu le bras et a tenté de faire gicler le revolver de ma main. Quel imbécile ! J'aurais pu le tuer si mon flingue avait été chargé. Son portefeuille était-il si précieux que ça pour lui ? J'ai esquivé en reculant, mais...

Eh oui, j'avais oublié un petit détail. Certes, il était vieux, lent et bête comme ses pieds, et moi, j'étais jeune et entraîné pour tuer, mais... j'étais sous-alimenté. Deux vrais repas et un revolver dans sa main, ça n'est pas suffisant pour effacer les mauvais effets de trois mois passés couché sur le dos à lutter pour survivre. Alors, oui j'ai esquivé en me reculant, seulement j'ai eu la sensation que mes jambes bougeaient au ralenti. J'ai regardé sa main fendre l'air – rapide, le mec, pour un gros lard – et j'ai su qu'il n'allait pas manquer sa cible. Ma main amaigrie a serré très fort le revolver, mais elle n'a pu le retenir et il a volé à travers la pièce en raclant le mur jusque par terre.

Ce gros porc était dix fois plus fort que moi.

Il a fait deux pas en avant et m'a sauté dessus.

J'ai failli m'évanouir. L'instant d'après, il m'avait coincé la tête entre ses genoux, et ses grosses fesses étaient posées sur ma poitrine tel un coussin de trente tonnes. Je ne pouvais plus respirer ! J'ouvrais grand la bouche, cherchant l'air, mais rien ne venait, j'étouffais. J'ai commencé à paniquer, à battre des bras et des jambes.

– Sale petit con, a-t-il dit dans un souffle.

Il a levé son poing porcin et l'a abattu de toutes ses forces, bang ! Ma tête a été projetée sur le côté et j'ai senti la tiédeur de mon sang dans ma bouche. Bang ! Je gigotais, tentant désespérément d'inspirer une goulée d'air, voyant son poing s'élever, s'abattre, s'élever, s'abattre... J'ai essayé de lui dire que je n'étais qu'un gosse, mais impossible de placer un mot. Entre deux coups, il hurlait pour appeler à l'aide. J'ai vaguement vu deux femmes de chambre et des types en costume jeter un coup d'œil pour voir ce qui se passait, puis ils m'ont empoigné et m'ont tiré. Enfin, je crois (ils pouvaient tout aussi bien être en train d'aider l'autre à se relever).

Je n'étais plus qu'un infirme en sang. Le gros lard m'a ramassé comme si j'étais une de ses vieilles chemises.

– Sale petit voleur ! a-t-il grommelé. Qu'est-ce que c'est que cet hôtel ?

Il m'a arraché ma veste et l'a fouillée tout en me tenant à bout de bras par la peau du cou. Il a trouvé la grosse liasse de billets que j'avais piquée dans la caisse de la boutique de fringues.

– Je ne pense pas que ce soit à lui, a-t-il dit.

Sur ce, il m'a flanqué une grande claque dans le dos qui m'a envoyé valser dans les gros bras d'un des tarés en costume.

Je me sentais aussi léger qu'une plume. J'ai flotté sur quelques mètres dans les airs, j'ai atterri – dong ! – en plein dans le bide du vigile qui s'est plié en deux sous le choc, et moi, j'ai continué à voleter au gré du vent, léger, léger, attrapez-moi si vous pouvez.

Mais une plume, c'est difficile à choper. Le gros lard, les bonniches, les vigiles, les clients de l'hôtel couraient tous après moi. Ils étaient de plus en plus nombreux entre ceux qui surgissaient de leur chambre et ceux qui déboulaient d'un couloir, et tous criaient à pleins poumons : « Au voleur ! Au voleur ! Arrêtez-le ! » Ils allaient me coincer à un moment ou à un autre, c'était sûr. Il suffisait que quelqu'un me touche, et je m'étalais par terre. Heureusement mon visage jouait en ma faveur. Les gens étaient habitués à voir de sales tronches, mais ils avaient toujours un instant d'hésitation, quand ils tendaient le bras, avant de me toucher.

Alors, moi, j'ai continué à flotter, flotter le long du couloir, entre leurs mains, entre leurs jambes, dans l'escalier vers l'étage inférieur, dans le hall bondé. Je me suis faufilé entre ces gens, puis je me suis échappé avant qu'ils aient eu le temps de se rendre compte qu'on était à ma poursuite. Quelqu'un m'a attrapé par le pan de ma chemise… qui lui a glissé entre les doigts. J'ai franchi les portes, et maintenant j'allais vite, puisant mes forces je ne sais où, dans ma peur peut-être. Mes pieds frappaient le sol, bang, bang, bang ! Encore cent mètres, j'avais les poumons en feu, mes jambes s'agitaient sous moi comme deux banderoles claquant sous le vent. J'ai glissé sur un truc humide, suis tombé sur les fesses et, d'un bond, me suis retrouvé debout. Enfin, une ruelle qui s'enfonçait dans les bas quartiers, je l'ai prise, et je me suis fondu dans la foule, dans l'enfilade de stands, dans la puanteur ambiante. Je suis redevenu une plume et, à nouveau, je me suis laissé porter d'un côté, de l'autre, au gré du vent.

Encore quelques centaines de mètres… voilà, c'était bon. Je me suis assis dans une entrée d'immeuble. Tout mon corps réclamait de l'oxygène et, soudain, j'ai été trempé de sueur et j'ai eu terriblement envie de vomir.

Je m'attendais à tout instant à ce qu'une main s'abatte sur mon épaule, mais non. Je les avais semés. Personne n'aime s'aventurer dans les bas quartiers à la poursuite d'un voleur. À quoi bon ? Ces coins-là grouillent de voleurs, ça ne servirait qu'à se faire dépouiller.

Je les avais semés, certes, mais j'avais également tout perdu. Mes fringues, que j'avais laissées dans ma chambre d'hôtel, mon revolver, mon fric. J'avais même perdu ma veste, et… mon dîner. J'ai pris ma tête entre mes mains, et j'ai un peu vomi. Des pauvres allaient et venaient devant moi. Je suis resté assis là une petite demi-heure jusqu'à ce que le froid me glace jusqu'aux os. Alors seulement, j'ai repris le chemin de l'ancienne école.

Vous parlez d'un dur !

Je n'avais rien – à part vingt misérables livres que j'ai dénichées au fond de la poche arrière de mon pantalon crasseux. Le braquage de la boutique de fringues, le bain, la bonne bouffe m'avaient donné l'illusion d'être redevenu moi-même. Tu parles ! J'étais bon à rien. Je pensais à Mélanie qui, dans la chaufferie, espérait mon retour. Je lui avais fait miroiter qu'avec moi elle avait décroché le gros lot, elle s'était privée de manger pour moi et voilà comment je la remerciais !

Elle était là, à m'attendre. Elle m'a accueilli avec son grand sourire à la fois timide et gourmand. Je parie qu'elle était convaincue que je m'étais barré, comme tous les autres qu'elle avait rencontrés dans sa vie. Et comme je revenais, elle devait penser que j'étais riche.

Elle s'est assise devant moi, s'agitant sur ses vieilles fesses décharnées, attendant le jackpot. J'ai baissé la tête. J'avais tellement honte ! J'avais tout obtenu, et j'avais tout perdu avec ma folie des grandeurs ! Ce n'était plus un jeu, comme avec Signy. On était en hiver. C'était une question de vie ou de mort. Le Roi Hiver, ai-je pensé, et je n'ai pu m'empêcher de m'incliner devant lui.

J'ai enfoncé une main dans ma poche et ai tendu les vingt livres à Mélanie. Elle a regardé fixement les billets. Je n'osais pas lever les yeux. Puis, un sourire encore plus grand, encore plus gourmand s'est étalé sur son visage ridé comme une vieille pomme, elle a renversé la tête en arrière, a écarté les bras et m'a sauté au cou en m'entraînant dans une gigue endiablée.

– T'es adorable, mon garçon, t'es un amour !

Elle embrassait les billets, elle m'embrassait. Moi, je me disais : « Qu'est-ce qui lui prend ? Pas de quoi sauter au plafond ! »

Et puis, j'ai compris. En fait, pour Mélanie, vingt livres, c'était une véritable fortune. Tous ses rêves se réalisaient. Moi, qui n'avais jamais rien eu à acheter de ma vie, je n'avais aucune idée de la valeur des choses. J'ai pensé à ce que Signy et moi on distribuait aux pauvres, des centaines, des milliers de livres. Ça, oui, ça représentait une fortune à mes yeux. Mais avec le peu que mangeait Mélanie, on pouvait tenir deux ou trois mois avec vingt livres. Elle a continué à danser toute seule en criant et en iodlant. Je n'avais jamais vu quelqu'un d'aussi heureux, tout ça pour vingt misérables livres. Certains se contentent de peu, pas vrai ?

Et tout d'un coup, je me suis dit, et puis merde, tout ça, c'est grâce à moi après tout. Mission accomplie ! Je l'ai prise par la main et on s'est lancés dans une sorte de lente danse des affamés tels deux insectes tropicaux dessinant de larges cercles jusqu'à ce que, épuisés, on s'écroule sur le tas de chiffons et qu'on s'endorme aussitôt.

Les heures suivantes, je les ai passées sur un matelas de plumes, en songe, bien entendu. Et puis, je me souviens qu'il faisait noir, que Mélanie me secouait pour me réveiller, et qu'elle m'a tendu un bol de bouillon bien chaud, bien épais.

C'était de nouveau la belle vie !

Durant deux ou trois semaines, Mel et moi on a vécu... ben, comme des cochons. On s'est goinfré de ragoûts, de miches de pain, de pommes de terre. Enfin, moi, en tout cas. Mon appétit était comme un poids-lourd sans frein : rien ne pouvait l'arrêter. Par moments, Mel me regardait m'empiffrer comme si j'étais un phénomène de foire. Je lui disais : « Vas-y, vas-y, mange », mais elle ne tenait pas la distance. Elle avait un appétit d'oiseau. Moi, je mangeais des kilos de fromage, et des œufs par douzaines. Et j'avais des envies soudaines, irrépressibles de fruits, de yaourts, de steaks, de pommes, de tartines beurrées, de cakes, de saucisses, de gâteaux...

– T'vas t'rendre malade, me disait Mélanie.

Je lui souriais et lui montrais les muscles de mes jambes.

– C'est quoi, le problème ? J'ai trouvé le fric, non ?

Je retrouvais vite des forces maintenant que je mangeais bien et à ma faim. Je faisais des exercices pour ne pas prendre un gramme de graisse : je montais et descendais l'escalier en courant cinquante, cent fois par jour. J'ai recommencé à envisager l'avenir, à penser à certaines choses... à Conor, entre autres – qui avait mon couteau –, à ma sœur...

Je pensais : « Je vais les lui reprendre, ma sœur et mon couteau. » Pour la première fois, je voyais plus loin que le prochain repas. Oh, oui, c'était reparti ! Je récupérais ma santé, mes kilos perdus, et ma confiance en moi.

Mais, évidemment, ça ne pouvait pas durer.

Comme je l'ai dit, je n'avais pas la plus petite idée de la valeur des choses. Je pensais que les vingt livres allaient durer toujours. Bon, peut-être que si Mélanie avait été seule, elle aurait pu les faire durer toute sa vie, vu son régime à base de patates et de légumes. (Elle ne mangeait jamais de fromage, de beurre, de jambon et encore moins de viande, et n'engloutissait pas quatre œufs durs d'affilée.) Bref, un beau jour, en posant un bol de soupe devant moi, elle m'a dit :

– L'est temps d'aller en chercher d'autre, d'l'argent, mon garçon, si tu veux manger quêque chose demain.

On n'avait plus de fric ? Je n'en revenais pas. Pourtant, j'étais sûr que Mel avait fait durer notre pécule au maximum. J'allais devoir repartir en chasse, et cette fois, je savais que ce ne serait pas facile.

Pas de revolver. Et quand on est faible, il vaut mieux en avoir un. Ils sont faits pour ça.

– J'ai besoin d'un flingue, Mel. Je ne peux pas aller voler sans arme.

Et me voilà à essayer de lui faire dire qu'il devait bien rester quelques livres enterrées dans un coin, juste assez pour acheter un revolver d'occasion, hein ?

Mais non, évidemment. On s'est pris la tête. Elle m'a gonflé en me disant que si je ne voulais pas retourner voler, je n'avais qu'à mendier.

– Faire la manche ? Moi ?

J'étais furieux. Mais, ainsi que Mélanie me l'a fait remarquer, ce n'était pas pire que de lui demander d'aller mendier pour moi.

Et là-dessus, vautrée sur son tas de vieux tapis, ses petites menottes croisées sur son ventre, le regard rêveur, elle a dit…

– Peut-être qu'l'roi Val m'donnera d'autres côtes de porc…

J'ai failli m'étouffer.

– Le roi Val ?

Elle regardait toujours dans le vide. On aurait dit une ado rêvassant à son petit ami.

– C'est le roi Val qui t'avait donné les côtes de porc ?

Ce n'était pas possible. Mon père était mort.

– Mon père ? ai-je dit d'une voix étranglée. Mon père ?

Elle m'a regardé et a froncé les sourcils.

– Nan. Une fille.

Je me suis retenu pour ne pas lui sauter à la gorge.

J'étais en rage ! Pourquoi ne m'en avait-elle pas parlé, bordel ? Elle savait ce qui était arrivé à mon père, comme tout le monde. En fait, elle était sûre que la fille était une agent de Conor. Le pire, c'est qu'elle n'arrivait pas à se rappeler à quoi elle ressemblait. Les côtes de porc, ça oui, elle s'en souvenait – la viande nichée contre l'os, l'épaisseur de la graisse –, mais la fille…

Je n'y comprenais rien. Tantôt la fille était habillée un peu comme un homme (mon cœur a bondi dans ma poitrine, c'était Signy !), tantôt, elle était rousse (alors, ce n'était pas Signy). Qui était-ce donc ? Peut-être avait-elle raison : les agents de Conor devaient savoir que j'étais toujours en vie et ils étaient à ma recherche.

Je l'ai bombardée de questions et j'ai finalement relevé un indice. Apparemment, cette fille avait des yeux étranges. Des yeux de chat. Ça m'a rappelé quelque chose. Où avais-je donc vu une fille comme ça ?

Dès le lendemain, je suis allé au marché de Leytonstone. Je m'y suis baladé en mendiant. Faire la manche ne me gênait pas, dès l'instant que c'était une ruse. D'ailleurs, je ne m'en suis pas mal tiré. J'avais la gueule de l'emploi. Je me suis fait deux livres dans la journée. J'y suis retourné le lendemain, le surlendemain, et le jour suivant. C'est alors que je l'ai vue.

Tout s'était passé si rapidement, la première fois, sur les terres des Mi-Hommes. Elle m'était apparue si soudainement que je n'avais gardé qu'un souvenir flou de ses épais cheveux roux, de son menton pointu et de ses yeux immenses, extraordinaires quand elle m'avait embrassé dans le cou. Quand je l'ai vue traverser le marché dans ma direction en criant et en faisant du tapage, j'ai eu peur de me lever au cas où, finalement, ce serait un piège. Et elle était plus vieille, bien plus vieille que dans mon souvenir. C'était déjà presque une femme. Comment avait-elle pu vieillir autant en quelques mois à peine ? J'ai pensé qu'elle pouvait être la sœur de la fille que j'avais vue, mais je ne savais pas alors ce que je sais maintenant. Les chats vieillissent plus vite que les humains, n'est-ce pas ?

Et puis, il faut dire que moi aussi, j'avais beaucoup changé. Quoi qu'il en soit, elle était ma seule chance. Je me suis approché d'elle et je lui ai demandé si elle avait une pièce pour moi. Intelligente, cette fille, intelligente. Elle a tout de suite deviné. Elle m'a souri et m'a pris par le bras.

– Je sais qui tu es, a-t-elle chuchoté.

LIVRE II

1

Lorsque Signy apprit que son frère était toujours vivant, elle exulta. Désormais, elle avait une raison de vivre. Elle demanda du poisson à la crème pour son chat, des mets variés, du vin pour elle et la jeune fille. Elles portèrent un toast à la santé de Siggy et des Volson.

Cherry était aux anges. Sa chère maîtresse avait renoncé à se laisser mourir ! De joie, elle fit plusieurs fois le tour de la table, en chat, en fille, en oiseau, puis elle tomba dans les bras de Signy et pleura à chaudes larmes.

– Et maintenant, dit Signy en tapant du poing sur la table, nous allons détruire Conor.

Ces paroles déchirèrent définitivement le rideau de ténèbres qui l'entourait. Elle commença à dresser des plans.

Le lendemain matin, un petit oiseau brun pénétra par la fenêtre d'un appartement de Leytonstone non loin de la Muraille où Cherry avait caché sa trouvaille et la femme-truie, Mélanie. (Siggy avait refusé d'y emménager sans elle). Cherry les trouva couchés par terre sur des coussins. Un grand feu crépitait dans la cheminée, des couvertures roulées en boudins étaient coincées contre les interstices des portes, et des duvets et des édredons recouvraient les deux dormeurs. Autour d'eux, le sol était jonché de papiers d'emballage graisseux, de miettes, de trognons de pommes, de restes de nourriture et de bouteilles vides. Cherry se fraya un chemin parmi ces détritus, narines frémissantes, et laissa tomber une lettre sur les genoux de Siggy. Puis elle se changea en chat. Ces restes étaient trop tentants…

– Oh, bon Dieu ! s'écria Mélanie de son lit de fortune.

Cherry bondit en l'air et, en retombant par terre, elle reprit son apparence de fille. Mélanie grogna ; Siggy pouffa. Ça retournait l'estomac de voir quelqu'un traiter son enveloppe corporelle avec autant de légèreté.

– Ne t'en fais pas, Mel, elle fait ça tout le temps.

– Pff ! Une apparence, ça d'vrait suffire pour tout l'monde, grommela Mélanie.

Elle s'enfonça sous les couvertures tout en gardant l'œil sur Siggy et la fille. Elle ne voulait pas perdre une miette de ce qui se passait.

Cherry regarda Siggy qui lui sourit tout en décachetant la lettre. Mais il se rembrunit bien vite et détourna la tête. C'était une jolie fille. Un instant, il avait été flatté puis il s'était souvenu de la cicatrice couverte de croûtes qui barrait son visage. Mais Cherry le dévisageait sans arrière-pensées, comme un chat. Elle était indifférente au physique des gens. En fait, elle se disait que sous les forts relents de graisse et de fumée qui emplissaient la pièce, le jeune homme dégageait une bonne odeur. Elle croisa les jambes et se mit à ronronner imperceptiblement tandis que Siggy commençait à lire la lettre.

C'était son premier contact avec sa sœur depuis le massacre et, tout d'abord, Siggy ne put s'empêcher de penser que cette lettre était un faux. Mais non, elle était bien de Signy. Il reconnaissait son écriture et son style. Seulement, c'était une Signy inconnue de lui. Et elle écrivait de ces absurdités !

La vengeance ? Anéantir Conor ? Reconquérir les terres des Volson ? Reconstruire les rêves de leur père ? Siggy baissa les yeux sur son corps ravagé et se mit à rire.

– Moi, roi ? Tu parles d'un roi ! Le roi des Gueux ! (Il désigna la pièce.) Le roi des Ordures ! Le roi des Porcs ! Le roi des…

Il se tourna vers Mélanie, l'enjoignant d'unir son rire au sien.

– Moi, roi ? Et toi, tu serais ma reine ? Combattre Conor, qu'est-ce que tu en dis ?

Mélanie le considéra d'un œil inexpressif. Siggy sentit son rire mourir sur ses lèvres.

– Cherry, dit-il. Nous devons faire évader ma sœur.

2
Signy

Je pourrai espionner en restant ici. Je pourrai fournir des renseignements. Conor me désire. Il ne sait rien de l'amour, mais il me veut. Il ne me fait pas confiance, pas encore, mais ça viendra. Je suis notre meilleur atout, et Siggy voudrait que je m'enfuie ?

Il dit qu'il ne veut plus me voir humiliée de la sorte. Il faut qu'il comprenne, l'humiliation n'a rien à voir là-dedans. Ma seule honte, c'est de n'avoir pas encore versé le sang de Conor jusqu'à la dernière goutte. Si pour y parvenir, je dois coucher avec lui, alors je n'hésiterai pas. J'écarterai mes jambes, je le regarderai dans les yeux d'un air doux comme un agneau, je lui dirai que je l'aime, et je le rassurerai tendrement, très tendrement, quand les démons de ses nuits viendront le tourmenter. Et si je dois porter ses enfants, je le ferai aussi, rien que pour le plaisir de leur trancher la gorge sous ses yeux. Il faut qu'il souffre autant qu'il m'a fait souffrir. Autant qu'il a fait souffrir mon père.

Je sais que Siggy a souffert lui aussi. Il a vu nos frères se faire dévorer. Il a vu notre père s'offrir en sacrifice à Odin. Mais, finalement, ça ne fait aucune différence. Il peut toujours faire des pieds et des mains, il n'a pas le choix. Ça ne dépend pas de lui. Il verra.

Odin lui a fait don du couteau. Odin m'a serrée contre lui. Notre destin est entre les mains des dieux.

Il suffit de regarder Cherry allongée par terre à mes pieds. Pour quelle autre raison serait-elle ici – être aux formes multiples, en partie humain, en partie animal, en partie dieu. Regardez-la ! Elle redresse la tête et me sourit.

– Il y a un moyen, ronronne-t-elle. Je peux te faire sortir d'ici si tu veux.

– Tu l'as dit à mon frère ?

– Non.

– C'est bien. Ne lui dis jamais. Il doit penser que je suis prise au piège. Il faut tout remettre d'aplomb. (Je souris à Cherry et prononce le nom fatidique :) Conor…

Ah, quel plaisir de le sentir rouler au fond de ma gorge !

– Il te veut comme un chien a envie de souiller sa victime, dit Cherry. Il veut que tu l'aimes parce qu'il est incapable de s'aimer lui-même. Il veut que tu aies envie de lui, car alors sa victoire serait complète. Il veut que tu lui pardonnes.

Elle miaule et bondit sur mes genoux en se transformant en chat. Je la gratouille entre les oreilles.

– Je le laisserai faire ce qu'il veut avec moi, dis-je. Et, le moment venu, je le tuerai. J'anéantirai ses armées, et je remettrai ma famille à la place qui est la sienne et qu'il a usurpée. Il n'y aura pas de pardon. Jamais.

– … hais-le toujours, murmure la petite chatte écaille de tortue lovée sur mes genoux.

Ses yeux ont l'air dur comme les pierres. Nos sentiments sont toujours au diapason.

J'aurai le pouvoir. Déjà, j'ai fait assassiner quelques gardes. Je les ai montrés du doigt à Conor, du haut de la tour, en les accusant de m'avoir violée. Ils sont morts. Conor était fou furieux à l'idée que de simples soldats avaient joui de son bien. Ils ont été pendus par les pieds à la branche d'un arbre et battus jusqu'à ce qu'ils n'aient plus la force de crier. Les gardes savent que j'ai pouvoir de vie et de mort. Et une seule journée, tout le monde le saura.

Conor aimerait que tout redevienne comme avant. Parfois, je joue le jeu. Il emplit ma prison de distractions, et on fait comme si ce n'était pas une prison. Il emplit mes oreilles de promesses, et on fait comme si je les croyais. Il emplit ma vie de vide, et je fais comme si j'étais comblée. Il ne me fait pas encore confiance, mais ça viendra. Il en a envie, comprenez-vous, et ce pauvre Conor est tellement doué pour se mentir à lui-même. Il ne sait même pas faire la différence entre la haine et l'amour. Je peux lui faire croire n'importe quoi, entre autres que je l'aime.

Chaque fois qu'il vient, j'ai l'impression que mon cœur va de nouveau se briser. Je l'aimais tant, tant ! On pourrait penser qu'il lirait dans mes yeux et frissonnerait, mais non, au lieu de ça, il pleure, il s'agenouille à côté de mon fauteuil roulant, il me supplie de lui pardonner.

– Je t'aime, ne cesse-t-il de me répéter.

Puis il me regarde comme un animal. Il hausse légèrement les sourcils. Je me rends compte avec surprise qu'il attend que je lui dise que, moi aussi, je l'aime.

Je ne suis sûre que d'une chose : s'il faut que je retombe amoureuse de lui pour regagner sa confiance, alors je le ferai pour mieux lui faire du mal.

– Je suis ta prisonnière. Comment veux-tu que je t'aime ?

– Tu m'as aimé.

Je détourne les yeux. C'est insupportable !

Il examine ses mains et me demande :

– Tu crois que tu pourras m'aimer de nouveau un jour ?

Je suis si surprise par sa question que j'en perds mes mots.

– Je t'appartiens. Je fais partie de ton butin.

À ces mots, il rougit comme un gosse.

– Je n'ai pas voulu ça, gémit-il.

Mais oui, mon amour, ça n'a rien à voir avec toi. Pauvre innocent. Voyez comme je l'ai blessé ! Mais je mens si bien que ça me fait presque mal au cœur de le voir ainsi.

– Alors, qui m'a fait cela ?

D'un geste sec, je rabats le plaid qui recouvre mes jolies jambes. Il n'aime plus les regarder. Elles offensent sa vue.

– C'est un accident. Tu le sais.(Il hoche la tête, passe à autre chose.) Ça devait arriver. Tu ne le vois donc pas, Signy ? Personne n'y pouvait rien, c'était en marche depuis longtemps, très longtemps. Ce traité était impossible. Trop de gens dans les deux camps œuvraient à sa destruction. C'était Val ou moi. Les dieux voulaient qu'il en soit ainsi !

– C'est pour ça qu'ils t'ont permis d'avoir ce couteau, dis-je en le montrant à sa ceinture.

– Oui, oui.

Il approuve avec force, agréablement surpris que j'aie enfin compris, mais pas aussi surpris que moi de le voir croire ce que je dis. Le sarcasme, il ne connaît pas.

– Il a été donné pour que je le prenne.

Je hoche la tête, et j'ai l'impression qu'elle va exploser. Mais mon visage reste lisse. Je ne montre jamais rien de mes sentiments. Surtout devant lui.

– Si tu veux m'aimer, Conor, il va falloir que tu me mérites. Tu n'auras rien pour rien désormais. Tu dois me prouver que tu m'aimes.

– Comment ? Dis-moi comment… ? Tout ce que tu voudras.

– Fais-moi sortir d'ici.

Il écarquille les yeux. Il s'attendait à ce que je lui demande quoi ? Une boîte de chocolats ?

– C'est impossible…

– Tu vois, tu ne m'aimes pas.

– Mais si ! Mais il y a des gens puissants. Des ennemis, ceux-là même qui m'ont forcé la main pour que je tue ton père.

Il ment, bien entendu. Mais il s'imagine déjà que je le crois car il est lui-même convaincu de ce qu'il invente. Il est tellement imbu de sa personne qu'il croit à ses propres mensonges.

– Je refuse de te mettre en péril, tu es trop importante à mes yeux.

– Alors, tue tes ennemis.

– Non, ils me sont utiles. Il faut attendre, attendre, Signy. Donne-moi du temps.

Je ne comprends pas. Pourquoi me retient-il ici ? A-t-il peur de moi ? Se rend-il compte, au fond de lui, que je vais le détruire ?

Je fais un signe de tête en direction de la porte.

– Fais-moi savoir quand ce sera possible avant de revenir.

– Tu ne comprends pas, dit-il tout bas.

Et le voilà qui se met à parler politique. Il dépeint le pouvoir de certains lobbies, de groupes d'hommes et de femmes qui complotent contre lui, des gens trop puissants pour être vaincus. Contrairement à Val, je suppose. Ces gens-là, il faut les amadouer.

– Pour l'instant, en tout cas, me dit-il. Tu ne comprends pas ?

Je soupire et hoche la tête, mimant ne pas trop savoir si je dois le croire ou pas, et ce pauvre Conor pense m'avoir convaincue. Le seul qui se fait avoir, c'est lui. Comme d'habitude, il s'imagine que la moitié du monde veut le détruire. Et c'est vrai. Sauf que ses ennemis ne sont pas forcément là où il le croit.

Je hoche la tête, je l'écoute, je hoche de nouveau la tête.

– Tu aurais dû me dire tout ça avant.

Conor soupire et me sourit d'un air contrit. Comme il passe facilement sur la vie des miens !

– Un jour, je me libérerai d'eux, me promet-il. Je les ferai tuer, tous autant qu'ils sont. Tu auras ta revanche. Mais il faut du temps !

Ah, Conor, mon amour, encore tes promesses ! Tu m'en as fait tant ! Mais sois sûr que cette fois, je ferai en sorte que tu les tiennes.

– Je veux que tu m'apportes leurs têtes avant de pouvoir être à toi, lui dis-je.

– Ils mourront, tu auras ta revanche, répète-t-il d'un air farouche.

On se regarde d'un air entendu et on se sourit. Les ennemis imaginaires sont devenus réels. C'est de leur faute si je dois rester prisonnière de cette tour ; de leur faute si mes jambes sont paralysées ; de leur faute si notre amour a été détruit. Conor n'est pour rien dans tout cela. Bien au contraire, c'est lui qui m'aidera à me venger.

Je détourne le regard. Comment entretenir ces faux-semblants, ces mensonges ? Combien de temps faudra-t-il ? S'il le faut, l'éternité.

– Conor, dis-je d'une voix triste. Oh, Conor, Conor ! N'attends pas de moi que je croie tout ce que tu dis avant longtemps, très longtemps. Oh oui, je t'aime toujours... (Il relève la tête d'un air heureux en entendant ce mensonge qui franchit si aisément mes lèvres.) Oui, je t'aime, en dépit de tout. Mais il faudra que tu regagnes ma confiance avant de pouvoir me toucher de nouveau. Les gens dont tu me parles, ce sont eux qui ont donné les ordres pour qu'on fasse de moi une infirme, ce sont eux qui t'ont forcé à détruire mon père. Tu me dis que tu es fort, mais il me semble que tu dois être bien faible pour que ces gens te manipulent ainsi. Tu dis toi-même que tu n'as pas voulu ça. Prouve-le moi. Apporte-moi leurs têtes.

Il perd son sang-froid et se met à vociférer, furieux que je l'accuse de faiblesse et de se laisser manipuler. Conor est tout sauf faible, bien sûr. Le manipulateur, c'est lui. Mais laissons-le s'étouffer avec ses propres mensonges. Il balance une chaise contre la porte, me ratant de peu, et, un bref instant, je me dis qu'il va me violer. Qu'il le fasse. J'ai survécu à pire que cela. Mais, aussi étrange que cela paraisse, il n'a jamais posé la main sur moi contre mon gré, et c'est toujours le cas.

Il casse d'autres meubles, quelques bibelots, et finit par sortir de la pièce avec fracas. Ce n'est que le début, me dis-je. Le début de ma vengeance. J'aurai ces têtes qu'il m'a promises, des têtes de gens innocents, sans doute, mais elles lui donneront un prétexte pour me libérer. Je reprendrai tout. Conor demande trop : tuer mon père, donner mes frères à dévorer au Pourceau, et que je l'aime par-dessus le marché. La folie, voilà sa faiblesse. Il croit sincèrement qu'il peut obtenir tout ce qu'il désire. Même moi.

Ça prendra du temps, mais c'est en route. Le problème, c'est Siggy. Moi, je suis forte, mais lui est faible. Comment m'y prendre pour le rendre fort ? Qui peut l'y aider ? Qui peut lui apprendre ?

3

C'est une histoire qui traverse le temps. Elle commence avec des enfants et se termine avec des adultes. Il y a des bébés. Les bébés grandissent, certains du moins.

Conor avait fait clouer le squelette de Val aux hautes portes du Domaine. Les mots « Roi de Tout ce qu'Il Contemple » étaient gravés sur une plaque en laiton vissée au-dessus de lui dans le mur. Ses orbites vides regardaient le monde tandis que des mauvaises herbes prenaient racine en lui et que la pluie versait des larmes sur son crâne. Un rouge-gorge avait fait son nid entre ses côtes. Ainsi, pendant un moment, un petit cœur battit de nouveau dans sa poitrine.

Signy ne pouvait pas le voir, mais on le lui avait rapporté. Conor avait donné l'ordre de lui cacher cela, mais des gosses des rues avaient pris l'habitude de s'attrouper au pied de la tour et de se moquer d'elle. « Alors, comment il va, ton père ? Comment il va ? » Signy fermait les rideaux et pleurait. Conor lui disait de ne pas faire attention, que ces enfants étaient envoyés par ses ennemis pour la tourmenter. Signy avait une autre source d'information : Cherry ne mentait pas, elle.

Un des gosses avait un mainate qui répétait sans cesse : « Comment il va, papa ? Comment il va, papa ? ». Il se perchait sur les avant-toits et criaillait sa question du matin jusqu'au soir. Signy en parla à Conor qui, cette fois, prit des dispositions. L'oiseau et l'enfant disparurent, et les bois autour de la tour furent interdits d'accès à tous les habitants du Domaine. La solitude de Signy en fut encore plus grande.

Dans le monde au-delà, Conor menait ses campagnes avec toujours autant de succès. Les terres des Mi-Hommes étaient jonchées de squelettes étranges, de plus en plus picorés et rognés au fur et à mesure que la famine gagnait du terrain. À l'autre bout de leur territoire, les Mi-Hommes mendiaient, volaient ou empruntaient à leurs créateurs de Ragnor et d'autres villes alentour. Ces gens-là, ceux de l'Extérieur, n'aimaient pas les Mi-Hommes, mais ils aimaient encore moins Londres. Ils se réjouissaient que le peuple de Conor et les Mi-Hommes s'entretuent. Ça leur évitait d'avoir à les éliminer eux-mêmes.

Les Mi-Hommes s'organisèrent, désignèrent des chefs, se défendirent. Le nom de Dag Aggerman fut connu de tous, un terroriste pour Conor, un épouvantail à moineaux pour le peuple de Londres, un combattant de la liberté pour les Mi-Hommes. Mais rien n'effrayait Conor. L'une après l'autre, toutes les races de Mi-Hommes se retrouvèrent en voie d'extinction.

Dès le début, Conor avait planifié le génocide des Mi-Hommes, et il fut rattrapé par la folie qui guette tous les tyrans. Les objectifs militaires qu'il s'était fixés au départ se muèrent petit à petit en une philosophie de haine pour finir en acte de foi. Les Mi-Hommes n'étaient pas seulement des ennemis, c'étaient des abominations. Seules les races créées par les dieux devaient fouler la Terre. Tous ceux qui avaient ne serait-ce qu'un soupçon de sang animal dans les veines n'étaient que des bêtes – sales, abjectes, monstrueuses.

Pendant des décennies, il y avait eu des croisements et divers trafics grâce au passage sous la Muraille, et depuis quelques mois, la plupart des Mi-Hommes appartenant aux races les plus proches des humains étaient entrés illégalement, espérant ainsi échapper aux rafles. Du coup, des interpellations eurent lieu à Londres même. Les arbres généalogiques furent passés au crible. Les apparences pouvaient être trompeuses, et ces ordures étaient rusées. Conor voyait du sang de Mi-Homme où ça l'arrangeait.

Plus personne n'était en sécurité, car nombreux étaient ceux à avoir été contaminés par les idées de Conor en matière d'eugénisme. Une police secrète envahit les rues. Des gens ordinaires devinrent des délateurs – les enfants dénonçaient leurs parents, les enseignants leurs élèves. Si vous n'aviez ne serait-ce qu'un pied fourchu ou la langue tachetée, vous n'étiez pas un humain. En une nuit, plus de la moitié de la population habitant près de la Muraille fut décrétée animale.

Alors que Conor se déchaînait contre le monde entier, son principal ennemi était chez lui, et du sang le plus pur qui soit.

Conor avait mordu à l'hameçon de Signy sans s'en rendre compte, sans comprendre ce qui se passait. Elle jouait avec lui armée d'une patience à toute épreuve, nourrie de la certitude d'être captive à vie. Une fois, elle le laissa l'embrasser et la prendre dans ses bras, le lendemain, elle pleurait de façon incontrôlable dès qu'il s'approchait d'elle. Une autre fois, elle lui raconta des secrets qu'elle n'avait partagés qu'avec Siggy, le lendemain, elle se mit à frémir de peur quand il leva la main pour se gratter la joue. Un jour, elle lui permit d'entrouvrir son corsage et de lui embrasser les seins, mais le lendemain, elle le gifla quand il voulut l'embrasser.

Puis vint le jour, un an après que Signy eut commencé sa guerre, où ce badinage prit le chemin de son inévitable conclusion. Elle le laissa la prendre dans ses bras et l'emmener jusqu'au lit où ils firent l'amour. Sur l'oreiller, ils parlèrent d'armées, de généraux, d'attaques surprise, de stratégies. Conor était follement heureux. Il pensait posséder tout ce qu'il voulait. Mais quand il revint voir Signy, il la trouva au comble de l'angoisse, de l'humiliation, de la peur.

– Fais-moi sortir d'ici, le supplia-t-elle en larmes. Fais-moi sortir d'ici !

– Je ne peux pas. Nos ennemis…

– Apporte-moi leurs têtes, ne cessait-elle de répéter. Apporte-moi leurs têtes ! Détruisons-les !

Signy savait très bien que ces ennemis n'existaient que dans l'imagination de Conor. Cherry la tenait très exactement au courant de tout ce qui se passait. Cela faisait des années qu'il n'y avait pas eu de révoltes sous les règnes de Conor et de son père. La puissance du tyran grandissait de jour en jour, de même que sa folie. Les ennemis dont parlait Conor – mensonges utiles pour, au début, nier sa responsabilité dans le cours des événements –, étaient devenus réels pour lui, et plus il contrôlait le monde, plus ils devenaient puissants.

– Fais-les tuer, lui disait Signy. Fais-les tuer tous. Tu l'as déjà fait. Pourquoi ne pas le refaire ?

Conor se mordait la lèvre et secouait la tête. Il voulait que Signy reste dans cette tour où il pouvait la surveiller. Elle l'avait déjà à moitié convaincu qu'elle l'aimait, mais sa confiance était plus difficile à obtenir. Comment aurait-il pu faire confiance à quiconque, lui qui ne se faisait même pas confiance ?

Entre-temps, Cherry était partout. Quelle espionne elle faisait grâce à ses multiples apparences ! Elle restait assise sous une chaise pendant des conférences et des réunions de comités. Elle se cachait derrière des rideaux, ou se perchait sur le rebord de fenêtres pendant que les responsables de la sécurité dressaient des plans, non pour renverser Conor mais plutôt pour le convaincre de leur loyauté à son égard. Cherry écoutait les grands de ce monde comme les petites gens, et Conor fut impressionné par les intuitions de Signy qui, toujours, se vérifiaient dans les faits. Elle avait une approche quasi magique des affaires d'État.

Deux ans après que Cherry eut retrouvé Siggy, Signy et Conor couchaient régulièrement ensemble. Un soir, pour la première fois depuis le massacre des Volson, Conor s'endormit contre Signy, la tête posée sur sa cuisse. Du moins en apparence, car en fait, il faisait semblant. Signy le serrait doucement contre elle comme un bébé, et lui caressait la nuque tout en regardant, les yeux embués de larmes, Cherry qui se tenait dans l'embrasure de la porte d'une pièce contiguë, un couteau de cuisine à la main.

Signy lui fit non de la tête. Elle ne se doutait pas que Conor la mettait à l'épreuve, mais le tuer de cette façon serait trop facile, gâcherait tout. Elle voulait tenir entre ses mains le monde qu'il s'était fait.

Quand il rouvrit les yeux, il lui dit, fier de lui :

– J'ai dormi. Tu vois que je te fais confiance.

Mais Signy soupira, secoua la tête, et lui rappela que s'il lui faisait réellement confiance, il la ferait sortir de cette prison.

– Bientôt, lui promit-il.

Et déjà, il commençait à penser qu'un jour, peut-être, il le ferait vraiment.

4
Siggy

Muswell Hill est un trou à rats et ça me convient parfaitement. On a ce vieil appart, très grand, au quatrième étage d'un immeuble en brique délabré, hideux, qui donne sur la rue principale. On aurait pu s'offrir mieux, mais on se serait fait repérer. J'aime bien Muswell Hill. Les hors-la-loi se serrent les coudes, alors on peut facilement se fondre dans la foule.

L'ambiance, c'est lampes à pétrole et vieux meubles couverts de poussière, mais on a une super vue sur l'est de Londres et sur le marché dans la rue juste au-dessous. On voit tout : la moitié des gens mâchonnent des feuilles de choux ramassées dans le caniveau, l'autre moitié échange des cassettes vidéo. On peut faire de très bonnes affaires au marché de Muswell. Les trafiquants sont solidaires… Je passe pas mal de temps assis ici, surveillant tout ça à la jumelle. En fait, je ne fais rien d'autre. On appelle ça déprimer. Mélanie ne cesse de me secouer. Elle n'arrête pas de courir partout, toujours active, sans cesse occupée. Ça me fout les boules. Je devrais l'accompagner, garder l'œil sur elle – je l'aime bien, cette vieille truie qui pue –, mais je n'arrive pas à m'y résoudre, je préfère rester là.

Un an après que Cherry nous a trouvés, je suis retourné dans la City pour voir ce que Conor avait fait de notre territoire, et vous savez quoi ? Il n'y avait plus rien. Rien du tout. Il aurait même modifié le tracé des routes s'il avait pu. Je n'aurais jamais dû y aller, ça a été idiot, mais Signy insistait tant : il doit bien rester des gens, il faut juste que tu cherches partout. Eh bien, j'ai fouillé tant et plus et je ne compte pas y retourner.

Conor ne s'est pas contenté de nous écraser sur le champ de bataille, il a anéanti tout ce qui rappelle les Volson. Pas seulement la famille ; pas seulement les généraux et leurs hommes ; pas seulement les marchands qui s'étaient enrichis sous le règne de Val, que ce soit des importateurs, des exportateurs, des trafiquants, des gros commerçants, mais tout le monde. Des plus grands aux plus petits. Ceux qui étaient en dessous de nous, ils sont morts. Même les pauvres qui n'avaient rien, même les enfants. Tous ceux qui avaient eu de l'affection pour nous, de l'admiration, tous ils ont péri.

C'est une véritable industrie par là-bas. Tout le long de Moorgate, il y a de perpétuels sacrifices en l'honneur d'Odin. Conor est allé jusqu'à nous prendre nos dieux. J'y suis allé, je les ai vus, je les ai *reconnus*, pendus par les pieds, mains liées dans le dos, des hommes, des femmes, des enfants dont le sang tombait goutte à goutte de leur bouche sur le trottoir. Il y en avait sur plus d'un kilomètre. Ils les pendent à tout ce qui peut servir de potence : réverbères, feux de signalisation, fenêtres, échafaudages, gros clous fichés dans les murs. Il s'est écoulé des mois depuis notre défaite et, chaque jour, Conor trouve encore de nouvelles victimes.

C'est cher payé pour le moindre petit espoir qu'ils mettaient encore en nous. Notre peuple n'existe plus, et un territoire ce n'est pas une terre, c'est un peuple. Signy et moi devons être les seuls survivants.

Pourtant, elle veut que je me dresse contre Conor ! Avec quoi ? Avec qui ? Mélanie et Cherry armées de limes à ongle ? Mélanie me serine des histoires de « résistance ». C'est quoi, au juste ? Une bande d'animaux de ferme agitant à bout de bras des armes rouillées ? Bon, d'accord, j'ai vu suffisamment de Mi-Hommes pour savoir qu'ils ne sont pas aussi monstrueux qu'on veut bien le dire, mais de là à lutter efficacement contre Conor ! Mélanie, par exemple : elle a bon cœur, je sais ce que je lui dois, je l'adore, sans elle je ne suis rien... mais je ne lui ferais pas confiance ne serait-ce que pour mettre la table, alors pour dresser les plans d'une rébellion !

Mais le truc que je ne comprends pas, c'est Signy. Comment fait-elle pour supporter tout ça ? Après tout ce qu'il lui a fait subir ! Elle en porte définitivement les stigmates. Une infirme ! Voilà ce qu'il a fait d'elle. Et pourtant, elle ouvre sa porte à son bourreau, ils couchent ensemble. Ça fait partie de son plan, de sa vengeance, paraît-il. Écoutez : moi, la vengeance, je n'y crois pas. C'est une fausse excuse. Signy reste là-bas non pour le bien de notre famille, mais parce que ça lui plaît. Elle pourrait sortir demain. Elle pourrait être déjà auprès de moi si elle le voulait, mais elle préfère rester avec Conor. Après ce qu'il lui a fait... sans compter Val, Ben, Had...

Parfois, je voudrais pouvoir vomir les souvenirs que j'ai d'elle. Mais je ne peux pas, je ne peux pas. Elle est ma sœur, je l'aime. Même quand je la déteste, je l'aime. Voilà tout.

Ah, elle est coriace, Signy, mais elle a eu sa dose. Moi, j'ai vécu l'enfer, mais elle, elle est tombée réellement amoureuse de Conor. Elle l'a aimé. Elle y a cru, et elle ne peut pas y renoncer. Je suppose que ça l'a rendue folle.

C'est ce que je n'arrête pas de me dire. Elle est folle. Ce n'est pas de sa faute. Elle n'est plus elle-même. Ce n'est pas ma sœur là-bas, c'est quelqu'un d'autre. Conor lui a tout pris, jusqu'à sa personnalité, jusqu'à ses pensées. Alors, il peut grimper à l'échelle et jouir quand il veut, comme il veut de ce qui reste de sa jeune épouse, mais ça... *ça*... c'est la chose que je ne peux pas pardonner. Si je savais que j'avais la moindre chance de m'approcher de Conor et de lui planter un couteau dans les côtes, je le ferais sans hésiter, demain, tout de suite, quitte à mourir, quitte à ce que ça coûte la vie de tous les habitants de Londres.

Mais je n'ai aucune chance d'y parvenir.

C'est tout moi, ça : toujours réaliste. Conor est trop fort, et je suis trop faible. Il a brisé Signy, oui. Et moi aussi, il m'a brisé. On est toujours en vie tous les deux, mais on est bon à quoi désormais ? Ma sœur n'est plus qu'un bout de viande que Conor utilise pour se soulager, quant à moi, je reste assis, ici, à regarder le monde en me demandant ce qu'il me réserve, et tout ce qu'il me reste à aimer et à chérir, c'est un porc avec un gros sourire sur le visage, une femme-truie, Mélanie.

5
MÉLANIE

C'te numain, mon Siggy, l'est riche comme Crésus et donc moi aussi.

J'sors tous les jours, j'vais au marché. Des affaires… gronk. Des bonnes affaires ! On en fait quand on a d'l'argent. Avant, pour moi, faire les courses, c'était fouiller dans les poubelles. Maintenant, j'suis tout le temps dehors, j'achète d'la bouffe, d'la bonne, d'la moins bonne, du moment qu'ça se bouffe, hein ? Si c'est pas bon pour moi, ça l'sera bien pour quelqu'un d'autre. J'achète gronk-gronk des boîtes d'conserves bosselées d'fruits au sirop, d'légumes pas chers, et j'me fais arnaquer. Gronk-gronk, ha ha ha ! Non, ça c'est c'que mon Sigs, y pense, mais j'suis plus maligne qu'ça. Non, gronk-grooonk, non. Gronk. J'marchande, j'm'en sors avec une poignée d'pennies, et puis j'donne un billet d'cinq livres à un pauvre ou j'le donne à notre Dag ! Et puis j'raconte à Siggs : « Ah, Sigs, gronk-gronk, gronk-onk, bouh, bouh, bouh ! J'm'suis encore fait plumer ! » Il lève les yeux au ciel, et y m'dit :

– Ça va nous coûter encore combien de se nourrir de conserves, Mel ? Et comment se fait-il que tu dépenses autant et que nos placards soient toujours aussi vides, hein, Mel ?

– C'est l'manque d'habitude, Sigs. Faire les courses, ça vient pas facilement à la pauvre vieille Mel, j'ai b'soin d'entraînement, tu comprends, Sigs. Gronk ! j'lui réponds.

Y n'aime pas qu'j'aide les autres, alors qu'il a été bien content d'me trouver. Où y s'rait aujourd'hui si j'avais pas été là ? J'crois qu'il est jaloux, oui. Gronk. Bah, on a un grand appartement, onk-onk, j'suis une vieille chose, c'est pas à mon âge qu'j'vais changer. J'en ramène toujours à la maison, tout c'qu'je trouve.

– Tout ça, c'est bon à foutre à la poubelle, Mel, y m'dit.

– Ouais, mais y'en a dans l'tas qui sont vivants, comme toi tu l'étais, qu'j'lui rétorque, mais l'a pas l'air de comprendre.

– C'est qui, ça ? qu'y fait en poussant vers moi un corniau à moitié mort de faim qu'j'avais lâché dans la cuisine pour qu'y s'serve. J'ai trouvé ce machin en train de racler les fonds de placards.

– Oh, oh, gronk-onk, onk-ooonnnk, qu'j'fais. Si Monseigneur avait acheté du porc, y aurait mangé du porc à dîner. Mais c'est l'porc qu'a pris sa fourchette, et qui Monseigneur a mangé !

Une aut'fois, l'a trouvé l'truc oiseau en train d'arracher des plumes sur son lit, et là, y s'est vraiment mis en colère. Gronk. « Qu'est-ce que ce machin fout ici ? a-t-il gueulé en tapant des pieds. J'ai horreur des oiseaux, putain de merde ! J'ai horreur des oiseaux ! » Y'en a un qu'a dû lui faire très peur quand il était p'tit, sans doute. Ben, l'aurait été encore plus fâché s'il avait su qu'c'était un des espions de Dag qui s'était fait tirer dessus. Gronk. Onk ! Ouais, j'fais quêques trucs pour Dag, mais j'risque pas d'le dire à Siggy, l'aime pas c'genre de choses. M'a fait promettre d'pas m'mêler d'la résistance, mais j'm'en fiche d'mentir pour la bonne cause.

Une chose est vraie, c'est sûr : ça d'vient dangereux gronk-gronk par ici. Le roi Conor, fait tout ce qu'y peut pour exterminer les Mi-Hommes. Même mon brave numain, s'en est fallu d'peu pour qu'y s'fasse embarquer plus d'une fois. Gronk ! Faut dire qu'avec la tête qu'il a, il est encore moins bien loti qu'moi. Il a été, gronk, arrêté par les hommes d'Conor, gronk-gronk, oui déshabillé, fouillé, et y l'ont finalement laissé partir juste parce qu'y avait plus d'place sur les gibets c'jour-là. Oh oui, si vous avez un bec-de-lièvre, vous êtes bon pour la corde. Y font des exécutions publiques, des abattages, comme y disent. Seuls les vrais numains, y sont pas exécutés. Sigs l'arrête pas d'me dire d'pas sortir, gronk, d'rester à la maison, gronk pas faire ci, gronk pas faire ça. L'a peur qu'j'revienne pas, et ça s'peut, c'est sûr qu'ça s'peut. Mais qu'faire, rester sagement à la maison alors qu'y en a qu'ont besoin d'aide ? Mon Sigs, y m'aime et j'l'aime moi aussi, mais c'est qu'un sale égoïste, et j'échangerais pas mon âme contr'la sienne même pour tout l'argent qu'sa sœur lui envoie !

Sûr, y fait çui qu'est pour l'égalité des droits entre les numains et les Mi-Hommes, gronk pour un, un pour gronk, mais ça, j'y croirais l'jour où y défendra vraiment c't'idée. Gronk ! J'pense qu'y pense comme beaucoup d'gens : plutôt être torturés sous Conor qu'dirigés par des Mi-Hommes. Les imbéciiiiles. Ça sera leur tour, après nous. Toujours la même histoire. L'autre, un général, l'avait des yeux d'oiseau, un autre encore l'avait des molaires de chèvre. Les molaires, c'est pas mal, ça s'voit pas ! Bien sûr, qu'ça peut être vrai, ça *peut*. Mais y a d'grandes chances qu'tout ça ait été inventé, gronk, comme ça Conor a une excuse pour tuer qui bon lui semble.

Y a eu encore un raid y a deux ou trois jours, et j'ai bien failli décrocher la timbale. Gronk-oui. J'étais dehors avec un gars, l'bras droit de Dag. J'arrêtais pas d'lui dire que Sigs y nous serait d'aucune aide, qu'y fallait lui laisser du temps, j'lui disais. Mais ils l'veulent. L'était un grand homme avant, y pensent qu'y peut l'redevenir.

Bref, on a été pris dans une rafle. Gronk. Le type avec qui j'étais disait qu'il était cent pour cent numain, mais comment savoir à notre époque ? Si t'as un grain d'beauté dans l'dos, t'es un Mi-Homme. On marchait tranquillement, et bang ! Des coups d'feu. Plein d'gens qui s'mettent à courir dans tous les sens en criant, les stands d'fruits et légumes qu'sont renversés, la viande par terre, les chiens qu'aboient, qui grognent, qui s'battent, gronk-gronk ! Et partout, les uniformes orange !

C'était un raid d'la milice. Les autres soldats y sont en tenue d'ville, mais ceux-là, ça fait pas partie d'leur boulot d'se fondre dans la foule. Y veulent vous foutre la trouille. Gronk. Et ça marche, pour sûr. J'peux vous dire qu'maintenant, dès qu'j'vois rien qu'une orange dans une coupe à fruits, j'ai l'cœur qui se met à battre à tout-va. Donc, c'type et moi, on s'met à courir en s'faisant l'plus p'tit possible, ni vu ni connu, pendant qu'les soldats, y mettent le grappin sur tous ceux qu'ont un tant soit peu d'poils, ou l'nez un peu luisant. Une vieille truie comme moi, c'est une cible facile, mais la vieille Mel, gronk-gronk, personne n'y fait attention. On s'dit juste, la pauvre vieille va pas tarder à mourir d'toute façon. Mais même moi, j'ai attiré l'attention d'un lascar, alors j'ai dû m'cacher derrière une charrette, et j'aurais pu m'faire choper, mais l'soldat qui m'avait vue a repéré une fille-truie plus jolie et plus jeune. L'homme de Dag – Armatage, qu'y s'appelle –, y m'a entraînée sans attendre et on a couru les cinquante derniers mètres jusqu'à notre porte. Gronk ! On a foncé dans l'escalier et, d'en haut, penché par-d'ssus la rampe, son revolver à la main, Siggy criait :

– Mélanie ! Mel ! Mélanie, t'es bête comme une oie !

– Et pourtant j'suis une truie, j'ai grommelé…

Mais j'étais sous l'choc. J'ai bien cru qu'mon heure avait sonné, c'te fois, gronk !

– Tu veux donc te faire choper par ces salauds ?

– En tout cas, j'veux pas rester vautrée sur un canapé comme certains gros bêtas qu'j'connais.

J'm'suis assise sur une marche, en attendant qu'mon cœur arrête d'faire des claquettes dans ma poitrine.

« La jolie Molly toute seule est sortie
Et son bêta d'mari a vu rouge
La jolie Molly s'est fait plein d'amis
Et son mari, lui, il a fait le lit ! »

J'ai chanté ça à Siggy.

– Et la jolie Molly aurait pu se faire buter, bordel !

L'était vraiment furieux. Celle-là, y n'l'aime pas du tout. Normal, y s'fait pas d'amies, lui. Toute la matinée, il avait pas arrêté d's'en plaindre. J'lui avais dit : « Ben sors, tu t'trouveras peut-être une jolie fille pour réchauffer ton lit ! ». Mais il avait raison : ça n'risque pas avec la tête qu'il a. À moins qu'y cherche une jolie Mi-Homme, mais l'est pas trop en faveur d'l'égalité des droits.

Là-dessus, mon invité a passé la tête par-dessus la rampe et l'a levée vers Siggy qu'a retroussé les babines comme un chien. L'a avancé la tête pour qu'Armatage la voie bien. Ah, les numains ! Je n'ai jamais vu d'animaux aussi vaniteux.

– Alors, tu t'es bien rincé l'œil ? il a lancé.

Sur ce, l'a tourné les talons et a trottiné jusqu'à son canapé comme si c'était l'seul ami qu'il avait au monde.

6
SIGGY

C'était un jeune gars tout juste assez beau pour retourner le couteau dans la plaie. Je suis rentré, et j'ai entendu que Mélanie le faisait monter. J'étais furieux. On s'était mis d'accord pourtant : personne à la maison. Qu'elle ait envie de jeter l'argent par les fenêtres, soit ! Mais je ne voulais pas que ses déchets viennent mettre la pagaille chez nous.

Elle me tuera, celle-là ! Elle n'arrête pas de prendre des risques. Des gibets ont été dressés au marché, toute une enfilade de poutres fichées dans la façade. Une construction faite pour durer, apparemment. C'est là qu'ils les pendent, la tête en bas, exactement comme on le faisait dans la cage d'ascenseur. Je vois une partie de la rue de ma fenêtre. Chaque jour, dès que je me lève, je prends mes jumelles et je regarde les nouveaux pendus. Un de ces quatre, c'est le sang de Mélanie que je verrai goutter sur les pavés.

Au yeux de la milice, Mélanie est aussi bonne que les autres pour la potence. Elle n'est pas seulement une truie. Elle est vieille, moche, et inutile pour la société. Il y a des tas de gens mille fois plus présentables qu'elle qu'on a pendus par les pieds. La police secrète arrête et fouille qui bon lui semble ; ils sont capables de vous demander de vous déshabiller pour vérifier que votre anatomie appartient bien au genre humain. Ça m'est arrivé une fois. Ils m'ont roué de coups simplement parce que je suis laid. C'est pour ça que j'évite de sortir et que j'essaie de me tenir au courant de ma fenêtre, et je vous assure que je vois pas mal de choses. L'autre jour, ils ont arrêté une fille superbe et l'ont fait se déshabiller – juste pour se rincer l'œil, c'est sûr –, mais une fois qu'elle a eu retiré sa petite culotte, vous savez quoi ? Elle a révélé une charmante petite queue en tire-bouchon à la base de sa colonne vertébrale. Assez sexy, ma foi, à ce que je voyais à la jumelle. La fille, immobile, bras ballants, ne prenait même pas la peine de se couvrir la poitrine. Elle savait que, pour elle, tout était fichu. Sur son visage, on lisait de la terreur. Quelques jours plus tard, je l'ai reconnue pendue à une potence au milieu des autres.

Du canapé, j'entendais les voix assourdies de Mélanie et de l'humain qui discutaient à la cuisine. Je regardais la cloison, furibard. Ah, les humains ! Que peut-il en sortir de bon ?

– Tasse de thé, gronk-gronk ?

Du thé ! J'ai failli hurler. Il ne nous en restait presque plus. Le thé, c'est le luxe absolu, surtout depuis la guerre. Cherry avait réussi à nous en trouver une poignée. Pourquoi Mélanie en offrait-elle à cet humain ?

Soudain, sans que je m'y attende, des larmes ont roulé sur mes joues. Ne me demandez pas pourquoi. Ça m'arrivait assez souvent à l'époque.

Mélanie et son invité surprise ont surgi au salon. Je me suis levé pour partir, mais Mélanie m'en a empêché.

– J'ai amené c'te numain ici pour qu'y't'parle.

Je m'efforçais de l'ignorer. Je sentais son regard fixé sur mon visage dévasté. Eh bien, il avait intérêt à faire très attention à ce qu'il allait dire s'il ne voulait pas que je m'occupe du sien, de visage. J'ai ravalé mes larmes et j'ai dit, le plus calmement que j'ai pu :

– Il ne faut plus que tu sortes, Mélanie. Tu as envie de te faire tuer ? Tu as envie de m'faire tuer ?

L'inconnu ne me quittait pas des yeux.

– Le dernier des Volson, a-t-il dit.

– Comment le sait-il ? Comment sait-il qui je suis, bon sang ?

Elle n'avait pas le droit de révéler ça ! Je me suis avancé vers elle. J'avais envie de la frapper tant j'étais en colère.

Mélanie n'a pas bronché. « Bon, ça rime à quoi ? » ai-je pensé. « Où veut-elle en venir avec tout ça ? » Son visage était impassible. Une des caractéristiques de Mélanie, c'est qu'elle n'a aucune expression.

– Pourquoi en faire mystère ? a dit l'inconnu.

Il faisait un effort pour ne pas me regarder. Je lui ai mis mon visage sous le nez.

– Regardez-moi bien ! Vous n'aviez encore jamais rien vu de pareil, hein ? Voilà ce que c'est que d'avoir eu le visage réparé par un cochon !

J'ai dit ça pour Mélanie.

– Le visage d'un héros, a dit l'homme.

Je l'ai regardé avec surprise. Un héros ? Mon seul mérite, c'était d'avoir eu la chance de survivre. Vous parlez d'un héros ! Tout ça, c'était des conneries, de toute façon.

L'inconnu m'a tendu la main.

– C'est un grand honneur de vous rencontrer, Sigmund Volson. Aucun de nous n'a oublié votre père et les espoirs qu'il a fait naître avant d'être trahi.

– Tous partis en fumée, ai-je dit avec un haussement d'épaules.

Mais l'homme a secoué la tête.

– C'est Dag qui m'envoie.

J'ai de nouveau haussé les épaules. Ce nom ne m'était pas inconnu.

– La résistance ! s'est écrié Mélanie en tapant du pied. La résistance ! Gronk ! Dag Aggerman, c'est not'chef. J'arrête pas d't'l'répéter, Sigs, j'arrête pas…

Elle disait vrai. Et moi, je ne l'écoutais que d'une oreille. À quoi bon, tout ça ?

– La résistance ? Deux ou trois chiens armés de pistolets à eau ?

– Loin de là, a dit l'homme. Dag est le chef du peuple Chien. C'est un grand homme.

Il m'a souri avec fierté.

« Un homme ? ai-je songé. Un Mi-Homme, tu veux dire ». J'ai ri. L'ami du peuple, chef de la résistance, un foutu clébard ? La bonne blague ! Les Hommes et les Mi-Hommes ont toujours été à couteaux tirés. J'ai scruté l'inconnu en quête de traces canines. Sa langue semblait tachetée…

– J'ai cru que vous étiez un humain.

– Je le suis. Un vrai de vrai. C'est pour ça que Dag m'a envoyé.

J'ai secoué la tête.

– Une alliance avec les Mi-Hommes, a-t-il poursuivi. C'est la seule façon d'avancer. On peut arrêter Conor en nous unissant. La vie est meilleure sur les terres des Mi-Hommes sous l'autorité des

Mi-Hommes qu'elle ne l'est sur les terres des Hommes sous l'autorité des Hommes.

– On est plus civilisés qu'vous autres, les numains, a dit Mélanie d'un ton suffisant.

Elle n'arrêtait pas de me charrier sur notre barbarie. Bah, je pouvais difficilement la contredire, hum ?

– Les Hommes et les Mi-Hommes s'allient enfin. Votre père a cru qu'il pourrait unir le peuple et vaincre les Mi-Hommes avant de tenter une percée hors de Londres. Mais nous devons tous nous unir : Hommes, Mi-Hommes, tous.

J'ai haussé les épaules. C'était inutile.

– Conor est trop puissant. Peut-être Ragnor finira-t-il par le neutraliser s'il va trop loin.

– Cette époque est révoluc. Ceux de Ragnor nous ont maintenus sur ces terres uniquement en nous montant les uns contre les autres. Ils ne dirigent pas le reste du comté, et encore moins le pays. Ils ne tiennent que quelques cités : Londres, Birmingham, Glasgow. Les autres villes sont contre Ragnor, tout comme nous. Le moment est venu, Volson.

Intéressant, si c'était vrai. Mais insuffisant.

– Conor est trop puissant, ai-je répété.

– Conor ne peut pas gagner cette guerre, a rétorqué l'homme. Les autres villes s'organisent contre lui. Elles nous fournissent des armes. Les Mi-Hommes sont forts et le deviennent de plus en plus. Conor a été trop gourmand. Il est allé trop vite en besogne. Ses routes commerciales sont déjà coupées pour la plupart. Sous peu, ses troupes auront des problèmes d'approvisionnement.

Mélanie et lui me fixaient d'un regard plein d'espoir et d'envie, tels deux gosses devant la vitrine d'une confiserie. Le problème, c'est que je n'avais aucun bonbon à leur offrir. J'ai levé les bras au ciel.

– Que voulez-vous que j'y fasse ? Je ne peux rien.

– Bien au contraire. C'est à vous qu'Odin a donné son couteau.

– Odin ! Un androïde venu de Ragnor, oui !

Le jeune homme s'est raidi.

– Dag Aggerman croit aux dieux. Moi aussi.

– Quelle différence cela fait-il, de toute façon ?

L'inconnu m'a regardé sans répondre. Soudain, j'ai encore eu envie de pleurer. Je voulais qu'on me laisse tranquille.

– C'est à vous qu'il a donné le couteau. Vous êtes un héros ! Et vous avez de l'expérience. Vous savez comment organiser des groupes, vous l'avez fait sous le règne de Val. Vous êtes un meneur. Regardez… L'inconnu s'enflammait. Il croyait sincèrement à toutes ces foutaises. Les Mi-Hommes sont unis derrière Dag, mais nous avons besoin d'un humain, quelqu'un qui puisse rassembler tout le monde. Nous avons besoin de vous. Vous êtes un Volson ! C'est très important. Vous avez échappé à Conor, vous avez échappé au Pourceau ! Tout le monde sait comment vous l'avez vaincu. On a besoin de vous !

– On a b'soin d'toi, Sigs, a renchéri Mélanie.

Je l'ai regardée sans répondre. Elle savait à quel point j'étais démoli. Ce n'était parce que je connaissais quelqu'un qui remplissait notre garde-manger que j'étais pour autant un meneur d'hommes, encore moins de Mi-Hommes.

– Mon peuple a besoin d'toi, et ton peuple aussi, a-t-elle ajouté en faisant les gros yeux.

Ah, cette Mélanie ne cessait de me surprendre. Depuis qu'elle avait le ventre plein, elle avait retrouvé tout son bon sens. Et voilà qu'elle combattait dans la résistance !

J'ai refoulé mes larmes et j'ai secoué la tête.

– Les humains et les Mi-Hommes… ça ne marchera jamais.

Mélanie a écarté les bras en hochant la tête. Elle n'avait nul besoin de dire quoi que ce soit. Le message était clair : et toi et moi, Sigs ?

– Non, ai-je dit d'un ton ferme en les poussant pour passer.

– Réfléchissez-y ! m'a crié l'inconnu au moment où je sortais de l'appartement.

J'avais envie de hurler. J'ai dévalé l'escalier quatre à quatre jusque dans la rue. Pour qui se prenaient-ils ? Oser imaginer que l'idéal de mon père serait ressuscité par une bande de chiens et de porcs ! Qu'ils aillent au diable. Ouais… au diable !

7
Signy

C'est le printemps. J'aperçois les couleurs pastel des jacinthes sauvages. Bientôt, les feuilles mortes formeront un tapis épais qui masquera la terre, aussi je profite au maximum de cette poussée de vie. Je reste des heures le nez collé à ma fenêtre, buvant des yeux ce camaïeu de bleus. Je demande à Conor de m'en apporter des bouquets, ou bien d'en planter sur le rebord de mes fenêtres. J'emplis ma chambre de jacinthes, de primevères, de jonquilles, de tulipes. J'y enfouis mon visage pour sentir les odeurs du dehors. Je ferme les yeux, j'imagine le souffle du vent que je n'ai pas senti contre ma peau depuis plus de quatre ans.

Cherry est sortie, je suis seule. La plupart du temps, je suis seule. Ces heures interminables que je passe en ma compagnie me semblent durer une éternité.

Ça me rappelle une histoire que mon père me racontait autrefois. Dans l'étendue plate d'un vaste désert, se dresse une montagne immense, inexpugnable, la plus haute du monde. Une fois tous les mille ans, un petit oiseau brun vole au-dessus du désert et va se poser sur le point le plus haut de cette montagne. Il s'essuie le bec sur la pierre, un-deux, un-deux, puis il reprend son envol pour ne revenir que mille ans plus tard. Le jour où cet oiseau aura, à coup de becs, rendu cette montagne aussi plate que le désert, alors il se sera écoulé une seconde d'éternité.

Une seconde de mon emprisonnement.

Je suis seule, mais pas isolée. Cherry m'apporte à tire-d'aile des nouvelles de l'extérieur. Conor m'abreuve de ses mensonges. Il veut que je lui donne un enfant, un fils, un héritier. Il s'imagine que je suis fière qu'il m'ait choisie comme reine. Il me fait des promesses quant au jour où je quitterai cette prison auréolée de triomphe. À l'entendre, on croirait que c'est son vœu le plus cher, ce à quoi il travaille jour et nuit sans relâche, mais j'ai presque renoncé à l'idée de jamais sortir d'ici. Cela l'arrange de me garder cloîtrée. Je suis à son entière disposition. Sa petite odalisque, toujours prête à satisfaire ses moindres désirs.

Je prends des précautions pour ne pas porter d'enfant de lui. Je suis certaine que si jamais je tombais enceinte de lui, je vomirais le fruit de mes entrailles. Chaque jour, je prends une pilule pour empêcher que cela n'arrive. C'est Cherry qui me l'apporte.

D'ailleurs, la voilà, petit oiseau qui franchit la fenêtre et mon cœur bondit dans ma poitrine. Mais est-ce bien elle ? Cela va faire deux jours qu'elle est partie voler au-dessus des champs de bataille à l'est, où Conor est en marche sur Ipswich. Déjà, son territoire est assez vaste pour mériter le nom de royaume, et que lui-même mérite le titre de roi. Du moins, s'il me dit la vérité sur ce point. Mais les habitants des autres villes et les Mi-Hommes lui résistent, aucun d'eux, ni les humains ni les autres ne sont assez bêtes pour désirer vivre sous l'autorité de mon cher époux. Le pays entier est à feu et à sang. Il n'y a que mon frère qui reste chez lui et se tourne les pouces.

Le petit oiseau a disparu. Je me détourne de la fenêtre et vais me coucher, même si je ne suis pas fatiguée. Il y a un endroit que j'aime bien regarder de mon lit, juste sur la droite. La plupart du temps, je le fixe sans penser à rien et, quelquefois, je me dis qu'une partie du plafond me regarde avec bienveillance, et je me sens mieux. Je regarde, je regarde, et j'attends. J'attends un petit toc-toc-toc contre le rebord de la fenêtre. Reviens, Cherry, vite ! Je me sens trop seule.

Cherry revient enfin au crépuscule. Je lui donne à manger et écoute attentivement les nouvelles qu'elle me donne de la guerre et du peuple proche et éloigné. On bavarde, on rit, on pleure aussi. Elle est très fatiguée, mais je ne peux me résoudre à la laisser dormir. J'ai l'impression que je vais mourir si elle s'endort ! Cherry se fiche de ne pas dormir. Elle m'aime. Pourquoi ? je me le demande parfois. Peut-être ses créateurs l'ont-ils programmée ainsi ?

Plus tard, au cours de la longue nuit, je replie à l'aide de mes mains mes jambes paralysées et je me pelotonne contre le radiateur tout en écoutant Cherry me raconter d'autres histoires. Je bois du vin chaud, bercée par sa voix douce et mélodieuse.

– C'en est une qui vit depuis des années enfermée dans une cellule. Sa vision du monde extérieur se réduit aux arbres derrière sa prison. C'en est une dont la seule amie est une créature sans apparence définie et sans âme. C'en est une dont le cœur est habité par l'amour et la haine qui finiront par ne faire qu'un. C'en est une dont l'âme revêtira les atours de l'amour pour mieux se venger.

Le vent s'est levé. Il fouette les murs du château d'eau. À l'intérieur, il fait bon, on est bien au chaud. Cherry me raconte l'histoire que j'aime entendre : la mienne. Elle sait d'avance ce que je ressens.

– Au début, son cœur était ouvert, à vif, au vu et au su de tous, mais petit à petit, elle apprit à retenir ses larmes. Lorsque le tyran venait la trouver, elle apprit à sourire et à paraître heureuse. Alors que… (Là, Cherry se penche vers moi pour scruter mon visage tandis qu'elle pimente son récit.)… évidemment, elle savait maintenant qu'elle était devenue folle, sciemment. Oui, faire semblant d'être saine d'esprit faisait partie du plan de Signy. C'était cela, sa folie.

– Peut-être était-ce la volonté des dieux ? ai-je suggéré.

Cherry me sourit d'un air entendu, comme si elle connaissait toutes les réponses. Je me demande parfois si elle raconte cette histoire à d'autres. À Siggy, par exemple. À la vieille femme-truie que mon frère affectionne tant ? Elle n'est pas le genre de compagnie que je souhaiterais pour mon frère. Et d'où Cherry tient-elle ces histoires qui révèlent la face cachée des choses aussi clairement que si un miroir pouvait refléter une âme ? De son père, Loki, ou d'Odin lui-même ? J'écoute tout ce qu'elle me dit. Je bois ses paroles. Je ne veux pas en perdre une miette.

– Qui le Pourceau a-t-il mangé en premier, Cherry ? Had ou Ben ?

– Had. Le monstre lui a arraché une partie des côtes qu'il a broyées entre ses mâchoires puissantes, comme si c'étaient de vulgaires carottes râpées. Le sang a jailli à flots. Siggy et Ben ont hurlé. Ils se disaient que ce serait bientôt leur tour.

Cherry me dit toujours toute la vérité. Elle m'a parlé de leur meneur Mi-Chien, Dag Aggerman. Grâce à notre aide, il commence à accumuler les victoires contre Conor. Cherry lui fait passer des renseignements, de temps en temps. Ses succès seront encore plus éclatants lorsque Siggy l'aura rejoint. Elle me fait part de toutes les intrigues à l'intérieur du Domaine et parmi les généraux. Je sais qui est l'allié de qui, qui complote contre qui, qui est en position de force ou de faiblesse. En tout cas, il y a une chose que j'ai toujours sue : Conor fait partie des forts, à côté de lui, tous les autres sont faibles.

Parfois, Cherry me raconte une histoire à venir.

– Et quand l'enfant naquit, le tyran fut fou de joie, ignorant que ce petit garçon était porteur de sa destruction.

– Quel petit garçon, Cherry ? Quel petit garçon ?

Mais Cherry secoue la tête, comme si on lui dictait ses paroles et qu'elle ignorait la réponse à cette question.

– Le père n'est pas le père, le père est le frère. Le fils n'est pas le fils. La mère est la sœur…

– Réveille-toi, Cherry. Tu fais un rêve.

N'empêche, je me souviens de chacune de ses paroles.

– Et quand elle descend de la tour, que voit-elle ?

– Elle voit des têtes au bout de piques en guise d'accueil… des fleurs jaunes parmi elles…

– Et qu'entend-elle ?

– Elle entend les troupes crier « Vive la reine ! Vive la reine ! »

– Et que ressent-elle, Cherry ?

– Un sentiment de triomphe. Mais elle est fatiguée, si fatiguée…

– Parle-moi de Siggy. Dis-moi, dis-moi…

– Chaque jour, Siggy se lève et se débarbouille, s'asperge le visage en prenant garde de ne pas toucher sa peau. Il vit en un lieu sans miroir. La seule chose qui lui fasse peur sur cette terre, c'est son visage. Et il a oublié ce que c'était que d'aimer.

– Et son cœur ? Et ses plans ?

– De plans, il n'en a pas. Il veut être seul et qu'on le laisse tranquille. De cœur, il n'en a plus, on le lui a arraché. Tout ce qu'il veut, c'est que la femme-truie mange à sa faim, et il s'estime le plus heureux des hommes quand il la voit se caresser la panse en grognant de contentement.

Mon pauvre Siggy ! Conor t'a rendu faible, et voilà que cette Mi-Homme fait de toi un animal. Comment m'y prendre pour te faire redevenir un homme ?

Quand il passe dans le Domaine, mon cher et tendre vient me rendre visite, jusqu'à deux ou trois fois par jour. Il m'apporte des cadeaux pour égayer ma prison. Des soieries, des tentures volées dans quelque grande demeure, des gadgets électroniques venant des Mi-Hommes qui commercent avec Ragnor. Un jour, il m'a apporté un chaton. J'accepte tous ses présents. J'ai nourri le chaton, je lui ai donné du lait et du poisson, mais dès le lendemain, il avait disparu. Quand j'ai demandé à Cherry où il était passé, elle s'est léché les doigts en me disant qu'elle n'en avait pas la moindre idée. Je crains que ce petit animal n'ait pas vécu longtemps. Ma Cherry est d'une jalousie féroce.

Un jour, il m'a donné un canari dans une cage en argent massif. Il m'a dit qu'il venait de la maison d'un riche marchand Mi-Homme. Je l'ai gardé à l'œil pendant une semaine pour voir s'il ne changeait pas d'apparence, mais non. Il est resté le même et, le matin, je me réveillais en entendant son joli chant. Il me rappelait l'extérieur. Mais Cherry a installé un fauteuil tout près de la cage et, dès qu'elle était en chatte, elle s'y postait et ne quittait pas l'oiseau des yeux. Bien sûr, j'aurais pu accrocher la cage hors de portée, mais quand elle était en fille, elle l'aurait atteinte sans problème. Ce n'était qu'une question de temps. J'ai préféré rendre la liberté au canari avant de voir quelques plumes jaunes dans la bouche de Cherry.

Ultimes cadeaux de Conor : des renseignements sur la guerre. Tous les détails sur ses dernières victoires censés me remplir de joie.

– On a pris Ipswich, enfin, ce qui en restait. Ces animaux avaient détruit toutes les maisons.

Un mensonge. Oui, il avait pris Ipswich. Non, ce n'était pas les Mi-Hommes qui avaient détruit la ville : c'était lui. Un accès de dépit parce qu'ils lui avaient résisté trop longtemps à son gré. Moi, évidemment, je me comportais comme si je le croyais. Une chance : Conor devait se battre contre beaucoup d'ennemis, tandis que moi, je n'en avais qu'un : lui. Et j'étais devenue experte en la matière.

L'autre jour, il m'a frappée ; c'était la première fois qu'il levait la main sur moi. Ça m'a fait plaisir parce que ça a ravivé ma rage et ma haine. Il s'en est voulu, il pense que c'est une marque de faiblesse. Il est revenu les bras chargés de cadeaux : des fleurs, du chocolat, une robe et un dépliant sur les incubateurs. Eh oui, oui, il projetait de s'en procurer et de s'assurer les services d'un technicien spécialisé. Apparemment, les Mi-Hommes en avaient récupérés à

Ragnor. Ainsi, en me plongeant dans une de ces machines, je pourrais retrouver l'usage de mes jambes.

J'ai lu le dépliant, j'ai mis la robe, une robe de soirée très légère, très décolletée, du genre qui lui donnait envie de moi. J'ai goûté les chocolats. Je l'ai laissé m'embrasser le cou, la naissance des seins. Je l'ai laissé glisser une main entre mes jambes et me toucher... me toucher, c'est tout...

– Pas ici.

– Comment ça ? Comment ça ?

Il était furieux. Il a tellement l'habitude que je sois à ses ordres.

– Pas ici, ailleurs.

– Où ?

J'ai fait un signe en direction de la fenêtre.

– Dehors.

Il a explosé de colère. Comment osais-je poser mes conditions ? Comment osais-je lui dire ce qu'il pouvait ou ne pouvait pas faire ?

– Tu portes les vêtements que je t'offre, a-t-il dit entre les dents. Alors, tu fais ce que je veux !

– Oh, si c'est un ordre, j'obéirai. Dès l'instant où je ne suis pas censée être consentante ni avoir du plaisir...

Alors, il m'a frappée, très fort, sur la bouche.

– Pour ton audace ! a-t-il dit.

Et il est parti. J'ai essuyé le sang sur mes lèvres.

– Je veux sortir ! ai-je hurlé. Je veux sortir !

Mais il a ouvert la trappe et descendu l'échelle sans ajouter un mot.

Que craignait-il s'il me laissait sortir ? Que je le tue ? Je pouvais le faire pendant qu'il était ici. Avait-il peur que je me fasse assassiner ? En était-il venu à croire à ses propres mensonges ?

Il prétend qu'il veut que je sois sa reine, mais pourquoi sa reine devrait-elle vivre en recluse ? Il ne me le dit pas, et peut-être ne le sait-il même pas. Cherry, elle, le sait. Elle sait ce qu'il ignore encore.

– Il veut un enfant de toi. Tu donneras naissance à sa descendance. Il ne te fait pas confiance, vois-tu. Il veut être sûr que l'enfant est de lui.

Ah oui, bien sûr... ainsi, aucun autre homme ne pourra me toucher. Bien sûr...

Alors, j'ai su très exactement ce que je devais faire.

8
Cherry

Volonté des dieux, coup du sort, ne cherchez pas à comprendre. Disons seulement ceci : on a parfois le sentiment que les dieux, à un moment donné, se penchent sur un lieu, sur une personne, pour nourrir leurs aspirations. Cela peut être porteur de joie ou de tristesse, voire paraître insignifiant aux Hommes ou aux Mi-Hommes, mais ceux qui ressentent cette impression de cohérence infinie, ont alors ce goût de… du destin à l'œuvre… oui, oui… même Odin.

J'ai toujours su qu'elle était dans l'œil du cyclone.

Je sens cela pour Signy, comme pour Siggy, même si lui est un incroyant. Il pense que les dieux sont des créations de Ragnor. Des morceaux de métal alliés à de la chair humaine ! Quelle différence cela fait-il qu'une machine soit faite de chair, de sang, ou de plastique et de tiges en acier ? La destinée est faite de la chair et du souffle des siècles. Quel technicien de Ragnor pourrait ajouter ne serait-ce qu'une seconde au temps ? Ou l'en retirer ?

C'est l'apanage des dieux, et je suis leur prêtresse.

– Cherry, je peux sortir d'ici ? m'a-t-elle demandé.

– Oui, oui. Mais sans moi.

Les apparences, ce sont des choses très simples. Il suffit d'en avoir plus d'une, et l'on comprend tout de suite comment en prendre et en changer. Toute magie obéit à ce principe : un don qui demeure incompréhensible jusqu'au moment où on le met en pratique, et alors on se rend compte qu'il n'y a rien à comprendre. La vue, le toucher, l'ouïe, le désir sexuel – autant de dons des dieux qui vous donnent, pour les abriter, une apparence de fille ou de garçon. À moi, ils m'ont donné plusieurs apparences possibles : fille, chat, oiseau, noix.

Emprunter l'apparence de quelqu'un d'autre, ça, c'est difficile. J'ai dû parler aux Grands Distributeurs, les dieux eux-mêmes. Je sais comment me rendre auprès du Grand Retors, le dieu des tours et des détours, le Donneur d'Apparences. Je lui ai parlé, et il a satisfait à ma requête.

Si j'avais su ce qu'elle avait en tête, jamais je ne Lui aurais demandé cela.

Donc, elle a pris mon apparence, celle de l'oiseau, pour sortir de sa prison. Et voilà ma Signy volant à tire-d'aile tandis que je suis restée dans la tour sous son apparence. Elle a emporté mon apparence de fille enfouie profondément en elle, là où les formes attendent d'être sollicitées pour s'incarner. Et moi, pendant ce temps-là, moi, obéissante Cherry, je suis restée allongée sur son lit, assise dans son fauteuil roulant, j'ai mangé avec sa bouche, j'ai parlé avec Conor, je lui ai interdit de dormir avec moi ainsi qu'elle m'en avait donné l'ordre. Elle, ma Signy, sous mon apparence de chat, a filé vers le Nord, s'est introduite dans la maison de Siggy, où elle a pris mon apparence de fille et revêtu mes plus beaux atours. Sous mes traits, elle a frappé doucement à la porte de la chambre de son frère…

9

Siggy

On a frappé doucement, et j'ai eu peur.

– Qui est là ?

Pas de réponse. Puis, à nouveau, des coups, tout doux. Qui cela pouvait-il être ? Qui donc était entré chez nous ?

Je me suis glissé hors du lit en prenant le revolver sous mon oreiller. J'ai fait deux pas sur la moquette…

– Siggy…

Il avait dû se passer quelque chose. J'ai enfilé un pantalon, et j'ai ouvert la porte. Elle était là, devant moi, pâle comme la lune, l'air inquiet. J'ai trouvé qu'elle n'était pas comme d'habitude.

– Que se passe-t-il ? ai-je demandé.

Je sentais un danger. Pourquoi était-elle venue si discrètement, si tard, en secret, me semblait-il.

– Siggy.

Elle m'a souri. Un sourire léger, étrange. J'ai fait mine de l'entraîner vers la cuisine, mais elle a résisté.

– Tu trembles, lui ai-je dit.

Les yeux brillants de larmes, elle a secoué la tête et m'a souri.

– Cherry ? Que se passe-t-il ?

Je me suis assis à côté d'elle sur le lit. Elle s'est essuyé les yeux et a posé une main sur ma joue.

– Tu es beau, a-t-elle murmuré.

J'ai ri. Moi, beau ! Puis, mon sang s'est glacé. Elle se moque de moi, ai-je songé.

– Que veux-tu ?

Ma voix a paru dure à mes oreilles.

– Pauvre Sigs, que t'ont-ils donc fait ?

J'ai hoché la tête sans répondre. Je ne comprenais pas ce qui se passait. Elle n'était pas comme d'habitude. Tout ça ne lui ressemblait pas.

Elle a passé les bras autour de mon cou et a enfoui son visage au creux de mon épaule. Je l'ai tenue contre moi, très doucement. Elle semblait si fragile. J'avais l'impression qu'elle risquait de se briser en deux si je la serrais trop fort. Je sentais les battements de son cœur. Elle aussi sans doute, car elle a levé la tête, m'a regardé et a ri. Je ne savais pas quoi faire. Son comportement me paraissait si étrange...

Elle a remis son visage sur mon épaule, a posé une main sur ma cuisse et l'a caressée. Elle a déposé un baiser sur mon cou. ... Que c'était bon...

J'ai attendu. Je ne voulais pas faire de gaffe. À peine quelques années plus tôt, elle était encore une petite fille, maintenant, c'était une jeune femme. Plus animale qu'humaine, elle vieillissait à la vitesse d'un chat. Elle était devenue assez grande pour l'amour. Mon cœur battait si fort que je craignais que ça ne l'effraie. Était-ce cela qu'elle voulait ? Ça faisait si longtemps que je n'avais pas possédé une fille. Personne ne me désirait plus désormais ; même une bête ne voudrait pas de moi. Mais sa main me caressait toujours la cuisse, et elle devait bien sentir mon érection à son contact.

J'ai laissé tomber ma main et j'ai effleuré ses seins. Elle a poussé un soupir très doux. Je voulais être sûr que c'était bien ce qu'elle voulait. Je voulais l'entendre dire : fais-moi l'amour, être sûr qu'elle n'agissait pas uniquement par pitié. Je voulais l'entendre dire qu'elle me désirait. Elle m'a embrassé dans le cou et a senti ma peau. Je lui ai rendu la pareille. Puis, soudain, je n'ai plus résisté davantage : j'ai pris un de ses seins dans le creux de ma main. Elle a gémi de plaisir et s'est couchée sur le lit. Je me suis étendu sur elle, j'ai soulevé sa robe... lentement, doucement, j'avais l'impression d'être envoûté... de rêver... que nous allions nous réveiller si jamais je devenais trop brusque.

– Siggy... Siggy..., murmurait-elle.

Elle a gémi encore. Elle a entrouvert les yeux, et je l'ai regardée me regarder, puis nous nous sommes embrassés, elle a fermé les yeux, je l'ai sentie se contracter sous moi, et j'ai pensé, zut, elle va se réveiller ! Elle était bien réveillée, et elle a déboutonné ma braguette...

– Oui ? ai-je demandé.

– Oui, m'a-t-elle répondu. Oui !

Elle a ri. Je lui ai ôté sa robe, j'ai humé son corps, et puis...

10

Quelles sont donc ces amours qui unissent le jumeau à la jumelle, le frère à la sœur, alors que l'un d'eux ne sait pas qui est l'autre ? Était-ce un accouplement à trois ? Humain, humain, Mi-Homme… car il fallait compter avec l'être aux multiples apparences : Cherry, en partie humaine, en partie chatte, en partie oiseau, en partie divinité. Elle aussi avait participé à l'accouplement étrange de la sœur à moitié folle, à moitié paralysée et du frère défiguré.

Ainsi que Cherry l'avait prédit, la fatalité avait attiré dans cette petite chambre ceux qui se nourrissaient du destin. Y eût-il des gens avec des yeux pour voir ces choses-là qu'ils auraient vu des dieux sortir de leur léthargie et s'accrocher aux murs, se regrouper près des fenêtres, pour observer la scène. Odin était là, regardant ce qui, il le savait déjà, était voué à disparaître. Freyt et Freyja, les dieux de la fertilité, et d'autres dieux aussi, nés depuis peu des briques, des poutres rouillées, des machines cassées, du béton, de l'acier, eux aussi étaient venus humer l'odeur de la fatalité comme si, de cette scène, s'élevaient les parfums sacrificiels qu'ils affectionnaient. Sans oublier Loki, ce dieu facétieux capable de détourner le cours du temps en l'amenant, par des chemins de traverse, là où il voulait qu'il aille, mais sans pour autant pouvoir changer le cours des choses. Hilare, il s'accrochait au mur comme une sangsue. Il n'aurait manqué ça pour rien au monde.

11

SIGGY

Elle m'a dit qu'elle avait le don de prophétie. Elle m'a dit que je serais un grand homme, un roi, que je renverserais Conor et gouvernerais plus longtemps que tous les dirigeants actuels. Elle m'a chuchoté ces révélations, mais je ne l'écoutais pas vraiment, j'étais occupé à autre chose. Je me souviens avoir vaguement pensé que Signy avait dû l'envoyer, que c'était pour cette raison qu'elle faisait cela. Mais peu importait alors... j'étais simplement heureux qu'elle soit là.

Pourtant, plus nous faisions l'amour et plus j'avais le sentiment de me servir d'elle, même si elle se donnait à moi avec plaisir et sans contrainte. Et plus tard, nous l'avons refait encore plus passionnément, et c'est elle qui menait le jeu. Parfois, elle me regardait intensément, l'air horrifié maintenant que j'y repense. Peut-être voulait-elle que je la réfrène parce qu'elle-même ne pouvait se rassasier de sexe. Enfin, nous nous sommes endormis dans les bras l'un de l'autre et, à mon réveil, elle était partie.

Je l'ai revue quelques jours plus tard, mais elle était très nerveuse. Elle ne voulait pas que je la touche. Ce n'est que plus tard, bien plus tard, que j'ai compris pourquoi. Sur le moment, je me disais qu'elle avait peut-être ses chaleurs, comme une chatte, et que c'était plus fort qu'elle. Il était évident que, en ce qui concernait Cherry, avoir couché avec moi était une grosse erreur.

12

Lorsque Signy annonça à Conor qu'elle était enceinte, le tyran fut fou de joie. Un enfant ! Son enfant ! Le début d'une nouvelle dynastie !

Bien entendu, Conor pouvait avoir toutes les maîtresses qu'il voulait. Ses bâtards pullulaient dans le Domaine et les quartiers environnants, mais leurs mères étaient, pour la plupart, des moins que rien. Signy était une princesse, la fille de Val Volson. Cloîtrée au sommet du château d'eau, elle était sienne plus que toute autre femme.

Un fils. Tout empire avait besoin d'un héritier.

Le danger rôdait désormais. Cet enfant changeait bien des choses, en mal. Des ennemis invisibles, c'était sûr, se réuniraient à des heures tardives dans des salles discrètes pour dresser des plans dans l'espoir de voir Conor pendu la tête en bas, le visage bleui, à un réverbère de la ville. Entre-temps, ils feraient tout pour faire assassiner Signy et l'enfant qu'elle portait.

La mère et l'enfant devaient être maintenus dans un lieu tenu secret. Conor, qui attaquait le monde entier, commença à craindre pour son bien le plus précieux, sans imaginer que le plus grand danger venait de ce qu'il gardait le plus jalousement. Il augmenta le nombre de gardes autour du château d'eau, fit installer des vitres pare-balles à certaines fenêtres et condamna les autres avec des plaques d'acier. Les gardes eux-mêmes furent placés sous la surveillance de vigiles, de crainte que des ennemis insoupçonnés ne les soudoient ou ne les infiltrent. Plus personne n'avait accès au château d'eau sans son autorisation, à l'exception, bien sûr, d'un oiseau capable d'entrer par le toit.

Signy, le bijou le plus précieux de cet écrin sous haute surveillance, vécut sa grossesse en ne recevant de visite que de Conor, de Cherry, et en regardant à travers la vitre les gardes disposés en cercle autour de son nid d'aigle. Chaque jour, Conor posait la main sur le ventre de son épouse recluse et lui parlait d'amour. Voyait-elle tous les efforts qu'il faisait pour assurer son bien-être ? Quelle autre preuve lui fallait-il ? Un jour, bientôt, lui promettait-il, on la descendrait par l'échelle et elle verrait ses ennemis la regarder, la tête au bout d'une pique, ainsi qu'elle le lui demandait. Ce jour viendrait quand cet enfant, du sang des Volson et du sien, dirigerait le pays enfin unifié sous un seul roi.

– Les rêves de ton père vont tout de même se réaliser ! clamait-il, s'imaginant que c'était toujours important pour elle.

Signy l'écoutait et l'embrassait en lui disant qu'elle lui avait pardonné, qu'elle l'aimait. Mensonges et vérités s'entremêlaient en elle comme des ronces. Certains jours, elle se disait qu'après tout, elle pourrait être heureuse si seulement elle parvenait à tirer un trait sur le passé, mais au fond d'elle-même le but qu'elle s'était fixé demeurait inchangé : la destruction totale de Conor et de ses œuvres.

Et ce serait cet enfant qui lui reprendrait tout. Cet être qui n'aurait que du sang Volson dans les veines renforcerait le cœur affaibli de son frère et ferait accéder Siggy au trône. Elle ne doutait pas que cet enfant serait un garçon. Elle le savait en son for intérieur, comme si Odin lui-même le lui avait promis. Elle lui chantait des berceuses qui parlaient de haine et de vengeance. Ce jour-là viendrait – peut-être serait-elle morte, et Siggy un vieillard, mais il viendrait car elle en avait décidé ainsi. Telle était sa destinée. Sa vengeance lui prendrait peut-être toute sa vie, mais Signy était prête à tout pour que l'empire de Conor s'effondre et que lui-même meure comme un chien.

13

Signy

Je suis assise dans mon fauteuil roulant. Conor verse des huiles dans le creux de sa main. Leurs parfums suaves emplissent la pièce : amande douce, encens, carotte. C'est pour que la peau de mon ventre reste lisse et douce. J'ai encore assez de vanité pour refuser d'avoir des vergetures après l'accouchement.

Conor écarte les pans de ma robe d'intérieur, et nous rions tous les deux. Que mon torse est énorme et gonflé, et que mes jambes sont frêles et grêles !

– Je te rendrai tes jambes, me murmure Conor. Je te rendrai tout.

Il est sincère. Dans une des pièces de l'étage du dessous se trouve un incubateur en verre utilisé pour la gestation de créatures génétiquement modifiées. Conor l'a récupéré lors de l'attaque d'un convoi de marchandises entre Ragnor et Birmingham. Une fois que le bébé sera né, j'y séjournerai.

Mais après la naissance du bébé, bien entendu. Ne rien faire qui pourrait porter préjudice à l'enfant. Dieu l'en garde !

Conor caresse mon ventre durci, m'embrasse le nombril. Je pousse un cri car il renverse de l'huile sur ma robe. Il ronchonne et mordille mon nombril, suffisamment en saillie pour le lui permettre. Ça chatouille ! Ça m'énerve.

– Tu es censé me détendre, Conor.

Il marmonne des excuses. Il frotte les huiles dans ses paumes puis me masse doucement le ventre en cercles lents et tièdes. Il a les mains chaudes, très chaudes, comme toujours. Pas comme moi. Moi aussi, je peux le faire crier en posant mes mains glacées sur son ventre ou sur ses cuisses. Il déteste le froid. Lorsqu'il en aura fini avec mon ventre, il voudra masser mes seins alourdis.

Il en meurt d'impatience, je le sais.

J'ai l'impression d'avoir été plongée dans une piscine où l'eau serait lisse, très lisse, très calme, très profonde. Je me sens presque en paix, parfois. Mais cette eau qui ne bouge pas pourrit sur place. Conor a pourri, et moi aussi – c'est moi qui le suis le plus. Mes pensées et mes sentiments sont comme de petites grenouilles mortes à la dérive.

Cherry dit qu'on peut aimer le premier venu car on a tous besoin d'aimer. Nous n'avons pas le choix. « C'est comme respirer », me murmure-t-elle. Elle aussi m'aime. Je suis entourée d'amour !

Ah, pardonnez-moi de penser si peu de bien de l'amour. Mais peut-être l'amour est-il si fort qu'en dépit de tout ce que Conor m'a fait subir, je suis toujours capable de l'aimer. Je *dois* l'aimer, et je l'aimerai toujours quoi qu'il ait fait et quoi qu'il fasse. L'amour est corrompu ; il subsiste même lorsque c'est un monstre que l'on aime, même lorsqu'on nourrit en son cœur à l'égard de cette personne la plus violente des haines.

Après que ses mains tièdes eurent officié, nous avons voulu faire… l'amour. (C'est bien ça, la formule consacrée, non ?) Conor pousse mon fauteuil jusqu'au lit et je me hisse sur le matelas en rampant à moitié tandis qu'il m'y fait basculer. J'ai l'impression d'être une pile de linge sale, mais je me garde bien de le lui dire. Je ne voudrais surtout pas gâcher l'ambiance. Je suis si grosse que je suis obligée de me coucher sur le côté pour qu'il puisse me pénétrer.

Je ferme les yeux et j'ai la vision du visage détruit de mon frère. Un rappel de la raison de ma présence ici.

Conor est très doux avec moi. Oui, vraiment, nous sommes de très bons amants. On rit des mêmes plaisanteries, on se protège contre nos peurs respectives. Il va même jusqu'à me consoler de la perte de mon père et de mes frères. Parfois, il verse des larmes de pitié. Quand nous faisons l'amour, il joue avec mon corps à sa guise, il gémit et crie de plaisir, et j'ai des frissons tellement c'est bon. Oh, oui, Conor est un grand amoureux. Il m'aime, figurez-vous. Et cet enfant, cet enfant qui n'est même pas encore né, comme il l'aime déjà ! Il colle son oreille contre mon ventre pour le sentir bouger, il lui chante des berceuses. « Do, do, l'enfant do dans le ventre de Signy… » Les larmes lui montent aux yeux. Des larmes spontanées, des larmes d'amour.

Bien entendu, Conor ne regarde pas à la dépense pour son petit prince. J'ai mon petit échographe personnel de façon que Conor puisse voir son précieux petit avant même qu'il soit né.

– Et ça, c'est sa main ? Et ça, sa tête ?

Je ris. Je le taquine.

– Comment veux-tu que je le sache ? Je ne suis pas une personne, je suis un ventre. Tu connais mieux l'intérieur de mon corps que je ne le connais moi-même.

Mais il continue sur sa lancée.

– C'est sa petite tête, Signy ? Signy ?

Cherry me dit qu'un jour je serai de nouveau libre, mais moi je sais que ce jour n'arrivera jamais. Conor construit des prisons sans murs, sans clés, sans évasion possible. Mon cœur est incarcéré. Même si l'on me ramenait dans la maison de mon père, mon cœur serait toujours ici, dans ma tour, en train de faire l'amour avec mon geôlier. Rien ne changera jamais pour moi. Quant au monde extérieur en revanche, c'est différent. Cela ne m'est pas du tout égal.

Comment Conor pourrait-il se douter que les battements de cœur qu'il écoute sont ceux de sa destruction à venir ? Conor peut toujours s'acharner à jouir en moi, ce bébé est un Volson jusqu'à la moelle. Ce bébé ne sera pas la gloire de Conor, mais sa mort.

Je le serre contre moi, je sens sa respiration devenir plus lente, plus régulière. Il s'endort, confiant. Le pauvre. Je suis le seul être au monde à qui il fasse confiance. Quelle folie ! Mais nous deviendrons fous ensemble, mon amour. Nous mourrons ensemble, toi et moi, mon tendre et seul amour, mon prince, mon roi, mon véritable amour. Je compte sur toi pour m'accueillir en enfer.

14

Il était 1 heure du matin. Au fond d'un de ses bunkers creusés dans la roche sous son quartier général de Finchley, Conor en avait après ses généraux. Il était persuadé que l'un d'eux l'avait trahi.

Ces bunkers étaient les endroits de son royaume où il était le plus à l'abri d'une attaque, pourtant Conor les détestait, en avait peur. Il se sentait coincé par les hommes qui avaient fait ses guerres à ses côtés. Il aurait mille fois mieux aimé patrouiller sur le front au centre d'un convoi de voitures blindées, sous la protection de ses gardes du corps. Sa garde rapprochée comptait environ un millier d'hommes, les seuls à qui il faisait une confiance absolue. C'étaient eux qui gardaient Signy. Si elle n'avait pas été là, cela aurait fait très longtemps que Conor n'aurait plus remis les pieds au Domaine. Mais il était bien trop dangereux de faire suivre Signy sur les champs de bataille, et même de la laisser ici parmi ses ennemis insoupçonnés, si doués pour la dissimulation.

À la lumière blafarde des néons, les cartes d'état-major étalées devant lui, Conor scruta un à un les visages des généraux qui suaient à grosses gouttes et s'efforçaient d'afficher un air confiant.

Cette semaine-là plus que toute autre, il était primordial pour lui d'être à proximité de son trésor secret gardé dans le château d'eau. Il attendait l'heureuse nouvelle d'un moment à l'autre.

La raison de sa colère était qu'une mission venait d'échouer, un raid dévastateur sur le centre névralgique de la résistance, à Swindon. Il avait fallu des semaines pour le mettre sur pied. Ses armées avaient encerclé la cible, s'en rapprochant discrètement en dissimulant leur véritable but. Puis, lorsqu'il fut certain que le général des Mi-Hommes se reposait dans son quartier général, de nombreux renforts, certains marchant depuis des jours et des jours, d'autres venant en véhicules volés lors d'embuscades, arrivèrent sur le site.

C'était une opération d'envergure. Ces Mi-Hommes étaient mieux organisés, bien plus farouches et bien plus dangereux que ceux des villes affaiblies du Sud et des Midlands où on les utilisait comme bouclier humain contre les troupes de Conor. S'il réussissait à détruire la résistance des Mi-Hommes, ce serait la fin de ses ennemis les plus coriaces, dont Dag Aggerman qui était une figure charismatique.

L'attaque avait été parfaitement organisée : des troupes évoluant juste hors de portée de tir et apparemment disposées à engager le combat avec l'armée de Dag ailleurs, de faux replis pour brouiller les pistes, puis un assaut inattendu. Personne n'aurait pu le prévoir. Le plan était parfait et avait été minutieusement exécuté.

Mais lorsqu'ils pénétrèrent dans le quartier général de Dag Aggerman, l'endroit était désert.

Qui les avait prévenus ?

Conor dévisageait ses généraux autour de la table. Ils étaient les seuls à connaître le plan. L'un d'eux avait donc trahi. Mais lequel ?

Conor pointa le doigt vers l'un d'eux.

– Est-ce toi ?

– Non, non, chef ! Jamais !

– Qui alors ?

– Je ne sais pas.

– Pourquoi ?

L'ignorance était une autre forme de trahison. Conor était dans tous ses états. Il arpenta la pièce en hurlant tandis que ses hommes, si puissants, dansaient d'un pied sur l'autre, aussi mal à l'aise que des enfants. Conor avait raison : il y avait eu délit d'initié. Ça venait forcément d'eux. Et Conor était capable de les faire fusiller tous pour être certain de punir le coupable.

La réunion au sommet fut interrompue par l'arrivée d'un jeune soldat arborant l'uniforme bleu pâle de la garde rapprochée. Les généraux le regardèrent avec inquiétude tandis qu'il murmurait quelque chose à l'oreille de Conor.

Mais Conor sourit. Il donna une grande tape dans le dos du soldat et le regarda s'éloigner d'un air ravi. Il fit mine de lui emboîter le pas, puis se figea. La réunion était loin d'être terminée. Il retourna à la table, mais il était évident que son cœur n'y était plus.

Il se remit à débiter ses accusations et ses questions. Il devait faire des efforts pour réprimer un sourire, et, de temps en temps, il hochait la tête d'un air content. Puis, il finit par dire :

– Messieurs, je vous autorise à me féliciter. Je viens d'être père. Ma femme m'a donné un fils vigoureux, en pleine santé.

Ah ! Cette annonce fit l'effet d'une bombe car personne n'était au courant. Était-ce possible ? Félicitations, Sire.

Mais en vérité, les généraux savaient tout. Une telle chose ne pouvait être tenue secrète. Tout le monde voyait que Conor se rendait très fréquemment au château d'eau, et tout le monde savait pourquoi. La seule chose, c'est qu'il fallait que les gardes de Conor ne sachent pas que vous saviez. Et le véritable secret, le secret le mieux gardé, c'était que tout le Domaine savait que Signy vivait en recluse au sommet du château d'eau.

Ainsi donc, les rumeurs au sujet de l'enfant étaient fondées. Les généraux s'approchèrent de Conor et lui serrèrent la main.

– Félicitations, monsieur !

– Quelle nouvelle !

Conor hochait la tête, mais déjà son sourire s'effaçait. Fallait-il qu'il soit stupide pour avoir révélé à ces traîtres l'existence de son fils ! Il avait trop parlé ! Il se rembrunit. Les généraux, sur le qui-vive, regagnèrent leur place autour de la table en échangeant des regards inquiets. Qu'allait-il se passer ? C'était la première fois que Conor faisait officiellement allusion à Signy, qui plus est pour annoncer qu'il avait un fils, et déjà, il le regrettait.

Quelques minutes plus tard, Conor partit pour voir son enfant, son fils si précieux, le futur roi. Les généraux s'épongèrent le front.

– J'aurais préféré qu'il ne nous dise rien, déclara l'un d'eux.

Chacun avait l'impression d'avoir frôlé la mort et d'avoir été épargné.

Quelques heures plus tard, Conor convoqua sa garde rapprochée et lui présenta l'enfant couché dans un berceau derrière les vitres pare-balles d'une fenêtre du château d'eau. Mille hommes en uniforme bleu posèrent le genou à terre et firent serment d'allégeance au nouveau-né. Aucun des généraux n'était présent. Les plus sages d'entre eux avaient déjà plié bagage pendant qu'il était encore temps.

15

Signy

J'avais peur avant sa naissance qu'il ait des problèmes, mais non : c'est un beau, un très beau petit garçon. Même les gardes qui surveillaient les médecins et les sages-femmes avaient le sourire aux lèvres.

Écoutez comme il crie !

Dans la chambre, il régnait une ambiance de détournement d'avion. J'aurais voulu être seule avec Cherry, et, bien entendu, on n'a pas voulu d'un chat dans la pièce où naissait un prince. Mais elle les a bernés. Elle s'est cachée sous le lit du début à la fin et, quelques minutes après qu'il fut né, elle est sortie pour me féliciter. Elle a sauté sur le lit en ronronnant comme un moteur, et a léché le bébé encore couvert de sang. Ce n'était que justice : c'est aussi *son* petit. Mais le médecin a vu rouge, et comme j'ai craint qu'il n'en parle à Conor, je les ai laissés la chasser.

– Plus tard, ai-je chuchoté à son oreille.

Elle était très vexée, et elle est sortie la tête haute sans jeter un seul regard en arrière.

Alors, ils ont voulu me retirer le bébé pour le laver, mais je l'ai pressé contre mon sein et il a tout de suite su ce qu'il devait faire.

– Puisses-tu toujours savoir quoi faire, lui ai-je murmuré.

Il était très beau. Je voulais réserver à Cherry le plaisir de le nettoyer plus tard mais, lorsque Conor est arrivé, il est devenu fou de rage en voyant le bébé aussi sale et a exigé qu'il soit lavé sur-le-champ.

Mon bébé est un secret. Même son père ne sait rien de lui. Comme Cherry, il aura plus d'une forme dans son sac.

Une fois qu'il a été propre, sa peau était très douce, aussi veloutée qu'une pêche. Conor l'a pris dans ses bras en souriant, et a posé sa petite tête contre sa joue rugueuse. Le bébé s'est mis à pleurer.

Conor était blême. J'avais envie qu'il s'en aille. J'avais froid car je sentais énormément d'amour en moi alors qu'il n'y avait pas de place pour de tels sentiments, je le savais. Lorsqu'il a voulu me rendre le bébé, je lui ai dit de l'éloigner, que j'avais besoin de dormir. Il s'est alors mis en colère en prétendant que je n'aimais pas suffisamment mon enfant. Puis il est sorti de la chambre et l'a confié aux gardes qui, tous, se sont inclinés devant lui. Je l'ai su par Cherry. J'ai failli éclater de rire car ils saluaient rien moins que la destruction de Conor.

Plus tard, une fois la chambre vide et après avoir récupéré mon bébé, Cherry est revenue. Elle est restée en chat et a posé ses pattes avant sur le lit. Je l'ai soulevée de terre et l'ai mise contre le bébé pour qu'elle sente son odeur.

– Tu es sa mère, toi aussi, ai-je dit.

Mais, toujours vexée, elle a sauté par terre. J'étais bouleversée. Je ne voulais pas qu'elle soit fâchée. Je suis descendue du lit et je me suis traînée vers elle, mais elle est allée se cacher dans un placard. Finalement, j'ai pris le bébé et l'ai glissé dans le placard à côté d'elle. Peu après, je l'ai entendue ronronner de l'autre bout de la pièce.

J'ai attendu quelques minutes, puis je l'ai avertie :

– On ne peut pas le laisser là, ma douce. Conor risque de s'en apercevoir et Dieu sait ce qu'il ferait.

Elle m'a pardonnée et a daigné sortir de sa cachette. On s'est blotties l'une contre l'autre dans le lit, le bébé entre nous, et c'est ainsi qu'on s'est endormies. Au milieu de la nuit, je me suis réveillée et je l'ai vue qui, sous son apparence de chatte, léchait le bébé. Je suis restée éveillée jusqu'au matin, écoutant les ronronnements de Cherry, regardant le bébé dormir si paisiblement entre nous, et j'ai pensé que si les choses pouvaient demeurer ainsi demain, après-demain, la semaine prochaine, l'année prochaine, alors peut-être je pourrais être heureuse !

Puis j'ai pleuré en pensant à l'homme qu'il lui faudrait devenir.

16

C'est une nuit sans lune, une semaine après la naissance du bébé. Dans l'air humide et immobile de cette nuit de février, les arbres pâles qui entourent le château d'eau frémissent. C'est une nuit surnaturelle. L'enfant, Vincent, fils de deux mères, est dans les bras de Signy. Conor est sur le front du Sud. Il a assiégé la ville de Portsmouth, il espère la soumettre à sa volonté d'ici quelques jours, et emplir les quais de sacrifices.

Dans les entrailles du château d'eau, les gardes s'endorment un à un comme dans un conte de fée. Leurs têtes s'avachissent, on entend des bruits sourds quand ils tombent mollement sur le sol tels des fruits trop mûrs. Non loin de là, parmi les bouleaux, une créature rousse dotée d'autant de formes ou presque qu'il en existe sur Terre, se réjouit. C'est le don du dieu des tours et des détours. Rien à voir avec le pouvoir ou la vengeance, le destin ou la fatalité, la jalousie, l'amour ou la colère, cette œuvre est de la malice pure.

Tandis que les gardes dorment d'un sommeil profond, un silence qui inverse l'ordre des choses prend possession du château d'eau. D'habitude, le bruit rompt le silence, mais là, le silence rompt le bruit. Dans les hauteurs du château d'eau, la trappe s'ouvre comme dans un rêve. Signy embrasse son enfant en pleurant. Quelle autre mère donnerait son fils alors qu'elle n'a que lui au monde ? Elle est sur le point de lancer ce petit missile vivant contre Conor.

Une jeune fille aux mêmes cheveux que le dieu dissimulé dans les arbres apparaît et s'engage sur l'échelle. Des mains lui tendent l'enfant. (Cherry, une fois encore, travaille pour sa maîtresse.) Signy la regarde descendre silencieusement l'échelle, changeant de forme au fur et à mesure qu'elle s'éloigne. La petite chatte disparaît dans les arbres sans feuilles, et Signy regarde longtemps encore l'air humide de la nuit. Puis, elle fait rouler son fauteuil dans la chambre que Cherry et elle ont pris soin de mettre sens dessus dessous et gagne une des pièces de haute sécurité que Conor a conçues pour elle. Murs en acier, porte blindée, fermée de l'intérieur.

Quelques minutes plus tard, les gardes s'éveillent peu à peu aux cris de la jeune mère. Ils se frottent les yeux, éberlués.

– Mon bébé ! Ils ont pris mon bébé !

Les gardes montent au triple galop et sont saisis en voyant les dégâts. En dépit de toutes les précautions et de tous les avertissements de Conor, son pire cauchemar est devenu réalité et, désormais ils en sont certains, le leur aussi.

La porte s'ouvre, Signy surgit, elle leur raconte son agression par une bande de soldats qui ont mis sa chambre à sac et ont enlevé le bébé...

– Ils m'auraient tuée si je n'avais réussi à leur échapper et à m'enfermer dans cette pièce !

Et tandis que les soldats affolés donnent l'alarme et commencent à fouiller vainement le château d'eau, en bas, du creux des arbres, un oiseau brun prend son envol et file vers l'ouest. Dans ses petites pattes, il tient une noix aussi brune que son plumage.

Dag Aggerman était dans un bâtiment bas de plafond et tout en longueur qui abritait une vingtaine de cuves de verre alignées sur un rang, des incubateurs. Les Mi-Hommes avaient échangé ou volé ces merveilles de technologie moderne à Ragnor ou d'autres villes au-delà du territoire, et les utilisaient pour réparer des généraux ou des chefs de guérillas blessés, et parfois, pour créer des spécialistes dans tel ou tel domaine. Elles servaient aussi à cloner. Plusieurs techniciens s'affairaient autour de lui, zélés, vérifiant la température, la nutrition, les protéines, le développement. Au côté du meneur des Mi-Hommes, se tenait une jeune fille à l'air étrange. Elle tenait un bébé dans les bras.

Dag n'avait pas trop envie de faire ce qu'on exigeait de lui, mais Cherry lui était utile. À elle seule, cette fille était aussi efficace qu'une armée. Sans les renseignements qu'elle lui fournissait, la résistance aurait déjà été détruite.

– Le gosse de Conor, hein ? aboya-t-il avec un sourire. Sa colère sera sans borne quand il va s'apercevoir qu'il a disparu.

Sa queue, coupée court, remuait si énergiquement que son postérieur en tremblait et que ses jambes frémissaient sur le sol en béton dans l'effort qu'il faisait pour paraître content.

– Il est censé représenter quoi ? Hein ? Un ersatz de Sigmund ? J'aurais préféré avoir le frère, mais il ne veut rien savoir. Il n'est plus bon à rien, tout le monde est d'accord là-dessus. Pff ! Il reste chez lui toute la journée, il ne sort plus. Alors, à quoi va me servir ce petit ?

– Ma maîtresse vous a promis que Siggy se joindrait à vous, et il le fera. Ce bébé vous aidera.

– C'est pour ça qu'elle veut que je fasse ça ?

– Ma maîtresse veut tout ce qui pourra aider à détruire Conor.

– Et en quoi ça va aider, tout ça ?

– Les dieux lui ont dit de faire ainsi, répondit Cherry en souriant.

Dag grogna dans sa barbe. On disait de Cherry qu'elle était la fille de Loki. Ça pouvait attirer des ennuis, et pas le genre d'ennuis contre lesquels on pouvait lutter.

– Bon, on fait un clone, comme elle nous demande, dit Dag. Et celui-là, qu'est-ce qu'on en fait ?

– Celui-là retournera vivre auprès d'elle.

Cherry s'approcha d'une cuve occupée et tapota contre le verre. À l'intérieur, la forme blanche d'un homme s'éloigna de la paroi en se contorsionnant. Il avait un visage poupin orné de moustaches animales, des doigts courtauds et palmés. Ses jambes étaient soudées l'une à l'autre et ondoyaient comme une pagaie.

– Vous avez toutes les instructions ? s'enquit Cherry.

Aggerman parcourut une feuille de papier où figuraient les ajouts que Signy voulait faire sur son bébé.

– Ça ressemble plus à de la sorcellerie qu'à de la science, si vous voulez mon avis, commenta Aggerman.

– Combien de temps vous faudra-t-il ? Quand sera-t-il prêt à combattre ?

– Faut compter un mois dans la cuve pour un an de vie normale. On peut donc tabler sur dix-huit mois. Mais on le sortira avant, d'ici quatorze mois, disons, et il nous faudra quelques années pour en faire un soldat. On peut pas tout lui transmettre dans l'incubateur, hein ?

Cherry opina.

– Ne perdons pas de temps, alors. Je dois ramener le vrai dans quelques heures au plus tard.

Daggerman fit un signe de tête à ses techniciens. Dès qu'ils prirent le bébé, il se mit à pleurer. Il ne fallut que quelques minutes pour lui faire un prélèvement sanguin et salivaire – éléments de base pour faire un clone. D'autres éléments génétiques seraient ajoutés plus tard, et la créature voulue par Signy commencerait à se développer d'ici quelques heures. Cherry regarda l'aiguille pénétrer dans la veine du bébé qui se mit à hurler. Elle frémit. Puis elle se tourna vers Aggerman et lui fit un clin d'œil complice.

17
Caporal Haggerstaff

J'étais présent.

J'étais présent à la naissance du bébé. J'avais mon revolver pointé sur le médecin tandis qu'il anesthésiait Ma Noble Dame. Mon doigt s'est crispé sur la gâchette juste avant l'injection, et j'ai expiré avec force pour lui rappeler ma présence et que si jamais il arrivait quoi que ce soit à Ma Noble Dame, je le tuerais. Sa peur, je la sentais. Moi, nul besoin d'avoir un revolver contre ma tempe : la loyauté de la garde rapprochée est absolue. Nous prêtons tous serment de fidélité au roi Conor en buvant notre sang le jour d'Odin, chaque semaine. Personne ne doute de nous. Mais on me surveillait. Tout le monde est surveillé.

J'étais présent aussi lorsque l'alarme a été donnée – je n'étais pas de garde, Odin en soit loué, sinon je ne serais plus là pour rapporter les faits. J'étais de repos, au mess, quand j'ai entendu des cris. J'ai tout de suite compris. C'était un complot de l'intérieur. Le pire ennemi est toujours dans les murs. Non, pas le garde du corps. Il est au-dessus de tout soupçon. Mais il y en a d'autres, partout dans le Domaine, insoupçonnés. Et on a beau faire, impossible de les démasquer. Un homme aussi favorisé par les dieux que l'est Conor ne peut qu'attiser la jalousie et l'envie des médiocres qui le courtisent. Et ils ne manquent pas.

Quand l'alarme a été donnée, j'ai couru porter secours. Ma Noble Dame était bouleversée. Elle nous maudissait, nous injuriait, nous menaçait. Elle voulait descendre nous aider à fouiller les lieux, mais c'est strictement interdit. Tous ses désirs, jusqu'au plus insignifiant, sont des ordres, mais pas celui-là. Nous avons passé l'endroit au peigne fin, nous avons ratissé la clairière et les arbres, mais il était déjà trop tard. Le bébé avait disparu. C'était de la sorcellerie. Sinon, comment auraient-ils pu passer devant les gardes ?

Non que je fasse entièrement confiance à Ma Noble Dame. Son regard me glace, et je n'aime pas son odeur, chose que j'ai pris soin de garder pour moi. D'une part, il n'est guère prudent de douter de l'épouse du roi Conor, d'autre part, mon odorat ne regarde que moi. J'en ai honte, c'est mon secret. Il est facile de voir comment cela pourrait être mal interprété. Moi aussi, j'ai des ennemis. J'en connais qui seraient ravis d'user de ce prétexte pour m'accuser d'être « différent ».

Ça remonte à loin, très loin. Et ça ne se remarque pas.

Très tôt, je me suis rendu compte que mes camarades ne sentaient pas les gens de la même manière que moi. C'est un secret qui, dévoilé, aurait pu me valoir d'être pendu par les pieds. Seuls les humains purs de sang ont le droit de servir dans la garde rapprochée. Je me suis tu toute ma vie, mais je ne doute pas de l'acuité de mes sens. Et dans Ma Noble Dame, je sens des relents de traîtrise. Alors, je reste sur le qui-vive, je la surveille discrètement sans pouvoir révéler mes craintes, car la preuve par l'odorat ne convaincra personne par ici.

J'étais présent aussi lors de l'exécution de ceux qui étaient de garde ce jour-là. Ce n'était que justice. Même pour Ivan, mon meilleur ami depuis l'enfance, même pour lui, je n'ai pas eu de doute quand je l'ai pendu, mais j'ai fait en sorte que mon couteau lui tranche la gorge proprement. On ne gâche pas nos balles sur nos traîtres. Ivan le comprenait, j'en suis sûr, je l'ai lu dans ses yeux. C'était juste, et on ne pouvait rien y faire.

Et puis, bien sûr, vous l'avez certainement entendu dire, c'est moi qui ai retrouvé l'enfant. Les recherches ont été rigoureuses, on a écumé tout le Domaine, mais sans espoir de le retrouver. C'était de la sorcellerie, et qui sait de quoi les sorcières sont capables ? La logique voulait cependant que personne n'ait pu le faire sortir du Domaine. Seuls les gardes à l'intérieur et autour du château d'eau avaient succombé à un sommeil profond.

Moi, j'étais convaincu que l'héritier de notre roi était déjà mort et enterré, dévoré par des chiens ou d'autres créatures carnivores. On a fouillé toutes les maisons une à une de la cave au grenier, et fait comprendre à ceux qu'on soupçonnait qu'il n'y aurait aucune pitié si jamais l'on trouvait le moindre indice contre eux. J'ai visité plusieurs maisons, et c'est par hasard que je me suis retrouvé chez Margaret O'Hara, la chef de la sécurité. Qui l'aurait cru ? Jamais je ne l'aurais soupçonnée tant elle était impitoyable quand il s'agissait de mettre à exécution les désirs de notre roi. Elle attendait, l'air menaçant, que mes hommes et moi ayons fini d'inspecter ses placards. Une femme forte qui savait contenir sa rage tandis qu'on jetait ses robes aux quatre coins de la pièce et qu'on fouillait ses tiroirs, ses agendas, ses papiers personnels.

Tandis que je fouillais, je savais où était l'enfant. Je l'ai senti : odeurs de lait, d'urine en provenance de la panière à linge. À un moment, je n'ai pu m'empêcher de me tourner brusquement pour faire un pas dans cette direction, et j'ai vu qu'elle me suivait des yeux. Mais quelle maîtrise de soi ! Je ne pouvais m'empêcher de l'admirer. Quand elle m'a vu m'éloigner, elle n'a pas bronché.

Je me suis arrêté, car... qu'allais-je répondre si on me demandait comment j'avais su ? L'enfant était dans une autre pièce. La chance m'a souri : le bébé s'est mis à pleurer. J'ai vu le visage de Margaret devenir exsangue. Elle savait que tout était fini pour elle, et je me demande encore comment une femme si intelligente a pu agir aussi bêtement. Le bébé criait, toussait, pleurait. J'ai poussé Margaret et j'ai couru dans l'autre pièce. Un chat a manqué de me faire tomber en me filant entre les jambes. J'ai soulevé le couvercle de la panière à linge, et je l'ai vu. J'ai su que c'était le fils de notre roi avant même de le voir : à son odeur.

Je l'ai pris dans mes bras et je l'ai bercé doucement. La vieille sorcière se tenait derrière moi.

– Je ne sais absolument pas comment...

Le coup de pied que je lui ai flanqué l'a empêchée de finir sa phrase. Je n'avais plus peur d'elle, sa culpabilité éclatait au grand jour. Je l'ai fait tomber par terre à coups de pied et suis resté campé au-dessus d'elle, essoufflé, serrant toujours l'enfant dans mes bras. Mon capitaine m'a laissé lui donner d'autres coups de pied avant de m'arrêter.

– Cela suffit, caporal. Laissez-en à Conor.

Margaret O'Hara s'est mise à pleurer. La peur, je suppose. Je l'ai enjambée et je suis parti porter le jeune prince à son père, le roi.

18
Signy

C'est l'histoire d'un ogre qu'on ne peut tuer qu'en détruisant son cœur. Afin d'empêcher que cela n'arrive, il a enfermé son cœur dans un œuf qu'il a caché dans un nid tout en haut d'un arbre tout au fond d'une forêt au fin fond d'une île au beau milieu d'un lac. Mais un beau jour, ce gros crétin d'ogre est tombé amoureux d'une princesse et il lui a donné son cœur à garder.

Ce jour-là, pour Conor, c'est aujourd'hui.

On me fait descendre du sommet du château d'eau grâce à un jeu de poulies et de cordes auxquelles on a attaché mon fauteuil roulant. La lumière me fait mal aux yeux. Sur mes genoux, le petit Vincent gazouille et pousse des cris. Cherry m'a raconté cette histoire maintes et maintes fois – ça a toujours été une de mes préférées. Et maintenant, je la vis pour de vrai et en couleurs : les arbres et leurs branches dénudées, le bitume luisant de pluie, la mer bleu pâle des gardes du corps en uniforme agenouillés pour moi, des grands-mères et leurs petits-enfants, des généraux, des hommes des gangs. Et devant tout ce beau monde, aux premières loges, les têtes des traîtres imaginaires au bout de piques telle une ribambelle de pommes d'amour de Halloween. L'herbe, en bas, est boueuse et rougie par le sang. Et juste au-dessous de nous, Conor, l'ogre en personne, regarde les choses les plus précieuses qu'il ait au monde descendre en oscillant du haut de la prison où il nous gardait depuis si longtemps « pour notre sécurité ».

C'est moi qui lui ai donné le nom des traîtres. Il lui a fallu du temps pour me croire, mais il a eu les preuves qu'il lui fallait. Je lui ai dit qu'Odin venait me visiter en songe. Il aime penser que les dieux sont avec lui. Sinon, comment aurais-je pu savoir que notre enfant se trouvait dans la maison de Margaret O'Hara ? La pauvre, je la revois encore au dîner d'apparat à mon arrivée ici. Elle savait si bien se tenir à table. Elle me parlait comme si j'étais une idiote, et je l'étais, il faut dire. Elle avait le sang de milliers de personnes sur les mains, et maintenant c'est le sien dont la terre est imbibée, le sien et celui de toute sa famille. Car le bébé a été retrouvé là où je l'avais annoncé. Alors, quand j'ai dit à Conor que Simon Patterson, Ruddock Goodal et Randolf Carhill étaient des traîtres, il l'a cru aussi, bien évidemment. Et maintenant, ils sont là pour m'accueillir, la tête haute au bout de leur pique, tandis qu'une nuée de corbeaux s'est regroupée dans les arbres dans l'attente de partager avec eux un moment d'intimité.

La confiance de Conor, c'est son cœur qu'il a remis entre mes mains. Dans le conte, la princesse donne le cœur de l'ogre au prince charmant qui le broie. Moi, son cœur, je le serrerai… je le serrerai jusqu'à le broyer lentement au fil des années, jusqu'à ce que Conor hurle de douleur. Et lorsqu'il aura hurlé aussi fort que les gens dans mes rêves, je le tuerai.

Je descends en oscillant et lorsque je touche terre, des mains apeurées se tendent pour dénouer les cordes. Ils savent déjà qu'on doit me craindre. Seul Conor ne le comprend pas. Le petit Vincent babille, bercé par la descente. Je lui donne le bout de mon petit doigt à téter en pensant : « Pauvre petit être sans défense, une fois que j'en aurai fini, tu auras moins de choses en commun avec moi que ta copie. » Conor s'approche et pose la main sur mon épaule. Il me sourit d'un air anxieux, comme un enfant effrayé. Qui pourrait lui en vouloir d'avoir peur de moi ? Je suis une prophétesse des dieux ! Pauvre Conor, pris à ses propres pièges. Et il croit m'aimer !

Il lève le poing vers le ciel.

– Voici votre reine ! crie-t-il.

Les huit cents hommes de la garde rapprochée et la population entière du Domaine unissent leurs voix à la sienne.

– Vive la reine ! Vive la reine !

Je souris à mon cher époux.

Désormais, ici, le pouvoir, c'est moi.

19

SIGGY

Je ne savais même pas qu'elle était enceinte.

Je l'ai appris la semaine dernière. Cherry me mène en bateau, elle me cherche, elle me rend fou. Moi, j'avais envie de recommencer, et de temps en temps au cours de l'année passée, elle m'a parfois laissé faire. Et ça valait le coup de patienter, oh oui ! Cherry vieillit très vite, elle semble avoir trente ans maintenant, moi, je n'en ai que vingt, mais elle est toujours aussi superbe. Elle me laisse l'embrasser, mais neuf fois sur dix, c'est juste par provocation. Chaque fois, je me fais avoir. Je me dis, elle a vraiment envie, mais dès que ma main commence à la caresser – pfff ! –, elle rit et s'envole. Ça me rend malade de regarder ce petit oiseau fendre l'air et disparaître dans les buissons, sans parler de son chant, toujours si sarcastique.

J'étais de plus en plus furieux chaque fois que ça arrivait, et, finalement, je n'ai pas pu me retenir. Alors, bon, d'accord, je reconnais que je suis un vrai salaud ces temps-ci, et j'aurais honte si j'avais encore une haute opinion de moi-même. Mais ce jour-là, elle a un peu abusé et, en plus, je n'avais pas beaucoup dormi, alors je l'ai empoignée par le bras, très fort. Je lisais dans ses yeux qu'elle savait que je l'avais coincée. Panique.

– Maintenant, tu vas être à moi, lui ai-je dit.

Et j'ai penché mon visage vers le sien. Elle m'a fait le coup du changement d'apparence : d'abord l'oiseau, puis le chat, puis encore la jeune femme. Je n'ai pas lâché prise. Elle m'a donné des coups de bec, de griffes, de dents et, pour finir, elle est restée en chatte et a attendu, lovée dans mes bras, la tête levée vers moi, le poil hérissé.

– Dis-moi quelque chose que je ne sais pas, ai-je dit avec hauteur.

Je l'ai lâchée.

– D'accord.

Elle est redevenue jeune femme. (Ça m'a toujours filé la chair de poule, ça.) Et pour une nouvelle, ça a été une nouvelle !

– Ta sœur a eu un bébé.

– Quoi ?

– Et toi aussi.

– Comment ça moi aussi, ne sois pas bête.

– Je veux dire... (Elle m'a souri froidement.) Elle veut que tu le prennes avec toi.

Elle m'a expliqué, mais il m'a fallu un moment pour que j'assimile tout ça. Signy voulait que j'élève une version clonée du gosse de Conor. Quoi ? Pourquoi ? Un clone, c'est quoi ? Pas seulement une copie, mais un *faux* ! C'est comme ça que je vois la chose. Et transgénique ! Je me demande quelles options ma chère sœur a fait ajouter à l'original ? Ossature renforcée, rétine d'aigle ? Qu'avait-elle fait insuffler à son esprit, à son *âme*, si tant est que cet être en ait une.

L'effet de surprise passé, je me suis mis en colère. Pour commencer, elle n'avait pas le droit de coucher avec cet enfoiré ! Comment pouvait-elle supporter qu'il la touche ? Qu'il s'allonge à côté d'elle, sur elle... qu'il la pénètre ! Comment pouvait-elle le laisser faire tout ça sans lui vomir à la gueule ! Pourquoi ses entrailles n'avaient-elles pas expulsé avant terme le fruit qu'il avait introduit en elle ?

– Pourquoi a-t-elle fait ça ?

– Elle n'avait pas le choix...

– Elle pouvait s'échapper ! À quoi bon rester là-bas ? Personne ne peut vaincre Conor, tu le sais. Pourquoi ne le lui dis-tu pas, Cherry ?

– Pour s'assurer sa confiance, elle n'avait d'autre choix que de coucher avec lui. Et il a entièrement confiance en elle. Ainsi, Daggerman est au courant de toutes ses décisions.

– Mais ça, c'est toi, Cherry ! C'est toi qui récoltes ces informations et les transmets à la résistance. Pas besoin de Signy ! Et encore moins qu'elle se fasse engrosser par Conor ! Qu'est-ce qui lui prend ? Elle est devenue folle, c'est ça ? Tu ne le vois donc pas ? Tu ne peux pas m'aider, Cherry ? À nous deux, on pourrait la sortir de là. Tu m'aimais bien, Cherry, on a fait l'amour toi et moi, et j'ai bien cru que j'allais tomber amoureux de toi. Cherry ? Pourquoi ne veux-tu pas m'aider ?

Et je me suis mis à chialer. Les larmes coulaient sur mes joues. Tout mon corps tremblait. Cherry m'a dévisagé et, une fraction de seconde, j'ai cru qu'elle allait se mettre à pleurer aussi. Ses traits se sont déformés. Quand elle a pris la parole, ça a été d'une voix tremblante, mais ses mots étaient sans appel.

– Telle est la volonté des dieux, Siggy. Ne discute pas. Ce serait peine perdue. Maintenant, les choses sont comme elles doivent être, et personne ne peut rien y changer. Il ne te reste plus qu'à faire de ton mieux.

Combien de fois avais-je entendu mon père me sortir ça ?

– Les dieux, je m'en balance. Je ne veux pas m'en mêler. Est-ce que tu te rends compte : le gosse de Conor !

– L'enfant de Signy ! Et son enfant, c'est ton enfant.

Elle insistait, mais j'ai fait non de la tête.

– C'est un clone, ai-je dit.

Je ne comprenais pas du tout les intentions de ma sœur. Ni pourquoi je devrais m'en mêler. J'ai essayé de parler, mais les mots restaient coincés dans ma gorge. Cherry me regardait sans rien dire, et je voyais bien qu'elle aussi était mécontente. Je me suis avancé vers elle en trébuchant, j'ai tendu les bras, et elle s'y est glissée, contre moi. Ce que c'était bon ! Elle m'a serré fort contre elle. Je sanglotais. Et puis, ça a été plus fort que moi, je la désirais tant… j'étais hyperexcité et elle a dû le sentir car elle a reculé et m'a regardé dans les yeux. Ses lèvres étaient entrouvertes. J'avais une envie irrépressible de l'embrasser, mais j'avais peur, mon visage est si laid !

… Et alors, j'ai entendu un bruissement d'ailes, et la voilà fendant l'air tel un petit caillou marron. Mais point de chant moqueur depuis un buisson, cette fois. J'avais eu le temps de voir des larmes dans ses yeux avant qu'elle ne se transforme.

Ah, si elle avait eu un enfant de moi ! Ah, comme j'aimerais mon fils si j'en avais un ! Mais ce truc dans l'incubateur, ce truc que Signy voulait me donner, c'était à Conor, ça me donnait envie de vomir. J'étais sûr d'une chose : je ne me mêlerai pas de ça. Jamais.

20
Dag Aggerman

Meeeeeeerde ! Je vais vous dire, ce truc me foutait les boules avant même qu'on le sorte. Ouais... bah, de toute façon, leurs incubateurs, ils m'ont toujours fait froid dans le dos. Ces gros bébés loucheurs, ces fœtus géants à la peau bouffie ouvrant la bouche comme des poissons, ils sont tout fripés à force de mariner si longtemps dans ce liquide. Leur cou se gonfle quand ils inspirent l'Oxyfluide et ils ont des tuyaux plantés dans le nombril. Certains ont du sang dans le corps, d'autres des tiges d'acier en guise de veines. J'y suis allé une fois pour vérifier qu'il n'y avait pas de problème et j'ai dû passer devant des rangées de machins à moitié chiens, à moitié chats, à moitié porcs avant d'arriver aux êtres humains. Il était là, enroulé sur lui-même comme une grosse merde blanche au fond de la cuve. Ah ah ah ! Je n'avais jamais rien vu d'aussi laid. Les yeux globuleux, le cou palpitant et, déjà, sa taille d'adulte.

Eh oui, sa chère maman avait programmé quelques petits changements sur son bébé chéri.

Je ne l'ai revu qu'à sa naissance. Je m'en serais bien passé, mais c'était de mon devoir d'y assister. Cherry était venue – forcément ! –, mais elle n'a rien dit. Elle est restée en chat du début à la fin, rien que pour m'agacer, je parie !

Ce genre de venue au monde, ça n'a rien d'émouvant. Sous l'éclairage au néon aveuglant, il a grimacé quand on a coupé l'arrivée d'Oxyfluide et qu'il a dû s'accoutumer à l'air. Une fois l'incubateur vide, il est resté plaqué contre la paroi de verre, on aurait dit qu'il étouffait. Quand on a ouvert la porte, il s'est écroulé par terre.

Les techniciens se sont précipités dans l'incubateur et l'ont soulevé, la tête en bas, afin qu'il se vide du restant d'Oxyfluide. La chatte et moi, nous avons regardé en silence. Elle se léchait les pattes, mais on ne me la fait pas : je voyais bien que cet individu, elle ne l'aimait pas plus que moi. Je le sentais.

Il a toussé, s'est étranglé tandis que l'Oxyfluide lui dégoulinait de la bouche comme s'il vomissait. J'ai tout de suite vu que les changements qu'on avait programmés en lui allaient dans le bon sens, car les techniciens avaient toutes les peines du monde à le maintenir : ce type était fort comme un bœuf. Ensuite, ils l'ont allongé par terre et on l'a tous entouré pour le regarder qui haletait, cherchant l'air.

Ils se ressemblent tous quand on les sort de ces incubateurs. Peau boursouflée, blafarde, bouffis d'avoir trempé des mois dans du liquide. Mais au-delà de cette apparence, il était plutôt beau gosse : grand, bien proportionné, bonne musculature. On l'a aidé à se lever et on l'a fait sortir au soleil. Cherry, sans dire un mot, a ouvert la marche, la queue bien droite, fière comme pas deux. Moi, j'attendais avec curiosité de voir comment il allait réagir en voyant le monde pour la première fois. L'herbe, l'air, le soleil… Bah, comment ne pas l'aimer, notre bon vieux monde même si c'est un beau merdier. Je me demandais si son étonnement serait égal au mien.

Il est sorti très lentement. Peu à peu, sa respiration est devenue régulière. Il a marché en tremblant mais il s'est agenouillé un moment pour récupérer. Il embellissait à vue d'œil. Cherry, assise, humait l'air. Tous ses poils du dos étaient hérissés. Moi, j'avais envie d'aboyer, d'aboyer, mais je me suis contenu. Je me suis avancé vers lui pour l'aider à se relever, et dès que j'ai été près de lui, je n'ai pu m'empêcher de grogner de contentement, ça a été plus fort que moi. J'ai posé ma truffe contre lui, et vous savez quoi ? Son odeur ? Il n'en a pas.

Ce n'était pas possible ! Ils avaient tous une odeur. Huile de Vidange, vous avez forcément entendu parler de lui ? Un cheval transgénique, pas plus épais qu'un mouton mais fort comme un camion. Quelqu'un avait eu la brillante idée de créer un animal, une machine de chair et de sang. On l'a appelé Huile de Vidange parce qu'il dégageait une odeur de sueur de cheval et d'huile de vidange. Et le jour où il est passé devant l'équarrisseur, on a recueilli son sang, qui pour vingt-cinq pour cent était composé d'huile de vidange, et on s'en est servi pour les moteurs des camions. Et je peux vous dire qu'ils démarraient au quart de tour après ça. Plus une trace de rouille, plus une trace d'usure. Huile de Vidange a été plus utile mort que vivant.

– Où est mon père ? a demandé le clone.

Ça a été ses premières paroles. Dès qu'il a parlé, la chose à moitié chatte a filé, pffft, dans les buissons. Elle avait vu ce pour quoi elle était venue, et ne tenait pas à s'éterniser. Mais j'ai tout de même fait mon numéro, au cas où.

– Oh, tu le verras bien assez tôt, ne t'en fais pas.

J'ai passé mes bras autour de ses épaules et l'ai entraîné gentiment pour lui donner à manger et à boire. Mais personne n'était dupe. Je devais me retenir pour ne pas le mordre ! Je m'efforçais de garder ma queue en panache, mais elle n'arrêtait pas de retomber. Il ne sentait RIEN ! J'avais tous les poils au garde-à-vous.

Les êtres transgéniques, vous pouvez vous les garder ! Quand les humains mettent la main à la création, on peut être sûr qu'ils font pire que les dieux. S'ils vous dotent d'une queue, ce n'est pas juste pour que vous puissiez la remuer quand vous êtes content, non, il faut qu'ils vous disent quand et pourquoi la remuer. Vous donnent-ils des sentiments, des pensées ? Non, non, non, vous pouvez faire une croix là-dessus. Ce qu'ils vous donnent, c'est de *l'instinct*. Encore mieux que la pensée : c'est l'action sans état d'âme.

Bon, ne vous méprenez pas : l'instinct, je n'ai rien contre. Il régit certaines de mes distractions préférées : manger, copuler, sentir, parler, tomber amoureux, se faire des amis. Tout ça, c'est super.

Mais quelles qualités Signy avait-elle fait programmer chez son fils ?

La haine, bien sûr. C'était sa raison d'être, non ? La haine envers Conor et envers tout ce qu'il représentait, tout ce qu'il avait fait, tout ce qu'il pourrait faire. Et puis il y avait aussi ce qu'elle avait fait supprimer de l'original. Ce clone était sans peur et sans pitié. Ces deux penchants n'existaient plus chez lui.

Mélange dangereux, ça, oui ! Celui-là, ai-je pensé, on aurait peut-être pu s'en passer !

Avant de le remettre à Siggy, ordre de maman : il devait subir un entraînement. C'est un soldat, que diable ! Un être conçu pour combattre. Donc, j'ai commencé par lui confier du sale boulot, des corvées de deuxième classe. Je ne vous dis pas les rapports ! Il avait beaucoup de mal avec la discipline. Il se comportait en aristo. C'était un Volson, un descendant de rois ! Peut-être, mais ma meute n'apprécie pas ce genre d'attitude. Ici, il faut se battre pour se faire respecter. Alors, il a dû se battre, et pas qu'un peu. C'est notre méthode. Il faut faire partie des meilleurs si on ne veut pas se faire écrabouiller.

Et je dois dire qu'il était doué. C'est sûr que Signy a su concocter un vrai soldat. Il s'est battu, et il a toujours eu le dessus. Ses adversaires, il les a réduits en miettes. Il a toujours obéi aux ordres (quoi qu'il en pense), et il se défendait comme un lion défend ses petits. Ah, oui, il était le meilleur, de loin. Et tous mes chiens qui s'y sont frottés en sont revenus en regrettant d'y être allés.

– Alors, quoi de neuf avec lui ? demandais-je.

– Son odeur n'est pas bonne, me répondait-on.

Eh oui, il avait une odeur maintenant. On ne peut pas vivre en ce monde sans avoir d'odeur. Et, c'était vrai, son odeur n'était pas bonne. C'est que, voyez-vous, il sentait ce qu'il avait fait, pas ce qu'il était. Vous voyez ce que je veux dire ? Non, bien sûr, vous, humains au nez atrophié, comment le pourriez-vous ? Votre nez ne vous apprend rien. Que dalle, bande de macaques !

21

Dans un bunker secret, une chambre forte en quelque sorte, deux femmes, une plus jeune que l'autre, et un homme âgé se tenaient devant un incubateur en verre muni d'une ouverture. La plus jeune des deux femmes, à peine sortie de l'adolescence en fait, était paralysée des jambes. Assise dans un fauteuil roulant, elle se pencha en avant et, avec un bâton de rouge à lèvres, traça, d'une écriture volontairement enfantine, les mots : « Maman, je t'aime. »

Elle sourit à son amie. L'expression de l'homme demeurait indéchiffrable.

La mère de Signy est morte en leur donnant naissance, à elle et à Siggy.

Cherry se mordilla les lèvres, un peu inquiète.

– Je sais ce que tu fais ajouter, mais fais-tu retirer quelque chose ? demanda-t-elle.

Signy ne put résister à la tentation de la taquiner.

– La pitié ? La clémence ? Le chagrin ? Ce vieil amour d'une handicapée ? (Cherry prit un air si désemparé que Signy ne put que rire.) Mais non, comment pourrais-je cesser d'aimer ma petite chatte préférée ? Et mon chagrin, je le garde. Que serais-je sans lui ? (Cherry sourit et enlaça sa maîtresse.) Déshabille-moi.

– Devant lui ? s'enquit Cherry en coulant un regard vers l'homme.

– Il faudra bien qu'il me voie. Maintenant ou plus tard, quelle importance ?

Cherry aida Signy à se déboutonner.

– Pour Conor, ça en a, fit-elle remarquer.

– Conor est au front. Pour lui, ses guerres ont plus d'importance que moi.

– Ce n'est pas vrai !

– Bah, en tout cas, il est loin. Et je tiens à naître nue.

Voir un puissant de ce monde, ça fait toujours bizarre ; le voir nu, ça l'est encore plus. Le vieil homme était curieux, comme tout le monde, mais il s'efforçait de ne pas regarder la reine. Après Conor, elle était la personne la plus puissante du pays, et pour autant qu'il pût en juger, elle était aussi effrayante que lui.

Signy rougissait au fur et à mesure qu'elle s'exposait, mais elle avait la conviction que c'est nue qu'elle devait entrer dans l'incubateur. Son corps était ridicule, flasque au niveau du torse, avec ces petites jambes faiblardes, inutiles. Mais elle était sur le point de redevenir comme avant, mieux qu'avant même.

Une fois dévêtue, Cherry et l'homme l'aidèrent à franchir la porte de l'incubateur. Elle embrassa Cherry. Elle partait pour un voyage de deux mois.

– Je laisse tout sous ta responsabilité, Cherry.

C'était extrêmement dangereux pour elle. Elle n'aurait plus aucune prise sur le cours des événements. Elle serait comme un crabe sans carapace, sans défense. C'était risqué pour elle, mais la récompense serait immense.

– Amène le garçon à Siggy une fois qu'il aura fini son entraînement avec Dag, dit-elle avec un sourire. Il saura convaincre Siggy de se battre.

Après une hésitation, Cherry demanda :

– Et l'autre ?

– Quel autre ?

– Le bébé. Ton fils. Le vrai.

– Oh, ça ! Mon véritable enfant, c'est celui qui est auprès de Dag. L'autre, Conor peut le garder. (Elle rit.) Ou toi. Tu peux le prendre si ça te chante.

Cherry haussa les épaules. Elle aurait adoré servir de mère à cet enfant, mais elle avait trop de choses à faire. Et si elle pouvait changer d'apparence, elle n'avait pas le don d'ubiquité.

– Excuse-moi, je sais que ce n'est pas possible, dit Signy. Garde l'œil sur ce petit pour moi, alors.

Mais elle n'avait dit cela que pour lui faire plaisir.

Cherry lui sourit et recula. Signy ordonna alors au vieil homme, un technicien prisonnier de guerre, de refermer la porte. Mais il se contenta de la regarder.

– Qu'y a-t-il ? demanda la reine.

– Êtes-vous sûre ? Je veux dire, je peux programmer d'autres modifications si vous le souhaitez.

– Lesquelles ?

– La paix intérieure.

– Que voulez-vous que j'en fasse ?

Le vieil homme hésita avant de prononcer les mots auxquels il pensait.

– L'équilibre mental.

– À quoi cela me servirait-il, au milieu de cette folie ? Fermez cette porte.

Cherry, furieuse de voir comment cet homme osait parler à Signy, fit un bond vers lui et cracha comme un chat. Il s'empressa de fermer la porte et les soupapes de sûreté qui assuraient l'étanchéité de l'incubateur. Signy attendait, assise au fond. Cherry fit signe au vieil homme de se presser, et il ouvrit le robinet d'alimentation en gaz anesthésiant.

L'effet fut immédiat. Signy s'effondra. Vint ensuite l'étape que Cherry appréhendait le plus : la submersion pour le retour à l'état intra-utérin. Ils n'osaient pas utiliser de drogue paralysante en trop grande quantité de crainte qu'elle n'affecte gravement les fonctions respiratoires. Alors, même si Signy était endormie, son corps allait lutter contre la première aspiration d'Oxyfluide dans ses poumons. Cherry regarda le liquide monter petit à petit, par-dessus les cuisses de sa maîtresse, puis sa taille, ses seins. Signy tressaillit quand il toucha son visage, et se mit à trembler quand il couvrit sa bouche, son nez. Puis, au moment où elle fut submergée, elle fut secouée de soubresauts, paniquée, cherchant l'air en vain. L'incubateur fut vite plein. En quelques secondes le cou de Signy se gonfla de façon caractéristique, pendant qu'elle inspirait et expirait l'Oxyfluide. Elle lutta une dernière fois tandis qu'elle expulsait ce qui lui restait d'air, puis une grande paix descendit progressivement en elle et son corps encore sous le choc s'immobilisa. Petit à petit, elle s'habituerait au liquide dans ses poumons. On lui ferait reprendre conscience d'ici trois ou quatre jours.

Dans les profondeurs de cette chambre forte, une fois encore enfermée pour sa sécurité, Signy allait être reconstruite. Elle retrouverait l'usage de ses jambes, bien sûr, mais elle avait aussi demandé, à l'insu de Conor, qu'on la dote de nouvelles qualités. Elle voulait être plus grande, plus rapide, plus forte. Son ossature devait être renforcée, ses muscles raffermis. Elle avait aussi exigé d'être stérile. Elle ne voulait plus d'enfant. Et puis, rien que pour faire plaisir à Conor, des seins plus gros.

Cherry regardait la jeune femme figée, inconsciente, impuissante et nue au fond de l'incubateur. Son corps était exposé comme jamais il ne l'avait été. Cherry aurait voulu pouvoir entrer dans l'incubateur pour couvrir sa nudité. Elle lança un regard de biais au technicien pour s'assurer qu'il ne se rinçait pas l'œil.

– Vous avez intérêt à ce que ses ordres soient exécutés à la lettre, dit-elle d'une voix posée.

– Ils le seront, madame, répondit le vieil homme.

Il avait fait tout ce qui était en son pouvoir. Cette jeune fille aurait pu désirer posséder les vertus des forces du bien, celles d'une monarque bienveillante, mais c'était toujours pareil avec les puissants de ce monde… Il vérifia les cadrans sur le côté de l'incubateur.

– Je ferai exactement ce qu'elle m'a demandé, dit-il.

Cherry opina, certaine que cet homme ne mentait pas. Elle regarda Signy, toujours aussi fascinée, et les petites bulles argentées qui s'élevaient de ses cheveux et de ses narines, qui glissaient le long de ses bras, de ses jambes, de ses poils pubiens. L'inscription au rouge à lèvres, « Maman, je t'aime », était visible au-dessus d'elle, sur le verre.

Cherry se mit à pleurer. Comment allait-elle pouvoir survivre durant tout ce temps sans Signy contre qui se blottir, contre qui dormir. Elle ferait mettre le fauteuil roulant en lieu sûr ; ainsi, en chat, elle pourrait dormir dessus en attendant le retour de sa maîtresse.

22

Siggy

Muswell Hill, c'est toujours un trou à rat, mais j'aime bien y vivre. Le marché, la solidarité entre criminels. Je suis connu, maintenant, dans le coin. Je sors plus souvent. Rien ne m'oblige, vraiment, à être l'un d'entre eux, car Cherry m'apporte plus d'argent qu'il n'en faut pour Mel et moi, mais c'est histoire de ne pas perdre la main. Un gros porc plein aux as, et... vous voyez le topo. Conor va gagner la guerre, c'est couru, mais ça me fait quand même plaisir de faire les poches d'un gros salaud qui profite du régime.

Et ça fait le bonheur de Mélanie.

On habite toujours le vieil appart au-dessus du marché, mais on a d'autres cachettes, car on a besoin de plusieurs refuges en ces temps de pogromes constants contre les Mi-Hommes. Moi, je ne m'aventure dehors que la nuit : avec mon visage, je passe pour un Mi-Homme, mais cette idiote de Mélanie ne se rend pas compte du danger qu'elle court. Elle est tout le temps par monts et par vaux, en quête d'une bonne affaire, ou à aider les pauvres. Elle me coûte une fortune. Elle va se faire arrêter un de ces quatre. Et que restera-t-il au pauvre Siggy alors ? Je l'aime, moi, cette vieille truie. C'est grâce à elle si je suis encore en vie. Elle s'est sacrifiée pour un pauvre tas de bidoche appartenant à une race qui n'avait jamais rien fait pour la sienne. Rien ne l'y obligeait. Elle m'a beaucoup appris. Entre autres que l'humanité ne prend pas toujours forme humaine. Mélanie est plus humaine que beaucoup de gens que je connais. Plus humaine que Conor, que Signy ou que moi, plus humaine que Val, même. Parfois, quand le monde me paraît être un beau tas de merde, je pense à elle. Oh, oui, Mélanie, c'est mon gros, mon gras, mon groin rayon de soleil !

On était en février. Il faisait un froid de canard ce jour-là. Du crottin de cheval se mêlait à la gadoue qui recouvrait les routes. Mélanie était sortie. On s'était encore disputés. Elle n'arrête pas de me tarabuster pour que j'entre dans la résistance. Elle est presque aussi teigneuse que ma sœur.

– Rien changera si tu t'y mets pas, avait-elle ronchonné.

– Rien ne changera *même* si je m'y mets ! Je… ne… suis… pas… un… héros !

J'avais martelé la phrase pour bien lui mettre les points sur les *i*.

– Aucun d'entre nous n'l'est ! Et nalors ?

Et elle était partie, furibarde, pour aller s'occuper de ses abrutis de pauvres.

J'ai mis une vidéo et je me suis vautré sur le canapé pour la regarder. Au bout d'une petite heure, j'ai entendu de petits coups à la fenêtre, mais j'étais de si mauvaise humeur que j'ai écouté pendant vingt bonnes minutes l'autre conne faire toc-toc-toc au carreau avant de daigner me lever et aller lui ouvrir.

Un petit oiseau brun a volé en rase-mottes à travers la pièce et s'est posé sur le bras d'un fauteuil.

– Salut, ai-je dit.

Cherry s'est secoué les plumes puis a repris sa forme humaine. Elle s'est assise et m'a regardé d'un sale œil.

– Ça fait une demi-heure que je tape au carreau !

– Ah…

Elle était furieuse. Sans un mot de plus, elle m'a décoché un regard haineux de ses yeux félins, puis elle a filé à la cuisine.

– Je regardais une vidéo…

Elle est revenue avec un verre et s'est plantée devant la télé.

– Que c'est con !

En effet. C'était nul – un vieux film américain, tout décoloré et mal foutu.

Je n'ai pas râlé qu'elle soit devant l'écran. Elle avait – je ne sais pas, une petite quarantaine – mais elle n'avait jamais été aussi belle. Elle vieillit très vite, mais, d'un autre côté, elle change moins vite que les humains. Dire qu'elle vivait depuis seulement huit ou neuf ans ! Elle s'est tournée vers moi et s'est laissée choir à côté de moi sur le canapé. J'ai pris ça pour une invite. Je lui ai caressé la joue, très légèrement, et elle m'a regardé en coin. Je l'ai embrassée.

Embrasser Cherry, c'est comme boire du nectar. Bon, d'accord, elle a tendance à avoir mauvaise haleine ces temps-ci, mais n'empêche, j'en ai eu le tournis. J'ai posé mes mains contre sa taille, ai relevé son corsage pour pouvoir caresser sa peau douce et la fine ligne de fourrure qui court le long de sa colonne vertébrale. J'ai fait courir mes doigts jusqu'à ses épaules, puis je les ai laissés redescendre plus bas, plus bas jusqu'à coincer un doigt sous ses collants pour les tirer un peu vers le bas, un peu plus encore...

– Mmmmmm, ronronnait-elle.

Soudain, d'une torsion, elle s'est dégagée et a rajusté ses collants.

– Cherry, tu vas me rendre dingue !

Elle m'a regardé en fronçant les sourcils.

– Tu es trop jeune.

– Je suis plus vieux que toi.

– Je suis venue pour affaires, Siggy. Tiens.

Elle m'a lancé un petit sachet en plastique contenant une feuille de papier soigneusement pliée. Le sachet était tout humide. Je l'ai essuyé à ma manche avec ostentation.

– On se demande où tu caches ça sur toi.

Cherry a ignoré ma remarque, s'est assise devant la télé, Coca en main, et a commencé à regarder le nanar.

En fait, je savais bien où elle l'avait cachée. Quand elle était en oiseau, elle transportait les choses dans son jabot, mais je n'avais pas pu m'empêcher de la charrier. Je l'ai regardée. Plus elle vieillissait, et plus elle gardait ses distances. Moi, elle m'excitait toujours autant. Peut-être était-ce parce que je n'avais aucune chance avec les autres, mais...

Sa peau était toute duveteuse. Je n'arrêtais pas de penser à son adorable ligne de pelage blond roux, très doux, qui se terminait en pointe à hauteur du coccyx. Très jolie, en bas où elle disparaissait. J'avais toujours envie de la caresser, oui, oui, elle et moi... Peut-être essayait-elle de m'attendrir pour que j'accepte de prendre Styr, le clone, avec moi, peut-être Signy lui avait-elle ordonné d'agir ainsi ? Je préfère penser qu'elle avait envie de moi, malgré ma tête. Les Mi-Hommes sont moins regardants que les humains, côté physique.

Je me suis efforcé de chasser Cherry de mes pensées et me suis assis pour lire la lettre de Signy.

J'aurais dû m'en douter... Parfois, ma sœur me fait peur.

Je n'arrête pas de lui dire : tout ce que je veux savoir, c'est où sera Conor à tel ou tel moment pour que je puisse y être aussi et lui tirer une balle dans la tête. Mais non. Ça ne lui suffit pas. Elle veut que tout soit fait « dans les règles ». Elle prétend que ce n'est pas seulement Conor qu'il faut détruire, mais tout son empire, pour remettre les Volson au pouvoir. Or, cette époque est révolue. Les Volson, c'est une maison vide. Je n'ai même plus l'impression d'en faire partie. Ma sœur et moi, à quoi sommes-nous bons ? Elle ne peut échapper à Conor alors qu'elle en a les moyens, et moi, je ne suis plus qu'un tas de barbaque qui cause.

Elle est de plus en plus folle depuis la naissance du bébé. Elle n'arrête pas de délirer sur Odin, le couteau, Val, l'empire et, bien entendu, Styr : le clone. J'ai beau lui dire que je ne veux rien avoir affaire avec ses plans, et surtout pas avec Styr, elle s'obstine à penser que je ferai ce qu'elle voudra. Il suffit de lire cette lettre écrite il y a plusieurs semaines, avant qu'elle entre dans l'incubateur. Elle n'a même pas attendu d'en sortir pour savoir si je serais d'accord ou pas.

– Et merde.

Cherry a tourné la tête vers moi. Toujours son petit sourire...

– Je ne serai pas le baby-sitter du chiard de Conor.

– Il a presque quinze ans, Sigs.

– C'est mauvais tout ça. Il a été conçu il y a quelques mois à peine ! (J'ai froissé la lettre et l'ai jetée contre la fenêtre.) Je n'aime pas ça, ça ne m'intéresse pas, et je ne le ferai pas.

Cherry a encore souri et a tendu la main. Dans sa paume, il y avait une noix. Je l'ai regardée d'un air maussade.

– Je croyais que tu ne pouvais pas prêter tes apparences...

Elle a haussé les épaules.

– J'ai pensé que j'aurais besoin d'aide. J'ai été surprise qu'il accepte.

Elle parlait de Loki, évidemment.

Il y a des jours où je sens que les dieux sont tout autour de moi, perchés ici et là comme des corbeaux. Odin, bien entendu, qui pouvait prendre deux ou trois apparences – distant, grave, sachant tout. (Un peu trop stéréotypé à mon goût, pour tout dire.) J'ignore toujours s'il vient de Ragnor ou non. Quoi qu'il en soit, quand on voit ce qui nous est arrivé, on se dit que comme protecteur, il y a mieux. Mais Loki ? Quel bien pouvait-il apporter ?

D'un autre côté, s'il pouvait contrecarrer les plans d'Odin, ce ne serait peut-être pas plus mal. Mais non. Non. Pas si ce Styr doit en faire partie.

Cherry a murmuré son charme, et la noix s'est ouverte...

Devant un tel phénomène, on ne peut que regarder, fasciné, même si ça vous soulève le cœur. Là, ça a été pire que tout car cette créature était vraiment un monstre, en tout cas, de mon point de vue. Il a terminé à quatre pattes par terre et s'est redressé tant bien que mal, comme un animal prêt à vous sauter dessus. Aucun sens du ridicule. Puis, une fois la transformation achevée, je l'ai vu tel qu'il était...

J'ai eu envie de m'enfuir à toutes jambes. Puis, le premier choc passé, j'ai été complètement fasciné. *Il me ressemblait comme deux gouttes d'eau*. Comment était-ce possible ? Signy et moi ne sommes pas de *vrais* jumeaux. Il était exactement pareil à moi, enfin à moi avant, et en mieux. Plus grand, plus fort, plus beau. Je ne m'étais jamais trouvé beau. Et voilà que je touchais mon visage en me disant : ai-je vraiment été comme ça ? J'ai voulu partir, mais je me suis retrouvé à tourner autour de lui, comme un chien. Était-ce moi ? Étais-je en train de me regarder ? M'avait-elle cloné ?

Tandis que je tournais autour de mon double, j'ai senti mes poils se hérisser sur tout mon corps. C'était incroyable ! Il me semblait que je me transformais en animal. Puis, je me suis dit : « Non ! l'animal, c'est lui ! » Mais en dépit de tout cela, oui écoutez-moi bien, en dépit de tout cela, j'ai tout de suite su une chose : je l'aimais. Je l'aimais, c'était ainsi, je n'avais pas le choix. Et c'est cela qui m'a fait peur plus que tout.

J'ai lancé un regard noir à Cherry et lui ai dit, plein de hargne :

– C'est quoi, ça ?

– Ton fils, m'a-t-elle répondu.

– Fiche-le dehors.

– Signy veut que tu l'élèves.
– Non.
– Elle veut…
– Non !

Je me suis détourné pour partir, mais au moment où je posais la main sur la poignée de la porte, le gamin a crié :

– Papa !

… Et je me suis figé, tétanisé. Tétanisé. Le plus affreux, c'est que, même avant qu'il parle, je l'avais compris.

– Comment est-ce possible ? ai-je chuchoté.
– Je lui avais prêté mes apparences, répondit Cherry.

C'était donc ça. À n'en pas douter, c'était la vérité, je le savais. Cherry s'est approchée de moi et a passé ses bras autour de mes épaules en un geste protecteur.

– Pourquoi ? ai-je demandé.
– Parce qu'elle me l'a demandé.
– Et les autres fois ?

Cherry m'a regardé par en dessous, avec un demi-sourire.

– Non, Siggy, les autres fois, c'était moi. (Elle a glissé sa petite main dans la mienne et m'a chuchoté :) Je suis navrée. Elle ne m'avait pas dit ce qu'elle comptait faire.

– Tu aurais accepté quand même, non ?

Elle n'a pas répondu.

Durant cet échange, le garçon, immobile, me regardait intensément, comme si sa vie dépendait de ce que j'allais faire ou dire. Son visage demeurait inexpressif, à part ses yeux qui faisaient penser à deux pierres brûlantes. Ah, voilà qu'il a bougé. Il s'est avancé vers nous et a tendu les mains pour me toucher.

– Non !

Je ne l'aurais pas supporté. Puis je me suis surpris à le dévisager pour voir si je l'avais blessé. Ma chair et mon sang, la chair et le sang de ma sœur, ai-je pensé. Pas étonnant qu'il me connaisse mieux que moi-même.

– Mets-moi à l'épreuve, m'a-t-il dit.

Il parlait de sa force, bien entendu, de ses talents de guerrier. Signy voulait qu'il m'aide à détruire Conor, mais serait-il le meilleur du monde, quelle différence cela ferait-il ?

– Dag Aggerman m'a tout appris, a-t-il lancé d'une voix claire. Il t'envoie ses amitiés, père, et il aimerait savoir quand tu te le rejoindras pour prendre la tête de la résistance contre le tyran.

J'ai secoué la tête. J'avais envie de partir. J'ai fait un pas vers la porte. Cherry m'a pris la main et l'a serrée doucement. Je me suis dégagé. Mais il m'était impossible de partir. Il m'était impossible de nier son existence. Était-ce Signy qui en avait décidé ainsi ? Ou Odin ? Ou Loki ? Étais-je trop mou ? J'ai ouvert une fenêtre et me suis penché à l'extérieur pour respirer un peu d'air frais.

C'était jour de marché et, comme d'habitude, beaucoup de vendeurs à la sauvette proposaient leurs marchandises étalées par terre sur des bouts de tissu. Ça allait du pauvre bougre qui cherchait à troquer de malheureux bibelots contre de la nourriture, à des stands bariolés qui proposaient de vrais produits. Tout autour, se trouvaient les boutiques des marchands, certains très pauvres, d'autres très riches, d'autres encore très puissants.

Je me suis retourné vers Styr.

– Je veux que tu m'apprennes, m'a-t-il dit en ouvrant les bras. Je veux être un bon soldat. Je peux t'aider. Mets-moi à l'épreuve. Il s'est tu une seconde, puis a ajouté : Je t'aime, papa.

J'ai ri. Comment pourrait-il m'aimer, il me voyait pour la première fois de sa vie ? Mais il disait vrai. Je le savais. Et moi aussi, je l'aimais.

De quel droit cette créature provoquait-t-elle ce sentiment chez moi ? J'aurais préféré qu'il crève… vraiment. Ses origines m'inspiraient de la peur : l'incubateur, le mensonge, l'inceste. Soudain, une autre idée m'est venue à l'esprit.

– Et l'autre ?

Cherry s'est rembrunie.

– Sigs, non.

– Le vrai ? ai-je insisté. Qu'est-il devenu ?

Une sorte de frisson a secoué le garçon. Il s'est frappé la poitrine.

– C'est moi, le vrai ! a-t-il hurlé. C'est moi, le vrai !

Il n'avait pas tort. Il était la raison pour laquelle l'autre, le bébé qui se trouvait chez Conor, avait été conçu.

– L'autre ne compte pas ! a-t-il ajouté. Ce n'est qu'un enfant !

– Et toi, et ton enfance ? ai-je demandé pour le blesser.

– Trop tard pour ça, m'a-t-il répondu en haussant les épaules.

J'ai regardé dehors. Muswell Hill, c'était la jungle. Il fallait connaître les bons endroits, savoir ce qui était permis, et surtout, ce qui ne l'était pas. J'ai pensé que ça ne devrait pas être trop difficile de lui donner une épreuve qu'il ne pourrait pas réussir.

Je lui ai fait signe et il m'a rejoint à la fenêtre. De nouveau, j'ai tout de suite éprouvé ce sentiment d'attraction-répulsion qu'il suscitait chez moi dès qu'il s'approchait.

– Tu vois, là, la boutique du prêteur sur gages ?

Elle était tenue par Do Hawkins. C'était une bonne adresse. Il n'y avait pas que les pauvres en manque d'argent liquide qui allaient voir Do, loin de là. Beaucoup de riches allaient y mettre en gage leurs bijoux de famille. Il n'était pas nécessaire d'avoir une bonne réputation ni d'être solvable pour bénéficier d'un prêt. Do avait une assurance tous risques très efficace : s'il n'arrivait pas à récupérer son prêt et ses intérêts, ses aides vous rendaient une « petite visite ». Do était une sorte de chef de bande du nord de Londres. Il avait à son actif bon nombre d'escroqueries, de vols, d'extorsions de fonds, de meurtres. Il m'arrivait moi-même de lui donner un coup de main de temps à autre. Nombreux étaient ceux qui, en dépit de ses taux usuraires, faisaient appel à lui. Il y avait une petite fortune dans cette boutique. Une grande tentation pour les cambrioleurs, certes, mais… ils ne s'y risquaient pas, c'était bien trop dangereux. Il fallait être un génie pour oser s'attaquer à cette boutique.

– Si tu piques la caisse, je te garde.

Je tremblais en retournant me poster à la fenêtre.

– Tu veux sa mort, m'a dit Cherry.

Je serrais les dents.

– Il a tout juste quinze ans, Siggy.

– Il voulait que je le mette à l'épreuve. C'est fait.

Elle a hoché la tête et m'a rejoint pour regarder la rue au-dessous de nous, puis elle a souri.

– Regarde, il est là.

J'ai penché la tête. Il était rapide. Impressionnant.

Déjà, il fendait la foule en direction de son objectif.

– Il va tenter le coup, ai-je dit, surpris.

– Oh, oui, a confirmé Cherry qui a ri devant mon air éberlué. Arrête-le.

– Impossible, maintenant.

Styr arrivait à hauteur de la boutique. Il a foncé au comptoir et a sorti un revolver.

J'ai sursauté en criant. C'était dingue ! Toutes les personnes présentes chez Do se sont figées. J'ai vu que les gros vigiles le jaugeaient, mais ils n'osaient pas intervenir, pas encore. Styr était aussi cool que possible. Des gens ont voulu entrer mais, avec son arme, il leur a fait signe de reculer. Le caissier vidait ses tiroirs dans un sac. Il l'a tendu à Styr. Putain, il l'avait fait !

Soudain, ma gorge s'est serrée et j'ai pensé : « Allez, gamin, allez, tu peux le faire ! », tout en sachant qu'il n'avait aucune chance. Oh oui, il sortirait de la boutique sans encombre, c'était sûr, mais il serait tué au bout de quelques mètres.

Styr s'est détourné du comptoir et s'est dirigé vers la rue.

– Ils vont le buter, bordel ! (Je me suis penché à la fenêtre, j'étais affolé.) Ils vont le buter !

– Ton propre fils, a murmuré Cherry.

Je l'ai maudite. Styr a foncé dans la rue et a piqué un sprint. Des coups de feu ont éclaté. La foule s'est écartée pour laisser passer Styr. Il courait… et soudain, dans la rue, une flopée de vigiles à ses trousses.

– Quel idiot, ce gamin ! ai-je crié.

J'ai couru à la porte. Il n'avait aucune chance ! Tandis que je m'élançais dans le couloir, j'ai entendu Cherry me crier :

– Tu as intérêt à faire vite !

J'ai dévalé l'escalier comme une boule de flipper, j'ai déboulé dans la rue. Il devait être déjà mort ! J'ai arrêté un passant.

– Par où ? ai-je hurlé.

– Comment ?

L'homme ne savait pas de quoi je parlais. Je l'ai lâché et j'ai foncé vers chez Do. Je suis tombé sur un des vigiles qui m'a reconnu.

– Ils sont partis par où ?

– Il est avec toi ? À quoi tu joues ?

– PAR OÙ ?

L'homme a blêmi. Il n'aimait pas qu'on lui parle sur ce ton, mais il savait qu'il valait mieux ne pas me chercher. Il s'est contenté de pointer le doigt dans une direction.

J'ai foncé dans Queens Avenue où les boutiques de fringues avaient cédé la place à des vendeurs d'outillage et de pièces détachées. J'ai dû arrêter un autre passant, et un troisième avant de les retrouver. Ils l'avaient coincé contre un mur à côté d'une pile de cagettes pleines de feuilles de choux et de fruits pourris. Ils étaient six en train de lui donner une leçon aux yeux de tous avant de l'achever. La neige fondue était rougie par le sang. Il ne s'était pas laissé faire : deux ou trois gars étaient étendus par terre, morts pour certains, haletant de douleur pour d'autres. Mais ceux qui restaient debout n'étaient pas avares de coups de bottes. Le but était sans doute de le tabasser à mort.

Le gamin se débattait comme un beau diable. Il était déjà dans un sale état. Ils s'en donnaient à cœur joie.

– Lâchez-le !

Ils se sont tournés vers moi. Je ne paie pas de mine. Un des types a craché par terre, son comparse a levé le pied et a flanqué un autre coup de botte dans la tête du gamin. Styr s'est tordu de douleur.

Alors, là, j'ai craqué, j'ai vraiment craqué. Ça m'arrive parfois. J'ai vu rouge, et ensuite tout s'est passé dans une sorte de brouillard sanguinolent. Quand je me suis calmé, j'étais dos au mur, Styr à mes pieds, et les vigiles étaient tous K.-O. Il y avait du sang partout : sur le mur, dans le caniveau. J'ai flanqué un dernier coup de pied au type qui en avait filé un de trop à Styr, puis j'ai aidé le gamin à se relever, et – ça en dit long sur lui et sur les changements voulus par Signy – il était parfaitement capable de marcher. Je suis retourné avec lui chez le prêteur sur gages. Do, qui avait été prévenu, m'attendait.

On se connaissait bien, tous les deux.

J'ai jeté le sac à ses pieds, et l'argent s'est répandu par terre.

– Si jamais tu le touches, je te réserve le même sort qu'à tes gorilles, ai-je lancé entre mes dents.

Do Hawkins m'a regardé et je lui ai crié :

– Tu sais qui je suis, Hawkins. Je suis un *Volson* !

J'avais crié pour que tout le monde m'entende. Mon nom voulait encore dire quelque chose. Des murmures se sont élevés dans la foule. Hawkins a acquiescé.

– Bah, on ne savait pas, faut dire…

J'ai renversé la table, j'ai pris une poignée de fric, juste pour marquer le coup, et j'ai entraîné le gamin.

– Ah, ils l'ont bien arrangé, hein ?

Cherry m'en voulait. Elle était allée chercher le désinfectant, des pansements et nettoyait le visage de Styr qui tressaillait chaque fois qu'elle tamponnait ses plaies.

– Tu vas me renvoyer ? m'a demandé le gamin.

– Et alors ?

– J'ai échoué !

Il a enfoui son visage dans ses mains et s'est mis à pleurer. Il hoquetait, secoué de sanglots à fendre l'âme. Le pauvre. C'était vraiment qu'un gosse, après tout. J'ai pris un clou dans un tiroir et j'ai fixé au mur un des billets de banque que j'avais pris chez Do.

– Ton premier trophée, ai-je lancé à Styr. Ton épreuve, tu l'as réussie. Tu peux rester avec moi.

23

Siggy

Je me suis laissé attendrir par sa jeunesse, par son courage, mais je l'ai très vite regretté. Je savais qu'il ne pourrait rien en sortir de bon. Qu'allait-il advenir de lui pris entre Signy et Loki ? Et, au final, il avait fallu que j'en rajoute une couche, car il m'aimait, d'accord ? Et son amour a éveillé mon amour, je n'y pouvais rien. Cet amour avait peut-être été fabriqué par ma sœur, mais il n'en était pas moins indéniable.

Je lui ai fait faire des essais, délester de gros porcs pleins aux as, le genre de trucs que Signy et moi aimions faire. « Tu passes par ce conduit, tu te démerdes pour atteindre le hall d'entrée et aller m'ouvrir la porte... » Il tournait vers moi son visage blême aux traits durs, opinait. Et le voilà qui plongeait dans les sombres entrailles de tel ou tel immeuble. Et, à votre avis, qui commençait à avoir des sueurs froides ? Moi !

Je pensais : « Putain d'Hadès, et s'il se fait choper, ils vont le pendre ! » J'attendais dans l'obscurité, mort de trouille. Puis, j'entendais la serrure cliqueter, la porte s'ouvrait et il apparaissait devant moi, sérieux comme un pape. Jamais un sourire, jamais un « tu vois, je t'avais dit que ça marcherait. »

– Espèce d'idiot, pourquoi tu as fait ça ?

– Parce que tu me l'as demandé.

– Ah oui ? Ben, arrose-toi d'essence et craque une allumette !

Peu importait sa vie dès qu'on lui donnait un ordre, et j'avais la faiblesse d'aimer ça. Pour lui, ce que je disais était parole d'évangile. Si je lui demandais d'éplucher les pommes de terre, il le faisait. Si je le sommais de se cacher dans une fosse septique, il y plongeait. Si je lui disais de viser un homme et de lui tirer dans le cœur s'il bougeait, il sortait son arme. Il n'a jamais dû tirer, cela dit. Ce n'était qu'un gamin, mais tous, même les plus durs d'entre eux, voyaient bien qu'il n'hésiterait pas à aller jusqu'au bout s'il le fallait. Ou même si l'envie lui en prenait.

Tout le monde, hommes, Mi-Hommes, animaux, avait peur de Styr, oh oui ! À mon avis, il n'appartenait à aucune de ces catégories. Par exemple, il avait les mêmes souvenirs que moi. Il savait qui était Val. Il se souvenait de lui. Il se revoyait assis sur ses genoux. Quand je lui faisais remarquer que Val était mort avant sa naissance, il me rétorquait : « Oui, je sais, mais je l'ai connu. *Je le connais.* » Et il me regardait dans les yeux, me mettant au défi de le contredire, car, en effet, il le connaissait – dans sa chair, comme un chien sait aboyer, comme une hirondelle sait où voler à l'approche de l'hiver. Il savait plus de choses qu'un simple mortel.

Il se souvenait aussi que mes frères avaient été dévorés par le Pourceau. Il pouvait remercier sa mère ! Sympas, les cadeaux de baptême ! Ce qui m'effrayait le plus dans tout ça, c'est que ces souvenirs, c'était les *miens*. Comment Signy pouvait-elle les connaître ? Qui me les avait volés pour lui transmettre ? Cherry ? Odin ? Loki ? Et il ne partageait pas que les miens. Styr revoyait aussi le corps de Val ligoté à un montant en bois et promené à travers la ville jusqu'au Domaine. Les souvenirs de Signy. Qui fallait-il être pour offrir ce genre de trucs à son enfant ?

Pas d'œufs de Pâques. Pas de Père Noël. Pas de jouets au pied du sapin. Que des meurtres.

Vous parlez d'une mère !

À part Conor, il ne haïssait qu'un seul être au monde. Son double, celui qui vivait auprès de Conor. Le petit Vincent, mon véritable fils. Peut-être était-ce parce que ce petit garçon était le vrai, l'original, celui qui avait une mère. J'ai tenté de lui en parler, mais parler n'a guère de signification pour Styr. Il ne s'interroge jamais sur ses allégeances ou sur ses haines : elles sont innées chez lui.

– Il n'a aucune raison d'être, me disait-il. Aucune.

Mais il était loyal envers moi et je l'étais envers lui, et je ne pouvais que l'aimer car il m'emplissait de peur. J'étais comme un enfant. J'étais même jaloux de ses autres objets d'amour. Car il en avait, oh oui ! Mais pas des êtres humains. Il aimait la vengeance. On voyait son regard se voiler, en quelque sorte, quand il parlait de ce qu'on allait faire à Conor le jour où on mettrait la main sur lui.

L'autre chose qu'il aimait, c'était le couteau d'Odin. « Quand je te l'aurai rendu... Le jour où il sera planté dans la gorge de Conor », murmurait-il d'une voix rêveuse. Ce couteau, c'était le biberon qu'il n'avait jamais eu. Sauf qu'il voulait qu'il me revienne. Vous ne trouvez pas ça bizarre de convoiter quelque chose pour quelqu'un d'autre ? En général, on fait ça pour ses enfants, pas pour ses parents. Tels sont les effets de ces incubateurs : on peut faire aimer n'importe quoi à un homme, même un objet, même s'il n'est pas pour lui. Mais, le plus étrange, c'est que, plus il en parlait, et plus j'avais envie de le récupérer. C'était la seule chose qui semblait logique. J'ai commencé à me dire que toutes ces épreuves n'étaient que les préparatifs du long voyage de retour du couteau d'Odin à ma ceinture.

C'était toujours le même bon vieux principe : un gros porc plein aux as. Sauf que ces porcs-là étaient différents.

James et Percy Wallace. Vous avez entendu parler d'eux ? Non ? Vous auriez pu. C'étaient deux hommes d'affaires qui dirigeaient pas mal d'entreprises à Londres et dans ses alentours. Autrefois, ils avaient rendu des services à Conor, et en retour, il leur avait cédé de nombreuses autres sociétés à l'extérieur de Londres, dans les nouveaux territoires qu'il avait conquis. Il savait qu'il pouvait compter sur eux pour qu'un boulot soit bien exécuté.

James et Percy n'étaient pas très aimés. Vous me direz, ce n'est pas ce qu'on demande à des hommes d'affaires. Conor n'attendait d'eux que de gros bénéfices et une part du gâteau. Et ils s'y employaient. Ils montaient des affaires louches, comme beaucoup d'autres, à la seule différence, peut-être, que ces deux-là étaient beaucoup plus riches et beaucoup plus véreux que la moyenne. Ils dirigeaient des usines chimiques à Hackney Marshes, les usines de colorants de North Islongton, les fabriques d'armes de Killburn, celles dont personne n'avait entendu parler jusqu'au jour de l'explosion qui provoqua l'effondrement de tout un quartier et fit trois cents victimes dont plusieurs écoliers.

Une entreprise des frères Wallace, c'était l'endroit type où on ne voulait pas travailler quand on tenait à sa peau. Vivre sous Conor, ce n'était pas une partie de rigolade même si tout le monde était prêt à faire n'importe quoi quels que soient les risques et le salaire. Mais se faire embaucher chez les Wallace ? Jamais ! Leur main-d'œuvre était composée d'esclaves venus des nouveaux territoires et de gens kidnappés dans les rues. Personne ne posait de questions.

Dieu sait combien de gens des Midlands ou du centre de Londres ont trouvé la mort aux usines de colorants. Qui s'en souciait ? Du moment que Conor recevait sa part des bénéfices, tout cela se passait dans la plus stricte impunité. À l'extérieur de la ville, les frères s'occupaient de tout le sale boulot que leur confiait Conor : « agence de sécurité » (protection rapprochée), « service d'information » (torture), « management des ressources humaines » (espionnage et assassinats). Et, bien entendu, ils réglaient également certains problèmes qui nécessitaient plus de discrétion. Un tyran tel que Conor avait souvent besoin de « techniciens de surface » pour nettoyer les lieux après son passage. Les génocides, ça laisse des traces. À votre avis, comment se débarrassait-il des centaines de milliers de corps de ses victimes ? Pensez-y la prochaine fois que vous achèterez un sac d'engrais chez le fleuriste du coin.

Deux gros porcs pleins aux as. Bon, je ne me faisais pas d'illusion. Avoir débarrassé le monde des frères Wallace ne va rien changer : il y aura toujours d'autres salauds prêts à surgir de leur fosse à purin pour prendre leur place. Mais je me suis senti mieux, après coup. Et puis, la nouvelle s'est vite répandue. Bientôt, tout le monde a su que deux vermines avaient connu le sort qu'elles méritaient, et j'ai été heureux d'y avoir été pour quelque chose.

On aurait pu croire que ma chère truie aurait sauté de joie, mais non.

– T'ferais mieux d'être au côté d'notre Dag, t'serais un général, au lieu d'risquer ta vie pour deux sales cons.

Non, merci, sans façon. Je préfère travailler en solo.

Styr avait tout de suite été partant. Il était partant pour tout. À nous deux, on était imbattables.

Ces deux gus étaient précieux pour Conor. Ils auraient pu vivre dans le Domaine, et personne ne sait trop pourquoi ils n'avaient pas voulu. Il faut dire que la sécurité était étanche ici. On ne pouvait pas tousser sans qu'un vigile le sache. Et ces deux-là avaient besoin d'être bien gardés : ils ne manquaient pas d'ennemis. Mais ils préféraient habiter à l'Extérieur.

Ils passaient le plus clair de leur temps dans un vaste manoir à Kentish Town. Un endroit hypergrand qui avait tout d'une forteresse. Des murs en acier ; sans blague, je les ai vus de mes yeux, personne ne pouvait entrer ni sortir. Ils y vivaient en toute quiétude bon an mal an.

C'est Cherry, comme toujours, qui nous a avertis. Elle avait pris un coup de vieux, Cherry, à l'époque. Ça ne faisait que deux ou trois ans que Styr était avec moi, mais elle avait bien pris huit ou dix ans. Je lui en donnais cinquante. Moi, j'en avais vingt-quatre. Elle était toujours assez belle, mais plus très désirable, en tout cas pour moi. Au début, j'aurais pu tomber amoureux d'elle, et elle de moi, peut-être. On avait eu cette liaison pendant quelques années, à intervalles irréguliers, en partie sur ordre de Signy, en ce qui la concernait. Ça s'était fini en douceur peu après l'arrivée de Styr sur le devant de la scène. Je connais deux ou trois filles-chattes que je vois de temps en temps, un peu animales certes, mais j'aime bien leur fourrure et les entendre ronronner... cela dit, je reconnais qu'elles ont la langue un peu rêche !

Cherry était un peu comme une vieille parente pour moi. Pour tout dire, parfois, à la façon dont elle me regarde, je me dis qu'elle en pince toujours pour moi. Vieillir aussi vite, ça ne doit pas être évident. À ce rythme, il ne doit plus lui rester que cinq ou six ans devant elle. Bref, revenons à nos moutons... On avait donc une chance de nous faire les frères Wallace. Comme je l'ai déjà dit, ils passaient leur temps enfermés dans leur château d'acier de Kentish Town. Ils en sortaient, bien sûr. Le problème était de savoir quand. Je tannais Cherry pour qu'elle le découvre et, finalement, un jour, elle est venue nous apporter la nouvelle.

Elle avait tous les détails : le jour et le lieu de leur arrivée, le plan de sécurité pour la soirée. Mais même ainsi, ça n'allait pas être facile. Ils étaient bien gardés, ils avaient de nombreux véhicules et l'avantage des armes. Il aurait fallu être plus de deux, c'était évident, mais mes complices habituels n'étaient pas très chauds sur ce coup. Déjà, je ne pouvais pas leur jurer qu'il y aurait du fric à la clé. En outre, c'était vraiment trop dangereux pour mes potes La Farfouille et Sconse, et peut-être trop ambitieux pour eux. Donc, finalement, Styr m'a convaincu de faire appel à Dag Aggerman.

Je veux garder des distances avec la résistance, non que je n'en sois pas solidaire, mais j'ai connu assez de galères comme ça dans ma courte vie. Il est vrai que, ces dernières années, j'ai choisi mes victimes dans les milieux du pouvoir, ce qui m'a rendu très populaire parmi les résistants. Mais c'était la première fois que je bossais avec eux, et je n'aimais pas ça.

Le type que Mélanie avait fait venir une fois, à Muswell Hill, a débité la liste des militaires que Styr et moi avions liquidés et m'a supplié de me joindre à eux.

– Je ne le sens pas, lui ai-je dit.

Il s'est tapé le front comme si j'étais le dernier des idiots.

– La moitié des généraux de Conor à votre actif, et vous ne le sentez pas ?

La vieille Mélanie allait et venait en grognant, en ronchonnant.

– Quand est-ce qu'j'vais t'voir avec du plomb dans la tête, mon Sigs ? gémissait-elle.

– Dag Aggerman…, a lancé l'émissaire.

J'en avais assez entendu sur les prouesses d'Aggerman.

– Bon, vous voulez m'aider à nous débarrasser des Wallace, oui ou merde ?

L'homme a haussé les épaules et a tiré la tronche, mais il valait mieux ne pas m'énerver, il le savait, alors on s'est occupés des détails. Âpres négociations, mais on a obtenu une vingtaine d'hommes et beaucoup d'armes. Plus qu'assez pour une attaque surprise.

En dépit des renseignements précieux fournis par Cherry, on ne pouvait savoir avec certitude contre combien d'hommes on allait se battre. Connaissant les Wallace, ils pouvaient très bien en avoir posté en planque tout le long de leur itinéraire ou s'être entourés d'une grosse escorte. Au final, il semblait qu'ils aient joué la carte de la discrétion, car ils n'étaient pas très nombreux, en fait. Les hommes de Dag n'avaient pour eux que leur détermination. J'ai assumé mon rôle de commandant, aboyant des ordres, leur tapant sur l'épaule, leur donnant l'impression qu'on se connaissait depuis toujours. Val m'avait appris tous ces trucs. On s'est bien entraînés la veille de l'attaque. On avait prévu qu'une moitié de nos forces approcherait nos cibles par les sous-sols, et que l'autre attaquerait simultanément en les prenant en étau.

On n'avait pas beaucoup de temps. Une poignée d'hommes gardaient la maison, mais on pouvait s'attendre à ce que d'autres de la caserne de Station Road débarquent en quatrième vitesse. Au début, ça a été comme sur des roulettes. On avait l'avantage du nombre, et on les a neutralisés en un rien de temps. Une bonne partie d'entre eux étaient assis à une table, en train de jouer aux cartes, quand on a surgi tous en même temps par les fenêtres de la maison, BANG ! Nos hommes ont investi le hall d'entrée et la pièce sur rue, puis Styr et moi sommes montés à l'étage, laissant aux autres le soin d'achever les gardes et de barrer la route à tout renfort venu de l'extérieur.

Ils étaient encore au lit : deux vieux maigrelets et grisonnants, chacun dans un petit lit coincé contre le mur, avec deux lampes à huile allumées comme s'ils avaient peur du noir. Et vous savez quoi ? Ils étaient endormis. On avait lancé un assaut, leurs hommes mouraient, l'endroit était mis à sac, et nos deux frangins, au sommet de ce volcan, dormaient comme des bienheureux.

On les a regardés un moment. Ils étaient bizarres, on aurait dit les fantômes de deux enfants dormant en paix dans leur chambrette. Difficile de croire qu'ils avaient la mort de milliers de personnes sur la conscience.

– Qu'est-ce qu'on fait d'eux ? ai-je demandé.

Styr a fait la moue et haussé les épaules. Je ne savais quel parti prendre… assassiner deux hommes dans leur sommeil ? Styr, lui, n'a pas eu d'état d'âme. Il en a poignardé un, puis l'autre, et a essuyé la lame sur la housse de couette.

– C'est bien pour ça qu'on est venus, non ? a-t-il lancé.

Il était temps de filer, et vite. On avait fait un boucan à réveiller les morts. Au moment où j'allais me tirer, j'ai remarqué quelque chose de très étrange accroché au mur à côté de leurs petits lits.

Elle était marrante, cette petite chambre. Papier peint propret à fleurs roses, petite commode, petite penderie, petite étagère. Très douillet. Ces deux trucs, à côté des lits, ça faisait tâche. Sur le coup, j'ai cru que c'étaient des vêtements accrochés à une patère. Des pelisses grises, duveteuses. Mais non, trop de poils. Trop moche. Puis, j'ai distingué les oreilles. Je me suis approché.

C'étaient des peaux de loup accrochées par le museau, et j'avais pris les têtes pour des capuchons. J'en ai pris une. Styr a caressé la fourrure épaisse et rêche.

Dehors, ça s'agitait. J'entendais des voitures foncer vers nous du haut de la rue. Qui dit voitures, dit armes. On devait filer.

Styr a souri. Il a pris l'autre peau sur le bras comme un tailleur exhibant un échantillon de tissu.

– Des loups-garous, a-t-il dit. C'étaient des loups-garous.

– Ça existe vraiment ces trucs-là ?

– C'était pas logique qu'ils dorment dans ce vacarme. (Il a fait un signe de tête vers les deux morts. Ils étaient dans la mort comme dans le sommeil.) Ils ne sont pas réels, tu vois. Ils ne prennent vie qu'en portant ça.

« Comment peux-tu le savoir ? » ai-je songé, mais je me suis contenté de dire :

– Tirons-nous.

J'étais impatient d'être ailleurs.

Styr a souri d'un air sournois, et m'a dit :

– On les enfile ?

– Ne sois pas bête. À quoi bon ?

– Tu as peur ?

– Pourquoi aurais-je peur ?

Bien sûr, j'avais peur, comme toujours quand je participais à une opération. Mais je ne pensais pas que Styr connaissait le sens du mot.

– Allez, Siggy. On les essaie pour voir si elles sont à notre taille ?

Soyons honnête : j'étais tenté. Qui ne voudrait pas savoir ce que ça fait ? D'un autre côté, j'étais le plus âgé, j'aurais dû être raisonnable, mais mon propre fils me lançait un défi et je ne voulais pas passer pour un lâche. En outre, j'étais toujours dans l'euphorie du combat. Dehors, les voitures se rapprochaient. Je me suis raconté que ce serait un bon moyen de passer inaperçu devant les troupes. J'ai hoché la tête, ai rendu son sourire à Styr, et j'ai enfilé la peau de loup. Il a fait de même.

Ma première sensation, ça a été la douleur. J'avais mal, horriblement mal. J'avais l'impression qu'on me versait du métal fondu sur tout le corps. Je me suis raidi, j'ai crié et je suis tombé à quatre pattes en criant, jusqu'à ce que mon cri se transforme en hurlement de loup

Je viens d'une grande famille, mais regardez ma vie. Mes frères ont servi de nourriture à un cochon, mon père a été massacré et sa dépouille accrochée aux portes de la ville de nos ennemis. Ma sœur est devenue une putain et moi je suis tombé si bas que c'est une vieille femme-truie baveuse qui m'a sauvé la vie. Et pour couronner le tout, j'ai couché avec ma sœur, mais sans le savoir, je le jure devant tous les dieux ! Tout ça, je n'y pouvais plus rien, mais la chose dont j'ai le plus honte, ça a été d'enfiler cette peau de loup. Un père doit donner à ses fils l'exemple du courage, mais aussi leur faire comprendre la différence entre bravoure et témérité. Styr avait beaucoup à apprendre de ce point de vue, et j'ai péché en le laissant dans cette ignorance, et ça c'est impardonnable. Surtout sachant comment ça a fini… Bah, vous verrez.

C'était comme une drogue, un hallucinogène. Je ne me rappelle pas grand-chose. Je me revois sauter par la fenêtre et atterrir parmi les mercenaires dans la rue. Styr a sauté après moi, de l'autre fenêtre de la chambre. Du premier étage, on aurait pu se casser les jambes… oui, c'est la pensée qui m'est venue car, à ce moment-là, je venais d'endosser cette peau et il me restait encore un peu de lucidité. On sautait au beau milieu de tous ces types, en bas, c'était dingue, je ne comprenais pas ce qui avait pu nous pousser à plonger au cœur des échanges de tir. Ces mecs étaient munis d'armes automatiques ; certains avaient des canons à obus perforants montés sur leurs véhicules. J'ai essuyé une rafale de tirs et j'ai vu des balles traçantes venir dans ma direction.

Dès que j'ai touché le sol, j'ai découvert la taille que j'avais prise. J'étais à quatre pattes, mais je pouvais voir au-delà des toits des voitures. J'avais l'impression que ma bouche était une bombe prête à exploser. J'étais dans une rage indescriptible. Je suis tombé au milieu d'un groupe de mercenaires que j'ai mis en lambeaux. J'entendais les hurlements de Styr non loin de moi. Puis, recevant une pluie de balles, je me suis rendu compte qu'elles ricochaient sur moi. Alors, j'ai su que nous étions invincibles. J'ai hurlé comme un démon. Styr m'a imité, triomphant, et on a chargé nos agresseurs. Notre force a été comme une nouvelle drogue. On pouvait tout faire. On a non seulement réduit les mercenaires en bouillie, mais aussi leurs véhicules. On a broyé leurs armes avec les dents.

J'ignore quel démon a créé ces peaux de loup, mais c'étaient des instruments du mal, car à peine avions-nous décimé nos ennemis que nous nous sommes tournés contre les nôtres. Et une fois qu'on en a eu fini avec eux, on a filé dans la nuit, assoiffés de sang.

Je revois des scènes par bribes. Le loup avait pris le dessus en moi, mais j'avais encore quelques moments de lucidité. Cependant rien ne m'arrêtait. J'étais observateur de mes propres mâchoires. Je les regardais déchirer les membres d'un homme, saisir un enfant à la gorge – oui, oui, les enfants aussi, ce monstre ne connaissait aucune pitié. J'ai ce genre de flashes, mais je n'ai appris que plus tard l'ampleur de ce qui s'est passé. L'histoire qui circulait parmi les Londoniens, c'était que deux monstres échappés des terres des Mi-Hommes hantaient la ville. Ils (c'est-à-dire nous) dépeçaient les gens et les animaux qu'ils trouvaient sur leur passage. Les bons, les méchants, les riches, les pauvres. Pourtant la plupart de leurs victimes vivaient dans les bas quartiers. Pourquoi faut-il qu'il en soit toujours ainsi ? que les créatures sanguinaires tuent les pauvres en priorité ? Sans doute y a-t-il plus de sang à portée de mâchoire là où les gens vivent entassés les uns sur les autres ?

Plus tard, une fois redevenu homme, je suis allé rendre visite aux familles de nos victimes. J'ai vu les maisons déchiquetées, les marques des dents dans les poutres, les membres jonchant le sol, le cortège de visages sous le choc. J'y suis allé en spectateur. Je n'arrivais pas à croire que mes fragments de souvenirs fussent réels. J'aurais tant voulu que ce ne soit que des cauchemars… Je me suis posé en bienfaiteur. J'ai donné de l'argent. Tout ce que j'ai pu. Je suis un Volson. Avant, rien ne m'avait donné de raisons de me sentir coupable. Maintenant, quand je me regarde dans le miroir, je vois que j'ai perdu mon auréole le jour où j'ai revêtu cette peau de loup, tout cela à cause de mon idiot de fils.

Assez parlé de cette boucherie. Le sang coule à flots dans le monde entier, j'en suis malade. Il s'est passé d'autres choses cette nuit-là.

Lorsque j'ai repris conscience, je me trouvais sur les terres des Mi-Hommes. Le ciel était gagné par la pâleur du jour. J'avais encore la forme d'un loup, mais intérieurement, je redevenais un homme. Je me suis retrouvé à quatre pattes, en train de grogner. J'avais l'impression d'avoir diminué de taille. Le goût du sang m'emplissait la bouche. J'étais blessé à la tête, aux épaules.

Les brumes sanguines de ma rage assassine qui avaient brouillé ma vision des choses se dissipaient. La peau de loup tomba à mes pieds tandis que le soleil se levait à l'horizon. J'étais redevenu moi-même, et alors j'ai vu ce que je mastiquais entre mes dents : un loup. Styr.

Il m'a fallu quelques secondes pour comprendre ce qui s'était passé. J'avais tué mon propre fils. On avait fini par se battre l'un contre l'autre mais je ne me souvenais pas de notre combat. On se trouvait parmi les ruines d'une enfilade de boutiques. Styr gisait au milieu d'un tas de pièces détachées rouillées d'appareils électroménagers, toujours en loup... mais la gorge béante.

Tout près, j'entendais de l'eau vive, et j'ai rampé jusqu'au ruisseau pour me rincer la bouche. J'ai bu, je me suis aspergé le visage, j'ai regardé l'eau miroiter dans la lumière du petit matin. « Tout cela est-il bien réel ? ai-je pensé. Vais-je réellement devoir vivre avec ce poids ? » Je ne voyais pas comment.

Tandis que je revenais vers Styr, le soleil apparut au-dessus des immeubles en ruines, éclairant le monde des Terres Vaines – épaves de voitures, murs effondrés, solives brisées, mauvaises herbes et jeunes arbres soulevant le macadam des rues et des trottoirs. J'étais redevenu un être humain. Je me suis étendu à côté de mon fils, et j'ai pleuré.

Je suis resté ainsi des heures. Quand je me suis redressé et que j'ai essayé de voir au-delà de mon chagrin, le soleil était haut dans le ciel. J'étais de nouveau un être humain, oui, mais tout de même moins que la veille. J'ai posé ma main sur le loup. Il était froid comme les pierres. « Où est mon Styr, ai-je pensé ? Est-ce réellement lui ? » J'étais animé par l'idée insensée de ramener à la vie sa partie humaine.

Il n'était pas question de l'enterrer. Aussi profonde que serait sa tombe, les monstres Mi-Hommes qui vivaient non loin de la Muraille arriveraient jusqu'à lui. Aucune chair ne se perdait par ici. J'ai donc commencé à ramasser du petit bois. Entre les poutres des anciennes maisons et les branches sèches des arbres, il y avait de quoi faire.

J'ai puisé du réconfort à construire le bûcher. Je n'en avais pas tout à fait terminé quand j'ai aperçu le renard dans un taillis, près des buddleias et des bouleaux argentés qui poussaient à deux pas de là. Truffe au vent, il humait l'air dans ma direction. Il est sorti à découvert et s'est avancé à pas prudents dans les herbes vers la dépouille du loup. Il était vif, et c'est toujours un plaisir pour moi de voir un animal sauvage. Il s'est approché de Styr et a penché la tête pour le flairer. Je me suis crispé. N'était-ce que de la viande fraîche pour lui ? Il lui a grimpé sur le corps et s'est mis à le lécher.

J'ai poussé un cri et me suis mis à courir vers lui. Je pensais qu'il se repaissait de son sang. J'ai foncé sur lui, espérant le faire fuir. Mais non. Il a relevé la tête et m'a regardé fixement, froidement. J'ai croisé son regard, et j'ai compris alors que ce n'était pas un renard...

Contrairement à beaucoup d'hommes, j'ai vu des dieux. J'ai reçu un don d'Odin. Mais ce n'était pas Lui que j'avais devant les yeux.

Le renard a détourné la tête et a continué à lécher la dépouille du loup. Il dressait sa queue touffue de façon curieuse, et il effectuait de petits sauts tout en remuant ses mâchoires comme s'il dansait en chantant dans sa barbe. Moi, immobile, je le regardais faire. Avec sa truffe, il s'est mis à pousser la peau du loup, à la décoller du corps de Styr qui, petit à petit, réapparaissait. Le renard m'a regardé encore, d'un air entendu. Puis il a renversé la tête en arrière et s'est mis à rire. J'ai frissonné de la tête aux pieds, car c'était un rire humain. Un renard doté d'une voix aux intonations moqueuses. Qu'est-ce que cela signifiait ? Je n'en avais pas la moindre idée, à part qu'il était clair que Styr ne pouvait pas mourir puisqu'il n'avait jamais vraiment vécu. Le renard n'a rien dit, mais il me fixait toujours, et j'ai compris qu'il voulait que je l'aide. J'ai couru vers lui et, ensemble, on a arraché la peau de loup du corps de Styr. J'ai tiré la tête. Styr avait les yeux ouverts, vitreux, gris, mais aucune blessure à la gorge. Seul le loup avait été touché.

Une fois qu'on en a eu terminé, sa peau avait retrouvé sa souplesse. Je me suis reculé. Le renard s'est mis à lécher ses pieds, son corps, son visage. J'ai vu Styr reprendre des couleurs tandis que l'animal effaçait à coups de langue la pâleur mortuaire. J'ai vu sa bouche frémir, revenir à la vie. J'ai vu ses yeux se rouvrir. Il s'est assis.

– Qu'y a-t-il, père ?

C'était la première fois qu'il me voyait pleurer.

Je me suis approché de mon fils et l'ai serré contre moi, doucement au début, car il revenait d'un endroit d'où l'on ne revient jamais. Notre étreinte était maladroite, gauche. Je me suis alors rendu compte que je ne l'avais jamais pris dans mes bras depuis toutes ces années qu'il était auprès de moi, et j'en ai été triste pour lui. Il n'avait pas eu de mère, pas eu d'enfance. Il n'avait connu que le sang versé toute sa vie. Ce n'était pas ainsi qu'un garçon devait grandir.

Après m'être assuré qu'il n'avait pas froid et était bien vivant, j'ai regardé autour de moi mais le renard avait disparu. Je ne l'ai jamais plus revu, mais je pense avoir deviné qui c'était. Styr n'avait aucun souvenir de la nuit, sauf du raid, et du moment où il avait revêtu la peau. Je lui ai demandé où il se trouvait pendant sa mort, mais il n'en avait pas connaissance. La journée touchait à sa fin. Il commençait à faire froid. Le bûcher que j'avais construit était derrière nous. On l'a allumé pour nous réchauffer. Ma blessure me faisait toujours mal. J'en tremblais. Styr, lui, était indemne. Il m'a regardé, le visage éclairé par les flammes, et m'a souri, ce qui lui arrivait rarement.

– Tu sais quel est le pire pour moi dans tout ça ? m'a-t-il demandé.

– Quoi ?

– Que tu m'aies battu dans un combat loyal.

Styr a remis du bois et attisé le feu pour faire brûler les deux peaux de loup. Je le regardais intensément, comme si je craignais qu'il disparaisse à chaque seconde. J'avais plus peur de lui que jamais après ce qui s'était passé. Il a travaillé comme un fou jusqu'à obtenir une belle flambée. Alors, on a jeté les peaux dans les flammes et on a reculé pour mieux les voir se consumer. Au moins, pensais-je, nous aurons débarrassé le monde de ces horreurs. Mais si la peau du loup tué, celle de Styr, a bel et bien été dévorée par les flammes, la mienne est demeurée intacte. Le feu ne parvenait pas plus à l'endommager que les balles et les cartouches de la veille. Elle restait étalée sur les braises rougeoyantes, sans qu'un seul de ses poils seulement ne roussisse.

On a discuté un moment pour décider de ce que nous devions en faire. Styr pensait qu'on devait l'emmener avec nous, mais je n'aurais pas été tranquille en sachant qu'il l'aurait à portée de main. Finalement, on l'a enterrée. On a creusé le sol à trois mètres de profondeur, puis on a rebouché le trou avec des pierres, des branches et des morceaux de métal pour que la déterrer soit le plus ardu possible. Pour finir, on a entassé des briques et des matériaux de maçonnerie par-dessus pour dissimuler cette cachette. Avec le recul, je me dis qu'on aurait mieux fait de la ramener avec nous : quelqu'un aurait bien su comment la détruire. Mais j'en avais marre de tout ça, et je ne voulais plus avoir cette chose près de moi.

Voilà ce qui s'est passé ce jour-là. Nous n'avons plus été les mêmes ensuite. J'avais moins le cœur à me battre. Pour Styr, c'était l'inverse je dirais, comme si le goût du sang l'avait rendu encore plus avide de sang.

Le renard ? Même Cherry n'a pas su me dire qui c'était. Peut-être un envoyé d'Odin. Moi, je pense que c'était Loki qui, à sa drôle de façon, est lié à mon fils.

Quant aux frères Wallace, vous imaginez ma surprise lorsque, quelques mois après qu'on les eut tués, j'ai appris qu'ils étaient revenus. Du moins, l'un d'eux. James avait disparu, mais Percy avait repris ses activités. Cherry m'a annoncé qu'il avait accepté l'offre de Conor d'organiser un vaste chantier de destruction à East Ham où il y a finalement eu un soulèvement par la suite. Sur le coup, je n'y ai pas cru. Je les avais vus tous les deux en sang au bout de la dague de Styr. Mais Cherry m'a dit qu'on ne pouvait tuer ces êtres-là que lorsqu'ils étaient en loups-garous. Finalement, notre attaque n'avait servi à rien.

Je suis retourné sur les Terres Vaines, seul, pour vérifier. J'ai trouvé un gros tas de pierres et de terre retournée à côté d'un trou profond, là où on avait enterré la peau. J'ai fouillé les alentours et n'ai trouvé que des ossements humains éparpillés çà et là.

À mon avis, les deux frères sont venus chercher leurs peaux, leur âme peut-être, et sont arrivés là, guidés par l'odeur sans doute. Comme ils n'en ont trouvé qu'une, ils se sont battus et, si les rumeurs disent vrai, c'est Percy qui a eu le dessus. Il a emporté la peau et a abandonné le cadavre de son frère aux Mi-Hommes qui ont dévoré ses chairs et sucé ses os retrouvés quelques mois plus tard.

24

C'est encore une nuit sans lune. Une année s'est écoulée depuis que Siggy et Styr se sont battus à mort. Siggy a soutenu la résistance à maintes reprises soit financièrement soit en perpétrant quelques assassinats, mais il refuse toujours de s'engager officiellement dans ses rangs. Les altercations entre les Mi-Hommes et les combattants humains se succèdent. Fiers humains, peu disposés à être sous les ordres d'un chien même si eux-mêmes n'ont pas de meneur digne de ce nom, car le seul capable d'occuper cette place préfère jouer les Robin des Bois plutôt que de revêtir la pourpre royale.

Tout le monde en devient dingue, Signy, Dag, Styr, et tout le mouvement de résistance. Signy continue à transmettre des informations à intervalles irréguliers, et en promet davantage lorsque son frère aura rejoint le mouvement. Mais Siggy, qui pourtant était né pour ça, s'obstine à refuser, et les nations sont victimes de son entêtement. Styr le supplie, Mélanie l'implore, Dag envoie des émissaires les uns après les autres et propose de venir en personne pour essayer de le convaincre. Mais Siggy ne cède pas. Il ne demande qu'une chose : qu'on le laisse vivre sa vie. Comme si sa vie n'appartenait qu'à lui ! Comme s'il n'était pas au cœur même de ce drame !

Mélanie, grognant et ronchonnant, se fraye un chemin entre les étals du marché, et dans les ruelles avoisinantes. La nuit tombe. Il n'est plus possible de suivre son petit bonhomme de chemin de truie en plein jour. Muswell Hill a plus que sa part de Mi-Hommes, mais avec une rafle par semaine en moyenne, personne ne se sent en sécurité. Mélanie est douée pour flairer. Ni vu ni connu. Elle avait eu largement le temps de s'entraîner sur les terres des

Mi-Hommes. Ces temps-ci, elle devait garder sa générosité pour les heures obscures.

Généreuse ! Elle l'avait toujours été, cette bonne grosse vieille truie, ainsi que Siggy avait pu le constater. Et voilà qu'elle voulait maintenant étendre ses bonnes actions à tout Londres et au-delà.

Se débarrasser de Conor. Ça se résumait à ça. Se débarrasser de Conor, et tombe la Muraille ! Se débarrasser de Conor, et fini les pogromes ! Se débarrasser de Conor, et alors le peuple aurait une chance de mener une vie décente. Un mauvais homme de plus ou de moins, ça ne changerait en rien la misère du monde, sauf s'il s'agissait de Conor. Y avait-il eu une tyrannie plus absolue que celle que connaissaient les Londoniens sous son joug ? Parfois, Mélanie se disait que la seule chose qui le maintenait au pouvoir, c'était la fausse idée des humains selon laquelle Conor ne voudrait écraser que les Mi-Hommes.

– Le prochain, c'sera toi, marmonne la vieille en lorgnant l'enseigne d'un boulanger de Closewell Street sur laquelle on peut lire : « Interdit aux Non-Humains. »

Le prochain, ce sera toi. Certainement. C'est déjà le cas, en fait. Le boulanger doit reverser la moitié de ses gains à l'effort de guerre, et, de surcroît, cacher son plus jeune fils chez lui pendant la journée car il a déjà une tête de cochon. Le gamin a été salement amoché à l'école pour avoir grogné de méchante façon à la cantine. Mais le boulanger fait porter le chapeau aux Mi-Hommes, et non à Conor. On peut chasser les Mi-Hommes à coups de pied. On peut leur interdire l'accès de sa boutique. Mais que peut-on faire à Conor, à part lui obéir ?

Mélanie est en colère. Elle est essoufflée parce que, ces temps-ci, elle est vraiment grasse. Merci Siggy. Faire de bonnes actions, ça ne veut pas dire pour autant qu'on ne doit pas bien manger. Toujours à l'affût de suppléments, sauf que désormais, il ne s'agit plus de quignons de pain ou d'os à sucer, mais de viandes rôties bien juteuses, de cakes, de poissons, de légumes frais, de beurre. Délicieux ! Fascinants ! Mais ce qui fascine encore plus Mélanie, ce sont d'autres extras. Tant et plus de bijoux, de lingots d'or et d'argent. Dag Aggerman n'avait pas de meilleur coursier dans tout Londres.

Pour l'heure, elle portait un sac à dos plein de colliers, de bracelets et de bagues scintillants à livrer sous l'auvent mal éclairé d'une boutique de Cresswell Street.

C'était le dernier butin de Siggy, volé quelques jours plus tôt.

– Ce que ça coûte de t'envoyer faire les courses ! s'était exclamé Siggy en versant les bijoux sur le canapé.

– C'est pas moi qu'ai b'soin d'bouffe, tu sais ça, avait-elle grommelé.

Elle avait mis un collier autour de son gros cou et avait paradé devant Siggy, mort de rire.

– Garde-le pour aller avec tes robes de soirées. Tu es superbe.

Il lui avait mordillé l'oreille jusqu'à ce qu'elle crie. Bah, que voulait-il qu'elle fasse d'un bijou ? En vérité, Mélanie aurait bien aimé en garder un, mais Dag voulait toujours plus d'argent pour entretenir ses soldats. L'avancée des armées de Conor était ralentie, mais pas stoppée, et il était loin de battre en retraite d'après les quelques informations de Signy. Si seulement Siggy se joignait à la lutte, les renseignements arriveraient régulièrement.

Le dernier des Volson ! Signy ne voulait pas vaincre Conor pour le seul bien du peuple. Les rêves de son père ne signifiaient plus rien pour elle. Si ce n'était pas un Volson qui parachevait ce travail, alors tout ça n'avait pas de sens. La justice en soi était sans importance à ses yeux.

Ça mettait Mélanie hors d'elle. Son Sigs, ne l'aimait-il donc pas ? Ne l'aimait-elle pas ? Eh oui, eh oui, sa tête de vieille laideronne, c'était tout ce qu'il avait au monde. Et elle savait bien qu'il avait bon cœur, qu'il était prêt à faire n'importe quoi pour elle : voler de vieux porcs pleins aux as, se mettre hors-la-loi, distribuer des fortunes chaque jour. Mais, tout comme Signy, pas pour la justice, pas pour le bien des gens du peuple. Il le faisait pour faire plaisir à sa Mélanie. Et, peut-être, parce qu'il avait besoin d'exercice. Mais surtout pas pour l'alliance.

– Non, rien à voir avec toi, hein, Sigs ?

Ah, ces humains ! Ils veulent toujours avoir raison. Et le dernier des Volson, le seul homme à porter encore ce nom, à avoir les capacités et l'aura pour prendre la tête du mouvement, passait son temps à agresser de vieux riches, comme si les quelques dons qui provenaient de ses larcins étaient une réponse suffisante au génocide auquel il assistait de sa fenêtre chaque matin.

Bien sûr, ça faisait toujours plaisir à Dag Aggerman que Mélanie lui apporte de l'argent frais. Mais elle, ce qu'elle voulait, ce n'était pas seulement que des gens se donnent bonne conscience. Elle voulait mettre un terme à la tyrannie, elle voulait la justice, elle voulait l'espoir. Et son Siggy bien-aimé refusait de l'aider.

Ne sous-estimez pas Mélanie. Elle a un cœur gros comme ça. Elle sait aussi se servir de son intelligence. Et pour elle, ces temps-ci, la priorité, c'est la politique. Elle fait passer des renseignements et, par Cherry, envoie des messages à Signy même si elle n'obtient jamais de réponse. (« Ma maîtresse ne veut pas traiter avec une truie », ronronne la fille-chat.) Elle connaît tout le monde, sait à qui on peut faire confiance. Au chef de la résistance, elle apporte de l'or et des renseignements : que pourrait-il demander de plus ? La réponse est : Siggy. L'alliance a besoin de lui, et elle ne peut l'en convaincre, alors c'est pour ça qu'elle ronchonne et grogne, martelant les pavés de la rue de ses pattes, en route vers son rendez-vous.

Sous l'auvent mouillé par la bruine, au milieu des odeurs d'épluchures de pommes de terre, de rutabagas et de navets, les bijoux changent de mains. Le sac à dos imperméabilisé est renversé pour être sûr que pas un maillon d'or ou d'argent, pas la moindre gemme qui pourrait être transformé en balle ne reste au fond. L'homme qui attendait Mélanie, un vieillard qui taille ses moustaches et doit se raser jusque sous les yeux, charge à son tour la marchandise sur son dos.

– Et comment va Sigmund ? demande-t-il d'un ton bourru.

– Ah, gronk ! T'jours pareil. Stupide !

– Sont stupides, ces humains, approuve le vieil homme qui a encore une longue route à faire dans les tunnels jusque de l'autre côté de la Muraille.

– Mais il y vient, il y vient. C'est lui qu'fournit tout ça, pas vrai ?

– Il fait ça pour toi, uniquement pour toi, Mélanie.

– L'a bon cœur.

Le vieil homme opine. Ils se séparent : lui se dirige vers un égout relié à l'ancienne Northern Line, et elle s'en retourne par les ruelles jusqu'à l'appartement qu'elle partage avec Siggy dans Muswell Hill. Plus furieuse que jamais. Qu'est-ce qui n'allait pas chez Sigs ? Pourquoi refusait-il de prendre une part active à la lutte ? Il était à nouveau reparti en vadrouille pour sa Mélanie, cette nuit même, à Hyde Park, voler pour la bonne cause. Il les rejoindrait bientôt. Personne ne pouvait assister à ce fléau plus longtemps en restant les bras croisés. Chacun devait faire ce qu'il pouvait.

Mais la vieille Mélanie avait peur pour le petit humain. Les gens ne se rendaient pas compte de ce qu'il avait subi. Il fallait du temps.

Enfiler les rues. Monter par Wayward Road, traverser Caversham en courant puis filer sur les pavés boueux de Harlow Square avec ses nombreuses cachettes et ses sous-sols inondés, ses maisons éventrées pillées pour leur bois et leurs pierres. Beaucoup de gens bien vivaient sous terre ces temps-ci, et osaient rarement remonter au grand jour.

Passer par Battle Grove... oh, attention, une silhouette surgit d'une ruelle un peu plus haut ! Mélanie ralentit... s'arrête... regarde derrière elle pour voir par où elle pourrait s'échapper. Pas de bouche d'égout en vue. Elle plisse son groin pour humer l'air et sent distinctement l'odeur de chaussures en cuir, de poisson cuit au court-bouillon, d'un chapeau en laine mouillé. N'aime pas ça... C'est un numain. Ne jamais leur faire confiance, aux numains. Une comptine qu'elle chantait à ses gorets pour leur faire peur lui passe alors par la tête :

> « L'homme, le cochon, la chèvre, et l'agneau
> sont allés faire une promenade en bateau.
> L'agneau, le cochon et la chèvre se sont fait dévorer,
> l'homme a été l'seul à revenir à quai ! »

– Mélanie, c'est moi.

Elle reconnaît la voix, se détend, mais à peine. Qui se sentirait complètement à l'aise, en pleine nuit, en cette compagnie, même en connaissant l'homme et sa tendance politique ?

– Oh ! Qu'est-ce qu'tu fiches ici ?

– Il faut qu'on parle, Mélanie.

Il s'approche d'elle, assez près pour la toucher, pour la prendre dans ses bras. Attention, Mélanie-truie !

– … de Siggy, achève-t-il.

– Quoi, Siggy ?

Elle lance des regards nerveux d'un côté, de l'autre. Elle recule. Trop près, il est trop près ! Il est seul ?

– Pourquoi ici ?

– Je connais le moyen de le pousser à rejoindre Dag et la résistance.

Ah, voilà qui est intéressant ! Personne ne connaît Siggy mieux que lui. S'il a un plan, autant l'écouter.

Un pas de plus vers moi, un pas de plus.

– Conor n'en a pas encore assez fait pour qu'il réagisse.

– Pas assez ? Qu'est-ce qu'y pourrait faire d'plus ?

La réponse arrive plus vite que les yeux porcins de Mélanie n'ont le temps de la voir venir, au bout d'un bras d'acier dont les doigts de fer se referment sur sa gorge.

– Il y en a qu'il aime beaucoup trop, dit l'homme entre ses dents.

Il la fait tomber à terre. Elle gigote, porte les mains à sa gorge en sang, tentant vainement de lui faire lâcher prise, se débattant pour inspirer. Elle étouffe. Il la soulève de terre et la jette par-dessus son épaule.

– Voilà qui devrait le faire réfléchir, hein, Mélanie ? Conor ne sera satisfait que le jour où rien ne restera de ce qui a de la valeur.

Le compliment ironique au sujet de sa « valeur », Mélanie ne l'apprécia pas. Elle battait des pieds et des mains en quête d'une goulée d'air salvatrice qui ne vint jamais, le larynx broyé sous la poigne de cet androïde qui la traînait au loin sur son large dos. Une dernière petite comptine lui passa par la tête.

> « J'ai pas de cœur, et je m'en moque,
> Ma peau est lisse comme celle d'un phoque.
> J'te crois bien, alors tu peux m'croire,
> J'VAIS TE MANGER TOUT CRU,
> PAS LA PEINE D'EN FAIRE UNE HISTOIRE ! »

Il la jette sur les pavés comme la carcasse d'un porc. Deux miliciens, surpris, se retournent pour voir qui s'avance vers eux si bravement.

– J'ai trouvé cette truie qui se faisait passer pour une femme, leur dit l'homme.

Il porte la main à son chapeau en guise de salut, recule, les yeux fixés sur les soldats, et avant même qu'ils aient pu lui demander quoi que ce soit, s'en va.

– Qui es-tu ? lui crie l'un d'eux.

Trop tard. Les miliciens se lancent à sa poursuite, mais Styr s'est déjà évanoui dans la nuit. Les rues sont silencieuses. Bizarre, ils ne l'ont pas entendu venir ! Il aurait pu les étrangler avant qu'ils se rendent compte de sa présence.

Ils s'en retournent, irrités, vers la truie qui gît sur le trottoir.

– Qu'est-ce qui s'est passé ?

En trois coups de pied bien sentis, ils la retournent sur le dos.

– Parle !

Mélanie grogne et suffoque. Un milicien se baisse et fait sauter les boutons de sa robe.

– C'est vraiment une truie. Elle a plus de tétines que de doigts.

L'autre ricane. Ils lui donnent quelques coups de pied dans la tête pour lui remettre les idées en place, puis la traînent jusqu'au commissariat. Mélanie se dit que Styr aurait tout de même pu l'achever s'il avait eu ne serait-ce qu'une goutte d'humanité dans le sang. Les miliciens tuent toujours les Mi-Hommes à petit feu. Pour l'exemple.

25

Siggy

Deux heures du matin. Hyde Park. Pas ma zone habituelle. J'étais sorti faire un boulot avec quelques « amis ».

Je sors rarement, mais il faut bien bosser. Bah, en vérité, même ça, rien ne m'y oblige. Cherry nous fournit tout ce dont nous avons besoin, à la hauteur de la boulimie de plus en plus grande de Mélanie. Une fois par semaine, Cherry nous apporte une « pochette-surprise » : bijoux, or, argent. Mais chaque week-end, notre placard est vide. La vie est chère, certes, mais vous ne me ferez pas croire qu'une poignée d'or et d'argent ne suffit pas à payer les courses de la semaine. Non ! C'est la résistance ! Mélanie donne jusqu'au dernier penny à Dag Aggerman. Et après ça, on dira que je ne les soutiens pas ? L'argent que Styr et moi rapportons doit remplir les auges des Mi-Hommes pendant une année.

L'argent nous file entre les doigts, et on mange toujours des restes en fin de semaine. Mais je n'en veux pas à Mélanie, ni à Dag Aggerman d'ailleurs. Ça ne change pas grand-chose, à mon avis, mais ça remonte le moral de leurs troupes, ça les motive pour continuer à se défendre, je suppose. Je râle un peu quand il n'y a pas de bière dans le frigo, mais ma réaction habituelle est d'agir pour compléter nos revenus. Au moins, ça me pousse à sortir et ça fait plaisir à Mélanie. Disons-le tout net : je lui dois une fière chandelle.

Et ça fait plaisir à Styr. C'est la seule chose qui lui fasse plaisir, d'ailleurs, vu mon refus de rejoindre la résistance. En temps ordinaire, il m'aurait accompagné, mais quand je lui ai parlé de ce boulot, il est devenu tout gêné, et il m'a avoué que… vous devinez ? Il a une petite amie. Ils sont de plus en plus précoces ! Je lui ai donné quartier libre sans hésiter. Hé, c'est la première fois qu'il sort avec une fille. Je suis content. Ce garçon va peut-être finir par devenir humain en grandissant.

On travaille avant tout sur notre territoire : Muswell Hill, Barnet, Wood Green, parfois Hampstead ou Stoke Newington, des coins riches un peu plus à l'intérieur des terres où l'on sait qu'on a peu de risques de tomber sur des miliciens encasernés au coin de la rue. Ça nous rapporte pas mal, mais il va de soi que les « bonnes adresses » sont en ville : les hôtels particuliers à l'abri de hautes grilles en fer forgé ou nichés au fond d'un parc. Là, c'est du sérieux. Pas le genre de boulot qu'on peut faire seul.

J'étais avec La Farfouille, Sconse et Mister Magoo. Magoo, c'est un dur de dur, un ancien mercenaire dont même Conor n'a plus voulu. Trop de choses disparaissaient, d'après ce que j'ai compris. Il n'est pas du genre à vous tirer dans le dos, mais ne lui confiez jamais votre manteau. En gros, c'est un type bien dès l'instant où vous ne lui demandez pas de vous donner votre part. C'est plus fort que lui, voilà tout ; il me fait penser à Mélanie. Le vrai nom de Sconse, c'est Jo, mais il a un poil de fourrure en lui, si vous voyez ce que je veux dire... Il affirme tenir du chien mais, de l'avis général, il aurait plutôt été croisé avec une moufette. Bref, c'est surtout qu'il déteste qu'on lui donne ce surnom ; alors, bien sûr, personne ne s'en prive. Quant à La Farfouille, c'est un vrai furet. Bah, le boulot, c'est le boulot ; je ne considère pas ces types comme mes amis.

Notre cible, c'était une grande baraque à la lisière de Hyde Park. Ces gens-là n'ont pas l'habitude qu'on s'attaque à eux. Il y avait cinq ou six gars en uniforme aux armes de la famille, mais cette maison n'avait qu'une issue, alors on a verrouillé les portes. Facile ! Quand ils se sont mis à crier, on leur a lancé quelques flèches, ça les a vite calmés. Ces idiots n'ont des gardes du corps que pour la galerie. Ça signale qu'ils ont du fric. Ils n'ont même pas lu le mode d'emploi.

On a attaché les membres de la famille à la rampe. Je les ai terrorisés juste en leur montrant ma tête, puis on a fouillé leurs tiroirs. Notre but, c'était de trouver des bijoux et des espèces. On ne peut rien transporter d'encombrant. La Farfouille et Sconse ont tout cassé Chez eux, ça semble compulsif. La Farfouille s'est acharné sur le piano. Puis on s'est tirés par les fenêtres de derrière. Les gardes, l'air apeuré, nous ont chuchoté : « Laissez-nous partir ! Laissez-nous partir ! » Ils avaient peur de ce que leurs patrons leur feraient une fois qu'on les aurait délivrés. Ça leur apprendrait à travailler pour des cons !

Direction, la maison. Traversée du parc. Très belle journée, mais là, c'était le moment le plus dangereux. Dans la maison, on ne risquait rien, sauf s'ils avaient été assez riches pour avoir une alarme reliée directement à la police ou à l'armée. Dehors, ceux de la Vermine étaient partout.

Hyde Park, la nuit, ça va encore, mais ailleurs, c'est le couvre-feu. On a attendu que le soleil se lève et que les gens aient commencé à sortir de chez eux pour nous aventurer dans les rues. Les autres n'ont pas trop à s'inquiéter, ils font assez humains, même Sconse. Le plus Mi-Homme des trois, c'est moi. Au premier regard, les gens appelleraient la Vermine. Les gosses, surtout, qui prendraient ça pour un jeu, crieraient : « À l'animal ! À l'animal ! » Ils avaient tout juste le temps de détaler avant que la Vermine ne débarque.

Ça m'était déjà arrivé. Deux ou trois fois, je m'étais retrouvé confronté à la Vermine, mais, en général, ils avaient une surprise avec moi. Ils ne s'attendaient pas à ce qu'un civil ait sur lui de gros calibres.

Je rasais les murs, le visage dissimulé derrière une écharpe, ce qui faisait déjà mauvais genre même si la matinée était froide. Les trois autres marchaient devant et me prévenaient si du monde arrivait. C'était limite, comme opération. J'aurais dû m'en tenir à des coups plus près de chez moi, mais je n'avais pu résister à l'appât du gain. On avait dégoté un sacré butin, ce jour-là.

Le trajet de retour était long, on était à cran, et pourtant je prenais plaisir à cette balade – air frais et agréable, petit matin, feuilles changeant de couleur. On s'en sortait bien. On est allés à Kentish Town, où les trois autres avaient des chevaux qui les attendaient. Là, on s'est séparés. La Farfouille et Mister Magoo sont partis de leur côté, et Sconse et moi, on a continué à pied. Être à cheval, il ne valait mieux pas pour moi, avec ma gueule : tout le monde m'aurait remarqué. Non merci, sans façon. J'ai continué à pied. C'était sympa de la part de Sconse de me tenir compagnie. J'ai apprécié.

Donc, on n'était plus que tous les deux quand on est arrivés au marché de Muswell.

Il y avait une kermesse. Des haut-parleurs déversaient de la musique. Quelqu'un, dans un coin, actionnait un vieil orgue de

Barbarie qui soufflait joyeusement des airs d'un autre temps ; ailleurs, des groupes se défonçaient à la batterie et aux guitares électriques. Les hommes de la Vermine étaient partout : certains essayaient de se mettre dans l'ambiance, d'autres avaient l'air de s'ennuyer à mort.

Sympa, le marché, quand même. On me connaît par ici. Il y avait peu de risques que je sois dénoncé, et même si je l'étais, nombreux étaient ceux qui seraient prêts à me cacher. Tout le marché était illuminé, tous les stands étaient ouverts. Partout, des odeurs de cuisine, des gamins en train de jouer. Les gens s'amusaient, même sous le régime de Conor. Au bas de la rue, des cadavres étaient pendus par les pieds comme des pièces de viande dans une boucherie, mais la fête battait son plein. Quand on vit à l'ombre de telles ombres, on n'y pense que trop. On ne peut en vouloir aux gens de s'accorder une matinée pour oublier leur misère.

On s'est promenés dans le marché, en quête d'une boisson. On est passés devant des stands de vêtements, d'outillage ancien, de bibelots tape-à-l'œil, devant des gosses qui vendaient de petits animaux en papier argenté, devant la porte qui donnait sur la rue du gibet... et là, j'ai tourné la tête et je l'ai vue.

Je l'ai reconnue à sa robe rose à rayures bleues et dorées. Elle lui retombait par-dessus la tête. Une de ses jambes pendait, ses bras étaient écartés. Elle faisait plus truie que jamais. Elle avait un visage humain, Mélanie, mais ses bras et ses jambes étaient vraiment porcins. Mais quel être humain à part entière ayant subi un tel traitement ne ressemblerait pas à un animal ?

– Viens, Sigs, m'a encouragé Sconse. On va finir par se faire repérer.

Il avait raison. Ce n'était pas une bonne idée de rester là à regarder. La Vermine patrouillait dans la rue Ils interrogeaient quiconque semblait ému par ces exécutions.

– Elle nous manquera, a fait remarquer Sconse. Mélanie était appréciée par beaucoup d'entre nous.

Ça m'a énervé. Ce genre de platitudes, j'aurais pu m'en passer.

– Tais-toi donc, Sconse.

– Ne t'en prends pas à moi, mec. Je suis sérieux. Elle consacrait beaucoup d'argent à aider les pauvres, à acheter des vivres pour

Dag Aggerman, tout ça. Elle avait un appart dans Talbot Street dont elle se servait comme planque. Elle a choisi de vivre ainsi, Sigs, de sortir pour se battre…

Sconse a continué de soliloquer en lançant des regards inquiets à la ronde, m'agrippant par le coude pour m'éloigner de cette rue. Mais j'étais vissé sur place.

Soudain, j'ai eu envie de voir son visage, pour être sûr. Ou peut-être pour accepter qu'elle soit morte. Sa robe déchirée était arrangée de telle sorte qu'elle pende d'un côté, révélant son visage. Ils faisaient toujours ainsi pour que les condamnés soient reconnus. J'ai tendu le bras et l'ai fait tourner sur elle-même pour qu'on soit face à face.

– T'es dingue, mec !

J'ai repoussé Sconse.

Mélanie avait été salement tabassée. Son visage était couvert de sang et de crachats. La faire ressembler à un quartier de viande, c'était ça l'idée.

J'ai entendu Sconse gémir, mais c'était trop tard. Un de la Vermine fonçait droit sur nous, engoncé dans son uniforme orange, sourire aux lèvres comme s'il était ravi de nous rencontrer.

– Alors, fiston, t'as retrouvé ta mère ? m'a-t-il lancé en guise d'entrée en matière.

Il s'est figé et a frémi quand je l'ai regardé. Mon visage, évidemment. Ce n'est pas celui d'un animal, c'est pire que ça.

– Ah, d'accord…

Il a voulu m'arrêter, mais pas question qu'il pose la main sur moi. Avant qu'il ait le temps de réagir, je lui ai tiré dans la joue. J'ai entendu Sconse crier. La moitié des miliciens de la Vermine ne portent pas d'arme. Elles vont en priorité à ceux du front. J'ai dû en buter deux ou trois autres avant de prendre le large. La foule s'est ouverte devant moi comme la mer Rouge devant Moïse et a crié des vivats. Conor n'est pas populaire, même dans son propre pays.

Par la suite, j'ai fait ma petite enquête et découvert quelle garnison était impliquée. Styr et moi avons rendu une visite de politesse à deux d'entre eux dans leur secteur. On les a coincés en pleine rue.

J'ai tapé sur l'épaule de l'un et on leur a montré ce qu'on avait dans les mains.

– Vous êtes dingues, a-t-il dit, surpris.

Mais quand ils ont vu mon visage, ils ont réellement pris peur.

– Tu vas mourir maintenant, lui ai-je répondu. Puis, me tournant vers l'autre, je lui ai lancé : « Quant à toi, porte ce message au roi Conor. Dis-lui simplement ceci : “ Siggy est revenu ”. »

Et je leur ai tiré dessus. Le premier dans la tête ; l'autre dans le genou.

Après ça, mon fils et moi avions un long trajet à faire.

26

C'était à trois jours de marche vers l'Ouest, à plus de cent kilomètres de là, par ce qui était devenu une sorte de piste. Une fine couche de terre s'était lentement accumulée sur la M 4 depuis deux générations, encore trop fine pour l'herbe, mais les fleurs sauvages y pullulaient. Siggy et Styr, le père et le fils, un sacré tandem, avançaient côte à côte – unis dans la guerre et… la loyauté, du moins, Siggy le croyait-il –, éparpillant du pollen et des sauterelles dans leur sillage. De chaque côté de la route, la nature avait repris ses droits. Les prés étaient envahis par des enchevêtrements de ronces, des bosquets de bouleaux argentés, et ici et là, se dressaient de jeunes chênes. Les forêts gagnaient du terrain, mais il restait encore des carrés d'herbe où paissaient des troupeaux de vaches ou de brebis, et des carrés de cultures. Il fallait bien que les gens mangent, même en temps de guerre.

Ils marchaient en silence la plupart du temps – Styr n'avait jamais été très bavard de nature –, mais au sommet d'une butte, éclata une violente dispute. Siggy voulait que son fils comprenne les raisons de ce voyage pour se joindre à Dag Aggerman et à ses hommes. Ce n'était ni la volonté des dieux ni celle de Signy. Ce n'était pas non plus pour une plus grande gloire de la maison des Volson. Non, non, rien de tout cela. Ces raisons-là, au contraire, auraient plutôt donné envie à Siggy de rebrousser chemin : il méprisait la vengeance, il abhorrait la gloire. En était-il jamais sorti quelque chose de bon ?

Siggy œuvrait au nom de la justice. Pour Mélanie. Pour l'humanité. Conor était un être malfaisant qui devait disparaître à jamais de la surface de la Terre, pas seulement à cause de ce qu'il avait fait subir aux Volson, mais à cause de ce qu'il faisait subir à tous. Parmi les murs en ruine à l'orée des terres des Mi-Hommes, la Muraille se dressant au-dessus des arbres derrière lui, Siggy tempêtait contre les dieux et plaidait pour que l'idée de justice germe dans le cœur ténébreux de son fils. Il savait que les dieux l'avaient choisi pour seigneur de la guerre, et il ne supportait pas l'idée qu'ils s'étaient servis de sa haine de l'injustice comme d'une nasse pour mieux le capturer et le rallier à leur cause. Mais qu'importaient les dieux, leur volonté, leurs desseins ? Une seule chose comptait : la justice, au nom des millions de gens qui souffraient sous la botte de Conor.

Styr prêta serment, à Siggy, à la justice, à la cause. Il frappa la terre avec le poing et promit de consacrer sa vie à la lutte de son père. Mais Siggy ne fut pas dupe de cette ferveur. Aucun de ces idéaux n'avait de sens pour Styr. C'était comme vouloir persuader une fourmi que c'était bien de mourir pour la gloire de sa fourmilière. Styr était prêt à mourir, oui, mais pas pour la cause. D'instinct, tout comme il avait su faire plier son père à sa volonté, il savait que Conor devait mourir. C'était aussi simple que cela.

Siggy fulminait contre Styr qui ne comprenait pas. N'était-il pas d'accord avec tout ce que son père venait de dire ? En vérité, Styr aurait été heureux que les Volson reprennent le pouvoir même s'ils devaient gouverner dix fois plus durement que Conor.

Ils poursuivaient leur chemin chapardant des légumes dans les champs, jusqu'à ce qu'ils atteignent l'extrémité d'une colline longue et basse au pied de laquelle se trouvait leur destination : un campement blotti autour d'un feu entre les arbres. Les ronces et le lierre recouvraient les ruines sur lesquelles il se dressait. Comme dans la plupart des villes des Mi-Hommes, il y avait très peu de vraies maisons. Beaucoup dormaient dans des abris, par choix. Les Mi-Hommes n'appartenant pas à la même espèce que les humains à part entière, ils ont moins besoin de chaleur et de protection.

Entre des baraques biscornues et des écuries, porcs, oiseaux, chiens, chats et êtres hybrides allaient et venaient. Dans des enclos, de vraies vaches broutaient, de vraies poules caquetaient. Du moins, avaient-elles l'air d'être vraies, car où finit l'animal, où commence le Mi-Homme, où finit le Mi-Homme, où commence l'Homme ? Là est la question… D'ailleurs où les Mi-Hommes eux-mêmes mettent-ils la limite entre les genres ? Peut-être qu'un agneau à visage humain leur paraît aussi beau qu'un homme à tête de chien...

En tout cas, ça fait au moins une bonne raison pour devenir végétarien, murmura Siggy pour lui-même.

C'était le campement de Dag Aggerman, le quartier général de la résistance contre Conor. Du haut de la colline, Siggy et Styr voyaient parfaitement les différentes factions armées : celle du peuple chien, du peuple porc, et celle, plus petite, des humains. D'un côté du campement, se trouvaient, alignés au cordeau sur plusieurs rangées, des gibets décorés de fruits communs en cette époque de barbarie : des cadavres pendus tête en bas en sacrifice à Odin.

– Apparemment, Odin a sacrément la cote en ce moment, lança Siggy. Auprès de tout le monde à part moi...

Il remarqua que les sacrifices n'étaient pas tous humains.

Il soupira et précéda son fils vers le pied de la colline.

27
Dag Aggerman

J'ai pissé contre le mur trois fois avant de m'approcher de lui. Les deux premières fois, pour lui signifier qui j'étais. La troisième, par superstition. Il pourra nous être utile, oui ! Ah ! Que ça marche, et j'offrirai ma dernière portée aux dieux !

Il se tenait à côté du clone. Beurk ! Il a chopé un jeune chien par la peau du cou et l'a soulevé dans les airs juste pour montrer à qui j'avais affaire. Mais je le savais, je savais qui il était ! Et il savait que je savais, sinon il n'aurait pas pris le risque de venir. Un humain, chez moi, malmenant un de mes soldats ? Bah ! Il fallait que j'aie sacrément envie qu'ils se joignent à nous pour la fermer.

J'ai foncé sur eux, le poil hérissé. Quand il s'est tourné vers moi, mon poil s'est hérissé de plus belle. Ce visage ! Ni humain ni animal. Pas de ce monde. Et il savait en tirer parti… grimaçant, tordant ses traits. Grrrr ! On grondait rien qu'à le regarder ! Le clone, Styr, restait immobile à côté de lui – ah, ils faisaient la paire tous les deux ! Devant eux, on n'en menait pas large !

– Lâche mon garde ! ai-je aboyé. Lâche mon garde !

– Un peu insolent, pour un garde. Tes gardes sont comme ça avec tout le monde, ou juste avec les humains ?

– Qu'est-ce que ça peut te faire ?

– Tu sais qui je suis.

– Et même si je ne le savais pas ?

– Mais tu le sais.

– Oui !

Et là, j'ai ri. « O.K., ai-je pensé, tu es un vrai soldat. Tu feras l'affaire. » Il me respectait. Il savait que j'avais de bons espions, et que si un humain entrait dans mon camp, c'était que je le voulais bien.

Il m'a souri.

– Je suis sans détour.

– Sois le bienvenu ! Sois le bienvenu, Volson !

Il n'a pas bougé d'un pouce quand je lui ai flairé le derrière. Il a tout de même fait une réflexion.

– J'espère que ça ne va pas devenir une habitude.

– Excuse-moi, excuse-moi ! C'est juste pour faire connaissance. Ça fait partie des bonnes manières.

– Pas là d'où je viens.

Le garçon ou plutôt le jeune homme qui se tenait sur le côté avait une attitude déférente. Je ne l'avais jamais vu respecter personne à part Siggy. Je l'ai flairé vite fait, et me suis ébroué.

– Comment va la vie ? lui ai-je demandé.

Il ne m'a pas répondu. Il a juste montré Siggy et m'a fait un petit sourire charmeur et fier comme s'il m'offrait les joyaux de la Couronne. Et, merde, c'était presque ça ! Ouais, presque ça. Je les ai emmenés à mon Q.G. Je voulais voir s'il était bon stratège.

– Lâchons les chiens de guerre, a-t-il dit.

Quelle n'a pas été sa surprise de me voir rire.

Sigs et moi avons tout de suite épluché les cartes d'état-major, et il a fait ce que tout bon général aurait fait à sa place : la gueule devant l'étendue des conquêtes de Conor. Puis il a repris espoir en voyant que Conor s'était trop dispersé. Ah, ah, oui, je le sentais bien ! Pas à son visage, non je ne suis qu'un chien, bordel ! Moi, je ne peux rien lire sur un visage. C'est pas comme vous, vieux macaques ! Non, je l'ai senti à son odeur : une bonne odeur.

Il a l'esprit pratique, mais pas d'idéaux, contrairement à ce qu'on disait de son père, unifier la nation, tout ça. Siggy, lui, n'aime pas souffrir, et Conor est une saleté qu'il doit nettoyer, voilà tout. Et c'est très bien, voyez-vous, car… ben, je vais vous dire, il n'y a de la place que pour un maître : moi ! Oh, je désire l'unité du pays et des espèces, oui. Mais sous *mes* ordres. Ah, ah, ah ! Je ne veux pas juste être le maître des chiens, mais aussi le maître des porcs, le maître des hommes. Alors, sans idéaux, il y a des chances qu'il ne s'oppose pas à moi, hein ? Il faut voir. Je n'ai jamais connu de général qui, à un moment ou à un autre, ne veuille prendre le pouvoir.

Je lui ai fait visiter le camp et lui ai montré nos différentes unités. Tout le monde voulait le voir. Volson, ce nom signifie encore quelque chose. Il est pareil à tous ceux de sa race : avec la chair de poule mais affichant l'air décontracté. Mais ce qu'ils ne savent pas, hein, c'est qu'ils puent. Ils puent, oui, oui. Ils exsudent la peur par tous leurs pores. Je me retenais de rire, puis j'ai ri, j'ai ri. Je riais tant qu'il a fini par me demander pourquoi. Je le lui ai dit. Il a ri aussi. Ça m'a plu.

Les gens qui ne nous connaissent pas s'attendent à voir des chats-araignées, des chiens-oiseaux, des hommes-chevaux, des hommes-abeilles et des bébés volants qui s'accrochent à nos cheveux. Mais ça fait belle lurette qu'on a renoncé à toutes ces fantaisies. Pas assez fertiles, comme croisements. Les races sont trop différentes. Il y a les chiens et les cochons, point barre. Les chevaux ? Très bons à manger. Les chats ? Bah, ne jamais faire confiance à un putain de matou, mec ! Non, non, non ! Les oiseaux ? Stuuuuuupides ! Ouais !

Les gens ? Dangereux ! Ah, ça oui !

Plus tard, Siggy est allé parler aux humains. Ben oui, ça fait partie du boulot, vous voyez ce que je veux dire ? Il faut leur faire croire qu'on sait tout. Il faut qu'ils pensent qu'on est vraiment l'un d'eux. Oh, il les a mis dans sa poche, je ne vous dis pas ! Il sait comment fonctionnent les humains. Je vais vous dire, côté espèces, il y a les chiens, les cochons, les humains, et ce sont les humains qu'il faut avoir à l'œil ! Oui !

Et il n'y avait pas que les macaques – excusez-moi, ne le prenez pas mal, c'est le surnom du genre humain : « cooooons de macaques » –, tout le monde dressait l'oreille quand Sigs parlait. Sa voix s'élevait par-dessus les champs et son discours les enflammait tous. Une fois qu'il a eu fini, ils l'ont acclamé à s'en casser la voix. En gros, il leur a promis la victoire et ils ont été assez bêtes pour le croire !

– Quel discours ! Tu les as bien remontés, hein ?

– Il le faut, m'a-t-il répondu. Il faut qu'ils aient un bon moral.

Eh oui, l'esprit pratique a encore frappé : il faut enthousiasmer si on veut gagner.

Puis, en fin de journée, je lui ai montré les incubateurs en verre.

Ah, les macaques et leur visage ! Quand on est un chien, si on perd une oreille, si on se brise la queue ou si on se casse une côte, qui s'en soucie ? Les chiennes ? Oh mais non ! Quand on est chien, c'est l'odeur qui compte. Et l'odeur, ça ne se perd pas. On peut se briser tous les os qu'on sentira toujours pareil. Mais les humains !

Ah, ça, c'est une autre paire de manches. Une cicatrice sur le visage, et c'est la fin de leur vie sexuelle ! Je me souviens d'un gamin, un de votre espèce, un brave gars, il se battait comme un chien... il a été brûlé au visage par de l'huile bouillante. Il pleurait, pleurait. De douleur ? Pensez ! Non : sur son physique perdu.

C'est pour ça que, dès que j'ai vu Sigs, j'ai pensé aux incubateurs.

De nos jours, on aime procréer à l'ancienne, mais quand on veut obtenir quelque chose de précis, ou d'un peu spécial, alors on a recours aux incubateurs. On dit que les dieux auraient été conçus ainsi, nés des délires de quelque technicien... Mais moi, je n'y crois pas. Ragnor n'a sûrement pas créé les dieux, mais peut-être les dieux ont-ils créé Ragnor ?

Parfois, on utilise ces cuves pour fabriquer des soldats kamikazes munis de dents ou de griffes en acier. Ils infiltrent les lignes ennemies et BANG ! ils font sauter leur charge et eux avec. Pas d'état d'âme ! Ah, on peut vraiment tout faire avec ces incubateurs. Mais c'est un sale boulot et, souvent, ces androïdes n'apprécient pas leur constitution en patchwork, aussi impressionnante soit-elle du point de vue technique. Aussi nous servons-nous essentiellement de ces cuves à des fins réparatrices. Elles décryptent votre ADN et vous guérissent. Le gamin au visage brûlé, on l'a mis dans un incubateur et, une semaine plus tard, il en ressortait plus séduisant que jamais. Eh oui, les filles lui sont de nouveau tombées dans les bras.

Et donc en voyant Sigs, j'ai tout de suite pensé à ça.

Ah, son odeur quand il a vu l'incubateur. Il faut dire que c'est impressionnant. Les techniciens s'affairant autour, faisant toutes sortes de vérifications, prenant des notes. Les êtres à l'intérieur des cuves, bouffis, fripés, le cou distendu...

– Qu'en dis-tu, camarade ? Hum ? Un nouveau visage ? Récupérer l'ancien ? Ouais, pourquoi pas ?

Il a réfléchi un moment. L'excroissance cartilagineuse sur sa gorge... même moi, je n'en voudrais pas.

– Non, a-t-il dit. Il y a une guerre en cours. Je penserai à mon physique une fois la paix revenue. Ce visage est un visage pour la guerre.

Déterminé, le mec ! J'en ai aboyé de plaisir. Un visage pour la guerre. Oui ! Oh, oui ! Sigs et moi, moi et Sigs, on est sur la même longueur d'ondes tous les deux !

28

Le temps passe, les enfants grandissent, les cœurs se durcissent. Londres était enfin accessible au reste du monde pour qui pouvait traverser les zones de combat. En ces temps de guerre, tout était plus délabré que jamais. Par une nuit de janvier, une tempête s'est déchaînée sur la ville, faisant voler les tuiles des toits, emportant les derniers vestiges des murs en ruine, arrachant des pans entiers de bureaux et pulvérisant des centaines de vitres du vieux Galaxie. On pouvait voir un siècle de poussière emporter au loin tandis que l'aube se levait sur la cité dévastée. Conor, estimant que le gratte-ciel n'était pas sûr, y fit placer des explosifs sur ses côtés puis le fit raser. Parmi la masse de décombres et d'acier tordu entassés à terre, se dressait toujours la cage d'ascenseur de verre, grand cylindre épargné par les tempêtes, les explosifs et le temps. Sa seule dégradation était la fente étroite, tout en bas, à l'endroit où un mort, autrefois, avait enfoncé la lame en pierre d'un couteau.

Du jour où Conor libéra Signy, la chance commença à tourner pour lui. Désormais, avec Siggy dans la bataille et Signy faisant tout pour aider l'ennemi, il voyait son empire s'effriter petit à petit sous ses yeux. Au début, cela ne fit que décupler sa fureur et sa rage guerrière. Les purges succédèrent aux purges. Il finit par faire exécuter ses généraux les plus proches et les plus puissants. Qui d'autres qu'eux pouvaient en savoir assez pour divulguer ses plans les plus élaborés ? Au début, il avait continué à soupçonner Signy, l'avait fait épier, surveiller, mais on lui avait toujours fait le même rapport : elle n'avait aucun moyen de transmettre des informations à l'extérieur. C'était tout bonnement impossible. Et la nuit, ne le tenait-elle pas dans ses bras pour le réconforter de la perte d'une nouvelle bataille ? Ne pleurait-elle pas avec lui tandis que les villes, l'une après l'autre, lui glissaient entre les doigts ? Tandis que les mois se muaient en années, il en vint à lui faire confiance au point de lui demander conseil pour ses plans de bataille. Il faisait pendre ses généraux par les pieds, mais plus jamais il ne douta de Signy, alors même que ses plans continuaient à échouer lamentablement. Au bout du compte, Conor commença à croire aux rumeurs qui circulaient dans les rues de Londres à son sujet, à savoir qu'Odin était contre lui.

– Pas pour toujours...

Les années passèrent... une, deux, et les hasards de la guerre s'acharnaient contre lui.

– Pas pour toujours...

C'était les paroles qu'il murmurait pour lui-même quand un autre front tombait, quand une autre bataille était perdue. Les hasards de la guerre jouaient contre lui, *mais pas pour toujours*. Profondément enfoui sous terre, dans les entrailles du grand réseau de bunkers qu'il avait fait creuser dans les roches sous le Domaine, se trouvait le couteau d'Odin qu'il possédait toujours. Comment ce dieu pourrait-il lui être hostile alors qu'il détenait Son présent ?

Il cachait d'autres trésors au fond de ses bunkers. Tout d'abord son fils unique, Vincent, le futur roi, maintenant âgé de sept ans. Conor souhaitait avoir d'autres enfants, priait pour cela, mais aucun ne venait. Pas de Signy, en tout cas. Vincent grandissait seul en compagnie de ses nourrices. Ses parents étaient des étrangers pour lui.

Et, bien entendu, Conor avait mis sa reine à l'abri. Rares étaient ceux qui la voyaient à part lui. Ni les généraux qui mettaient en œuvre les plans concoctés par elle, ni les mercenaires sur qui elle avait droit de vie et de mort, ni son propre fils. Et surtout pas ses alliés, Dag et Siggy, même s'ils dépendaient d'elle dans leurs combats.

Conor n'avait pas eu besoin de la forcer à se replier sous terre. Elle s'y était retirée de son plein gré et y vivait en termite, tirant les ficelles de la guerre qui faisait rage au-dessus d'elle. Toutes les informations passaient par elle : qui, où, quand, comment, pourquoi. C'était elle qui décidait quelles batailles seraient menées, qui les gagnerait, qui les perdrait. Parfois, pour sauver les apparences, ou simplement par caprice, elle décidait que Conor serait vainqueur ; pour son anniversaire, par exemple, ou comme cadeau de Noël. Le vrai siège du pouvoir, c'était elle. Mais si elle dressait des plans de bataille pour Conor, c'était pour mieux assurer sa défaite finale et le livrer à ses ennemis. Il n'avait pas le moindre soupçon. Jamais il ne remarqua les allées et venues du petit oiseau brun qui passait par le conduit de ventilation et gagnait l'air pur, ou faisait le chemin inverse, volant à l'infini pour satisfaire les ambitions de Signy.

Siggy, de son côté, faisait la guerre avec une férocité croissante et, ainsi que Dag l'avait prévu, perdit peu à peu son humilité et son indifférence à l'égard du pouvoir. Pourquoi se battre avec tant de rage, pourquoi être témoin de tant de souffrance sinon pour prendre le pouvoir soi-même ? N'était-ce pas lui qu'Odin avait touché ? N'était-ce pas à lui qu'Il avait donné Son couteau ? Il sentait que ce couteau l'appelait, le réclamait, lui. Parfois, il craignait que Styr ne le convoite lui aussi ; ce qu'il oubliait, c'était qu'Odin avait enlacé Signy en ce jour lointain, au Galaxie.

Très souvent, durant les périodes d'accalmie entre deux batailles, Siggy s'interrogeait sur le sens de ces événements, sur leur origine. N'était-ce, après tout, qu'un complot ourdi par ceux de Ragnor qui aurait échappé à leur contrôle ? Car Ragnor avait été entraîné dans la guerre ces derniers temps. Un jour, alors qu'il était encore au faîte de sa gloire, Conor était allé jusqu'à lancer ses troupes à l'assaut de la cité dorée. Depuis, Siggy avait entendu dire que des Mi-Hommes y avaient des exigences : plus d'argent, plus d'armes. Et, en ces temps de bouleversements, exiger, c'était menacer. L'alliance Humains-Mi-Hommes devenait la force qu'il avait espérée pour lui-même.

Ou bien ces événements étranges étaient-ils réellement l'œuvre des dieux ? Et, dans ce cas, fallait-il n'y voir que le déroulement de choses qui devaient être, que la machine parfaite du monde fonctionnant dans l'éternité en mouvement ? Peut-être les dieux étaient-ils de simples machinistes aux commandes, observateurs et acteurs au même titre que les mortels ? Ou le monde leur obéissait-il au doigt et à l'œil ? Quelqu'un d'autre qu'eux pouvait-il lui donner des ordres, et changer le cours des choses contre leur volonté ?

Siggy l'ignorait, et il n'était pas le seul à se poser ces questions.

29

Signy

– Raconte-moi une histoire, Cherry.

Assise sur sa chaise, elle se penche vers moi pour mieux me voir. C'est une vieille femme maintenant. Son visage est strié d'un réseau de fines rides. Ses yeux sont aussi noirs que des puits sans fond où gît un avenir où je n'ai pas ma place.

Elle plisse la bouche.

– Il était une fois une femme qui avait renoncé à tout pour assouvir sa vengeance…

– Oui ! Mais raconte-moi ce que j'ignore…

–… elle avait renoncé à tout pour venger sa famille. À tout.

– Non, non, Cherry, pas celle-là ! Raconte-m'en une autre.

– … elle tirait les ficelles d'une guerre. Elle a obligé le roi à assassiner ses meilleurs conseillers…

– Non ! Ne me parle pas du passé, mais de l'avenir ! Tu sais ce que je te demande.

Cherry prend un air offensé.

– L'histoire est ainsi faite. Je ne peux pas la changer, je peux juste la raconter.

– Raconte-moi la fin, alors. La toute fin.

Elle fait la moue comme une petite fille boudeuse.

– La fin ? Je ne la connais pas. Les dieux ne m'ont pas révélé la fin.

Je ris pour moi-même.

– C'est exactement ce que je dis à Conor.

Cherry se penche vers moi et tente de me prendre dans les filets où je suis déjà empêtrée depuis tant d'années.

– C'en est une qui n'oublie jamais. C'en est une qui a vécu dans l'amour pour mieux le détruire. C'en est une qui a suivi les chemins rocailleux de son cœur jusque dans les flammes de la destruction.

Elle se carre dans sa chaise et me scrute pour voir si je l'écoute. Je l'observe en silence.

– Lorsqu'elle fera entrer Siggy dans les bunkers, alors la fin sera proche. Conor, toujours incapable de se rendre compte que le traître est dans son propre lit, passe sa rage sur ses généraux, leur ordonne de le sauver, mais aucun d'eux ne se rend compte d'où vient le vrai danger. Ce n'est qu'au moment de mourir que Conor comprendra que c'est l'amour de sa vie qui l'a détruit.

Oui, oui, Cherry, j'ai vu tout cela moi aussi, dans les songes qu'on m'a envoyés. Mais...

– Et moi ? Que m'arrive-t-il *à moi* ?

Elle secoue la tête, l'air fâché. Est-ce parce qu'elle l'ignore ? Ou parce que... parce que j'en demande trop ?

Elle raconte l'histoire comme elle l'entend. Il y a le roi Siggy... le roi Sigmund. La nation unifiée exactement comme mon père l'avait rêvé. Mais moi, où suis-je dans tout ça ? Pourquoi devrait-ce être lui ? C'est *ma* guerre.

– Où suis-je dans ce nouveau régime ?

Elle détourne la tête et ne répond pas. Vais-je donc mourir avec mon époux comme si j'étais une partie de son corps ?

– Écoute, Cherry. Moi aussi, j'ai une histoire à te raconter. Il était une fois quelqu'un qui ne ferait plus partie de l'histoire d'une autre. Cherry... Cherry ? Regarde-moi, Cherry !

Elle me fixe d'un regard dur, pénétrant, furieux. Elle déteste tout ça.

– Je veux que tu la racontes à *ma* façon !

Elle secoue la tête.

– Non. Tu dois faire...

– Ce qu'on me dit ?

– Ce qui est. Il n'y a pas d'autre solution.

Elle tourne la tête vers le feu, bien décidée à ne plus répondre à aucune de mes questions.

– Pas d'autre solution, répète-t-elle.

– Ce sera les flammes pour moi ? C'est ça qui m'attend ? Ne lèveras-tu pas le petit doigt pour me sauver de *ça* ?

Mais il n'y a pas de réponse. À cette question, il n'y en a jamais eu et il n'y en aura jamais.

30

Trois ans après que Siggy eut rejoint l'alliance, treize ans après le massacre des Volson, Dag Aggerman fut tué par un des siens. L'opinion la plus largement répandue veut que Conor avait fait créer des Mi-Hommes pour infiltrer la garde rapprochée de l'homme-chien. D'autres affirment qu'il aurait été victime d'un soulèvement interne, que Siggy se serait arrangé pour faire assassiner ce meneur Mi-Homme pendant la guerre afin qu'il n'y ait personne entre le trône et lui une fois la paix revenue. Ce qui est sûr, c'est que Styr était au campement au moment du meurtre, et que Styr et Siggy sont unis comme les doigts de la main. Ce qui est sûr, c'est que Styr fut le seul survivant de la tuerie de ce jour-là qui fit plus de cinquante victimes dans les deux camps. Oui, bien sûr, Styr est une machine de guerre qui n'a jamais été égalée, mais tout de même…

La mort de Dag fut suivie d'une pause de la progression alliée due à la lutte de succession féroce qui s'ensuivit. Un autre homme-chien, Jack Tebb, s'imposa au bout de six mois comme le nouveau meneur des Mi-Hommes, mais le vrai vainqueur était Siggy. Il était à la tête de la coalition alliée et il était entendu que c'était lui qui dirigerait Londres et les terres alentour lorsque Conor serait définitivement vaincu.

Une fois son pouvoir consolidé, Siggy reprit le combat avec une ardeur et une férocité redoublées. Conor vit les villes sous son contrôle tomber comme des châteaux de cartes. Il avait perdu Bournemouth et Portsmouth depuis longtemps ; Winchester, Salisbury et Bracknell venaient de tomber et, maintenant, l'ennemi avançait sur Guildford. Au Nord, voilà qu'une confédération des alliés et des troupes municipales, sous le commandement de Siggy en personne, reprenait la ville et repoussait le tyran vers le Sud, de champs en champs, et de villages en villages. Son petit empire n'était plus qu'une peau de chagrin. Avec l'énergie du désespoir, Conor essaya de trouver des alliés à l'étranger, mais personne ne s'intéressait aux conflits locaux d'une obscure petite île. Les défaites se succédaient. L'issue de cette guerre était prévisible désormais, même aux yeux du plus aveuglé de ses partisans. La question était juste de savoir quand et comment. Plus Conor perdait du terrain, et plus il donnait des ordres insensés et contradictoires. Ainsi, certaines villes furent détruites par le feu. Avant de se replier, il ordonnait à ses hommes de piller toutes les richesses qui restaient après la période d'occupation. Il développa un goût immodéré pour les grands monuments, et tandis que les obus ennemis sifflaient au-dessus des têtes, ses hommes démontaient tel ou tel édifice pierre par pierre qu'ils numérotaient et emballaient dans des caisses pour les transporter dans l'idée de les reconstruire à l'intérieur de la Muraille de Londres. Églises, cathédrales, anciens bureaux de multinationales, tout y passait. Le grand hall du château de Winchester fut détruit par le feu. Les menhirs de Stonehenge furent érigés à l'identique à Hackney Marsh. Oxford fut pris en tenaille. Les troupes alliées trouvèrent Christ Church démontée sur une voie de garage ; chaque pierre avait été soigneusement numérotée, mais personne ne trouva jamais les plans pour reconstruire l'édifice.

D'autres trésors furent dérobés : statues, bijoux, voitures anciennes, trains, aéroplane, et des reliques d'un autre âge trouvées dans des musées ou des riches demeures. Tableaux, composants électroniques, livres, disques, documents, tout ce qui avait de la valeur ou de l'importance était volé. Un grand nombre de ces objets furent exposés à Londres par Conor dans le but de remonter le moral de la population. Mais le temps manquait pour reconstruire les monuments, et les Londoniens, médusés, purent contempler à loisir des églises à demi érigées, de curieux remparts d'anciens châteaux, ou des plaques de verre provenant de luxueux immeubles de bureaux. Durant un court laps de temps, cela maintint peut-être la popularité de Conor. Les Londoniens ont la sale réputation de souffrir d'un sentiment de supériorité, aussi était-ce habile de faire vibrer cette corde. Mais bientôt, ils ne furent plus tourmentés par leur image, mais par la faim.

À Londres, la guerre entrait dans sa phase finale.

Voyant que la fin était proche, Conor utilisa tous les moyens à sa disposition pour tenter d'inverser le cours des événements. Il puisa dans ses stocks de gaz chimiques, d'armes nucléaires et bactériologiques. En une nuit, les vents se chargèrent de poisons et de virus détruisant les poumons ou le foie. Ces épidémies durèrent des mois, fauchant des milliers de vies dans les deux camps. Et c'était bien là le problème : ces fléaux échappaient à tout contrôle, s'attaquaient à tous sans distinction, et Conor souffrait de ces pertes humaines bien plus que Siggy. Aussi terrifiantes qu'étaient ces armes, elles ne pouvaient changer l'issue de cette guerre, tout juste la retarder. On mit au point des antidotes. Les stocks d'armes chimiques de Conor s'épuisèrent sans qu'il puisse se réapprovisionner. Au bout d'une année de destructions apocalyptiques, les vents s'épurèrent, et la guerre suivit son cours inexorable.

Un an après la mort de Dag Aggerman, les combats reprenaient là où ils avaient commencé un siècle auparavant quand les forces gouvernementales avaient déserté les villes : sur les Terres Vaines. Les vieux monstres, le Pourceau, la femme-araignée, les oiseaux, avaient été éliminés depuis quelque temps déjà. Cette fois, les Terres Vaines trouveraient leur propriétaire. Les humains et les Mi-Hommes se battaient côte à côte, et les habitants de Londres réagissaient comme lors de la précédente attaque des Mi-Hommes : en se repliant à l'abri de la Muraille. Les troupes se réfugièrent dans leur forteresse, en murèrent la porte et en renforcèrent les fortifications. À l'intérieur, la population terrorisée se demandait ce que les monstres allaient faire. À l'extérieur, sur le sol retourné des Terres Vaines, les Mi-Hommes et les humains dressèrent leur campement sous la bannière des Volson.

Désormais, Conor et ses troupes étaient concentrés en un lieu unique et circonscrit. Les informations fournies par Signy étaient toujours utiles, mais n'étaient plus décisives maintenant que Conor était pris au piège. Il avait encore assez de munitions pour tenir plusieurs années, si besoin était. Siggy avait conscience que Conor possédait peut-être un fond de stock de poisons mortels et d'armes bactériologiques et craignait qu'il ne les utilise de nouveau – Signy le lui avait laissé entendre, et Conor avait déjà prouvé par le passé le peu de prix qu'il accordait à la vie de ses hommes. À quoi bon mener cette guerre, songeait Siggy, s'il ne lui restait personne à délivrer, personne à gouverner ?

Ainsi, durant un moment, Siggy cessa les hostilités en se jurant de mettre Conor à genoux en faisant le siège devant la ville.

Durant deux longues années, les combats cessèrent. Rien n'entrait ni ne sortait de la cité autrefois splendide. La population de la grande ville de Londres avait considérablement diminué au cours des décennies, mais elle avait appris depuis longtemps à tirer le meilleur parti de la terre. Il n'empêche que dès la fin de la première année de siège, la famine commença à montrer ses crocs. Les pigeons qui, d'habitude, tournoyaient autour des bâtiments en ruine, disparurent peu à peu du ciel. Les chats et les chiens, puis les souris et les rats disparurent des rues. Quelques mois plus tard, des hommes, des femmes et des enfants aux torses squelettiques déambulaient dans la ville, marchant comme des zombies d'un endroit à l'autre dans l'espoir vain de tomber par chance sur quelque chose à manger.

La population était affamée, mais qu'en était-il des troupes ? Que les soldats de Conor, qui faisaient le tri des provisions, s'en réservent la meilleure part, était une chose prévisible. Mais en cette deuxième année de siège, il était tout même surprenant de voir à quel point ils étaient bien nourris et en bonne santé. Le bruit courait que le nombre de sacrifices aux dieux ne cessait d'augmenter, mais que les cadavres ne restaient pas pendus longtemps et que tout ce qui était enterré, au final, c'étaient leurs os.

Conor avait trouvé le moyen le plus radical de dévorer son peuple : au sens littéral du terme. La faim ne s'en viendrait rôder autour de son cœur que le jour où la dernière âme de Londres aurait servi à nourrir son armée. Il devint évident que le siège de la ville n'allait pas suffire. Tandis que la deuxième année de famine touchait à sa fin, on s'attendait d'un jour à l'autre à ce que l'ordre d'attaquer soit donné.

31

Signy

Conor, endormi, soupire dans la pénombre devant moi. Il tremble, ou bien est-ce moi ? Pour la millième fois, il est à ma merci, mais aujourd'hui, enfin, il est en danger. Il n'y a plus qu'à choisir le moment.

Ce soir, mon amour ? Conor, réveille-toi ! Réveille-toi, mon chéri, et dis-moi que tu m'aimes. Peut-être es-tu sur le point de mourir.

Je fais un pas sur le tapis épais qui recouvre la dalle de béton chauffée par le sol. Conor s'étire et parle dans son rêve. Je ne comprends pas ce qu'il dit. Dois-je le tuer ce soir ? Mais d'abord, voyons ce qu'il a dans ses petites poches.

Je suis de nouveau dans le château d'eau. C'est là que Conor veut que nous passions nos dernières heures. Il l'a fait démolir et reconstruire ici il y a quelques mois, dans la roche sous le Domaine. Un geste sentimental. C'est là que nous avions fait l'amour la première fois à mon arrivée ici. C'est là que notre fils est né. Conor est très romantique.

La semaine dernière, les premiers obus ont troué la Muraille. Siggy en a eu assez d'attendre. Il a compris que nos soldats et nous ne mourrions pas de faim. Qu'espérait-il ? S'il peut avoir des animaux comme camarades de combat, pourquoi ne pourrions-nous pas avoir de la chair humaine à notre table ? À la guerre comme à la guerre, mon cher frère ! Bref, il s'est lassé de nos ruses et maintenant nous sommes coincés. Leurs troupes sont partout. Je les ai vues. Ils disposent de la télévision ! Ragnor a levé le blocus sur Londres, les satellites fonctionnent à nouveau. Les victoires de Siggy et des Mi-Hommes sont diffusées dans le monde entier. Nous admirons comme les autres le grand général Siggy Volson parader en voiture dans les rues de Londres devant une foule en délire. Le libérateur ! Le conquérant ! L'homme de la paix !

Bien évidemment, on ne parle jamais de moi dans ces émissions télévisées. Je suis la petite femme du grand tyran. Plaignez-moi ou haïssez-moi, mais surtout ne m'admirez pas. Pourtant, il y a quelques mois encore, j'aurais pu faire basculer cette guerre dans l'autre sens.

Trop tard désormais. Le camp de Conor – ou dois-je dire le mien ? – ne gouvernera plus. Les Volson ont repris le pouvoir. Mais n'oubliez pas, et que personne ne l'oublie : je suis une Volson, moi aussi !

Je fais encore quelques pas. Aucun danger que le parquet grince ici : la pièce est nichée dans cinq mètres d'épaisseur de pierre de chaque côté. Pas un souffle de vent dans les avant-toits, pas de givre sur les fenêtres alors qu'au-dessus de nous, c'est l'hiver. Ici, nos fenêtres donnent sur la pierre aveugle, mais nous avons tout de même une vue : Conor a fait prendre des photos depuis le château d'eau avant qu'il soit démoli, puis il en a fait faire des agrandissements qui ont été collés aux fenêtres de façon qu'on aperçoive ce qu'on aurait vu dans le lieu d'origine. Voilà à quoi il s'occupe ces temps-ci. Il me laisse le soin d'orchestrer la défaite.

Ce que Conor ne peut supporter, ce qui l'a brisé, ce n'est pas la défaite, mais de voir à la télévision les foules en liesse acclamant le grand retour du fils Volson. C'est après qu'il a commencé à trembler de tous ses membres comme un vieillard, sa petite tête dodelinant sur son cou de poulet. Notre peuple lance à Siggy des serpentins de couleur, des fleurs et du riz par poignées comme s'il était une jeune mariée. Du riz, oui ! Après des mois de famine, après avoir failli mourir de faim, Conor leur donne du riz et ils le jettent pour fêter son ennemi. Je n'ai pas dit un mot, mais je l'ai regardé du coin de l'œil et j'ai vu les larmes rouler sur ses joues, et oui, oui, ça m'a presque brisé le cœur de le voir ainsi, de voir son peuple se liguer contre lui. Dès que les habitants de Londres ont compris que Conor allait perdre la guerre, ils se sont tous retournés contre lui comme un seul homme. Pourtant, il les gouvernait depuis longtemps, il avait conquis les Mi-Hommes, il avait conquis des villes les unes après les autres, il avait même dressé son campement tout près de Ragnor. Et s'il avait fait tout cela, c'était autant pour leur gloire que pour la sienne. Je me souviens des cartes postales et des posters de chaque ville que nous avions prise. Les gens en faisaient collection. C'était leur victoire à eux aussi ! Pas seulement celle des prêtres, des commandants et des riches, mais aussi celle des mendiants, des prostituées, des souteneurs, et même des voleurs. Tous étaient aussi fiers que si c'étaient eux qui menaient l'armée de Londres.

Et maintenant, une horde de bêtes franchissaient les portes de la ville, et ils les acclamaient. Qu'avaient-ils fait de leur fierté ?

Bah, à quoi donc s'attendait mon bien-aimé ? Il avait échoué. Il était tombé dans sa propre poussière. Croyez-moi, s'il avait pris Ragnor, s'il avait dirigé le monde, le peuple ne l'aurait pas abandonné, mais l'aurait adulé. Comme mon père, Conor avait visé trop haut. Mais ce n'était pas ce qui l'avait perdu. Non, sa plus grande faiblesse, et ce n'était pas le cas de mon père, c'était l'amour. Celui qu'il avait pour moi.

Siggy est cantonné à l'extérieur des murs du Domaine. D'ici quelques jours, il lancera l'assaut final. Ce sera lui le roi de Londres. Conor sera mort. Et moi, que sera-t-il advenu de moi ? Serais-je morte ou vive ? Qui décidera de mon sort cette fois ?

J'ai vu tant de geôles et tant de geôliers dans ma vie. Tant *d'hommes* qui ont voulu me façonner. Mon père, qui a organisé mon mariage pour son bien. Conor, qui m'a maintenue prisonnière tant avec son cœur qu'avec ses trousseaux de clés. Et que dire d'Odin et de ses jeux ? Alors, qui sera le suivant ? Approchez, approchez, faites vos paris ! Quel roi voudra de moi ? Odin ? Vais-je mourir ? Ou bien le roi Siggy ? Oh, pardon, j'oubliais… il ne va pas utiliser le diminutif de son prénom. Siggy, ça ne sonne pas très bien pour un monarque. Le roi Sigmund. Oui, ça sonne beaucoup mieux…

Pourtant c'est grâce à *moi* que tout a été possible. Ils n'auraient jamais pu nous vaincre sans mon aide. J'ai œuvré sans relâche pour les Volson, mais au final, il semblerait que seul un homme puisse glorifier le nom de Volson. C'est moi qui ai tout fait, tout ! Et maintenant je vais devoir le regarder rafler la couronne, la gloire et le pouvoir.

Aucune chance d'avoir une quelconque influence à l'ombre du trône de Siggy.

Pourquoi lui ? Pourquoi pas moi ? Non, ne dites rien. Je connais la réponse à cette question. Je l'ai déjà entendue mille fois. C'est à *lui* qu'Odin a fait don du couteau, c'est *lui* qu'Odin a choisi pour gouverner. Eh bien moi, je dis qu'être roi ça se mérite ! D'ailleurs, qui peut connaître les intentions d'Odin ? Ne m'a-t-il pas serrée contre lui moi aussi ? Qui peut dire ce qui se serait passé si j'avais tenté de tirer le couteau hors de sa gangue de verre ? Mais, bien sûr, honneur aux hommes ! Nous, pauvres femmes, devons nous contenter d'être témoins de leurs triomphes. Le couteau aurait pu m'appartenir, qui sait ? Peut-être même aurait-il *dû* m'appartenir ?

Chut... ! Conor remue dans son sommeil, marmonne dans sa barbe. Ne te réveille pas, mon amour, surtout pas ! Pourquoi te donner la peine d'ouvrir les yeux alors que tu es déjà presque mort ? Encore un jour ou deux, mon chéri. Peut-être même le seras-tu d'ici quelques minutes si tout se passe comme je le veux.

Mais avant tout, le couteau.

Ça fait longtemps que Conor ne le porte plus à sa ceinture. Il a trop de valeur. De toute façon, il peut tout juste couper un morceau de fromage avec. S'il le plante dans quoi que ce soit de plus dur, on doit l'en retirer à la scie ou au chalumeau. Il le conserve sous clé, comme l'ogre de l'histoire : dans un coffret, sous une latte d'un plancher, dans une maison sous la montagne. Il y a un coffre-fort en titane d'une épaisseur de cinquante centimètres encastré dans le plancher de cette pièce. Seul Conor en a la clé. Je peux le persuader de tout, mais je n'ai jamais réussi à lui faire dire où il cachait cette clé. Et, le plus étrange, c'est que même Cherry n'a jamais pu le découvrir. Vous voyez à quel point mon cher époux est méfiant : il ne permet même pas à un chat de voir où il a mis cette clé.

J'avance vers lui à pas de loup. Chaque nuit, je me lève et furète dans l'appartement. Je cherche dans tous les coins, dans tous les tiroirs. Je regarde sous tous les meubles, sous les couvertures. J'enfonce la pointe d'un canif entre les panneaux de boiserie en quête d'un trou. Conor ne quitte jamais ces pièces, cette clé doit bien être par là ! Il me la faut ! Oh, Conor, tu lui dois la vie car dès l'instant où je l'aurai, tu peux être sûr que je te tuerai !

Dans la pièce contiguë, j'entends une plainte sourde et continue. Cherry est inquiète, la mignonne. Elle n'approuve pas ce que je fais. On ne doit pas jouer avec le couteau d'Odin. Regardez ce qui est arrivé à Conor pour avoir eu l'audace de le prendre à son propriétaire légitime ! Mon sort est scellé, je le sais, même si elle refuse de me dire ce qu'il en est. La volonté d'Odin doit être faite. C'est ce que dit Cherry. Selon elle, même les dieux ne peuvent la changer. En tout cas, moi, je changerai ce qui peut l'être. M'en empêche qui pourra ! Oui, Cherry, c'est un blasphème. Si je trouve le couteau, je poignarderai Conor endormi, et toi aussi, et Siggy, s'il faut en arriver là. Pauvre Cherry. Elle miaule et gémit, mais regardez ! J'ai déjà des chiffons et des seaux pour éponger le sang de Conor. Vous croyez que je serais incapable de tuer Siggy que je n'ai pas revu depuis des années alors que je peux assassiner mon Conor ?

Conor chéri. Quand tu mourras, tu laisseras un grand vide en moi, mais pas à la place de mon cœur, ça fait bien longtemps que je n'en ai plus. Chut ! Je soulève le drap, mais sa peau est nue. Pas de clé. Ses vêtements sont en tas par terre à côté du lit. Je ramasse son pantalon et le palpe… oui ! j'entends un cliquetis métallique.

Si proche du but ! J'enfonce une main dans la poche et en retire un jeu de clés, mais à peine les ai-je regardées que je sais que celle que je cherche ne s'y trouve pas. Je connais bien la serrure de ce coffre : aucune de ces clés ne s'y adaptera.

Je prends ses chaussures et les incline. Aurait-il caché la clé dans une des semelles ? Dans les bordures ? J'enfonce la pointe de mon canif dans le cuir, espérant l'entendre frotter contre du métal. Je suis tellement concentrée que j'en oublie où je suis, c'est pourquoi je sursaute et réprime un cri quand, tournant la tête, je vois qu'il a les yeux ouverts et qu'il me regarde.

– Pas là, princesse, chuchote-t-il.

Il referme les yeux.

Je suis tétanisée. Vous voyez, j'ai toujours aussi peur de lui ! Je tremble encore devant lui, alors qu'il a tout perdu, même l'esprit.

Que sait-il au juste ?

Je jette un coup d'œil vers l'autre pièce. J'entends Cherry en sortir à grands pas sous sa forme humaine. Elle n'est pas surprise. Elle dit qu'on ne peut s'opposer à la volonté des dieux.

Je retire ma robe par le haut et me glisse au côté de Conor qui fait semblant de dormir. Je me pelotonne contre lui, mon ventre contre son ventre. Il se tourne vers moi et met un bras sur mes épaules. Un vrai couple d'amoureux.

Et c'est bien ce que nous sommes, oui, ce que nous sommes. Jusqu'à ce que l'un de nous tue l'autre.

32

Il existe un moyen d'entrer. Il y en a toujours un lorsque à l'intérieur quelqu'un est prêt à vous ouvrir la porte.

Siggy attendait d'avoir le feu vert de Signy pour lancer l'assaut final sur le Domaine. Il voulait être sûr que ses hommes et lui ne seraient pas reçus par une haie de canons prêts à faire feu, mais ce n'était pas la seule raison. Il était soucieux de son devoir public, la reconquête à tout prix, mais il n'en oubliait pas pour autant ses obligations privées : assassiner Conor et délivrer sa sœur. Il considérait toujours qu'elle devait être sauvée. Ces deux derniers objectifs, il se les réservait pour lui-même et pour Styr. Il voulait être sûr de savoir où trouver le couple avant de donner ses derniers ordres de guerre.

Lorsqu'il les donna, une pluie d'obus et de missiles déchira le ciel en lambeaux et s'abattit sur le Domaine à une intensité qui n'avait jamais vu sa pareille, même en Europe. Ce fut une pluie de feu, l'air semblait s'être enflammé. Un bombardement d'une telle ampleur ne devait pas seulement détruire, il ne devait laisser aucun survivant ni rien derrière lui. Lorsque les troupes entrèrent dans le Domaine, elles ne trouvèrent plus qu'une couche épaisse de verre, de boue et de métal fondu là où s'élevaient auparavant les immeubles. Elles durent encore utiliser des explosifs pour faire sauter la roche afin de pouvoir localiser les entrées du réseau de bunkers souterrains que le feu n'avait pu atteindre, là où Conor s'était replié pour livrer sa dernière bataille.

Les bunkers, creusés dans la roche, formaient un labyrinthe de galeries, de salles, d'immeubles et d'issues de secours. Ces véritables abris antiatomiques, qui auraient été efficaces contre les armes nucléaires si elles avaient encore existé, constituaient un traquenard protégé, à chaque étage, par les hommes en uniforme bleu de la garde rapprochée de Conor. On aurait dit un jeu informatique vivant. Conor et sa reine pouvaient se trouver n'importe où dans cette ville souterraine, et les chercher aurait pu se révéler un jeu de piste interminable et mortel, voire impossible à réussir, sauf que, bien entendu, Siggy avait un plan des lieux.

Il attendit que les premiers missiles sifflent au-dessus des têtes avant de pénétrer dans les bunkers. C'était une question d'honneur que d'assister au début de l'attaque, mais Siggy était impatient d'en finir. Il voulait que le couteau d'Odin soit de nouveau à sa ceinture, ou mieux dans la gorge de Conor, pendant que les bombes pleuvraient encore au niveau du sol. Il entendait presque le couteau, en tout cas le sentait qui l'appelait en silence des profondeurs de la roche et de l'obscurité souterraine où il était dissimulé depuis si longtemps.

L'entrée se trouvait dans la cave d'une petite maison délabrée de Hamilton Road, à trois ou quatre kilomètres du Q.G. de Conor. Pendant que les briques rouges du Domaine étaient réduites en poussière et que les pierres éclataient dans la fournaise, Siggy et ses hommes étaient déjà à deux cents mètres sous terre, se faufilant comme des rats dans les étroits passages. Ils entendaient loin au-dessus d'eux des explosions sourdes, et s'ils posaient la main sur la paroi rocheuse, ils sentaient de puissantes vibrations, signes du bombardement continuel. Ce passage allait les mener directement dans les appartements de Conor, au-dessous des gardes, au-dessous des pièges, tout au fond. Une fois encore, c'était Signy qui avait tout prévu. Tous les vœux de Siggy étaient sur le point de se réaliser, et pourtant, il n'était pas au comble du bonheur.

Dans la galerie étroite et humide, Siggy avait le ventre noué par la peur. D'une part parce qu'il était toujours terrifié avant chaque mission, et celle-ci était la première dans laquelle il s'impliquait personnellement depuis six ans, depuis l'opération Wallace, d'autre part, à cause de Signy, sa sœur bien-aimée. Il savait qu'elle était folle, mais il ne se rendait pas encore compte qu'il avait aussi peur d'elle. Il lui faisait confiance. Ne lui avait-elle pas toujours donné ce qu'elle avait promis ?

Dans quel camp pouvait-elle être sinon le sien ?

33
Siggy

Non seulement j'étais mort de peur, mais en plus j'avais la migraine, la fièvre et envie de vomir. Quel soldat ! Quel roi ! Ça faisait des années que je n'avais pas participé à ce genre d'opération. Je me maudissais et regrettais de n'avoir pas laissé Styr régler ça tout seul. Ce n'était peut-être pas plus dangereux que le reste, mais avant j'étais accoutumé à prendre des risques. Aujourd'hui, j'avais tout simplement peur. Styr me regardait chaque fois que je m'arrêtais.

– Tu devrais peut-être faire demi-tour.

Il disait ça pour me taquiner, mais je n'avais pas envie de rire. La galerie devenait de plus en plus étroite. Je me sentais claustrophobe, et je me disais : « Si les dieux veulent absolument me faire vivre ça, pourquoi ne me le rendent-ils pas plus agréable ? » Pour Styr, c'était comme une chouette balade. Quelle injustice !

Je ne me rendais pas compte de notre progression. Il n'y avait aucun point de repère, mais nous devions êtres proches du cœur du bunker car nous entendions distinctement les hommes de Conor. Ils étaient postés dans plusieurs tunnels, bien entendu, mais certains devaient être très proches de celui dans lequel nous nous trouvions. À un moment, ils furent même à quelques mètres de nous. On entendait leurs voix et leurs armes heurter les parois au gré de leur course.

Ce qui signifiait que nous-mêmes ne devions faire aucun bruit pour ne pas trahir notre présence. En réalité, ils n'auraient sans doute pas deviné qui nous étions, mais nous étions là seuls, bien loin de tout renfort possible, derrière les lignes ennemies. Alors, même si nous savions que nous ne risquions de les croiser qu'à l'extrémité de la galerie, nous avancions sur la pointe des pieds.

L'ennui, c'était qu'on avait beau être aussi silencieux que des chats, quelqu'un savait qu'on était là.

On a commencé par entendre un frottement discret, et on s'est arrêtés net. Ce bruit, très proche, provenait de notre galerie. Au début, ça a commencé tout bas, puis ça s'est amplifié et ça a été suivi d'un énorme BOUM, comme si un marteau géant s'abattait derrière nous. La roche a tremblé sous nos pieds. On a tremblé avec elle. Puis il y a eu un moment de calme suivi d'un appel d'air dans le tunnel. On est resté immobiles, échangeant des regards.

– Qu'est-ce que c'est ce truc, bordel ? s'est écrié un de nos hommes.

C'était assez évident, en fait. Ça a recommencé juste sous nos yeux, cette fois. On l'a vu à la clarté des torches de nos éclaireurs : la galerie s'effondrait. Enfin, ce n'était pas vraiment un éboulement, mais plutôt un bloc de pierre qui, découpé dans la roche, était tombé. À quelques mètres devant nous ! L'impact a été si violent qu'on a craint que le toit de la galerie ne nous tombe dessus. Nos hommes se sont mis à crier, et on a tous fait demi-tour en courant, mais à peine avions-nous parcouru une dizaine de mètres que nous étions stoppés par le premier bloc de pierre qui nous coupait la route.

– Voilà ce que j'appelle un piège ou je ne m'y connais pas, a déclaré Styr.

Conor avait toujours su qu'il y avait cette voie d'accès et il avait donc le dernier mot, après tout. Je cogitais, silencieux... C'était donc ça ? Ainsi, on allait gagner cette guerre mais... sans moi ? Conor, bien entendu, se serait évadé depuis longtemps. Le bunker serait vide, à l'exception du cadavre de ma sœur... car s'il était au courant de notre présence, il devait savoir qui nous avait indiqué ce passage.

– Ils nous sortiront d'ici une fois qu'ils auront investi les lieux, a dit un de nos hommes.

Moi, je pensais déjà que c'était une bonne chose qu'on soit armés car je n'avais pas envie de mourir de soif là-dessous. Notre seule autre chance, je suppose, serait que Conor ait envie de nous capturer vivants pour se servir de nous comme monnaie d'échange.

On s'est assis par terre en s'adossant à la paroi, et on a attendu. Aucun de nous n'avait encore vraiment peur. C'était presque un soulagement de savoir qu'on n'allait pas prendre part au combat, même si ici, en dessous, les choses n'allaient sans doute pas tarder à s'aggraver. Seul Styr restait debout et faisait les cent pas dans notre bout de tunnel, collant son oreille aux parois pour voir s'il entendait quelque chose.

Puis, seulement une demi-heure plus tard à ma montre, mais ça nous a semblé une éternité, on a entendu un cliquetis juste au-dessus de nous. On a tous levé la tête. Il y avait eu d'autres bruits depuis qu'on attendait là : cognements, grondements, échos de voix, ici ou là. Mais cette fois encore, ce bruit ne se produisait pas à travers la roche, mais tout près de nous, dans notre partie de tunnel. Un des hommes a brandi une torche vers le haut et on a pu voir une petite ouverture. Un trou d'aération. Il y en avait plusieurs tout le long du tunnel. Et de celui-là, quelque chose tombait vers nous.

Ça cognait et frottait contre la pierre, le cliquetis devenant rapidement de plus en fort, de plus en plus proche. Les hommes s'apprêtaient tous à se protéger d'une façon ou d'une autre, persuadés que c'était une grenade. Mais pas moi. La tête levée vers l'orifice, je souriais, heureux, car... je savais. Comment ? Je l'ignore. Je savais, voilà tout. Je sentais des fourmillements dans la paume de ma main là où j'allais le tenir dans quelques secondes. Oui, juste retour des choses. J'ai voulu dire : « C'est mon couteau », mais les mots n'ont pas franchi mes lèvres. À quoi bon ? La tête renversée en arrière, j'attendais. Il a franchi l'orifice, et j'ai éclaté de rire en voyant tout le monde se jeter à terre. Je ne me suis pas précipité dessus. J'ai laissé Styr le ramasser. Lui aussi savait, avait su tout de suite. Et le connaissant, il fallait qu'il l'ait en main avant de me rendre ce qui était à moi. Je l'ai regardé le planter dans la paroi du tunnel, puis se tendre sous l'effort, surpris de voir qu'il ne pouvait l'en retirer. Il m'a lancé un regard, a empoigné le manche du couteau à deux mains et a tiré de toutes ses forces. En vain, bien entendu. Alors seulement, il s'est poussé pour me laisser la place.

Je l'ai senti bondir dans ma main comme la première fois bien des années plus tôt. Je suis resté immobile, le cœur et l'âme débordants de joie devant cette puissance retrouvée. Puis je me suis approché du bloc de pierre qui stoppait notre progression, y ai enfoncé le couteau jusqu'à la garde et ai commencé à découper un trou dans la roche du sous-sol londonien.

34

Sous deux cents mètres de roche, les seuls signes du bombardement intensif du Domaine étaient des bruits sourds et lointains, comme si le sol était martelé par les pas d'un géant très haut au-dessus de leurs têtes. Par moments, les éclairages clignotaient et, plus tard, tandis que le soir tombait, l'électricité fut coupée.

Les soldats en uniforme bleu, postés dans les galeries menant à la surface, armés jusqu'aux dents, attendaient le moment de passer à la contre-offensive. Conor aurait pu fuir, mais où ? Qui oserait le cacher ? De toute façon, il ne fuirait jamais. Il n'avait pas encore tout perdu. Il lui restait encore une chose plus puissante que toutes les villes, toutes les armées réunies. Le couteau.

Ce couteau représentait tout pour Conor… et aussi pour Signy. Ces dernières semaines, ces derniers jours, elle avait systématiquement fouillé tous les coins et recoins du bunker, ses moindres fentes, ses moindres fissures, mais sans trouver où Conor cachait la clé du coffre. En ce dernier jour, elle demeura près de lui, l'observant, attendant, mais il ne fit aucunement mine de s'approcher de son précieux trésor. Le matin de l'assaut final, il demanda à voir son fils. Vincent, maintenant âgé de onze ans, le regardait, terrifié devant ce père étrange, tremblant, qui jusqu'alors ne s'était jamais occupé de lui. Conor voulut l'entendre lire, et ne le quitta pas des yeux tandis qu'il butait sur les mots – moyen que l'enfant avait trouvé pour ne pas lever la tête de la page. Au bout d'une demi-heure, Conor se détourna brusquement vers sa femme et lui reprocha de ne pas avoir passé assez de temps avec son fils.

– Regarde, à quoi sa vie rime-t-elle ? lança-t-il.

Il voulait dire que cet enfant avait été élevé pour un avenir qui n'existerait pas, et que, maintenant, il allait mourir sans même avoir joui du présent. Vincent comprit plus ou moins la chose.

– On peut s'échapper. Pourquoi on ne s'échappe pas ? demanda-t-il d'une voix suppliante.

Mais aucun de ses parents ne lui répondit, et il eut peur de poser davantage de questions à ces gens inquiétants.

Conor renvoya son fils à son tuteur. Puis il s'attabla pour manger, mais ne put rien avaler. Il demeura immobile pendant près de deux heures, la tête dans les mains. Quand l'électricité fut coupée, il gémit. Signy se leva et le regarda attentivement dans l'obscurité avant d'envoyer chercher des bougies et des lampes à huile. À la lueur des chandelles, elle vit que ses yeux étaient embués de larmes, mais elle ne savait pas pourquoi. Elle vint alors se placer derrière lui, posa les mains contre son cou et le massa pour essayer de le détendre.

Conor l'observait dans le miroir face à eux.

– Peut-être que la sortie est bloquée, dit-il. À ton avis, sommes-nous déjà morts ?

– Pas encore.

Elle s'adossa au mur en songeant : « S'il ne va pas chercher le couteau de lui-même, il va me falloir trouver le moyen de l'en persuader. »

– Mais Siggy va faire en sorte d'arriver jusqu'à nous, finit-elle par dire.

Conor leva la tête et la regarda curieusement avec un petit sourire.

– Et que fera-t-il de toi ? Il considère que tu as trahi ta propre famille, c'est ça ?

À son sourire, elle comprit qu'il ne le pensait pas vraiment, mais elle ignorait ce qu'il savait du double jeu qu'elle avait joué.

Peu après, le lointain staccato des bombardements cessa, mais il n'y avait toujours pas d'échos de combats dans les tunnels et les couloirs du bunker. Ailleurs, les domestiques attendaient. Parmi eux, une vieille femme à l'air farouche, assise à côté de Vincent, essayait de le rassurer quand il pleurait. Elle avait d'étranges yeux noirs à l'expression indéchiffrable, son visage était strié de rides profondes et ses cheveux étaient d'une curieuse texture, méchés de gris, de blanc et de roux. C'est elle qui s'occupait du jeune garçon depuis deux ou trois ans. Plus maternelle que sa mère, Cherry, âgée mais toujours aussi forte, n'était pas au côté de sa maîtresse aujourd'hui. Signy n'avait pas voulu qu'elle soit présente pour les derniers instants.

À 6 heures du soir, les échos des premiers affrontements entre soldats arrivèrent par les couloirs. Signy commençait à avoir peur ; si elle laissait faire, les soldats débouleraient ici et elle perdrait toutes ses chances. Mais elle ne dit toujours rien à Conor. Elle espérait encore qu'il ne pourrait résister au désir de sauver son bien le plus précieux, de le tenir une dernière fois dans sa main avant la fin. Et effectivement, plus les bruits des hommes en armes se rapprochaient, plus Conor devenait nerveux, lui lançant des regards à la dérobée. Un quart d'heure plus tard, il se leva et quitta la pièce. Signy, assise à table devant une tasse de thé, hocha la tête, s'efforçant de dissimuler son agitation.

Conor ferma la porte derrière lui, et Signy ne bougea pas, tremblante d'espoir. Elle lui laissait cinq minutes, puis elle le rejoindrait dans la pièce du grand coffre-fort encastré dans le sol. Elle n'eut pas à attendre si longtemps. Conor revint en trombe, blême de peur.

– Où est-il ? Où est-il ? Qu'en as-tu fait ? cria-t-il.

Signy sursauta. Il était superflu de lui demander de quoi il parlait. Elle bondit de sa chaise, passa devant lui, évitant ses mains qu'il tendait vers elle, et courut jusqu'à la pièce du coffre, quelques mètres plus loin dans le corridor. Elle le vit tel qu'elle ne l'avait jamais vu : la porte grande ouverte. Elle s'en approcha rapidement. Il était vide.

– Qu'est-ce que tu en as fait ? hurla-t-elle.

Mais tout en posant cette question, elle était certaine que ce n'était pas un coup de Conor. Il était terrifié. En dépit de tout, il en était arrivé à croire qu'il ne pouvait rien lui arriver de mal tant qu'il avait le couteau, et il était allé ouvrir le coffre en toute confiance.

Maintenant, incrédule, il regardait Signy. Si ce n'était pas elle, qui d'autre ? Personne d'autre qu'eux ne savait ! C'était un mensonge de trop.

– Tu n'as pas le droit ! cria-t-il, furieux.

C'était la première fois qu'il craignait vraiment pour sa vie. Dans la pièce voisine les domestiques tremblaient. Il y avait du meurtre dans l'air.

Signy regardait autour d'elle, cherchant un indice.

– Mais qui ? Qui... ?

Soudain, elle comprit. Il ne pouvait y avoir qu'une réponse à sa question. Elle la chercha des yeux et entendit le feulement furieux et apeuré de l'animal pris au piège qui entrait par la porte de communication avec la pièce contiguë où Cherry avait attendu et observé l'instant de cette découverte.

– Toi ! lança Signy. Toi !

Au dernier moment, elle avait été plus fidèle aux dieux qu'à sa maîtresse qui avait voulu aller contre leur volonté.

Signy courut vers elle, poussant violemment Conor. Il la regarda, stupéfait : c'était la première fois qu'il mesurait la force que lui avait rendue son séjour dans l'incubateur. Cherry, sans bruit, détala dans le couloir mais arriva bientôt devant une porte fermée à clé. Plutôt que de prendre sa forme humaine – tant elle avait l'habitude de se l'interdire en présence de Conor –, elle voulut faire demi-tour, et là, Signy la coinça. Il y eut quelques secondes de lutte acharnée, de coups de griffes, avant que Signy réussisse à l'attraper par la peau du cou. Elle cogna son petit corps sur le sol, une, deux, trois fois, comme un tapis, au point de faire gicler son cerveau sur un buffet à côté de la porte.

– Sale traître ! hurla-t-elle en la jetant à ses pieds.

Dans l'embrasure de la porte, Conor, immobile et pâle, contemplait le corps fracassé par terre. Soudain, la femme qu'il connaissait et aimait depuis tant d'années était aussi rapide qu'un animal, aussi forte qu'un androïde. Comment avait-elle pu lui cacher cela aussi longtemps ? Et pourquoi détruisait-elle son animal favori ? Signy revint vers lui, haletante, le visage livide, ruisselant de larmes. Elle s'était enfin dévoilée à Conor telle qu'elle était, mais c'était toujours au couteau qu'il pensait.

– C'est toi qui l'as pris... c'est toi qui as fait tout ça ! cria-t-il.

Alors seulement, fou de peur, il fut capable d'agir contre elle. Il tendit les mains comme des griffes pour la saisir à la gorge, mais elle le repoussa d'une chiquenaude. Il faillit tomber et se rattrapa à une lourde sculpture en verre posée sur le buffet. Il la souleva dans l'idée de s'en servir pour briser le crâne de Signy... puis se figea, incapable d'aller jusqu'à ce meurtre. Signy était la seule personne que Conor serait à tout jamais incapable de détruire. Elle ne courrait aucun danger venant de lui.

Signy, d'un revers de bras, fit tomber la sculpture, qui se brisa sur le tapis. Puis elle saisit le bras de Conor, le fit tourner sur lui-même comme un enfant, et pointa un couteau contre son dos.

– Au revoir, mon chéri, lui murmura-t-elle à l'oreille.

Et elle enfonça le couteau dans ses chairs. Conor poussa un cri muet, tourna les yeux pour rencontrer ceux de Signy et s'écroula à terre.

À cet instant, Signy eut la sensation que son cœur se brisait et, sans l'avoir voulu, elle se retrouva à genoux, pleurant la dépouille de l'homme qu'elle avait aimé en dépit des horreurs, des traîtrises et du sang accumulés au fil des années. Elle n'avait plus rien, et c'était elle qui avait supprimé tout ce qui lui restait. Elle inclina son visage éclaboussé de sang vers le corps de son époux, étonnée devant sa propre douleur, et pleura toutes les larmes de son corps.

Plus tard, elle prit conscience de bruits autour d'elle : les domestiques qui se réfugiaient, terrorisés, dans les pièces adjacentes, les batailles qui se livraient de plus en plus près des appartements. Désormais elle se moquait pas mal du sort des autres, elle était terrifiée par un monde où Conor n'existerait plus. Elle se redressa, regarda le cadavre de la chatte à quelques mètres d'elle et hocha la tête. Elle n'aurait jamais imaginé que Cherry la trahirait. Pour la première fois, elle était réellement seule avec son ambition.

Sentant une présence toute proche, elle tourna la tête et vit... son fils.

Vincent, s'armant de tout son courage, était sorti de la pièce voisine pour voir ce qui se passait. Il avait trouvé son père mort et sa mère couverte de sang. Les soldats de l'extérieur se rapprochaient, et il voulait savoir...

– Maman ? Que va-t-il m'arriver ?

Signy le regarda sans répondre. C'était elle, bien sûr, qui avait piégé Siggy et ses hommes dans le tunnel. Son intention première était de leur procurer à manger et à boire, mais quant à savoir si elle l'aurait vraiment fait, c'était une autre question. D'ici quelques années, une fois qu'elle aurait assuré son pouvoir, elle les aurait même relâchés sans doute. Mais Cherry avait volé le couteau. Signy ne comprenait que trop que Siggy avait réussi à s'échapper et qu'aucun mur ne serait assez solide pour l'arrêter maintenant que le couteau était entre ses mains. Son plan avait échoué, mais il lui restait tout de même quelques cartes en mains : tout d'abord, son frère ne se doutait absolument pas qu'elle était son ennemie, ensuite, elle avait son fils.

– Maman ? insista l'enfant.

Signy s'agenouilla, réfléchit un instant et prit sa décision. Elle se leva d'un bond, remarquant à peine que son fils tressaillait en la voyant faire. L'ignorant, elle alla se rincer le visage pour faire disparaître les traces de sang et de larmes. Puis elle prit Vincent par le bras.

– Viens ! Allons à la rencontre de ton pèrc.

L'enfant regarda Conor – c'était lui son père, et son père était mort !

Signy l'entraîna, le traîna dans le couloir par où, elle le savait, Siggy allait arriver.

Le couteau d'Odin était prodigieux, mais la roche était dure. Il fallut deux heures à Siggy pour couper le bloc de cinquante centimètres qui l'empêchait d'accéder au bunker. Et il fallut encore une demi-heure pour que l'orifice soit assez large pour un homme. Un à un, Siggy, Styr et les autres se faufilèrent dans la galerie principale.

Pour Siggy, Conor les avait piégés et Signy avait réussi à lui voler le couteau et le leur avait fait parvenir par le conduit d'aération. Et donc, il allait vers l'accomplissement de sa tâche plein de fureur et dans la crainte que Conor ait anticipé le sauvetage de Signy et ne l'ait assassinée.

Ils entendirent les combats avant même d'être tous sortis de leur piège. Les troupes alliées étaient déjà à une centaine de mètres à l'intérieur du bunker, s'ouvrant un passage à la mitraillette, à la grenade et aux gaz. Siggy conduisit ses hommes au pas de course par le corridor qui menait aux appartements privés. Il était vital de trouver Signy avant les troupes. On les avait informées du rôle qu'elle avait joué, mais il était probable que certains en doutaient.

Jusqu'à ces derniers jours, elle était considérée comme une traître qui, peut-être, était la complice de Conor depuis le tout début. Si elle se faisait prendre durant les combats, par hasard ou à dessein, il y avait peu de chances qu'elle en réchappe. Il ne pouvait se douter que Conor était déjà mort et que sa sœur venait à sa rencontre.

C'était irrespirable à cette profondeur. Les pompes à air et le système d'air conditionné avaient sauté depuis plusieurs heures, et les gaz toxiques des explosifs se répandaient dans les galeries. Les hommes haletaient et étouffaient dans l'air brûlant, mais ils couraient le plus vite qu'ils pouvaient, poussés par les craintes de leur commandant. Ils n'étaient plus qu'à une courte distance des appartements privés quand ils virent une lumière osciller dans leur direction. Quelqu'un venait vers eux.

– Ne tirez pas ! ordonna Siggy.

Les hommes se couchèrent à terre. Certains mirent leur arme en joue, les autres braquèrent leurs torches devant eux. Les puissants faisceaux lumineux trouèrent l'obscurité opaque où bientôt se dessina la silhouette d'une femme qui, penchée, posait sa lampe par terre. À ses côtés se trouvait un enfant. Elle se redressa et regarda droit devant elle, une main posée sur l'épaule du petit garçon, l'autre levée en l'air comme pour les saluer. Siggy hésitait. Était-ce bien elle ? Elle lui paraissait plus grande…

– C'est elle, murmura-t-il.

Et il s'élança vers sa sœur.

Ses hommes échangèrent des regards inquiets. Ils ne faisaient pas confiance à cette femme qui partageait la couche de leur ennemi depuis tant d'années. Seul Styr lui emboîta le pas. Comme ils couraient dans le faisceau des torches, ils ne virent Signy éclairée que par sa propre lampe à ses pieds. Elle semblait plus grande que nature, grotesque, surnaturelle. Elle était déjà assez terrifiante comme ça, les vêtements couverts de sang, du sien, peut-être.

Tandis qu'ils se regardaient, une autre silhouette apparut derrière elle. Un homme. Il portait un chapeau à large bord, et tendait les bras vers eux comme s'il leur faisait don de tout cela.

Les deux hommes s'arrêtèrent net. Signy fronça les sourcils et tourna la tête, suivant leur regard.

– Odin !

Elle fit deux pas vers lui, bras tendus, mais le dieu laissa retomber les bras et demeura immobile, l'observant en silence. On voyait sous son chapeau luire son œil unique.

– Un Volson mourra aujourd'hui, dit Styr.

Ses lèvres se retroussèrent en un sourire carnassier. Il dégaina son revolver en un clin d'œil et fit feu sur la sombre figure. Douze coups. Une fois le barillet vidé, il se mit à genoux pour le recharger. Odin attendit qu'il l'ait fait, puis se détourna et, en deux enjambées, disparut dans les profondeurs du passage.

Styr avait de nouveau son arme en joue, mais Siggy le força à la baisser. C'était sa sœur qui importait, pas un dieu. Il courut jusqu'à elle, la prit dans ses bras et la serra très fort contre lui, tout à sa joie de la retrouver. Elle posa doucement les mains sur ses épaules.

– Roi Sigs, dit-elle en souriant à Styr par-dessus l'épaule de son frère.

Mais le clone de son fils n'avait que faire d'elle. Il n'avait d'yeux que pour le petit garçon… Vincent… lui-même…

Et la dureté de son expression fit frémir Signy.

– Ton frère, lui dit-elle. (Elle sourit à Siggy et ajouta :) Ton fils.

Styr ne quittait pas l'enfant des yeux, mais elle le vit tressaillir. Vincent recula, effrayé par ces hommes à l'air terrible. Il ne comprenait plus rien. Son frère, son père ? Son père, c'était Conor. Et pourquoi ce frère inconnu, qui lui ressemblait tant, le regardait-il avec autant de haine ?

– Que t'a dit Odin ? demanda Siggy à sa sœur.

– Rien. Mais il est venu nous donner sa bénédiction, Siggy. Je le sais.

– Pour prendre l'un de nous, plutôt, lança Styr.

Il regarda Signy pour la première fois. Si un Volson devait mourir aujourd'hui, il n'ignorait pas lequel ce devait être. Mais le principal, d'abord :

– Où est Conor ? demanda-t-il.

Signy hocha la tête.

– Mort.

Styr poussa un juron.

– Mon grand fils, soupira Signy en le regardant avec tendresse, tentant de l'attendrir.

Mais Styr haussa les épaules et se renfrogna. Il ne voulait d'autre mère que son incubateur.

Signy recula et tint Siggy par la main, comme si lui-même était un enfant.

– Tu as grandi, dit-il, troublé.

Elle avait toujours été plus petite que lui. Maintenant, elle le dépassait d'une tête. Il ne pensait pas aux incubateurs.

Elle lui sourit et hocha la tête. Ses yeux s'emplirent de larmes… Oui, finalement, elle était heureuse de revoir son frère et de le tenir dans ses bras. Il en avait toujours été ainsi entre eux, ces jumeaux qui avaient été si proches autrefois. Maintenant qu'ils étaient à nouveau réunis, tout lui revenait.

– J'avais oublié, murmura-t-elle.

Siggy sourit. Il savait de quoi elle parlait. Puis, lentement, elle baissa les yeux vers la ceinture de son frère.

– C'est le couteau ? demanda-t-elle. Je n'ai jamais eu l'occasion de le toucher. Conor le gardait sous clé. Je peux ?

Elle tendit la main.

À cet instant, Siggy aurait tout donné pour faire plaisir à sa sœur, tout, mais il arrêta son geste, main sur le manche. Il songeait : « C'est curieux, car n'est-ce pas elle qui me l'a lancé par la gaine d'aération ? » Puis il se dit qu'elle avait sans doute demandé à Cherry de le faire pour elle. Alors, il tendit le couteau à sa sœur et regarda sa main se refermer autour du manche. Signy sourit de joie. Tenant le couteau pour la première fois, elle éprouvait exactement la même sensation que Siggy : c'était le but de sa vie, sa main avait été faite pour le tenir.

– Où est Cherry ? demanda Siggy.

– Elle est morte.

La main de Signy bougea avec la rapidité du serpent.

Les soldats s'étaient rapprochés d'eux mais, dans si peu de lumière, tout se passa trop vite pour qu'ils aient le temps de réagir, de comprendre qui était le traître, et qui avait été trahi. Siggy lui-même, par la suite, n'aurait su dire si la lame l'avait touché ou non. Peu importait, à vrai dire, car le couteau d'Odin pouvait tout transpercer en ce monde sauf sa chair. Il vit seulement sa sœur faire un geste…

Styr fit feu. La première balle toucha Signy en pleine poitrine, transperçant ses côtes, frôlant son cœur. Siggy rattrapa sa sœur au moment où elle tombait, la tint dans ses bras, gémissante, en sang.

– Qu'est-ce qui t'a pris ? hurla-t-il. Puis aux soldats : Arrêtez-le !

– Elle a essayé de te tuer ! cria Styr.

Et, sans attendre, il tira de nouveau.

Si, après le premier meurtre, certains doutaient encore que cet homme cloné soit sans cœur, ils furent édifiés. Qui pourrait tuer un enfant, même si cet enfant est soi-même ? Le canon de son revolver résonna sauvagement deux fois encore : le sang jaillit de Vincent qui s'écroula par terre, sans vie.

– C'était à moi de le tuer ! hurla Styr.

Pris d'une folie meurtrière, il fila dans le tunnel en direction des combats. Il voulait toujours tuer le dieu et, peut-être, avait-il peur qu'ayant commencé à tuer, il soit incapable de s'arrêter. Siggy poussa un cri de bête, un cri terrible porteur de mots informulés.

– C'était à moi de tuer ces deux-là ! cria Styr sans s'arrêter de courir.

Siggy baissa les yeux sur sa sœur et la serra dans ses bras. Ils se regardèrent une seconde. Il voyait que la vie la quittait. Elle essaya de parler.

– Les ddd… dieux… sont arrivés… à leurs fins… cette fois…

Et elle rendit l'âme.

Siggy la coucha doucement sur le sol, et se releva, prêt à tuer son fils. Mais Styr était déjà hors de vue, courant à grandes enjambées vers la bataille.

Un des hommes posa une main sur le bras de Siggy.

– Je l'ai vue, dit-il. Styr a dit vrai. Elle a voulu te poignarder.

Un autre confirma d'un signe de tête.

– Non, je ne crois pas, intervint un troisième. Elle a glissé et…

D'un geste, Siggy leur imposa silence. Immobiles, ils regardèrent le corps, écoutant les combattants se rapprocher.

– Allez-y, dit Siggy à ses hommes. Trouvez-le si vous pouvez. Il en répondra.

Il fit un geste dans la direction où Styr avait disparu, mais quelle chance y avait-il qu'il fasse preuve de pitié alors qu'il n'en avait pas eu la moindre pour sa mère ?

– Allez…

Siggy fit signe à ses hommes d'avancer. Il se pencha vers Signy et prit le couteau qu'elle tenait toujours serré dans sa paume.

Les hommes hésitaient, peu disposés à laisser Siggy seul, mais, à nouveau, d'un mouvement de tête, il leur demanda de partir.

– Ne peut-on rester pour t'aider ? s'enquit l'un d'eux.

Siggy releva la tête et acquiesça, incapable de parler. Il remit le couteau à sa ceinture. Trois hommes restèrent auprès de lui, les autres partirent en courant dans l'espoir de retrouver Styr. Siggy considéra ceux qui attendaient, gênés, qu'il prenne une décision. Puis il leur fit signe de ramasser le corps de Signy et de le transporter à l'autre bout du tunnel, loin de la bataille. Il les suivit, plein de dégoût pour les combats qui, derrière lui, faisaient rage.

Maquette : Belle Page

ISBN 2-07-054277-7
Numéro d'édition : 95085
Numéro d'impression : 59552
Imprimé en France sur les presses
de la Société Nouvelle Firmin-Didot
Dépôt légal : mai 2002